毛詩注疏訳注

小雅（三）

田中和夫 訳注

白帝社

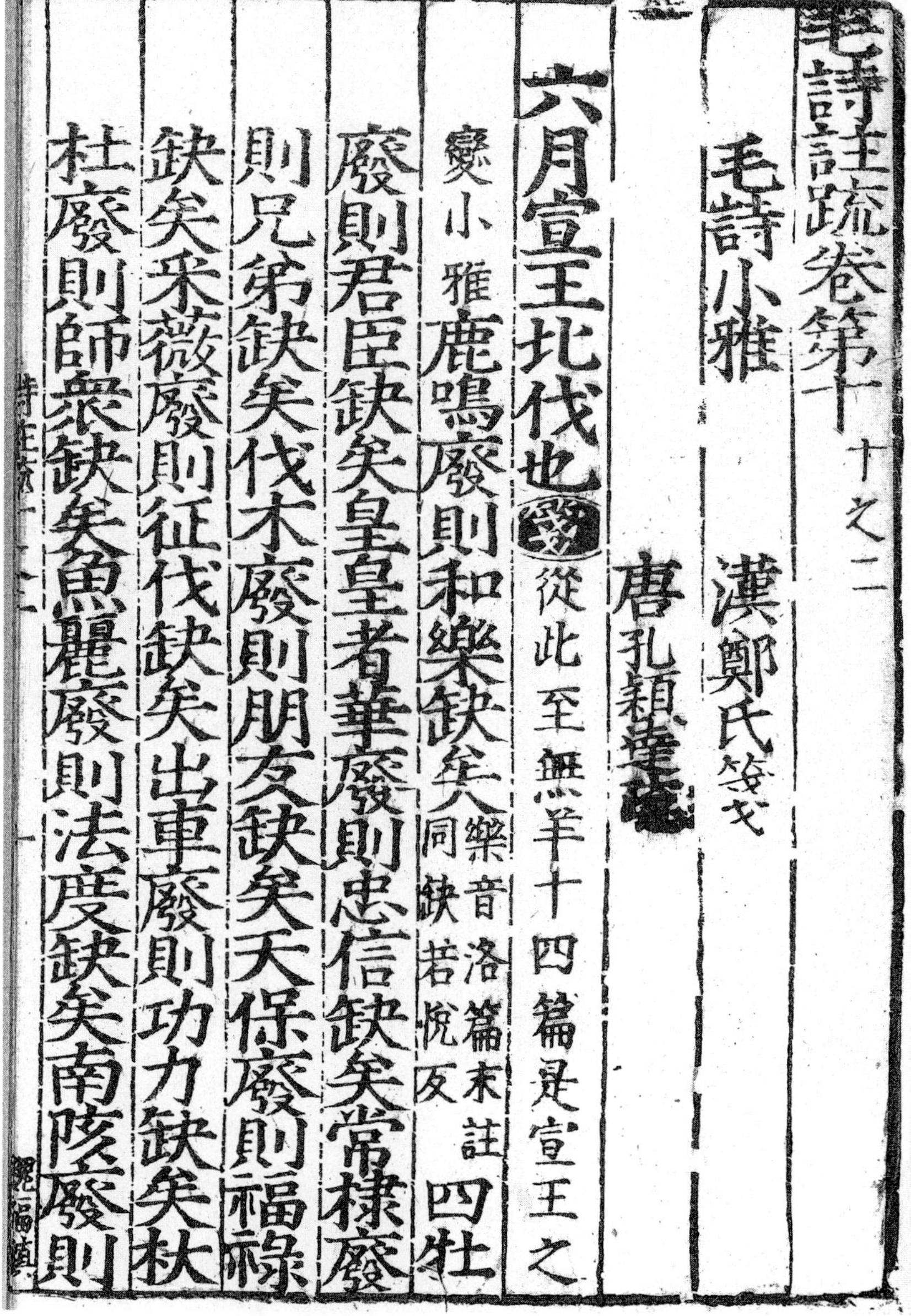
毛詩註疏卷第十　十之二

毛詩小雅　漢鄭氏箋

唐孔穎達疏

六月宣王北伐也〔箋〕從此至無羊十四篇是宣王之變小雅

鹿鳴廢則和樂缺矣樂音洛篇末註同缺若悅反四牡廢則君臣缺矣皇皇者華廢則忠信缺矣常棣廢則兄弟缺矣伐木廢則朋友缺矣天保廢則福祿缺矣采薇廢則征伐缺矣出車廢則功力缺矣杕杜廢則師衆缺矣魚麗廢則法度缺矣南陔廢則

『毛詩注疏』閩本　個人藏

『新定三禮圖』菊池武愼校　宝暦二年序　大阪刊（東北大学附属図書館藏）序文には「適々善本を同志の珍蔵より得て、乃ち喜んで校訂し云々」とあり、基とした本について明言していないが、一九四頁、四部叢刊本のとは異なっている。韎韋の弁〔冠〕の衣服で「諸侯・卿大夫の兵服」とされるが、動くには不便にもみえるこのような服装が実際に用いられたのであろうか。

韋弁

『新定三禮圖』右同　和刻本（東北大学附属図書館藏）二二九、二七五頁参照

太常

まえがき

『詩經』の詩篇がそれぞれ何事を詠っているのかを知ろうとすれば、先ず本文（経文）を読むことになるが、『詩經』の詩篇はその本文のみでは、何が詠われているかが充分には分かりにくい。何時どのような状況で誰によって作られたのかといった、詩を理解する上で必要な基本的事柄が明確でない場合が多いからである。どうしても先人によって積み重ねられてきた注釈を頼りにして理解するほかはない。

しかし、その注釈が『詩（經）』の場合、伝えられ方が複雑で、残されているものも膨大といってよい。全体がまとまって残されている注釈は第一に前漢の毛傳。その毛傳に再注釈を施した後漢の鄭玄の「鄭箋」がある。この「毛傳」「鄭箋」を抜きにして詩篇の解釈をすることは不可能といってよい。しかもこれらの注釈も正確に読み取ることが困難な場合がある。また毛傳と鄭箋とでは、詩篇によってはその詩が作られた時期や詩の作られた状況・背景について、さらには詩篇の語句・語彙の解釈等についても互いに異なる場合がある。とりわけ、詩解釈に於ける、この毛鄭の異同については六朝期の学者達を大いに悩ませることになる。それぞれの儒学者の党派の争いともなり、論難を繰り返すこともあった。「詩（經）」（毛詩）には、毛鄭の異同問題に止まらず、六朝期より初唐まで、その解釈には異説が多かった。統一王朝になった唐代、太宗李世民の命に基づき、經典解釈の統一が図られた。『毛詩』については、稿本として用いられたのが前朝の儒者劉焯・劉炫の義疏。孔穎達を始めとする唐初の儒者達は「その煩とする所を削り、その簡とする所を増し」（『毛詩正義（注疏）』序）て『毛詩正義（注疏）』として删定した。「對揚聖範、垂訓幼蒙（聖範を對揚し、訓を幼蒙に垂れんことを［聖人・聖王の範に答え応じて、これを称揚し、その訓を幼蒙の者に垂れること〕〉」を願った。『毛詩』を聖範として読もうとする基本的姿勢があるわけである。注釈者達が取り組まなければならない問題には、序文と詩本文（経文）との整合性を図ること・毛鄭の異同の問題を調整することといった『毛詩（詩經）』内部に止まるものに止まらず、他の經典に記されてある関連事項との整合性を図るといった難問があった。むしろ五経間の統一的解釈を目指すことこそが大きな目標であったようである。

その論証の方法・主張の仕方には注意すべきところがある。毛鄭の異同の問題について一例を挙げよう。

《六月》の詩は、宣王の北伐の詩であるが、唐初当時まで議論されてきているのが、宣王自身が北伐に趣いたのか、それとも宣王自身は行かず、將軍の尹吉甫に命じて北伐させたのかという問題である。第二章の「王于出征、以佐天子」の句にも由来することであるが、毛傳では「出征以佐其爲天子也」を「王於是出行、征伐玁狁、成己爲天子之大功也（～己、天子爲るの大功を成す）」と宣王自身が出征したと取る。一方、鄭玄は、本文の「于」を「曰」と取り、「王曰、令女出征伐以佐助我天子之事、禦北狄也。」という。毛傳が果たして正義に言うような意味なのか、明確ではないが、「于」を「曰」と取るのもやや無理がありそうである。この宣王が自身北伐に趣いたのか、それとも宣王は行かず、尹吉甫だけが出征したのかという問題について、正義では鄭玄・王肅及びその門徒に至るまでの議論、そして最後には孫毓の「鄭説を長と爲す」とする説を挙げて締めくくっている。文勢からすれば、孫毓の説に賛同するということになるであろう。正義は第三者的立場から、それぞれの言うところを取りあげ解釈しているが、しかし、基本的に、注疏作者自らの解釈を積極的に（主体的に）開陳して、その妥当性を主張するということはしていない。最後に孫毓の説を挙げて、それが正義としての意見であろうか、と読者にその意見を忖度させるといったやり方である。毛傳の解釈が誤りであるとか、毛傳の説は採らない、などとは一言も言わない。控えめな意見の表明と言えるであろう。それぞれに解釈の論拠があるとして、どちらの説も残しておく、といった読詩の方法・論証の方法である。少なくとも、毛傳・鄭箋の異同についてはこのような読詩の態度で一貫している。

先儒（の説）に対する尊崇は毛公・鄭玄のみに払われているものではなく、『尚書大傳』の作者伏生に対しても同様である（《湛露》）。緻密にそれらの解釈を検討した上で、なおこのような読み方をしている。読みの正誤を決着しようとする近代的読み方とは異なった、言わば君子の読み方なのであろうか。

どちらの解釈についても、それがどのようなものであるかを、緻密に論じ、それらの違いを明確にした上で、猶且つそれらが矛盾してはいないという、一見違いのように見えるのも、円満な形で理解出来るというように提示するのも一貫している。このような読み方は、毛傳鄭箋の異同のみに止まらない。

例えば、《蓼蕭》の詩。詩序では「澤、四海に及ぶ」とのみ言っているが、詩本文（経文）では四海の国君が周の恩沢を蒙ったことを詠っている。詩序がただ「四海」とのみ言っているのは、王者の恩愛がその国の国君に及べば、自ずとそれが臣下に及ぶので、恩沢が国君・臣下の上下に及んだことを表そうとしたために「四海」とのみ言っている、とする。詩序と詩本文（経文）との整合性を図ることは重要な関心事であった。

「由庚・崇丘・由儀」の序文とそれについての鄭箋が引く（『儀禮』「燕禮」の）《新宮》の詩との関係を論じた所は、経典間の齟齬（注釈を含めた）を弥縫しようとする論証の特徴を見ることが出来よう。各経典との間を有機的に結びつけようとする意志からもたらされた結果と思われる。經典そのもの、さらにはその注釈に対する尊崇、といったことも強く働いている。こうしたことにとらわれない現代人の目からすれば、理解し難いことではあるが、古人が懐いていた経典及びその注に対する慎みの念を理解する必要があろう。この時代の人々、為政者を初め、それを支える官僚集団・読書人達、所謂士大夫にとっては經典は疑うことの出来ない最も重んずべき真理、聖範であったわけである。

本書に収められた詩篇は小雅の中の《南有嘉魚》から《采芑》までの八篇。詩篇には周室「中興」の主とされる宣王の詩篇（《六月》《采芑》以降）が現れる。「六月」は北方の異民族玁狁征伐を詠った宣王北伐の詩。「采芑」は南方の蛮荊征伐を詠った宣王南征の詩である。

この『毛詩注疏（正義）』は毛・鄭を基とする『詩經』（『毛詩』）旧注の集大成である。また現代の『詩經』解釈の礎となっている宋代の朱子『詩集傳』も、「小序を攻むるに過ぎざるのみ。詩中の訓詁に於けるや毛鄭を用いる者居多」（四庫全書總目）と云われるように、一部分、小序を除いているほかは、その解釈自体は、基本的にこの『正義』を受け継いでいる。

朱子『詩集傳』を初めとする宋代の詩経学が旧注の集大成である『毛詩正義』の何を受け継ぎ、何を捨て去ったのか、そしてそれはどうして行われなければならなかったのか。こうしたことを考えるためにも『毛詩正義』の言わんとすることを精確に把握する必要があろう。

日暮れて道遠しの感が否めないが、せめて正義（注疏）の世界の一部なりとも楽しめたらと思う。

二〇一八年十月　　田中和夫

要想知道《诗经》的诗篇都在歌咏些什么，首先要阅读原文。然而只阅读原文又往往很难充分理解。这是因为诗篇是何时、何人、因何而作这些基本信息不够明确的地方较多，所以只好借助前人千百年来积累下来的注释进行理解。

关于《诗经》的注释，传承的形式复杂，留下来的信息量也颇为庞大。纵观这些解释，首先要提到的是《毛传》，接下来就是对《毛传》再实施注释的后汉郑玄的《郑笺》。可以说，抛开《毛传》、《郑笺》解释《诗经》的诗篇几乎是不可能的。可是问题在于，对《毛传》、《郑笺》也有很多理解上的困难，甚至《毛传》与《郑笺》之间也有对诗作时期、状况、背景、诗作语汇语句解释上的不同之处。特别是对诗篇解释中《毛传》、《郑笺》的相异之处，令六朝期的学者们大为烦恼。为此形成了儒学者们的流派之争，论战不休。以至于经六朝期到唐初，出现了多种不同的解释。进入一统天下了的唐朝，受唐太宗李世民之命，对经典的解释也进行了统一和规范化。以孔颖达为首的唐初儒学者们将前朝儒者刘绰、刘炫的毛诗义疏作为蓝本，本着『削其烦，增其简』的原则删定出了《毛诗正义》这一规范化了的注疏，以求『对扬圣范，垂训幼蒙』。基于要将《毛诗》作为『圣范』来读这一基本方针，注释者们就必须解决毛诗序文与诗经文的整合性问题，还要在解决诗经解释内部的毛传与郑笺相异处问题的同时解决毛诗注疏与其它经典中相关事项的整合性问题。而且，似乎力求五经间的统一解释才是最大的目标。这就是《毛诗正义》产生的意义和背景。

《毛诗正义》的论证方法和表现形式有值得注意之处。举针对《毛传》、《郑笺》相异问题的一例如下。

《六月》诗是歌咏周宣王北伐的诗。关于这首诗一直争论到唐初的问题是，周宣王自己亲征了还是并非亲征只是命令尹吉甫将军去的。问题的起因是第二章的『王于出征，以佐天子』句的解释。毛传解释为『出征以佐其为天子也』。《毛诗正义》对这一解释的理解是『王于是出行，征伐猃狁，成己为天子之大功也』。意思是说毛传取了周宣王亲征之意。而郑笺说文中的『于』是『曰』的意思，故而应理解为『王曰，令女出征伐以佐助我天子之事，御北狄也』。毛传的解释是否真如《毛诗正义》中理解的那样我们不是很明确，而将『于』取为『曰』的解释也似乎过于牵强。对这个周宣王北伐是亲征还是并非亲征只是令尹吉甫出征的问题，《毛诗正义》中是以郑玄、王肃及其门徒的议论，并且最终举出孙毓的『郑说为长』之说来应对的。从文脉上看，应该说是赞同孙毓的看法。《毛诗正义》以第三者的角度提及各方的解释，却不积极地陈述注疏作者们自己的主体性观点。最后列举孙毓之言的作法也颇有技巧性。是否就是《毛诗正义》的观点呢？全由读者自行揣度。既不说毛传的解释有误，也不说不取毛传的说法，可以说是一种宛转的意见表述吧。这是将不同解释的各方依据、观点尽数列出的解读论证方法。也反映出了尊重先儒观点的情怀。至少在处理毛传郑笺相异观点时，《毛诗正义》贯穿了这种解读诗的态度。

《毛诗正义》对先儒观点的尊重不仅仅表现在对毛公、郑玄的不同观点的处理上，对《尚书大传》作者伏生也是如此。对诸家解释缜密探讨之上仍以谦逊的态度表述，迥异于直言正误的近现代风格的作法。这或许就是解读诗的所谓君子之风吧。

《毛诗正义》中贯穿始终的注疏方式是缜密探讨各方解释，明确相异之处，将相异点甚至明显的矛盾之处也有机地结合起来形成一个圆满的解释。这种注疏方式不仅仅表现在应对毛传郑笺的相异之处。

比如《蓼萧》诗。诗序中只说了『泽及四海』，而诗本文反映的却是四海的国君蒙受周王的恩泽。对此，《毛诗正义》解释为诗序只说了『四海』是因为王的恩惠泽及到了国君也自然泽及到国君下面的臣民。所以只说『四海』就包含了国君和其属下的臣民。由此可见，《毛诗正义》的注疏将追求诗序和诗本文的整合性看得至关重要。

在论述「由庚・崇丘・由仪」的序文与郑笺所引的与之相关的《新宫》诗的关系之处，可以看到《毛诗正义》努力弥补经典间甚至注释间龃龉的论证特征。这可以理解为是力求将各经典间有机地统合起来的主导思想所至。也充分反映出对经典进而对经典注释的尊崇之意。从是非分明的现代人的角度看，这或许是难以认同的事，但我们似乎有必要对古人怀有的这种对经典及其注释的谨慎情怀给予理解。因为对处于那个时代的执政者、维护其统治的官僚集团、读书人以及士大夫们来说，经典是不容怀疑的至关重要的真理，是圣范之言。

本书收入的诗篇为小雅的《南有嘉鱼》至《采芑》的八篇。诗篇中出现了反映周宣王这一被誉为周室『中兴』之主的诗篇。《六月》就是歌咏周宣王北伐异民族猃狁的诗。而《采芑》是歌咏周宣王南征蛮荆的诗。

《毛诗正义》是基于毛传、郑笺的诗经旧注的集大成。而且，被尊为现代诗经解释基石的宋代朱子《诗集传》也如同四库全书总目提到的『不过攻小序耳。至于诗中训诂，用毛、郑者居多』。也就是说，其解释本身基本上是承继了《毛诗正义》。

以《诗集传》为代表的宋代诗经学承继了旧注集大成的《毛诗正义》的哪些东西？舍弃了哪些东西？为什么要这样取舍？即使从回答这些问题的角度去想，也有必要精准地理解和掌握《毛诗正义》的内容。

颇有日已暮而前程尚远的惆怅，也为能醉心于注疏世界之一隅而陶然。

屈　明昌　訳

目次

まえがき …… i
凡例 …… 1
毛詩小雅　南有嘉魚 …… 4
毛詩小雅　南山有臺 …… 31
毛詩小雅　由庚・崇丘・由儀（詩本文なし、序） …… 46
毛詩小雅　蓼蕭 …… 55
毛詩小雅　湛露 …… 94
毛詩小雅　彤弓 …… 120
毛詩小雅　菁菁者莪 …… 154
毛詩小雅　六月 …… 171
毛詩小雅　采芑 …… 251
あとがき …… 311
索引（引用書目・語彙） …… 321

毛詩注疏　訳注　小雅（三）

毛詩注疏　巻第十之一（《南有嘉魚》から《菁菁者莪》までの六篇［成王・周公の正小雅］）
巻第十之二（《六月》《采芑》の二篇［宣王の変小雅］）

毛詩小雅　鄭氏箋　孔穎達疏

凡例

○『毛詩正義』本文は足利学校秘籍叢刊（汲古書院影印本）『毛詩注疏』を定本とする（簡称、足利本）。

○足利本の他、次の諸本を用いて校勘を行っている。異体字については必要と判断される場合においてのみ注記し、原則的には校勘を記さない。なお、「己・巳・已」の三字は各版本、明確に区別してはいないようであり、適宜現代の通用に合うように判断して定めた。

①宋　槧本『毛詩正義』（巻八至巻二十四）武田科学振興財団　杏雨書屋所蔵（簡稱、單疏本）

②元　中国国家図書館蔵『毛詩注疏』元刻明補修本（中華再造善本）北京図書館出版社影印（簡稱、元刊本）
本書に扱っている小雅の詩篇部分には明補修部分はない。

③明　嘉靖年間刊『毛詩注疏』（簡稱、閩本）

④明　萬歴十四年北京国子監刊『十三經注疏』本（簡稱、監本）

⑤明　毛氏汲古閣刊『十三經注疏』本（簡稱、毛本）

⑥清　乾隆四年武英殿校刊、『十三經注疏』本（簡稱、殿本）

⑦清　文淵閣四庫全書『毛詩注疏』本（簡稱、全書本）

⑧清　重栞宋本『毛詩注疏』附挍勘記（嘉慶二十年江西南昌府學開雕）本（簡稱、阮本）

⑨宋　魏了翁『毛詩要義』、日本天理大学図書館所蔵宋淳祐十二年徽州刻本（『域外漢籍珍本文庫』、西南師範大学出版社・人民出版社影印）（簡稱、『要義』徽州本）

○書中引用している『經典釋文』は、各「注疏」間、引用文に異同がある場合が見られるが、その校勘は行わず、基本的に足利本所引のものに基づき、必要に応じて北京圖書館藏宋刻本（影印）により、注疏所引のものを補った所がある。

○文章の意味を取る上で必要と思われる部分は適宜、（　）括弧をつけて内容を補った。意味を付した場合、［　］括弧をその語の下に付けて示した。

○疏の文が長文に及んでいる場合、適宜分段して訳出している。

○書中の傍点はすべて訳注者が付したものである。

毛詩注疏　巻第十（注1）

南有嘉魚之什詁訓傳第十七

毛詩小雅　　鄭氏箋　　孔穎達疏

陸曰、自此至菁菁者莪六篇、并亡篇三、是成王周公之小雅。成王有雅名、公有雅德。二人協佐以致太平、故亦並爲正也。（陸德明『經典釋文』）

此れ《南有嘉魚》自り《菁菁者莪》に至る六篇、并びに亡篇三は是れ成王周公の小雅なり。成王に雅名有り、公に雅德有り。二人協佐して以って太平を致す。故に亦た並せて正と爲す。

陸德明曰く、此［《南有嘉魚》］から《菁菁者莪》までの六篇及び亡逸した三篇は成王・周公の小雅である。成王には雅名があり、周公には雅徳があった。二人は協力し合い助け合いながら太平の世をもたらした。それで併せて正雅としたのである。（『經典釋文』）

注

（1）毛詩注疏巻第十　足利本・元刊本、「毛詩註疏」巻第十、閩本「毛詩註疏」巻之十、毛本・監本「毛詩註疏」巻第十、阮本では「毛詩注疏」巻第十、殿本・全書本では、「毛詩注疏」巻第十七。單疏本は「毛詩正義　巻第十六」。以下各詩篇では各本の巻数を省略する。

南有嘉魚

南有嘉魚樂與賢也。太平之君子（校1）、至誠、樂與賢者共之也。

校勘記

（1）太平之君子　足利本・元刊本・閩本・監本・毛本、「太平君子」に作る。全書本、「太平之君子」に作る。『毛詩』（唐開成石經）・『毛詩』（四部叢刊本）（四部備要本）、「太平之君子」に作る。

《南有嘉魚》は賢と與《とも》にするを楽しむなり。太平の君子、至誠にして賢者と之を共にするを楽しむなり。

《南有嘉魚》の詩は（已に位に在る君子が、在野の賢者を朝廷に迎え入れて、共に朝政を担うことができ、）楽しく燕飲することができたらと願って作られた詩である。（周王朝初期の周公・成王の）太平な時代、（已に位に在り、職禄を有する）君子は、至誠篤実の心を有する人々で、（在野の賢者を朝廷に招き入れて）朝政を彼等と共に担うことができることを歓んだものである。

（鄭氏箋）樂得賢者、與共立於朝、相燕樂（注1）也。

鄭箋：「樂得賢者」とは（既に朝廷に於いて位に在る君子が、在野の）賢徳有る者と共に朝廷の列位に立って朝政を担い、酒宴の歓びを共にすることをいう。

注

（1）（『經典釋文』）樂與、音洛、又音岳。徐五教反。序文同。太平、音泰（tài）。後太平皆同。朝、直遥反。下註同。燕樂、音洛。下注皆同。

○『經典釋文』「樂與」の樂は音洛。又音、岳。徐邈は五教の反。序文も同じ。「太平」の太は音、泰。この後の太平は皆同じ。朝は直遥の反。下の注も同じ。燕樂の樂は音、洛。下の注皆同じ。

疏　南有嘉魚四章四句至共之

○正義曰、作《南有嘉魚》之詩者、言樂與賢也。當周公・成王太平（校1）之時、君子之人、已在位有職祿、皆有至誠篤實之心、樂與在野有賢德者、共立於朝而有之、願俱得祿位、共相燕樂、是樂與賢也。經四章皆是樂與賢者之事。

校勘記

（1）太平　足利本・單疏本・元刊本・閩本・毛本・殿本・阮本・全書本、「太平」に作る。監本、「大平」に作る。足利本注疏所引『經典釋文』には「太平」に作るが、北京圖書館藏宋刻本『經典釋文』には「大平」に作る。

疏

「南有嘉魚」四章、章ごとに四句より共之まで

正義：《南有嘉魚》の詩は、「樂與賢（賢者と與にするを楽しむ）」ことを詠ったものである（注1）。周公・成王の太平の時代、君子である人達は、已に官職に就いて職禄を有しており、皆至誠篤実の心を懐いている。彼等は（まだ禄位を得ていない）在野の賢德有る者と共に朝廷に立って（朝政を）保っていきたいと楽《ねが》い、また、彼

等も倶《みな》禄位を得られて、我等共々一緒に宴《うたげ》して楽しみたいものと願っている。というのが「樂與賢也（賢と與にするを樂しむ）」ということである（訳者注：「樂」に楽しむの意と、宴樂の意味とをかけていると思われる）。経文の四章、すべてこの「樂與賢者」の事をうたっている。

注

（1）《南有嘉魚》の詩は～　原文「作《南有嘉魚》之詩者、～」。正義では、毛序をパラフレイズするときに、一部の例外を除いて（例えば邶風《柏舟》・《日月》・《式微》等々）、多くは「作《詩篇名》之詩者～」という形で説明している。その意味合いであるが、「これこれの〈詩篇〉を作った人は～」と取ることもできるが、だとすると、邶風《緑衣》の毛序「緑衣、衛荘姜傷己也」についても、「正義曰、作《緑衣》詩者、言衛荘姜傷己也。」とあり、不自然な文脈になる（邶風《燕燕》も同様）。小雅《斯干》の毛序「斯干、宣王考成也」について、正義に「正義曰、作斯干詩者、宣王考室也。「作《詩篇名》之者」というのは、「《詩篇名》が作られたのは～」、或いは更に一般化して「《詩篇名》（の作）は」・「《詩篇名》の詩は～」の意味の用法であろう。正義には「言……者」（……というのは）、「知……者」（……のことが分かるのは）、「思……者」（……と思うのは）といった提示の仕方が頻用されており、類似の語法と思われる。

［一章］

南有嘉魚　　南に嘉魚《かぎょ》有り　　南方の河にはたくさんの良い魚がいる

烝然罩罩　　烝然《じょうぜん》として罩《ふ》せとり罩《ふ》せとる　　人々は待ちかねたかのように何度も捕獲の籠をかける

（毛傳）江漢之間、魚所産也。罩罩、篧也。

箋云、烝、塵也。塵然猶言久如也。言南方水中有善魚、人將久如而俱罩之、遲之也。喩天下有賢者、在位之人、將久如而並求、致之於朝、亦遲之也。遲之者、謂至誠也。

毛傳：長江、漢水一帯は魚の産地である。罩罩は篧［籠を設える、籠をふせる］（注1）である。

鄭箋：烝は塵［久しい］こと。塵然《じんぜん》とは久如［久しく］という意に近い（注2）。句意：「南方の河には良い魚がたくさんいる。人々は久如《ひさ》しく待ち望んでいたかのように、倶に漁獲籠でとろうとして、心待ちにしている」。この句は天下に賢者あれば、已に位に在る人々は久如《ひさ》しく待ちかねたかのようにあまねく彼等を捜し求め、その賢者を朝廷に仕えさせようとし、大いにこれを遲《ま》つ［その来たるや遲しと、待ち望む］ことを喩えている。「遲之」とは至誠（真心を尽くす）［真心を尽くして］これを待つ、という意味である。

注

（1）罩罩　『經典釋文』に「張教反［チョウ］。徐（邈）又都學反［タク］。篧也。『字林』、竹卓反［チャク］。云捕魚器也」とある。『康熙字典』は『廣韻』を引いて、都教切とする。現代の通音はトウ。また、篧は『經典釋文』に「助角反。郭［璞］云、捕魚籠也。沈音穫、又音護。説其形非罩也」とある。魚を取る籠、ここは動詞の用法。籠を設《しつら》える。「罩罩、篧也」とあるが、「罩、篧也」の意味。ただし、名詞ではなく、動詞としての用法。「魚を捕獲する籠」とあり、網とはやや異なるようであるが、滕志賢によれば、「編細竹爲之、爲無底之筐、漁人以手抑按於水中以罩魚。今江蘇水鄉猶可見之。」（『詩經讀本』三民書局）。「罩罩」を「罩《ふ》せとり罩《ふ》せとる」と訓読したのは、中村惕齋『詩經』（漢籍國字解全書）で、訓読はこれに依った。滕氏の説くところの動作に近い。

（2）烝然　『經典釋文』には「之承反［ジョウ］」。鄭玄は、塵の意に取る。王、衆也」とあり、鄭玄が塵ととる説［鄭玄は、「塵然は猶ほ久如と言うがごとし」、といい、塵は久しいの意味と取っている］を挙げるとともに、烝を衆《おお》い、従って烝然を多い貌、と取る王（肅）説をも挙げている。『文選』張衡「思玄賦」の「美襞積以酷烈兮、允塵遻而難虧の李善注に「塵、久也」とある。『爾雅』釋詁に「嚢、塵、佇、淹、留、久也」とある。「如」は「然」とほぼ同じで「語末助詞」（楊樹達『詞詮』、形容詞・副詞を形成する語尾。実義はない）。状態を現す接尾語。上に来る語は一字・二字等がある。

○（『經典釋文』）烝、之承反。（鄭、塵也。）王、衆也。罩、張教反。徐又都學反。『字林』竹卓反。云捕魚器也。篧助角反。郭云、捕魚籠也。沈音穫、又音護。説其形非罩也。遅、直異反。下同。

○『經典釋文』「烝は之承の反。（鄭玄は、塵の意に取る。）王肅は衆《おお》いの意に取る。罩は張教反。徐邈は又音、都學の反。『字林』では竹卓の反。魚を捕らえる器。篧は助角の反。郭璞は「魚を捕らえる籠」と云う（『爾雅』「篧謂之卓」の郭璞注）。沈重は音穫。又音護。その形は卓ではないという。「遅之」の遅は直異の反。以下同じ。

君子有酒　　君子に酒有り　　君子の家にはお酒がたくさんある

嘉賓式燕以樂　　嘉賓は式《もっ》て燕《うたげ》し以て楽しまむ　　在野の賢者［嘉賓］にこの美酒をふるまい、彼等と燕飲し、共に歓楽を尽くしたい

箋云、君子斥時在位者也。式用也。用酒與賢者燕飲而樂也。

鄭箋：君子とは当時、位［高官］に在った者。式は用［用いる］の意である。酒を用意して賢者と燕飲して楽しむ。

○（『經典釋文』）樂音洛、協句、五教反。得賢致酒、歡情怡暢、故樂。

○『經典釋文』「樂、音は洛。協句、五教の反（注1）。賢者を招いて酒をふるまい、暢やかな気持ちになるので、楽しくなる。」

注

（1）協句　「烝然罩罩」と「嘉賓式燕以樂」との句末の「罩」（張教の反）と「樂」（洛又は岳）の韻が合わないので、「樂」の字音を「五教の反（ゴウ）」と読み替えて、韻を踏んだものとする考え方。邶風《燕燕》三章「之子于歸、遠送于南。瞻望弗及、實勞我心」の脚韻字「南」と「心」とで韻が合わないことについて、『經典釋文』に「沈（重）云〈協句。宜乃林反。〉今謂古人韻緩、不煩改字」とある。陸徳明は古人は韻の踏み方が緩かったとする。また協韻ともいう。周南《關雎》の第五章「參差荇菜、左右芼之。窈窕淑女、鐘鼓樂之。」の「樂」について『經典釋文』に「音洛、又音岳。或云、協韻。宜五教反。」とある。藤堂明保氏によれば、こうした説の背景には、「まだ音韻の変化という歴史的な考え方が確立されていない。」ことがあるためであるとする（『中国文化叢書言語』「上古漢語の音韻」大修館書店刊、上の用例も同書に依る）。

疏　南有至樂（校1）

正義曰、言南方江漢之間有善魚、人將久如俱往、罩而罩。此善魚者人之所欲、已自將罩以求之、則思遲此魚、皆欲得之矣。以興在野天下之處有賢者、時在朝君子、久如並各樂而求之、有至誠之心。思遲此賢者、欲致之於朝（校2）、猶罩者之願魚也。君子既至誠如此、遂得賢者共立於朝。君子之家有酒矣。在野賢者嘉善之賓、既至用此酒、與之燕飲、以復歡樂耳。心遲其來、至即嘉樂。是至誠樂與賢也。

校勘記

（1）南有至樂　單疏本、「南有至以樂」に作る。足利本・元刊本・閩本・監本・毛本・阮本、「南有至樂」に作る（殿本・全書本は標起止［標題］なし）。

（2）欲置之於朝　單疏本・元刊本・閩本・監本・毛本・殿本・全書本、「欲致之於朝」に作る。足利本・阮本、「欲置之於朝」に作る。阮元「挍勘記」に「閩本・明監本・毛本、置作致。案所改是也」とある。「致」に作る方が、より適切であろう。

疏　南有より楽に至るまで

正義：［この章句の句意］南方、江漢の間［長江、漢水の間］には善い魚がたくさんいる。人々は久如しく待ち望んで共に往き、皆、魚かごをふせて魚を取り、魚かごをふせて魚を取る（注1）。この善い魚は皆が手に入れたいと願うものであり、私自ら魚かご［網］を用いてこれを取ろうとするのは、是非この魚をほしいと待ち望み（注2）、皆がこの魚を手に入れたいと願うからである。

と言って、「野に在る天下すべての賢者たちを、その時既に朝廷に在る君子達は久如しく（待ち望んでいたので）、みなそれぞれ心から彼等を求め、至誠の心をもって賢者（の来るの）を待ち望んでいた」ということを言い興している。

在位の君子が（この在野の）賢者たちを待ち望み、彼らを朝廷に置きたいと思うのは、ちょうど魚籠で魚を取る者が魚をたくさん手に入れたいと願うようなものである。在位の君子がこのように至誠をもって迎えようとしたので、首尾良く賢者たちを迎えて、彼等と共に朝廷に立つことができた。（既に官に在る）君子の家にはお酒がたくさんある。在野の賢者は君子の嘉いお客様。彼等がやって来てくれたので、この美酒をふるまって彼等と燕飲し、歓楽を尽くすのである。心に賢者の来るのが遅いと待ち望んでいたので、賢者がやって来ると、彼等を歓待し共に楽しむのである。これが、序文の「至誠、樂與賢（至誠もてまち、賢と與に［するを］楽しむ）」の意味するところである。

注

（1）魚かごをふせて魚を取り、魚かごをふせて魚を取る　この前後の文章、句切り方に異説がある。原文「人將久如倶往罩而罩此善魚者人之所欲」、どこで句切るかの問題であるが、下の正義に、「重云罩罩非一也」、「重言罩罩、衆自明矣」と云っていることから、「罩而罩」で切れるものとした。『儒藏』經部詩類『毛詩注疏』では、「人將久如倶往罩。而罩此善魚者，人之所欲。」と句切っている。國立編譯館『毛詩正義』では「人將久如倶往罩。而罩此善魚者，人之所欲，」とする。両者ほぼ同じ（後のつながりがやや異なるようであるが）。「人將久如倶往罩。而罩此善魚者、人之所欲」は「人、將に久如《きゅうじょ》として倶に往き罩せんとす。而ち此の善魚を罩するは、人の欲する所なり」と読んでいるのであろう。「人之所欲」の主語が「罩此善魚者」となるのは、不自然ではなかろうか。

（2）ほしいと待ち望み　原文「思遲此魚」。この遲について、『後漢書』章帝紀に「朕思遲直士、側席異聞。」の李賢注に「遲、猶希望也」とある。

○傳江漢至罶也

正義曰、言南、知江漢間者、以言善魚南方魚之善者莫善於江漢之間、且言善魚者、謂大而衆多、多大之魚、必在大水。南方大水、唯江漢耳。

必取善魚者、以喩賢者之有善德也。此實興、不云興也、傳文略、三章一云、興也。擧中、明此上下、足知魚雝皆興也。

釋器云、「篧謂之罩。」李巡曰、「篧編細竹以爲罩、捕魚也。」孫炎曰、「今楚篧也。」郭璞曰、「今魚罩。」然則罩以竹爲之、無竹則以荊、故謂之楚篧。重云罩罩、非一也。

○毛傳の江漢より篧也まで

正義：「南」とだけあるのに、それが「江漢の間（長江と漢水の間）」であることが分かるのは、善魚で、南方の善魚といえば、江漢の間（にとれるもの）より良いものはない。しかも善魚といっているのは、その魚は大きくてしかもたくさんいるということであり、たくさんの大きな魚は大河にしかいない。南方の大河といえば、ただ長江・漢水に限られるからである。

（この句で）善魚（詩の「嘉魚」）の語を用いねばならなかったのは、これを善徳ある賢者に喩えるためである。ここのところは実際は「興」であるのに、（毛傳で）「興」と云っていないのは、毛傳の文章が質略［簡略］であるからで、三章にのみ「興なり」と云っている。（このように四章立ての詩句の）中間に「興」と提示していることから、明らかに、この上下（の章の）「魚」「雝」も「興」であることを知ることができる（注1）。

『爾雅』「釋器」に「篧謂之罩（「篧、［又音、ゴ］之を罩と謂ふ」）」とある。李巡は「篧とは細い竹を編んで罩を爲る、魚を取るかご」という。孫炎は「今の楚篧である」という。郭璞は「今の魚罩」という。だとすれば、罩は竹でもって作り、竹がなければ、荊でもって作るのであり、だからこれを楚篧と謂うのである。罩罩と重ねたのは、その動作が一度だけではない事［「罩而又罩」ということ］を意味している（注2）。

注

（1）この上下（の章の）「魚」「雝」も「興」　この毛傳では三章とも興体であるとみなす正義の解釋について、李庶常は「傳于三章始言興、則後二章是興、而前二章爲賦」と言い、続けて「序言太平君子至誠、樂與賢者共之。毛意蓋謂君子思魚御賓、相與燕樂也。傳云、江漢之間、魚所産也。罩罩籗［＝篧］也。似不見有至誠意。然『文選』潘安仁〈西征賦〉云、『紅鮮紛其初載、賓旅竦而遲御（紅鮮紛として其れ初めて載《もう》けられ［設けられ］、賓旅竦《つつし》みて御を遲《ま》つ）』李善註毛萇『詩傳』曰、『南方有魚、遲之也。』是唐初本首有此二句。言君子思待此魚、以燕嘉賓、至誠如是。傳箋意別。正義以箋述之誤也。」（『毛詩紬義』）と、唐代初めの毛傳には「江漢之間、魚所産也。罩罩籗也」の前に「南方有魚、遲之也。」の句があったこと、そして毛傳の意味するところは、君子がこの魚を手に入れて賓客を御《もてな》し、相共に宴樂しようと思い待つ［願う］、このようにも賓客に真心をつくしている、ということであろうと言う。毛傳と鄭箋の解釈は異なっている。

（2）罩罩～　原文「重云罩罩、非一也」。これは罩すという動作・事柄が一度ではない、何度も罩する、「罩而又罩（罩し又た罩す）」という意味であろう。「罩罩、取之不已也。」（范氏説。『呂氏家塾讀詩記』所引）。「嘉魚羣然入網、罩之又罩、取之不竭」（『呂氏家塾讀詩記』）等、同じ方向の意味。

以下の正義による鄭箋の解釈によれば、魚を求める人が多い、またその譬喩である（在野の賢者を求める）在位の人が多い、たくさんの人が罩する、（ある人が罩し、またある人が罩す）ことと取っている。その場合、「非一也」とは、一人だけでなく、あちらの人もこちらの人も、といった意味ととることになろう。

また、このことについて、王安石は陸農師の説「太平之君子至誠樂與賢者共之、而所以求者上籠之如罩、下撩之如汕、至誠之道也。淮南子曰：『罩者抑之、罾者擧之。爲之雖異、得魚一也。』」を引いて、「觀此、則知詩人先言罩、後言汕者、以見其求賢無方也。」という（『詩義鉤沉』中華書局、一九八二年刊）。陸佃《りくでん》（字は農師）は王安石の学生。陸佃の説はほぼ同文が『呂氏家塾讀詩記』（四部叢刊）にも引用されている。罩は上から籠をかぶせて魚を捕ること、汕とは下からすくい上げるようにして魚を捕ること。詩に先に罩と言い、後に汕と言うのは、その両方の捕獲法を用いるように、様々な方法で賢者を求めることを表しているとする。

○箋烝塵至至誠

正義曰、「烝、塵」、「釋言」文。「釋詁」云、「塵、久也。」鄭欲烝爲久、故言「烝、塵也。」又云、「塵然」猶言「久如」。是以塵爲久、然爲如也（校1）。不言烝爲衆者、以此罩魚喩求賢、久如欲往罩之、是欲魚之甚。以興君子久如欲求賢爲思遲之極、若以爲衆、止見求魚之多（校2）、無關思遲之義、則於至誠之事不顯。故云、「遲之謂至誠也」。重言罩罩、衆自明矣。不假復言衆也。故云、「人將倶往」、是衆可知。喩天下有賢、在位之人、久如並求之、斯即在朝之君子、衆皆求賢。其「並」與「倶」皆出『經』重「罩」而求也。

校勘記

（1）塵然猶言久如。是以塵爲久、然爲如也　足利本・閩本・監本・毛本・殿本・全書本・阮本、「塵然猶言久然爲如也」に作る。單疏本・『要義』（徽州本）、「塵然猶言久如。是以塵爲久、然爲如也」に作る。阮元「毛詩挍勘記」に「案久下當脱〈如塵爲久〉凡四字。以久字複出而誤也」という。單疏本等に「塵然猶言久如。是以塵爲久、然爲如也」とあるのに従う。

（2）止見求魚之多　單疏本・閩本・監本・毛本・阮本・殿本・全書本、「止見求魚之多」に作る。足利本・元刊本、「上見求魚之多」に作る。阮元「挍勘記」に「閩本・明監本・毛本、上作止。案所改是也」という。「止」に作るのが妥当。

○鄭箋の烝塵より至誠まで

正義：「烝は塵」というのは『爾雅』「釋言」の文。「釋詁」には、「塵は久なり」とある（注1）。鄭玄は烝を久の意味に取ろうとしたので、（これらを踏まえて）「烝は塵」と言ったのである。また「塵然は猶ほ久如と言ふがごとし」と云っている。つまり、「塵」を「久」と取り、「然」を「如」（の用法）と取っている。烝を衆（多い）の意としていないのは、この「魚を罩《とう》す［竹で編んだかごでとる］」ということを賢者を求めることに喩え、久如《ひさ》しく心待ちにして（魚を捕りに）往き籠網をかけようとするというのは、是が非でも魚を手に入れようとすることと取るからである。そうして（この句「南有嘉魚、烝然罩罩」は）君子が久如として賢者を求めようとして思い待つことの極みであることを言い起こしているとするためである。もし、「烝」を「衆（多い）」の意味にとれば、ただ魚を捕ろうとする人が多い、ということを表すだけで、「思遲（思い遅《ま》つ）」の意味と関係がなくなって、「至誠」のことがはっきりと表れない。だから、「之を遲つとは至誠を謂ふなり」［既に在位の君子が在野の賢者を心底から待ち望む］と云っているのである。

（詩に）「罩罩」と重ねて言っているので、（人が）「衆（多い）」ことは自ずから明かである。それで（烝を衆いの意味に取って）、更にまた「衆（多い）」と言うのをよしとしなかったのである。だから、「人將倶往（人、將に倶に往かんとし：［在位の］人々は皆共に往こうとして～）」といっており、これから（人が）「衆い」のであることは自ずから知られる。これは天下の賢者を、今在位の人々が久如として求め（「在位之人久如、並求之（在位の人、久如として並に之を求め）」）ることを喩えている。すなわち、朝廷に在る君子達が衆く皆（野に在る）天下の賢德有る者を求めているのである。その（鄭箋の）「並」と「倶」とは、どちらも經文が「罩罩」と罩を重ねている（「罩《とう》し罩《とう》し」）ことから求められ、出てきているものである。

注

（1）『爾雅』「釋詁」に「曩、塵、佇、淹、留、久也（曩、塵、佇、淹、留は久なり）」とある。「久如」の「如」は「然」と同じ働きの語（語尾助詞）とすれば、「久しい貌［久しく〜、待ち望んで〜］」といった意味となろう。

補注

この鄭箋の解釈について、黄焯は『經典釋文』に引かれている王肅の「烝、衆也」と取るのを是とした上で、「箋顧序太平之君子至誠句、而烝然爲久如、以顯思遲之旨、説甚拘滞。序云至誠、自指經中君子燕嘉賓言、不必定以毎章二句當之也（鄭箋は毛序の「太平之君子至誠」の句意を考慮して「烝然」を「久如」と取り、「思遲」の意味をはっきりさせようとしたもので、この説は大変（毛序に）拘りすぎて意味が通りにくい。毛序に云う「至誠」は経文中の君子・嘉賓を指して言ったもので、必ずしも毎章二句にこれを当てはめようとする必要はない）」（『毛詩鄭箋平議』）という。妥当な評であろう。

○箋君子斥時在位者

正義曰、鳧鷖與此序皆云太平之君子。彼注云、君子謂成王（校1）、與此不同者、以彼序云、能持盈守成則神祇祖考安樂之矣。經陳祭天地宗廟、是太平之君子爲百神之主、非王不然、故知君子謂成王。此序云、「樂與賢者共之」、言與言共是等夷之稱、非人君之辭、故知斥在位者也。且人君求賢至誠不足以爲美矣。人臣事君、多在專利、以文仲之賢、尚稱竊位、知賢不妬、自古所稀。假有擧薦、或事不獲巳。至誠者寡。今太平君子、至誠樂賢、故所以爲美耳。下章箋曰（校2）、君子下其臣、故賢者歸往之、似斥成王者。此言君子博關朝廷公卿、『孝經』唯士言爭友大夫以上、則有爭臣。是公卿之於下民有臣之道、且人之進賢、唯善所在。公叔文子升家臣於公（校3）、所樂之賢、或是巳之私屬、故箋言臣以通之。王肅・孫毓亦以爲在位朝廷之求賢、則毛亦不斥成王、明矣。

校勘記

（1）彼注云、君子謂成王　單疏本・足利本・元刊本・閩本・監本・毛本・阮本・殿本・全書本、皆同じ。異本なし。阮元「挍勘記」に「案浦鏜云、斥誤謂、是也。正義下云、則毛亦不斥成王、明矣。是本引此作斥也。」と云う。この正義の下の所「則毛亦不斥成王、明矣」とあって、ある本はこれを引いて「斥」に作っている、という。「鳧鷖」の鄭注に「君子斥成王也」（四部備要本〔相臺岳氏本に據って校刊〕『毛詩鄭箋』）とあるのに依る、というべきであろう（なお南宋巾箱本『毛詩詁訓傳』には「…成王也」の也を之に作る）。ここは、各本同じであるので、強いて変えることはしない。

（2）曰　『要義』に「云」に作る。

（3）升家臣於公　單疏本・閩本・監本・毛本・殿本・全書本・『要義』（徽州本）、「升家臣於公」に作る。足利本・元刊本・阮本、「升家臣以公」に作る。阮元「挍勘記」に「閩本明監本毛本以作於。案所改、非也。正義所引自如此。」という。單疏本・『要義』に既に「於」に作っており、「升家臣於公」とする。

○鄭箋の君子斥時在位者について

正義：《鳧鷖《ふえい》》（大雅「生民の什」）の序とこの序は、共に「太平の君子」と云っている。彼処の鄭注では、その君子とは成王のことを謂うとあって、ここの序とは異なっている。《鳧鷖》の序では、「能持盈守成、則神祇祖考、安樂之矣（「太平之君子」能く盈を持し、成を守れば、則ち神祇祖考、之に安樂す）」（注1）とあり、詩の本文では天地・宗廟を祭ることを陳べており、この太平の君子は百神の主であるので、王でなければその役割は果たせない。だから、君子とは成王であることが分かる。

この序では「樂與賢者共之（賢者と之を共にするを楽しむ）」とあり、「與」と言い、「共にする」と言っているのは、等夷［同列］の物の言い方であって、人君のことをいう言葉づかいではない。それゆえ、ここは在位の者［在朝の者］を指していることが分かる。しかも人君が賢者を求めること至誠であるのは、格別美となすには当たらない。臣下が君主に事えるのは、その多くは利益を専らにすることにあり、賢者の（魯の大夫）臧文仲ですらなお「位を竊《ぬす》む［高位にある者が、或る人が賢者であることを知りながらも、その人を推挙せず、高官としての務めを果たさず、自らはその位に安んじている］」と言われたりしており（注2）、賢者が妬まれないというのは、古より稀なことであることが分かる。仮に推挙することがあっても、或いは職分上、已むを得ず推挙しているだけであり、真心から推挙する場合は少ない（補注）。今、太平の君子が至誠から賢者が位に就くのを喜ぶので、これは誉め称えるに値するのである。

下の章の鄭箋で「君子下其臣、故賢者歸往之（君子、其の臣に下る、故に賢者、之に歸往す）」といっており、この君子とは成王を指しているようである。しかしここで君子といっているのは、博く朝廷の公卿たちのことに関していっている。『孝經』によれば、唯だ士のみについて争友《そうゆう》［諫争の友］と言い、大夫以上には争臣《そうしん》［諫争の臣］有り、ということになる（注3）。これは公卿と下民との関係では、その間には臣としての道があることを意味している。且つ人が賢者を薦めるのは、ただ善であるかどうかを基準とするものであり、公叔文子は家臣を（衛の）朝廷（の大夫）に昇進させたのは、楽しむ［期待する］所の賢者であった（注4）。或いはこれは自分の家臣であったかもしれない。このようなことから、鄭箋で、臣［時の在位の者］と言って、これらの例と意味が通じ合うようにしたのである。王肅・孫毓も、朝廷に在位しているものが、賢者を求めると考えている。そうであれば、毛公もまたここでの太平の君子は成王のことを指してはいないとしていることは明らかである。

注

（1）能持盈守成、則神祇祖考、安樂之矣　正義は「致太平之君子成王、能執持其盈滿、守掌其成功、則神祇祖考皆安寧而愛樂之矣」とパラフレイズしている。

（2）賢者の臧文仲～　『論語』「衛靈公」に「子曰、臧文仲其竊位者與。知柳下惠之賢、而不與立也（子曰く、臧文仲は其れ位を竊《ぬす》める者か。柳下惠の賢なるを知るも、与《とも》に（朝廷に）立たざるなり」とある。

（3）『孝經』によれば～　『孝經』「諫諍」に「子曰、…昔者天子有爭臣七人、雖無道不失其天下、諸侯有爭臣五人、雖無道失其國、大夫有爭臣三人、雖無道不失其家、士有爭友則身不離於令名、…（子曰く、…昔者《むかし》天子に爭臣七人有れば、無道なりと雖もその天下を失わず、諸侯に爭臣五人有れば、無道なりと雖もその国を失わず、大夫に爭臣三人有れば、無道なりと雖もその家を失わず、士に爭友有れば身、令名を離《うしな》わず、…）」とある。

（4）公叔文子～　『論語』「憲問」に「公叔文子之臣、大夫僎與文子同升諸公。子聞之曰、可以爲文矣（公叔文子の臣、大夫僎《せん》、文子と同に公に升る。子、之を聞きて曰く、以て文と爲す可きかな、と）」とある。衛の大夫、公叔文子が自分の家臣である僎を推薦して、自分と同じ衛の大夫としたことをいう。

補注

「臣下が君主に事えるのは、その多くは利益を専らにすることにあり、賢者の（魯の大夫）臧文仲ですらなお「位を竊《ぬす》む、と言われたりしており、賢者が妬まれないというのは、古より稀なことであることが分かる。仮に推挙することがあっても、或いは職分上、已むを得ず推挙しているだけであり、真心から推挙する場合は少ない。」正義の作者自ら（といっても具体的に誰であるかは分からないが）の、宮仕えの経験から得たと思われる人間観察が吐露されているかのようで、興味深い。

南有嘉魚　　南《みなみ》に嘉魚《かぎょ》有《あ》り　　南方にはたくさん魚がいる
烝然汕汕　　烝然《じょうぜん》として汕汕《さんさん》［汕《あみ》をかけ汕をかけ］　　待ちに待ったように網をかける

毛傳：汕汕、樔也。
箋云：樔者今之撩罟也。
毛傳：汕汕《さんさん》は樔《そう》［魚を捕る網］（注1）である。
鄭箋：樔《そう》とは今の撩罟《りょうこ》（注2）である。

○（『經典釋文』）汕、所諫反。樔也。『説文』云、「魚遊水貌。」樔、側交反。字或作罺、同。撩、力弔反。又力條反。沈旋力到反。
○『經典釋文』汕は所諫の反。樔のこと。『説文』に「魚が水の中を游ぐ貌」とある。樔は側交の反。この字、罺に作るのもある。同じ意味。撩は力弔の反。又、力條の反。沈旋［字士規、沈約の子］は力到の反、とする。

注

（1）槮《そう》　『經典釋文』に『説文』を引いて、「魚の水に遊ぶ貌」としている。これによれば、経文の解釈が変わることになる。後の毛傳「汕汕、槮」の注（1）参照。

（2）撩罟《りょうこ》　『爾雅』「釋器」に「槮謂之汕」とあり、その郭璞《かくはく》注に「今之撩罟」とある。魚取り網、掬い網。

疏　傳汕汕槮

正義曰、釋器云、槮謂之汕。李巡曰、「汕以薄魚也。」（校1）孫炎曰、「今之撩罟。」皆以今曉古。

校勘記

（1）李巡曰汕以薄魚也　足利本・元刊本・阮本、「李巡曰汕以薄魚也」に作る。單疏本、「李巡曰汕以簿汕魚也」に作る。閩本・監本・毛本・殿本・全書本、「李巡曰汕以薄汕魚」に作る。阮元「挍勘記」に「閩本・明監本・毛本、〈魚也〉作〈汕魚〉。案『爾雅』疏引作『汕以薄汕魚也』。此當〈汕〉・〈也〉並有、各脱其一。」という。

先ず「簿」と「薄」について、竹冠・草冠のどちらに作るのも正しい。混用されることが多い。漁とり網。因みに挍勘記所引の爾雅疏も阮元本では簿に作っている（『毛詩注疏　小雅　訳注（二）』「魚麗」篇「校正」及び「曲簿」注参照）。

單疏本に「李巡曰汕以簿汕魚也（李巡曰く、汕は簿を以て魚を汕するなり）」に作るのが妥当であろう（汕を説くのに汕を用いるのに違和感があるが）。「李巡曰汕以薄魚也」に作っているのは、「李巡曰く、汕とは以って魚に薄《せま》るものなり」と読んだのであろうか。

疏 毛傳の「汕汕、樔」について

正義：『爾雅』「釋器」に云う、「樔《そう》とは汕《さん》のこと」。李巡は「汕とは薄［魚を捕る籠］で魚をとるもの」と云う（注1）。孫炎は「今の撩罟《りようこ》」と言っている。李巡・孫炎とも、その時代の物で古のことを明らかにしようとしている（注2）。

注

（1）『經典釋文』では、「汕汕、所諫反、樔也。」とする一方、「『説文』云魚游水貌」と『説文』を引いて、汕汕とは「魚游水貌（魚が河を泳いでいる貌）」とする。後者の説では「烝然汕汕」は「たくさんたくさん、魚が河を泳いでいる」といった意味となろう。

（2）その時代の物で〜「以今曉古」、『爾雅』疏に云う「以時驗而言也」とほぼ同じ。このように指摘するのは、注釈の方法として、その信頼性にやや不安を持っていることを表しているものか。

君子有酒　　君子《くんし》に酒《さけ》有り　　君子にはたくさんの酒がある

嘉賓式燕以衎　　嘉賓《かひん》は式《もつ》て燕《うたげ》し以《もつ》て衎《たの》しましむ　　賓客にはこの酒をふるまってもてなし、大いに楽しんでいただこう

毛傳：衎、樂也。

毛傳：衎《かん》とは楽しませること。

○（『經典釋文』）衎、若旦反。

○『經典釋文』衎は若旦の反。（現代音、kàn）

南有樛木　南《みなみ》に樛木《きゅうぼく》有《あ》り　南方に樛然《きゅうぜん》と枝を垂らしている木が生えていて

甘瓠纍之　甘瓠《かんこ》、之《これ》に纍《から》む　甘瓠《かんこ》が之に纍《から》みついていく

毛傳：興也。纍、蔓也。

箋云、君子下其臣、故賢者歸往之。

毛傳：興である。纍《るい》は蔓《つる》のこと。

鄭箋：君子がその臣下にへりくだるので、賢者もその君子のもとに身を寄せようとする。

○（『經典釋文』）樛居虯反。瓠、音護。纍、力追反。本亦作虆、同。下、遐嫁反。

○『經典釋文』樛は居虯の反。瓠、音護。纍は力追の反。一本に亦た虆に作る、同じ。下は遐嫁の反。

君子有酒　君子《くんし》に酒《さけ》有《あ》り　君子の下にはたくさんの酒が用意されている

嘉賓式燕綏之　嘉賓《かひん》は（これを）式《もっ》て燕《うたげ》し之《これ》を綏《やす》んず　賓客にはこの酒をふるまってもてなし、安らいでいただこう

箋云、綏、安也。與嘉賓燕飲而安之。鄉飲酒曰、賓以我安。

鄭箋：綏とは安んずること。賓客と酒食を共にして、これをもてなし安らいでもらう。（『儀禮』）「鄉飲酒禮」に「賓、我を以て安んぜよ」とある（解釈等、「疏」参照）。

疏 南有至綏之

正義曰、言南方有樛然下垂之木、甘瓠之草、得上而纍蔓之（校1）、以興在位有下下之君子、故在野賢者得往而歸就之。言君子之下下猶樛木之下垂、賢者所以往矣。則用此酒燕飲而安之。

校勘記

（1）得上而纍蔓之　單疏本・足利本・元刊本・閩本・監本・阮本・殿本・全書本、同じ。毛本、「得上面纍蔓之」に作る。「挍勘記」に「毛本、而誤面」という。

疏 「南有」より「綏之」に至るまで

正義：「南方に樛然《きゅうぜん》として枝を曲がり垂らしている木があり、甘瓠の草がこれに上っていって絡《から》まりついている」といって、「在位の者が下位の君子にへりくだるので、在野の賢者がその在位の高官の下に趣き、身を寄せる」ということを導き出している。君子が下の者にへりくだるということは、樛木が枝を下に垂らすことに似ており、（君子がそのような態度を取るので）賢者たちがその君子の下に趣くのである。そうすれば、君子はこの酒でもって燕飲し、賢者を楽しませる。

○箋鄉飲酒曰、賓以我安

正義曰、案「鄉飲酒」、燕飲而安之（校1）、無「以我安」之文。「燕禮」「司正洗觶、南面、奠于中庭、升、東楹之東受命、西階上北面、命卿大夫、「君曰、『以我安』。」卿大夫皆對曰、『諾、敢不安。』」則此文在「燕禮」矣。言鄉飲酒者誤也。定本亦誤。以南陔與由庚之箋皆鄉飲酒燕禮連言之。故學者加鄉飲酒於上、後人知其不合兩引、故略去燕禮焉。今本猶有言燕禮者。

校勘記

（1）案「鄉飲酒」、燕飲而安之　單疏本・足利本・元刊本・閩本・監本・毛本・阮本・殿本・全書本、『毛詩要義』（徽州本、「南有嘉魚」三）同じ。阮元「挍勘記」に「案浦鏜云、『下五字當衍文』、是也。此寫者涉上文而誤」とある。妥当な見解であろう。訳文はこの五字を残したままとした。

○鄭箋の「鄉飲酒曰、賓以我安」について

正義：『儀禮』「鄉飲酒禮」には燕飲して之［賓客］を安んずる際の部分に「以我安」の文章はない。『儀禮』「燕禮」には「司正洗觶、南面、奠于中庭、升、東楹之東受命、西階上北面命卿大夫曰、君曰、以我安。卿大夫、皆對曰、『諾、敢不安。』（司正［賓主の礼を正す者］觶《し》を洗ひ、南面して中庭に奠《てん》し、升りて、東楹の東に命を受け、西階上にて北面し、卿・大夫に命じて、君曰く、我を以て安んぜよ、と。皆対へて曰く、諾。敢へて安んぜざらんや、と。）：「司正が角觶を洗い庭の中央に来て、南に向かって坐し、觶を地上に置き、西の階段より升り、東楹の東において君命を受け、その後西の階段のところに行って北に向かって卿・大夫に対して君の命令を伝えて、「君主は言われました、『どうぞ皆様にはごゆっくりとおくつろぎください』とのことです」。卿・大夫は皆それに答えて『分かりました。ゆっくりくつろがせていただきます』という。」とある（注1）。つまり、この文章は「燕禮」にあるものであって、「鄉飲酒」と言っているのは誤りである。定本も誤っている。《南陔》と《由庚》

の鄭箋そのどちらも「鄉飲酒」「燕禮」と連言しているので、学者が（ここも本来の「燕禮」の）上に「鄉飲酒」の語を加えたもので、後の人々は、両方ともは引くべきでないと考え、「燕禮」という語を省略したのである。今のテキストにはなお「燕禮」の語を残して（「燕禮・鄉飲酒」と連言して）いるものがある（注2）。

注

（1）「燕禮」『儀禮』「燕禮」に、ほぼ同文「司正洗角觶、南面坐奠于中庭、升、東楹之東受命、西階上北面、命卿大夫、『君曰、「以我安卿大夫。」』皆對曰、『諾、敢不安。』」とある（傍点部分のみ異なる）。

（2）阮元「挍勘記」に「此正義據當時或本猶有鄉飲酒燕禮連言者、而定其誤如此也。今無其本矣。」正義の当時の或本にはなお鄉飲酒・燕禮と連言するものがあったのであろう、という。

翩翩者鵻　翩翩《へんぺん》たるは鵻《すい》　ひらひらと飛ぶのは鵻《はと》、（あの鵻のごとく、在野の賢者が在位の君子に専一の心を持ち続けている）

烝然來思　烝然《じょうぜん》として来思《らいし》す　私［在位の君子］も久しく彼等［在野の賢者］の来るのを待ち望んでいた

傳：鵻、壹宿之鳥。

箋云、壹宿者、壹意於其所宿之木也。喻賢者有專壹之意於我。我將久如而來遲之也。

毛傳：鵻［ハト］は宿っている木にひたすら棲みつづける性質を持つ鳥。（騰志賢『詩經讀本』に「鵻、鳥名、今稱鵓鴣」）

鄭箋：壹宿とは宿っている木にひたすら棲みつづけるの意味。賢者が私に対して専一の心を持ち続けていることを喩えている。私も久如として久しくこころからこの賢者を待ち望んでいる（注1）。

注

（1）我將久如而來遲之也　訓読：「我も将に久如として来たること（之を）遅しとせん（とす）」となろうか。（該当箇所正義：「我君子亦久如願來」）。

○（『經典釋文』）翩、音篇。鵻、音隹、本亦作隹。

○『經典釋文』翩は音篇。鵻は音隹《すい》、一本に亦た隹に作る。

君子有酒　　君子《くんし》に酒有《さけあ》り　　在位の君子の家にはたくさんの酒が用意されてある

嘉賓式燕又思　　嘉賓《かひん》は式《もっ》て燕《うたげ》し又《ま》たす　　この野に在った賢者たちはよいお客様であり、彼らが来てくれたので、この酒を振る舞って、宴飲し手厚くもてなそう

箋云、又復也。以其壹意、欲復與燕、加厚之。

鄭箋：又は復た［さらに～する］の意。賢者の心が専一であるので、私も彼らと再び燕飲し、手厚くもてなす。

○（『經典釋文』）復、扶又反。下同。

○『經典釋文』復は扶又の反。以下同じ。

疏　翩翩至又思

正義曰、上章云、君子思遲賢人、此章言賢者願往。翩翩而飛者、是鵻鳥也。此鳥由壹意於其所宿之木、故

久如欲來、所以翩翩而飛來集於木也。以喩在野之賢者有專壹之意、我君子（校1）亦久如願來、今來在於我君子之朝、言君子求之至、故賢者意能專壹也。在位君子之家有酒矣。此在野賢者嘉善之賓、既來用此酒與之燕又燕也。思皆爲辭。燕又燕、頻與之燕、言親之甚也。

校勘記

（1）有專壹之意、我君子　阮元「挍勘記」に「案我上當有於字」という。單疏本・足利本・元刊本・監本・閩本・毛本・殿本・全書本・阮本、すべて「有專壹之意我君子」に作る。補わず、各本のままとした。

疏 の翩翩より又思まで

正義：上の章句では君子が賢人を思い待ちわびることを云っており、この章句では賢者が（君子のところへ）往きたいと願っていることを言っている。翩翩と飛んでいるのは、鵻《はと》の鳥。この鳥は自ら宿っている木にひたすら宿り続けるので、久如として久しく待ち望むようにやってこようとしていた。かくて、翩翩としてこの木に飛来して集まってくる。これは、在野の賢者が専一の心を持っているので、我が君子もまた久如として心から彼らの来るのを待ち望んでいる。今や賢者は我が君子の属する朝廷に在任している、これは君子が彼らを真心を持って求めたことを意味しており、賢者たちも心を専一にして（仕えることが）できることを喩えている。在位の君子の家にはたくさん酒がある。これ等野に在った賢者たちはよいお客様であり、彼らが来てくれたので、この酒を振る舞って、彼らと宴飲しまた宴飲しよう。「思」というのは助辞。「燕又燕」とは、しきりに彼らと飲み交わすこと、大層親しむことを意味している（注1）。

注

（1）「燕又燕」とは～　この「燕又燕」以下の文章は、疏にさらに注を施したもののようである。

○箋云、壹宿至遲之

正義曰、毛言壹宿義微、故申之云、「壹宿者、壹意（校1）於其所宿之木也。」夫擇木（校2）之鳥愨謹、故將宿於木、專壹其心、故特以鵻鳥爲喩。以鳥之擇木、喩賢者有專壹之意於我。此我謂君子也。「將久如而來、遲之」者、賢者遲君子、物類相感、所以相思遲之也。『定本』「式燕又思」下有「箋云又復」也。以其壹意欲復與燕、加厚之也。俗本多無此語。

校勘記

（1）壹意　足利本・阮本、「一意」に作る。單疏本・閩本・監本・毛本・殿本・全書本、「壹意」に作る。

（2）擇木　足利本・閩本・監本・毛本・阮本、「擇木」に作る。單疏本・殿本・全書本、「不」に作る。「夫不」は鵻の別名。一般的に「木を擇ぶ鳥が愨謹」、というのは無理があるので、「夫不の鳥は愨謹」とある方が、「夫れ木を擇ぶの鳥は愨謹」とあるより勝る。「挍勘記」に「案此當作鵻夫不之鳥愨謹。用四牡傳箋之文也」とある。「四牡」の毛傳に「鵻、夫不也」とあり、鄭箋に「夫不、鳥之愨謹者、人皆愛之」とある。

○箋云、壹宿から遲之まで

正義：毛傳では壹宿の意味がはっきりしないので、鄭箋ではこれを敷衍して「壹宿者、壹意於其所宿之木也壹宿者（壹宿とは其の宿る所の木に壹意なるなり）」と云っている。夫不鳥［雝］は質実で謹しみ深いので、（擇《えら》んでその）木に宿ろうとした以上は、その心を専一にして（その木に宿り続けようとする）。それで、特に雝鳥を喩えに用い、鳥が木を擇ぶことでもって賢者がひたすら私に心を寄せてくれていることを喩えている。「於我」の我とは、君子を指している。久如として（賢者の来るのを）待ちわびるとは、賢者が君子を待ち望めば、類は類を相感じ合い、互いに待ち望むのである。定本では「式燕又思」の下に「箋云又復也」とある。そのこころが一意であるので（宴飲した上で）またさらに賢者たちと宴飲し、手厚さを加える、という意味となる。俗本では多くこの語がない。

南有嘉魚四章章四句（南有嘉魚　四章　章ごとに四句）

南山有臺

南山有臺樂得賢也。得賢則能爲（注1）邦家立太平之基矣。

南山有台は賢を得るを楽しむなり。賢を得れば能く邦家の爲に太平の基を立つ。

《南山有臺》の詩は臣下に賢者を得ることができたことを喜んだものである。賢者を得れば邦家［国家］のために太平の基を立てることができるからである。

注

（1）爲　『經典釋文』（北京圖書館藏、宋刻本。以下同じ）に「爲如字、又于偽反」とある。如字であれば、「爲」は動詞、于偽の反であれば、助字。「爲に」。動詞とみれば、「人君がその臣下に賢者を得れば、その国に太平の基を立てるということを成就できる」の意。助辞とするのがやや自然か。

（鄭箋）人君得賢、則其德廣大堅固、如南山之有基趾。

鄭箋：人君が［臣下に］賢者を得れば、その（人君の）徳は広大にして堅固なものとなること、南山に基盤があるようなものとなる。

○（『經典釋文』）爲、如字。又于偽反。

○『經典釋文』爲は如字。又、于偽の反。

［第一章］

南山有臺　南山《なんざん》に臺《たい》有り　南山に台《すげ》が生い茂っている

北山有萊　北山《ほくざん》に萊《らい》有り　北山には草が生い茂っている

（毛傳）興也。臺、夫須也。萊、草也。

箋云、興者、山之有草木以自覆盖、成其高大、喩人君有賢臣以自尊顯。

（毛傳）興である。台は夫須である［すげ］。萊は草々［諸草］。

鄭箋：興とは、「山に草木が生えれば、山肌は草木で覆われ、山は緑豊かな高山となる。」こういって、「人君に賢臣が仕えるようになれば、人君自身もその尊さが世に顕れる」ことを喩えているのをいう。

○（『經典釋文』）萊音來。（章也。）夫音、符。

○『經典釋文』萊は音、來。（北京圖書館藏本に「章也」とある。蓋し形近の譌。）夫は音、符。

樂只君子　只《こ》の君子を楽しましむ　これらの（有徳の）君子を（礼楽で）楽しませよう

邦家之基　邦家《ほうか》の基《もとい》なればなり　彼等は国家の基本となる人々であるからだ

樂只君子　只の君子を楽しましむ　これらの（有徳の）君子を（礼楽で）楽しませよう

萬壽無期　万寿《まんじゅ》、期無からん　彼等は国家に長寿をもたらせることができるのだ

（毛傳）基、本也。

箋云、只之言是也。人君既得賢者、置之於位、又尊敬以禮樂樂之、則能爲國家之本、得壽考之福。

毛傳：基とは本［もとい］。

鄭箋：「只」の言《いみ》は「是」である（注1）。人君が賢者を得て、これを列位に置いたうえ、尊敬して礼楽でこの賢者を楽しませれば、彼等は国家の基となり、国家は長寿の福を享受できるだろう。

○（『經典釋文』）樂樂。上音岳、下音洛。

○『經典釋文』鄭箋の「樂樂」、上の樂は音、岳。下の樂は音、洛。（つまり、礼楽《れいがく》で以て之を楽《たの》しましむ）

注

（1）原文「只之言是也」先秦時代から代詩［指事代名詞］として「時・緊・寔・實・之・只」などが用いられてきているが、鄭玄の注釈の中においては、これらは基本的に「是」に統一的に解釈されていることが指摘されている（張能甫『鄭玄註釋語言詞彙研究』巴蜀書社）。なお、「言」は意味と音と相通じている場合に多く用いられる。

疏 南山至無期

正義曰、言南山所以得高峻者、以南山之上有臺、北山之上有萊、以有草木而自覆蓋、故能成其高大。以喩人君所以能令天下太平、以人君所任之官有德、所治之職有能、以有賢臣各治其事、故能致太平。言山以草木高大、君以賢臣尊顯。賢德之人、光益若是、故我人君以禮樂樂是有德之君子、置之於位而尊用之、令人君得爲邦家太平之基。以禮樂樂是有德君子、又使我國家得萬壽之福、無有期竟、所以樂之也。

疏 「南山」より「無期」まで

正義：南山が高峻であり得るのは、南山の上に臺《すげ》が生え、北山の上には萊［草々］が生え、これら草木が生えて、山が自ずと覆われたためで、それで山が高く大きくなることができたのである。こう言うことによって、「人君が天下を太平にさせることができるのは、任用した官僚が徳高く、また彼らはその職務に有能である。このような賢臣たちはそれぞれ自らの職務をよく治めるので、人君は天下に太平をもたらすことができる」ということを喩えたのである。

山は草木が生えることによって高く大きくなる、そのように、人君は賢臣を得ることによって尊く世に顕《あきら》かとなる。賢徳のある人とはこのようにも（人君の政事の）輝きを増させるので、我が人君は礼楽でもって彼らをもてなし楽しませ、この有徳の君子を然るべき位に置いて、尊び重用すれば、人君は国家のために太平の基となる人物を得ることができることになる。礼楽で以てこの有徳の君子を楽しませれば、我が国家は万寿の福を限りなく何時までも享受することができるようになる。それで（人君は）「礼楽で以て賢臣を楽しませる」のである。

○傳臺夫須萊草

正義曰、「臺、夫須」「釋草」文。舍人曰、「臺一名夫須。」陸機（校1）『疏』云、「舊説夫須、莎草也。可爲蓑笠。」《都人士》云、「臺笠緇撮。」傳云、「臺所以禦雨（校2）」是也。《十月之交》曰、「田卒汚萊。」又『周禮』云、「萊五十畝。」萊爲草之揔名、非有別草、名之爲萊。陸機（校1）『疏』云、「萊草名、其葉可食。今兗州人烝以爲茹謂之萊烝。」以上下類之、皆指草木之名、其義或當然矣。此山有草木成其高大而《車舝》箋云、「析其柞薪、爲蔽岡之高」（校3）者、以興喩者各有所取、若欲覩其山形、草木便爲蔽鄣之物、若欲顯其高大、草木則是裨益之矣。言不一端矣（校4）。

校勘記

（1）陸機　足利本・單疏本・元刊本・監本・毛本、「陸機」に作る。閩本・阮本・殿本・全書本・『要義』（徽州本）、「陸璣」に作る。陸璣に作るのが正しい。以下注記せず。

（2）臺所以禦雨　『毛詩』（四部備要・四部叢刊〔宋刻巾箱本〕）小雅《都人士》毛傳に「臺所以禦暑」に作り、続けて「笠所以禦雨也」とある。足利本・單疏本・元刊本・閩本・監本・毛本・阮本・殿本・全書本、「臺所以禦雨」に作る。『毛詩要義』（徽州本）に「臺所以禦暑、笠所以禦雨」と二行立てで記す。互文なので、意味するところは「臺・笠ともに雨・暑さを防ぐ」ので同じであるが、本文としては「臺所以禦暑」に作るのが正しい。

（3）爲蔽岡之高　正義各本異同なし。『要義』（徽州本）に「爲蔽岡之高山」に作るのは誤り。

（4）草木則是裨益之矣。言不一端矣。　單疏本・殿本・『要義』（徽州本）、「草木則是裨益之矣。言不一端矣。」に作る。足利本・閩本・監本・毛本、「草木則是裨益之、言不端矣」に作る。阮本、「草木則是裨益之言不一端矣」に作る。全書本、「草木則是裨益之美。言不一端矣」に作る。「一ならざるの端を言ふ」（両端・異なった意味のあること）の意。阮元「挍勘記」に「閩本・明監本・毛本、脱一字」という。

○毛傳の「臺夫須、萊草」について

正義：「臺は夫須」というのは『爾雅』「釋草」の文である。舍人注（注1）には「臺は一名、夫須」とある。陸璣の『（毛詩草木鳥獸蟲魚）疏』に「旧説に夫須は莎草で、これで蓑笠を作ることができる」と云う。小雅《都人士》に「臺笠緇撮（臺《すげ》の笠に緇布《くろぬの》の撮《かんむり》〔帽子〕）」とあり、その毛傳には「臺所以禦雨」（注2）とあるのはこのことをいう。

（「萊」について）

《十月之交》には、「田卒汚萊（田卒《ことごと》く汚萊たり）」とある（注3）。また、『周禮』には「萊、五十畝」とある（注4）。萊とは［雑］草一般をさしての名前で、これが萊であると名付けられる草があるわけではない。陸璣の『（毛詩草木鳥獸蟲魚）疏』に「萊は草の名、其の葉は食べることができる。今、兗州の人は烝して茹［蒸し野菜］として［食べる］、これを萊烝という。」上［《十月之交》・『周禮』］と下［陸璣疏］を比類すると、萊とは共に草木の名称であり、（その点では同じであるが、）萊の義［意味］はそれぞれが言うとおりなのであろう。

（山に草木が生えていることの喩えについて）

此の詩では山に草木が生えることによって山が高く大きくなっていることをいっている。一方、《車舝《しやかつ》》の鄭箋には、「析其柞薪、爲蔽岡之高（其の柞薪を析るは、岡の高きを蔽うが爲《ため》なり）」（注5）といっているのは、ここと《車舝》との興喩［興の譬喩するところ］がそれぞれ異なっているのであり、もし山の形を見ようとすれば、山に生える草木は山の形を蔽い障《ふさ》ぐものとなり、もし山の高さを顕そうとすれば、草木はそれを裨益するものとなる。これらはそれぞれ異なった側面から言ったものである。

注

（1）傳云、「臺所以禦雨」《都人士》の句「臺笠緇撮」の毛傳に「臺所以禦暑、笠所以禦雨」とある。臺笠で暑さや雨をしのぐことができる、という。

（2）舍人　陸德明『經典釋文』序録に「犍爲文學注三巻　一云犍爲郡文學卒史臣舍人、漢武帝時待詔。闕中巻。」『隋書』「經籍志」に「爾雅三巻漢中散大夫樊光注。梁有漢劉歆、犍爲文學、中黄門李巡爾雅各三巻、亡。」

とある。犍爲文學《けんいぶんがく》とは犍爲郡文學卒史という官名。臣舎人は人名とするか郭舎人のこととするのか二説がある（顧廷龍・王世偉『爾雅導讀』巴蜀書社刊、「第三章　爾雅注本」参照）。なお、『經典釋文序録』には、舎人とする爾雅音に顧野王のがある。「陳博士施乾・國子祭酒謝嶠・舎人顧野王並撰音。」とある

（3）田卒汚萊　小雅《十月之交》に「抑此皇父、豈曰不時、胡爲我作、不即我謀、徹我牆屋、田卒汚萊。（抑此《ああ》の皇父、豈《なん》ぞ時《ぜ》［＝是］ならずと曰ふや、胡爲《なんす》れぞ我を［役］作し、我に即《つ》きて謀らずや。［汝］我が牆屋を徹すれば、田卒《ことごと》く汚萊となる）」とある。正義に「汚者池停水之名［池のたまり水］。……萊者草穢之名［雑草のこと］。《楚茨》云、田萊多荒、是也」と云う。《楚茨》の毛序をみると、「楚茨、刺幽王也。政煩賦重、田萊多荒、饑饉降喪、民卒流亡、……（楚茨は幽王を刺すなり。政煩《みだ》れ賦重く、田萊《くさは》え多く荒れ、饑饉となりて喪降り、民卒《ことごと》く流亡す、……）」とある。

（4）『周禮』云、「萊五十畝。」『周禮』地官・遂人に「辨其野之地、上地、中地、下地、以頒田里。上地、夫一廛、田百畝、萊五十畝。餘夫亦如之。（［遂人は］野［郊外：甸・稍・縣・都］の土地を上地、中地、下地の三分野に辨別して、田地及び宅地を頒布する。上地は一夫に一廛《てん》［五畝の］宅地を、田［畑］は百畝、萊［休耕にしたため雑草が生えた田、休耕地］は五十畝を授ける。余夫［正夫以外の成丁の男子］もこれに照らして田を授ける。）」とある。

（5）箋云、析其柞薪、爲蔽岡之高　小雅《車舝《しやかつ》》の「析其柞薪」の鄭箋に「析其木以爲薪者、爲其葉茂盛、蔽岡之高也」とある。

［二章］

南山有桑　　南山に桑有り　　南山に桑の木が豊かに生えている

北山有楊　北山に楊有り　北山に楊の木が豊かに生えている
樂只君子　只《こ》の君子を楽しましむ　この（有徳の）君子を（礼楽で）楽しませよう
邦家之光　邦家の光　彼等は国家の光を輝き増させる人達だから
樂只君子　只の君子を楽しましむ　この（有徳の）君子を（礼楽で）楽しませよう
萬壽無疆　万寿無疆《むきょう》なれ　彼等は国家に長寿をもたらすことができるのだ

箋云、光、明也。政教明有榮曜。
鄭箋：光とは明らかにすること。政教が明らかになって栄え輝くこと。

○（『經典釋文』）疆、居良反。
○『經典釋文』（無疆の）疆は居良の反。

［三章］
南山有杞　南山に杞《き》有り　南山に杞（注1）が豊かに生えている
北山有李　北山に李有り　北山には李が豊かに生えている
樂只君子　只《こ》の君子を楽しましむ　この（有徳の）君子を（礼楽で）楽しませよう
民之父母　民の父母　彼等は（人君を）民の父母とさせることができるからだ
樂只君子　只の君子を楽しましむ　この（有徳の）君子を（礼楽で）楽しませよう
德音不已　徳音已《や》まず　彼等のおかげで国家が何時までも賞賛され続けられよう

箋云、已、止也。不止者言長見稱頌也。
鄭箋：已は止める意味。「不已」つまり「不止（止まず）」とは長く称頌［賞賛］されることを言う。
○（『經典釋文』）杞音起。『草木疏』云、其樹如樗、一名狗骨。
○『經典釋文』杞は音、起。『毛詩草木鳥獸蟲魚疏』に「その樹は樗のようである。一名、狗骨。」とある。

注

（1）杞　木の名称。枳椇、俗に枴棗（向熹『詩經詞典』）。陳奐『詩毛氏傳疏』に「今之枸杞」とある。

［四章］
南山有栲　　南山に栲《こう》（注1）有り　　南山に栲《ぬるで》が豊かに生えている
北山有杻　　北山に杻《じゅう》（注2）有り　　北山には杻《もちのき》が豊かに生えている
（毛傳）栲、山樗、杻、檍也。
毛傳：栲《こう》とは山樗《さんちょ》、杻《じゅう》とは檍《おく》［モチノキの類］。
○（『經典釋文』）栲音考。杻、女九反。樗、勑居反。檍、音億。
○『經典釋文』栲は音、考。杻は女九の反。樗は勑居の反、チョ。檍は音、億。

注

（1）栲　「栲とは又の名、山樗。落葉小喬木、今の名、臭椿」（程俊英・蔣見元『詩經注析』「山有樞」）。臭椿は「ニワウルシの俗称」（愛知大学中日大辞典編纂所編『中日大辞典』大修館書店）

（2）杻　「杻は又の名、檍，梓の屬。高大な喬木、木材は弓弩の幹とすることが出来る」（同上『詩經注析』「山有樞」）。モチノキの類。

樂只君子　只《こ》の君子を楽しましむ　この（有徳の）君子を（礼楽で）楽しませよう

遐不眉壽　眉壽ならざるに遐《とほ》からんや　彼等のおかげで国家は長寿であることができるのだ

樂只君子　只の君子を楽しましむ　この（有徳の）君子を楽しませよう

德音是茂　德音是れ茂らん　彼等のおかげで国家は何時までも称え続けられよう

（毛傳）眉壽、秀眉也。

箋云、遐、遠也。遠不眉壽者、言其近眉壽也。茂、盛也。

毛傳：眉壽とは秀でた眉のこと。

鄭箋：遐とは遠いこと。（「遐不眉壽」すなわち）「遠不眉壽（眉壽ならざるに遠からんや）」とは、「其近眉壽（其れ眉壽に近し：眉壽に近づくであろう）」の意（注1）。茂は盛んなこと。

注

（1）遐、遠　「遐不眉壽」の鄭訓、やや不自然。王引之『經傳釋詞』（巻四）に「遐、何也。「詩・南山有臺」

曰：「樂只君子、遐不眉壽」……「遐不」、皆謂「何不」也。『禮記』「表記」引「詩」作「遐不謂矣」，鄭「注」曰、「瑕之言胡也。」「傳」、「箋」皆訓「遐」爲「遠」、失之。」という。妥当な説であろう。「遐《なん》ぞ眉壽ならざらんや（必ず長寿となろう）」の意味。今強いて鄭箋に従って読んでおく。

［五章］

南山有枸　南山に枸《く》有り　南山に枸［ケンポナシの木］が豊かに生えている
北山有楰　北山に楰《ゆ》有り　北山には楰［トウネズミモチの木］が豊かに生えている

（毛傳）枸、枳枸。楰、鼠梓。
毛傳：枸《く》は枳枸《しく》（注1）。楰《ゆ》は鼠梓（注2）。

○（『經典釋文』）倶甫反（校1）。楰音庾、楸屬。枳、諸氏反。
○『經典釋文』（枸は）倶甫の反。楰は音庾、楸《ひさぎ》の屬。枳は諸氏の反。

校勘記

（1）枸　『經典釋文』（北京圖書館藏宋刻本）に「倶甫反。枳枸也」とある。

注

（1）枸　「枸、木名。即枳椇、俗名枅棗。花梗肥大、成肉質、状如鶏爪、味甜可吃（向熹『詩經詞典』）」。和名、ケンポナシ（『中日大辞典』枳椇の項）

（2）楰「楰、苦楸、今の名、女貞」（『詩經注析』）。和名、トウネズミモチ（『中日大辞典』「女貞」の項目、鼠梓木ともいう、とある）。

疏 傳枸枳至鼠梓

正義曰、枸『釋木』無文。宋玉賦曰、「枳枸來巣」、則枸木多枝而曲、所以來巣也。陸機疏云、枸樹高大似白楊、有子著枝端、大如指、長數寸、噉之甘美如飴。八月熟。今官園種之謂之木蜜。「楰、鼠梓」、『釋木』文。李巡曰、「鼠梓、一名楰。」郭璞曰、「楸屬也。」陸機疏曰、「其樹葉木理如楸。山楸之異者、今人謂之苦楸是也。」

疏 毛傳の「枸枳」より「鼠梓」まで

正義：枸は『爾雅』「釋木」に記述がない。宋玉の賦に「枳枸來巣」（注1）とあるので、枸の木は枝が多く曲がっているため、鳥が好んでそこに巣を作る、ということになる。陸璣の『[毛詩草木鳥獸蟲魚]疏』に云う、「枸樹は高大なること白楊に似て、子《み》の枝の端に著く有り、大なること指の如し、長さ数寸、之を噉《くら》へば甘美なること飴の如し。八月に熟す。今、官園に之を種《う》え木蜜と謂ふ。」「楰は鼠梓」とは『爾雅』「釋木」の文。李巡は「鼠梓、一名楰。」と曰う。郭璞は「楸の屬なり」と曰う。陸璣の『[毛詩草木鳥獸蟲魚]疏』に「其樹葉木理如楸。山楸之異者、今人謂之苦楸是也。（その木葉、木目は楸に似ており、山楸とこれとは異なっている。今の人はこれを苦楸といっており、それがこれである。」

注

（1）枳枸來巣　宋玉「風賦」（『文選』）の句。この「枳枸來巣」、足利本・單疏本・閩本・監本・毛本・阮本・殿本・全書本、すべて「枳枸來巣」に作る。異文なし。ここの正義に説く所に由れば、「枳・枸の木は枝に曲がったところが多く、鳥が好んでそこに巣作りをする」といった意味になる。

但し、『文選』（胡刻本）には「枳句來巣（枳の句は巣を来たす［来《まね》く］：枳の句には［鳥］の来たりて巣づくりす）」に作る。『文選』（胡刻本）にあるように、「枳句來巣」とすれば、その李善注に「枳、木名也。枳句言枳樹多句也。『説文』曰、句、曲也（枳は木の名。枳句とは枳樹、句多きを言ふ。『説文』に曰く、句は曲なり。」とあり、「枳の枝の曲がったところには鳥が好んで巣作りをする」の意味となる。

楚襄王游於蘭臺之宮、宋玉景差侍。有風颯然而至。王迺披襟而當之、曰、「快哉此風。寡人所與庶人共者邪。」宋玉對曰、「此獨大王之風耳。庶人安得而共之。」王曰、「夫風者天地之氣、溥暢而至。不擇貴賤高下而加焉。今子獨以爲寡人之風、豈有説乎。」宋玉對曰、「臣聞於師、枳句來巣、空穴來風。其所託者然、則風氣殊焉。」……（宋玉「風賦」）

樂只君子　只《こ》の君子を楽しましむ　この（有徳の）君子を楽しませよう
遐不黃耇　（注1）黄耇《こうこう》ならざるに遐《とほ》からんや　そうすれば必ず長寿となろう
樂只君子　只の君子を楽しましむ　この（有徳の）君子を楽しませよう
保艾爾後　（注2）爾《なんじ》の後を保《やす》んじ艾《やしな》はん　そしてそなたの後代子孫を養い保護しよう

（毛傳）黃、黃髮也。耇、老。艾、養。保、安也。

毛傳：黄とは黄髪。耇は老。艾は養う意。保は安んずること。

○（『經典釋文』）「耇音苟、壽也。艾、五蓋反。沈音刈（校1）。」

○『經典釋文』「耇は音苟、壽［命長し］の意。艾は五蓋の反。沈重は音、刈。

校勘記

（1）刈　足利本・元刊本・閩本・監本・毛本・殿本・全書本・阮本等所引『釋文』、「沈音刈」に作る。宋刻本『經典釋文』には刈を別に作る。「刈」に作るのが正しい。

疏　傳黄黄髪耇老

正義曰、「釋詁」謂、「黄髪、耇、老、壽也。」舍人曰、「黄髪老人髪。白復黄也。」孫炎曰、「耇、面凍梨色如浮垢。」

疏　毛傳の「黄、黄髪。耇、老。」について

正義：『爾雅』「釋詁」に「黄髪、耇、老、壽也。（黄髪、耇、老は、壽［久しいこと、長壽であること。老人の特徴。」とある（注1）。舍人（注2）は「黄髪は老人の髪。白髪にさらに黄髪が加わるようになった状態（注3）。」という。孫炎（注4）は「耇とは（老人の）顔面が凍った梨のような色になって、垢［しみ・斑点］を浮かせたような状態であること。」という。

注

（１）『爾雅』「釋詁」『爾雅』「釋詁」に「黃髮・齯齒・鮐背・耇・老、壽也」とある。劉熙『釋名』に「九十曰鮐背、背有鮐文也。或曰黃耇、鬢髮變黃也。耇、垢也、皮色驪悴、恒如有垢者也。或曰凍梨、皮有斑點［一作黑］、如凍梨色也。或曰齯齒、大齒落盡、更生細者如小兒齒也。」また、同じく『釋名』に「老、朽也」とある。『說文』には「老、考也。七十曰老、从人毛匕、言須髮變白也。」（巻八上老部）

（２）舍人『爾雅』舍人注。三十六頁注（２）參照。

（３）白復黃也　許謙『詩集傳名物鈔』の「南山有臺」に「眉壽固壽矣。髮白而復黃、面黧而浮垢、又老之甚者也」とあり、舍人注の「白復黃也」とは、「髮が白髮から黃髮になる」というより、「白髮でありつつ、さらに黃髮があらわれる」という意味に近い。

（４）孫炎『隋書』經籍志に「『爾雅』七卷孫炎注」とある。

南山有臺　五章　章六句（南山有臺　五章　章ごとに六句）

由庚・崇丘・由儀

由庚、萬物得由其道也。崇丘、萬物得極其高大也。由儀、萬物之生、各得其宜也。有其義而亡其辭。

由庚《ゆうこう》は万物その道に由るを得たるなり。崇丘《すうきゅう》は万物その高大を極むるを得たるなり。由儀《ゆうぎ》は万物の生、各々その宜しきを得たるなり。その義有れどもその辞は亡ぶ。

《由庚》は万物がその道に由ることが出来ていることを詠い、《崇丘》は万物がその高大を極めることが出来ていることを詠い、《由儀》は万物の生がそれぞれその宜しきを得ていることを詠っている。これらの詩についてその趣旨はこのように残っているが詩本文は失われている。

（鄭箋：）此三篇者、「鄉飲酒」「燕禮」亦用焉曰、「乃間歌《魚麗》、笙《由庚》、歌《南有嘉魚》、笙《崇丘》、歌《南山有臺》、笙《由儀》。」亦遭世亂而亡之。「燕禮」又有「升歌《鹿鳴》（校1）、下管《新宮》」。《新宮》亦詩篇名也。辭義皆亡。無以知其篇第之處（校2）。

校勘記

（1）燕禮又有升歌鹿鳴　毛本、「又有」を「有所」に作る。足利本・元刊本・閩本・監本・殿本・全書本・阮本、及び『要義』（徽州本）・『毛詩』（四部叢刊本）・『毛詩』（四部備要本）、すべて「又有」に作る。阮元「挍勘記」に「毛本又有誤有所。」毛本の誤り。

（2）其篇第之處　注疏各本同じ。また、『毛詩』（四部叢刊本）・『毛詩』（四部備要本）、同じく「其篇第之處」

に作る。正義に「其篇第之意」として論じており、正義の著者達が見た鄭箋は「其篇第之意」に作っていたことがわかる。正義訳参照。「挍勘記」には「各本作處皆誤」という。

（鄭箋：）この三篇［《由庚》・《崇丘》・《由儀》、三篇の詩］は郷飲酒礼、燕禮にも用いられており、「乃ち魚麗を歌ふと由庚を笙するとを間《かわ》るがわるし、南有嘉魚を歌ふと崇丘を笙するとを間《かわ》るがわるし、南山有臺を歌ふと由儀を笙するとを間《かわ》るがわるす。：そこで堂上で《魚麗》を歌い終われば、それに続けて堂下で笙を吹いて《由庚》を奏で、堂上で《南有嘉魚》を歌い終われば、それに続けて堂下で笙を吹いて《崇丘》を奏で、堂上で《南山有臺》を歌い終われば、それに続けて堂下で笙を吹いて《由儀》を奏でる」とある（以上、『儀禮』「郷飲酒禮」鄭注及び賈公彦疏による）。

しかし、世の乱れに遭ってこれらの歌詞は失われてしまった。「燕禮」には又「（楽工が堂上に）升って《鹿鳴》を歌い、堂下で《新宮》を管楽器で演奏する」、とある。だとすれば、新宮も詩の篇名である。その趣旨も本文も共に失われており、《新宮》の詩篇が三百篇のどこにあったのかもわからない（注1）。

○『經典釋文』此三篇義與《南陔》等同。依《六月・序》、《由庚》在《南有嘉魚》前、《崇丘》在《南山有臺》前。今同此者、以其俱亡、使相從耳。間、古莧反。

○『經典釋文』この三篇の詩義（詩の趣旨）は《南陔》などと同じ。《六月》の序に依れば、《南有嘉魚》の前に、《崇丘》は《南山有臺》の前に在った。今（の『詩經』）もこれと同じなのは、どちらも失われているので、《六月・序》に言う順序に従っているだけである。「間」は古莧の反。

注

（1）『儀禮』燕禮に「升歌鹿鳴、下管新宮、笙入三成」とあり、その鄭玄注に「《新宮》、小雅逸篇也。管入三成謂三終也。」賈公彦の疏に「申説下管之義、云《新宮》小雅逸篇也。知在小雅者、以配《鹿鳴》而言《鹿鳴》是小雅、明《新宮》小雅可知。」とある。この鄭注・賈疏によれば、「《新宮》は小雅のどこにあったのかは分からない」と言う意味になる。

疏 由庚萬物至其辭

疏 「由庚萬物」より「其辭」まで

○正義曰、有其義而亡其辭、亦毛氏所著、於後行別記之。

正義：「有其義而亡其辭（その義有れどもその辞亡ぶ）」というのも毛氏が書いたもので、（本来の序の）後に一行別に記したのである。

○箋此三篇至之處

正義曰、此鄭亦本其所用所亡之事也。此三篇「鄉飲酒」「燕禮」亦用焉。亦者亦《南陔》等也。即言其事之用曰、「乃間歌《魚麗》、笙《由庚》、歌《南有嘉魚》、笙《崇丘》、歌《南山有臺》、笙《由儀》。」「鄉飲酒」「燕禮」二篇俱有此辭也。言「間歌」者、堂上與堂下遞歌、不比篇而間取之。「笙」者在笙中吹之。所以「亡」者亦遭亂而亡。「亦《南陔》等」、遭戰國及秦之亂而失之也。因此亡詩事終、更述「燕禮（校1）又『有升歌《鹿鳴》、下管《新宮》』、亦詩篇名也。」以對《鹿鳴》而管用、故知詩篇名也。

辭義皆亡、今無以知其篇第所在之意也。篇第所在、皆當言處、云「之意」者、以無意義可推尋而知、故云意也。

案《魚麗》、武王詩也。而與《嘉魚》間歌《南陔》等三篇亦武王詩也。乃在堂下笙歌之。是武王之詩、得下管用之也。《新宮》制禮所用、必在禮前而作。不知武王詩也、成王詩也。此箋因亡詩事終而言之耳。不謂當在成王詩中、故曰、「無以知其篇第之意」也。案禮「射義」「諸侯以《貍首》爲節」。以彼類之、當在召南。但「召南」無亡詩之比、故鄭於譜（校2）言「辭義皆亡」者、對六篇有義無辭、《新宮》並義亦無。故言「皆亡」、不謂已爲作序與經俱亡。若子夏爲之作序、何由辭及目篇並《六月》連、序並無存者。以此知孔子録而不得、子夏不爲之序也。『左傳』昭二十五年（校3）「宋公享昭子、賦《新宮》」。計孔子時年三十餘矣。所以録不得者、詩之逸亡、必有積漸、當孔子之時、道衰樂廢、自宋公賦《新宮》至孔子定詩、三十餘年、其間足得亡之也。聖人雖無所不知、不得以意録之也。

校勘記

（1）更述燕禮　足利本・元刊本・閩本・監本・毛本・阮本・殿本・全書本、「更述燕禮」に作る。單疏本、「更述燕禮」の後に「所用云燕禮」とある。單疏本に従って訳した。

（2）鄭於譜　足利本・單疏本・元刊本・閩本・監本・毛本・殿本・全書本・阮本、「鄭於譜」に作る。阮元「挍勘記」に「閩本・明監本・毛本同。案譜當作此」とある。鄭譜ではなく、ここの鄭箋の文であるので、阮元の言う如く「此」とするか、或いは「箋」として読むべき所。

（3）昭二十五年　足利本・單疏本・元刊本・閩本・監本・殿本・全書本・阮本、及び『要義』（徽州本）、「昭二

十五年」に作る。毛本のみ「昭二年五年」に作る。誤刻。阮元「挍勘記」に「毛本十誤年。」とある。毛本の誤刻。

○鄭箋の「此三篇」より「之處」まで

正義：この鄭箋も（毛序に「有其義而亡其辭」というのと同じように）《由庚》《崇丘》《由儀》の用いられ方、その歌詞が失われているという両事に基づいて述べている。

（用いられ方について：）これらの三篇の詩は『儀禮』郷飲酒禮・燕禮に共に用いられている。（鄭箋で）「亦（〜も）」（〜にも）と言っているのは、《南陔《なんがい》》《白華《はっか》》《華黍《かしょ》》等と同じく亦た、と言う意味である。即ち、これらが用いられていることを「乃間歌魚麗、笙由庚、歌南有嘉魚、笙崇丘、歌南山有臺、笙由儀。」と言っている。この文章は郷飲酒礼・燕礼のどちらにもある。「間歌」とは、堂上と堂下で代わる代わる歌うことで、これらの詩篇を比べて代わる代わるこれを取り用いるということではない。「笙」とは、笙の楽人がこの詩を吹奏すること。

（亡われている事について：）

（これらの詩が）「亡《うしな》は」れた所以というのも、これも乱に遭って亡《うしな》われたもので、《南陔》等の詩篇と同じように、戦国時代及び秦の乱に遭ってこれらの詩篇が失われたのである。

この「亡詩」の事を記し終えた後に、更に「燕礼」の文を述べて、「燕礼又有『升歌鹿鳴、下管新宮』、亦詩篇名也（燕礼にも又『升歌鹿鳴、下管新宮』とあり新宮も詩の篇名である）」と《新宮》の詩を取りあげている（注1）。（《新宮》も詩の篇名であることが分かるのは）《鹿鳴》と対《ペア》にして「新宮」を管弦に載せるのだから、《新宮》も詩篇の名であることがわかるのである。

（鄭箋で）「辭・義皆《とも》に亡び、今は以てその篇第の所在の意を知るなし（詩の本文も、何を述べたものか「詩義つまり詩序」も共に失われており、今ではこの《新宮》が詩篇中のどこにあったのかその意味を知ることはできない)」、というのであるが、篇第の所在［どこに詩篇が有るのか］ということであれば、すべて（「篇第之意」ではなく)、「篇第之處」というべきであるのに、「之意」と言っているのは、推測尋求して知ることのできる意義がないので、「意」と言っているのである。

案ずるに《魚麗》は武王［在位、前一〇二七~前一〇二五］の詩である。《南有嘉魚》と代わる代わる歌う《南陔》などの三篇の詩も武王の詩である。乃ち堂下で笙を吹奏して歌うのである。つまり、武王の詩は、堂下で管［笙］の伴奏でこれを用いることができる。《新宮》は礼が定められたとき、用いられたもので、礼制が整えられる前に作られていたに違いない（注2）。しかし武王の詩であるか、成王［在位、前一〇二五~前一〇一〇］の詩であるかは分からない。ここの鄭箋は「亡詩事終」（亡詩の事を記し終えてから、）このように（《新宮》の詩について）言っているだけであり、この詩が成王の詩の中に在るべきとは思っていない。だから、「以てその篇第の意を知る無し（その詩篇の意味を知ることは出来ない）」と言っているのである。

案ずるに、『禮記』の「射義」では「諸侯、《貍首》で以て節を爲し」（諸侯は《貍首》を演奏して節を整える）とある。この「射義」にみられるような天子・諸侯・卿大夫・士と、それぞれ階級によって節奏する詩篇が異なるということをここに当てはめてみれば、（《新宮》は）「召南」篇にあるべきものである。しかし、「召南」には「亡詩」の比類《たぐい》はない。それで鄭玄はここの箋に於いて、「辞義皆亡」と言っているのであって、これは六篇［南陔・白華・華黍、由庚・崇丘・由儀］には義があって詩の言葉がないのに対して、《新宮》には義［序文・趣意］もないので、「皆亡」と言っているのである。既に序が作られていて詩本文と倶に亡なわれたとは思っていないのである。もし子夏がこの詩に序を書いていたとするならば、どうして（《六月》以下《菁菁者莪》の詩篇の）辞［詩の言葉］及び篇目が《六月》（の序文に）連ねられているのに、（新宮の詩は）序文すら全くそこに無いことがあろうか。こうしたことから、孔子が詩を採録したときこの詩を採録できなかったので、子夏もその詩の序を作らなかったことがわかる。（だから、《六月》の序文に列擧されている、辞は失われていても義［序］は残っている詩の篇目にも、その詩名・序は記されていないのである）。『左傳』昭公二十五年（紀元前五一七年）に「宋公、昭子を享《もてな》し、新宮を賦す）」とある。計算してみると、孔子はその時三十数歳（注3）。採録出来なかったのは、詩が逸亡《うしな》われていったのには、次第次第に失われていったのに違いなく、孔子の時に「道は衰え楽は廃れ」ており、宋公が《新宮》を賦した時から孔子が詩を篇定した時まで三十数年間あり（注4）、その間に失われたものも沢山あったはずだ（《新宮》もその中の一首であろう）。聖人は知らぬことはないといっても、意を以てこれを採録することは出来なかったのだ。

注

（1）升歌鹿鳴、下管新宮　『儀禮』「燕禮」に「升歌鹿鳴、下管新宮（楽工、堂に升り鹿鳴を歌い、堂を下り新宮を管［笛の類］で吹奏する）」とある。「大射」には「乃管新宮三終（乃ち新宮を管すること三終［三遍］す）」とある。

（2）原文「新宮制禮所用、必在禮前而作」『儀禮』鄉飲酒禮「笙入堂下磬南北面立、樂南陔白華華黍」の鄭注に「昔周之興也、周公制禮作樂、采時世之詩、以爲樂歌、所以通情相風切也」とあり、鄭玄は周公が禮樂を制作した時、（制作に携わった者達は）当時の詩を采［採］って、これにメロディーをつけ、楽歌・楽章としたという。

「制礼」（礼を定めたこと）について：『禮記』明堂位に「武王崩、成王幼弱、周公踐天子之位、以治天下、六年、朝諸侯於明堂、制禮作樂、頒度量而天下大服。」と記されて、周公がこれを行ったとされる。ただ、その礼が具体的にどのようなものであったのかは明確ではなく、『春秋左氏傳』哀公七年に「周之王也、制禮、上物不過十

二、以爲天之大數也」と、十二の数（何の数かは不明瞭）であったと想像されている。『禮記』樂記には「樂者天地之和也。禮者天地之序也。」と言い、また同じく「樂記」に「王者功成作樂、治定制禮。」と言い、音楽と礼は天下を治めるための重要な柱と意識されていた。音楽が実際に治世のために効果を挙げたとは考えにくく、多分に理念的なものであったろう。当時の楽人達の政治的勢力がどのようなものであったのかを考慮に入れるべきかも知れない。

（3）孔子の生年には二説あり、『史記』「孔子世家」では、魯の襄公二十二年（前五五一年）、『（春秋）公羊傳』では魯の襄公二十一年（前五五二年）「十有一月庚子孔子生」、『（春秋）穀梁傳』にも魯の襄公二十一年、「庚子孔子生」とある。魯の昭公二十五年は孔子は三十四歳か三十五歳。

（4）正義の作者達は、一貫して『詩』を編纂したのは孔子で、その序文、詩序を書いたのは孔子の弟子子夏であると考えている。唐初の陸德明『經典釋文』序録に「是以孔子最先刪録。既取周詩、上兼商頌、凡三百十一篇。以授子夏遂作序焉。口以相傳、未有章句。」とある。編纂時期については、『論語』「子罕」に「子曰、吾自衛反於魯、然後樂正、雅頌各得其所」とあり、孔子が魯に帰国した後。一方、『史記』「孔子世家」に「孔子之去魯凡十四歳而反乎魯」とあり、「衛康叔世家」には霊公「三十八年、孔子來、禄之如魯。後有隙、孔子去。後復來。」『（春秋）左（氏）傳』哀公十一年（前四八四年）に「將止（杜預注、仲尼止）、魯人以幣召之、乃歸。」とあり、孔子が衛から魯に帰国したのは魯の哀公十一年（前四八四年）。孔子が「詩」を篇定したのは衛より魯に帰ってからとすると、宋公が「新宮」を賦したときから三十数年となる（三十三年以上後）。

前五五一年（或いは前五五二）孔子、生まれる。（年齢は五五一年生まれ、として数え年）
前五一七年　宋公、《新宮》を賦す。（孔子三十五歳）。

前四九七年　孔子、魯を去り、衛に行く。（孔子五十五歳）

前四八四年　孔子、衛より魯に帰国。この後『詩』を編纂。（孔子六十八歳）

蓼蕭

蓼蕭、澤及四海也。
蓼蕭《りくしょう》は澤《たく》、四海に及ぶなり。

蓼蕭の詩は中国の恩沢が四海にまで及んだことを謳った詩である。

（鄭箋）九夷・八狄・七戎・六蠻謂之四海。國在九州之外、雖有大者、爵不過子。『虞書』曰、「州十有二師、外薄四海、咸建五長」。

鄭箋：九夷・八狄・七戎・六蛮を併せて四海という。それぞれの国は九州の外に在り、その中で大きな国があるとはいっても、その爵位は子に過ぎない。『虞書』（『尚書』の堯典《ぎょうてん》・舜典《しゅんてん》・大禹謨《だいうぼ》・皐陶謨《こうようぼ》・益稷《えきしょく》の五編）「益稷」に「州十有二師、外薄四海、咸建五長（州に十二師［＝諸侯］有り、外、四海に薄《いた》る、咸《みな》五長［諸侯五国、賢者一人を立ててこれを方伯と爲し、五長と謂う］を建つ）」とある。

○（『經典釋文』）蓼、音六。薄、音博。諸本作外敷、注音芳夫反。四海、海者晦也。地險言其去中國險遠、稟政教昏昧也。長、張丈反。

○『經典釋文』（注疏付載）に「蓼は音、六。薄は音、博。諸本は「外敷」に作っている。注音、芳夫の反。四海の海とは晦《くら》いということ。「地險」とは、その地が中国から遠く離れてその道は険しいことで、（そのため）政治・教化を受けていても、暗昏の状態である。長は張丈の反。

疏　蓼蕭四章章六句至四海

正義曰、作《蓼蕭》詩者、謂時王者恩澤被及四海之國也。使四海無侵伐之憂、得風雨之節。『書傳』稱、「越常氏（校1）之譯曰、『吾受命吾國黄老（校2）曰：久矣。天之無烈風淫雨、意中國有聖人。盍往朝之（校3）』」、是澤及四海之事。

經四章皆上二句是澤及四海。由其澤及、故其君來朝、王燕樂之、亦是澤及之事。故序總其目焉。經所陳是四海君蒙其澤、而序漫言四海者、作者以四海諸侯朝王而得燕慶、故本其在國蒙澤、説其朝見光寵。序以王者恩及其君、不可遺其臣、見其通及上下。故直言四海以廣之。

校勘記

（1）越常氏　足利本・單疏本・元刊本・阮本、「越常氏」に作り、監本・毛本・殿本・全書本、「越裳氏」に作る。阮元「挍勘記」に「常」を「裳」に改めるのを非とする。「《周頌譜》及《臣工》二正義引皆作常。依『説文』、常是裳之正字。」しかし、注に挙げたように、『後漢書』及び『漢書』及び顔師古注・『後漢書』・『楽府詩集』には「越裳氏」としているので、越裳氏として訳した。

（2）黄老　足利本・單疏本・元刊本・閩本・監本、「黄老」に作る。毛本・全書本、黄耇に作る（殿本、黄耇に作るようにみえる）。

（3）盍往朝之　足利本・單疏本、「盍往朝之」に作る。閩本・監本・毛本・阮本・殿本・全書本、「遠往朝之」に作る。元刊本、「盍往朝之」のようでもあるが、「盍」の部分、つぶれていて不明瞭。なお、「盍」は「何不」の意。

○「蓼蕭四章章六句」より「四海」まで

正義：《蓼蕭》の詩は、時の王者の恩沢が四海の国々まで及んでいたことを詠っている。四海（の国々）に侵伐の憂いを懐くことがないようにさせ、（その地に淫雨・烈風のないように）風雨に節度あるようにすることができたことを詠っている。『書傳』（『尚書大傳』）に言う、「越裳氏の通訳は言った：『私は我が国の長老の『久しいことだ。我が国に烈風が吹かず、淫雨［長雨］が降らぬことが。これは思うに中国に聖人が居られるためであろう。中国に朝見に行かなくてはならぬ。』との命を受け（て参り）ました。』」とある（注1）。これが、「沢《たく》、四海に及ぶ」ということである。（補：「之譯」の意味、やや不明確。之は重の形近の訛《あやま》りで、注（1）の『後漢書』の記述からも「重譯」とあるべき所か。とすると、「越裳氏の（使者）は何人もの通訳を介して～」となる。）

経文四章すべて上の二句が「沢、四海に及ぶ」ことを詠った句である。その恩沢が四海に及んだがために、その国の国君が来朝したのである。周王は彼等を宴楽してもてなした。これもまた恩沢が及んだことに含まれる。それで詩序ではその要目を總括しているのである。経文で陳べているのは、四海の国君が周の恩沢を蒙ったことであるのに、詩序では漫然と四海とのみ言っている。（この違いが生じているのは、）詩の作者は四海の諸侯が周王に謁見し宴楽の恩慶を蒙ったので、その国にあって恩沢を蒙っていることに本づいて、朝見の光寵を説《の》べており、一方、詩序の方は王者の恩愛がその国の国君に及べば、その臣下も忘れてはならないので、恩沢が上下に通じて及んだことを見《あら》わそうとしたために、ただ「四海」とのみ言って、広く（臣下をも含めて）表現しているからである。

注

（1）越常氏之譯云々　『後漢書』「南蠻西南夷列傳」に「交阯之南有越裳國。周公居攝六年、制禮作樂、天下和平、越裳以三象［周公を讃えた音楽、『呂氏春秋』古楽］重譯而獻白雉、曰、『道路悠遠、山川岨深、音使不通、故重譯而朝。』成王以歸周公。公曰：『德不加焉、則君子不饗其質、……。吾何以獲此賜也。』其使請曰：『吾受命吾國之黄耉曰：「久矣、天之無烈風雷雨、意者中國有聖人乎。有則盍往朝之。」』周公乃歸之於王［一］。……」

［二］李賢等注に「事見『尚書大傳』」とある。なお、同『後漢書』「南蠻西南夷列傳」に「禮記稱「南方曰蠻、雕題交阯。其俗男女同川而浴、故曰交阯。」李賢等注に「題、額也。雕之、謂刻其肌以丹青涅也。」とある。越裳とは交阯《こうし》の南の国、今のベトナム南部。

また『漢書』「平帝紀」に「元始元年春正月、越裳氏重譯獻白雉一、黒雉二、詔使三公以薦宗廟。」とあり、その顔師古注に「越裳、南方遠國也。譯謂傳言也。道路絶遠、風俗殊隔、故累譯而後乃通。」とある。「譯とは傳言を謂ふなり」、とあるが、「通譯して」の意味。重譯とは「何度も通譯を重ねて、何人もの通訳を介して」（或る地方の通訳から次の地方の通訳へと通訳を重ねながら）の意。早くは『史記』「三王世家」に「遠方殊俗、重譯而朝、澤及方外」とある。

『樂府詩集』「琴曲歌辭」に「越裳操」があり、《琴操》曰：「《越裳操》、周公所作也。」《古今樂録》曰：「越裳獻白雉、周公作歌、遂傳之爲《越裳操》。」と言い、三句の歌辞を録している。

『尚書大傳』：この書物の由来については、稍複雑で『隋書』「經籍志」に「遭秦滅學、至漢、唯済南伏生口傳二十八篇。又河内女子得泰誓一篇、獻之。伏生作尚書傳四十一篇、以授同郡張生、張生授千乘欧陽生、欧陽生授同郡兒寛、寛授欧陽生之子、世世傳之、至曾孫欧陽高、謂之尚書欧陽之學。…」とあり、濟南の伏生が二十八篇を口傳し、河内の女子が秦誓一篇を得て、これを献上。伏生が『尚書傳』四十一篇を作った、という。『隋書』「經籍志」には「『尚書大傳』三巻鄭玄注」と記すが、「經籍志」に「後漢扶風杜林、傳古文尚書［魯の恭王が孔子の旧宅を壊したとき得た古文の書］、同郡賈逵爲之作訓、馬融作傳、鄭玄亦爲之注。」とある。伏生の『尚書傳』との関係ははっきりしない（鄭玄の『尚書大傳』序目によれば、伏生のものが様々に伝えられて、「鄭玄がこれを銓次して八十三篇のものとした」、という）。邵懿辰撰・邵章續録『增訂四庫簡明目録標注』に「尚書大傳四巻。補遺一巻。舊本題漢伏勝撰。鄭玄注。據玄序文乃勝之遺説、而張生欧陽生等録之也。」とある。『尚書大傳』（鄭玄注）の輯本には、『通德遺書所見録』「尚書大傳注四巻」、『古經解彙函』「尚書大傳」などがある。

○箋九夷至五長

正義曰、「九夷・八狄・七戎・六蠻、謂之四海」、『（爾雅）釋地』之文。李巡曰（校1）、「九夷在東方、八狄在北方、七戎在西方、六蠻在南方。」孫炎曰、「海之言晦、晦闇於禮儀也。」「雒師謀」「我應」注（校2）皆與此同。「職方氏」及「布憲」注亦引『爾雅』云（校3）、「九夷・八蠻・六戎・五狄、謂之四海。」數既不同而倶云『爾雅』。則『爾雅』本有兩文。今李巡所注、「謂之四海」之下、更三句云、「八蠻在南方、六戎在西方、五狄在北方」。此三句唯李巡有之。孫炎・郭璞諸本皆無也。李巡與鄭同時。鄭讀『爾雅』、蓋與巡同。故或取上文、或取下文也。『爾雅』本有二文者（校4）、由王所服國數不同。故異文耳。亦不知「九夷・八狄・七戎・六蠻」、正據何時也。此及『中候』直言四海、不列其數、故引上文解之。「職方」列其國數、唯五戎・六狄與『爾雅』六戎・五狄、上下不同。餘則相似。故據下文也。「布憲」則「秋官」、承「夏官」之下、故同於「職方」焉。『周禮』注據『爾雅』下文「八蠻・六戎・五狄」當四海者、以「明堂位」陳周公朝於明堂之時、其數與之等、是周時之驗、故據之焉。

校勘記

（1）李巡　李巡は巡［えんにょう］に作るものに、足利本・單疏本・元刊本・毛本・『要義』があり、李巡に作るものに、閩本・監本・殿本がある。『經典釋文』（北京圖書館藏宋刻本）李巡に作る。巡は巡の異体字。

（2）「雒師謀」「我應」注　元刊本・閩本・監本・毛本、「雒」を「維」に作る。足利本・單疏本・阮本・殿本・全書本、「雒」に作る。阮元「挍勘記」に「閩本・明監本・毛本、雒誤維。案文王正義引皆作雒。」とする。例えば、毛本の「文王」正義に引く所はすべて「雒」に作っている。

（3）云　『要義』（徽州本）、云を曰に作る。

（4）者　『要義』（徽州本）、者を也に作る。

○鄭箋「九夷」から「五長」まで（以下、長いので本文、適宜分断して訳注する）

正義：「九夷・八狄・七戎・六蠻、謂之四海（九夷・八狄・七戎・六蠻、之を四海と謂ふ）」とは『爾雅』「釋地」の文。李巡注に「九夷在東方、八狄在北方、七戎在西方、六蠻在南方。（九夷は東方に在り、八狄は北方に在り、七戎は西方に在り、六蠻は南方に在り［九夷とは東方に住む異民族、八狄は北方に住む異民族、七戎は西方に住む異民族、六蠻は南方に住む異民族］）。」とあり（注1）、孫炎注には「海之言晦、晦闇於禮儀也（海の言は晦、禮儀に晦闇なり、［海は音、晦に通じ、晦《くら》いという意味。礼儀に晦闇《くら》いのである］）。」（『尚書中候』）「雒師謀」「我應」注（注2）も此れと同じ。「職方氏」及び「布憲」の鄭注（注3）も『爾雅』を引いて「九夷・八蠻・六戎・五狄、謂之四海（九夷八蠻六戎五狄、之を四海と謂ふ）。」という。（狄、戎、蛮の）数が異なっているのに、倶に『爾雅』に由ると云う。だとすると、『爾雅』のテキストに二本があったことになる。李巡の注によれば、（後の方の）「謂之四海」の下に更に三句「八蠻在南方、六戎在西方、五狄在北方」が在るが、この三句はただ李巡注にのみ有る。孫炎・郭璞の諸本には共にこの三句は無い。李巡は鄭玄と同時代の人で（注4）、鄭玄が読んだ『爾雅』のテキストは李巡のと同じであったろう。だから、鄭玄は上文の『爾雅』の文、「九夷・八狄・七戎・六蠻」を取ったり、下文の『爾雅』別本の文、「八蠻・六戎・五狄」を取ったりしているのだ（注5）。『爾雅』のテキストに二本あったのは、周王が服属させた国の数が同じではなかったことに由る。だから、異なったテキストがあったのだ。上文の「九夷・八狄・七戎・六蠻」というのが、何時の時代のに基づいているのかは分からない。

ここ及び『中侯』（『雒師謀』）ではただ「四海」と言うだけで、異民族の国の数を挙げ列ねていない。だから、（ここの鄭箋では）上文を引いて解釈しているのである。『周禮』の職方氏ではそれらの国々の数を挙げ列ねているが（「職方氏掌天下之圖、以掌天下之地、辨其邦國・都鄙・四夷・八蠻・七閩・九貉・五戎・六狄之人民、……」）、その「五戎・六狄」だけが『爾雅』（の李巡注が基づいた別本）に「六戎・五狄」と作るのに上下文字が異なっている。他は似ている。だから、（多少の違いはあるものの、『周禮』職方氏の鄭注では）下文の『爾雅』に拠ったのだ。（刑禁を掌る官の）布憲は『周禮』で秋官に属し、（職方氏は夏官に属しており、）秋官は夏官の後を承けているので、（布憲に記された四海についての鄭注は）職方氏（の鄭注）と同じなのだ。『周禮』の鄭注が後の方の『爾雅』の文にある、「八蠻・六戎・五狄」を四海に該当するとみなしたのは、『禮記』「明堂位」に周公が明堂に朝見した時のことを述べられているが、そこでの（異民族の国の）数がこれと等しく（注6）、これは周の時のことに間違いがないので、これに拠ったからである。

注

（1）阮本十三經注疏『爾雅』の郭璞注には「謂之四海」の下には「九夷在東、八狄在北、七戎在西、六蠻在南。次四荒者」とある。ここに李巡と言っているのは郭璞の誤りではなかろうか。この後に、李巡注として「八蠻在南方、六戎在西方、五狄在北方。」の三句を挙げている。

（2）雑師謀・我應　『尚書』の緯書注。『尚書中候』「雑師謀」・『尚書中候』「我應」。

（3）職方氏注　『周禮』（夏官）職方氏の鄭玄注、及び（秋官）布憲の鄭玄注に「『爾雅』曰、九夷八蠻六戎五狄謂之四海」とある。

（4）李巡は鄭玄と同時代の人　『經典釋文・序録』爾雅の部分に「李巡注三巻。汝南人、後漢中黄門」とあり、『後漢書』巻七十八「宦者列傳」呂強傳には「時宦者濟陰丁肅・下邳徐衍・南陽郭耽・汝陽李巡・北海趙祐等五人稱爲清忠、皆在里巷、不争威權。巡以爲諸博士試甲乙科、争弟高下、更相告言、至有行賂定蘭臺漆書經字、以合其私文者、乃白帝［霊帝］、與諸儒共刻五經文於石、於是詔蔡邕等正其文字。自後五經一定、争者用息。（時に宦者濟陰の丁肅・下邳の徐衍・南陽の郭耽・汝陽の李巡・北海の趙祐等五人は稱して清忠と爲し、皆里巷に在りて、威權を争わず。巡以爲らく諸博士は甲乙科を試し、弟［＝第］の高下を争い、更に相告言して、賂《まいな》いを行い蘭臺漆書の經字を定［改］め、以って其の私文に合せしむる者有るに至る、と。乃ち帝［霊帝］に白《もう》して、諸儒と共に五經の文を石に刻す。是に於て蔡邕等に詔して其の文字を正さしむ。自後、五經一定し、争ふ者用って息む）。」とある。

更に、呉承仕『經典釋文序録疏證』には、上文を承けて、「則熹平立石［霊帝の熹平四年＝一七五年のこと］、自巡發之。……隋志云：梁有、亡。」とあり、生没年は分からないが、後漢の鄭玄［一二七年～二〇〇年］もまた、「桓・霊之時、注此書［＝『毛詩鄭箋』］也」（『周南關雎・鄭氏箋』疏）とあり、ほぼ同時期に活躍した文字通りの同時代人。『隋書』「經籍志」に「爾雅三巻　漢中散大夫樊光注。梁有漢劉歆・犍爲文學・中黄門李巡爾雅各三巻、亡。」とある。

（5）上文、下文　『爾雅』「謂之四海」の邢疏に「偏檢經傳、四夷之數、參差不同。先儒舊解、此『爾雅』上文

殷制、「明堂位」及職方並『爾雅』下文、皆爲周制。義或當然。」とある。

（6）『禮記』「明堂位」に明堂での諸国の立ち位置の記述がある。「昔者周公朝諸侯于明堂之位、天子負斧依、南鄕而立、……九夷之國、東門之外、西面、北上、八蠻之國、南門之外、北面、東上、六戎之國、西門之外、東面、南上、五狄之國、北門之外、南面、東上。……」（……九夷の国君は東門の外にいて西に面し、北側を上位とする。……）と「九夷・八蠻・六戎・五狄」の順にその立ち位置が記されている。更に続けて「此周公明堂之位也。明堂也者、明諸侯之尊卑也」とあるように、これらの順序が諸侯の地位の尊卑を表しているということになり、諸国の順序・数が諸本によって異なっているのは、大きな問題となるわけである。

「明堂位」與職方不同者、『鄭志』答趙商云、「戎狄之數、或五或六、兩文異耳。『爾雅』雖有與周、皆兩數耳。無別國之名、不甚明、故不定之也。」是鄭疑兩文必有一誤。但無國數可明。故不敢定之耳。

四海之於王者、世一見耳。此經説四海來朝、應是攝政六年時、事與「明堂位」同、直以漫言四海、故取『爾雅』上句「謂之四海」之文、充之。其實此當八蠻六戎五狄也。國在九州之外者明四海。不屬九州、其州長所不領。故『周禮』曰「九州之外謂之蕃國。世一見。」是也。若然、下文蠻荊謂荊州之蠻。「堯典」曰、「流共工于幽州」注云、「幽州北裔」則四海亦有在九州之内者矣。言外者以大凡化内、非州牧所領、則「謂之四海」之國、其境所居、不妨在九州之内。「禹貢」萬里大界盡以九州目之。故得有荊州之蠻及幽州爲北裔也。

『禮記』「明堂位」（に「九夷・八蠻・六戎・五狄」とあるの）と『周禮』の職方（氏に「四夷・八蠻・七閩・九

貉・五戎・六狄之人民」とあるの）とで、その言い方が異なっていることについて：『鄭志』に鄭玄が趙商の問いに答えて、「（『周禮』「職方氏」に云う四夷とは四方の夷狄のこと。九貉は九夷で東方に在り、八蠻は南方に在り、閩とはその蠻の別種である。つまり「九夷・八蠻」については「明堂位」のと同じであって、）ただ戎・狄の数について、明堂位では「六戎・五狄」、『周禮』「職方氏」では「五戎・六狄」となっていて、それぞれ異なっている。『爾雅』には（後文の『爾雅』のように「六戎・五狄」に作るものもあるが、（前の方の『爾雅』のように「八狄・七戎」に作る）ものがあり、しかも（六戎・五狄の）国ごとの名は無く、甚だ不明瞭であるので、どちらとも定めることができないのだ。」（＊この部分の『鄭志』文義取りにくい。『禮記』「明堂位」孔疏所引の『鄭志』には「故鄭答云、（「職方」四夷謂四方夷狄也、九貉即九夷、在東方、八蠻在南方、閩其別也。）戎狄之數、或六或五、兩文異。『爾雅』雖有與同、皆數爾。無別國之名、不甚明、故不定之也。」と（ ）の部分の文章があり、また傍点部分も異なっている。また、「『爾雅』雖有與周、皆兩數爾。」について、孫詒讓『十三經注疏校記』に「『爾雅』雖有與同、皆兩數爾」と校記している。明堂位正義によって周を同に作り、明堂位の正義には兩の字がないのは衍字に誤ったのであろうとする。これ等を参考にして読んだ。）と言っている。してみると、鄭玄はどちらかの文が必ず誤っていると疑っていた。しかし国の数を明らかにする手段がないので、敢えてどちらかに定めようとはしなかったのだ。

四海（の国々が）周王に対しては、その国君の一代に一度朝見するだけである。この詩序で「四海（の国々）」が来朝するという事柄は、周公が攝政したその六年の時のことであろう。事柄は「明堂位」に言う所と同じであり、ただ（序文では）「四海」と（その地を具体的ではなく）漫然と言っているので、（鄭箋では）『爾雅』の「（九夷八狄七戎六蠻）謂之四海」という文をこれ［詩序の「四海」の意］に充てているのである。しかし、ここは、「八蠻六戎五狄」とすべきところである。国が九州の外に在るものは明らかに四海（の国）であり、九州には属さず、（周王は）その州の長を（九州内の国の長のようには）統《す》べ領《おさ》めない。だからこそ『周禮』（大行人）にも

「九州の外は之を蕃国と謂ひ、世々一たび見る」（注1）とあるのだ。

だとすると（次のような不都合がでてしまう）、下文［李巡が注した『爾雅』の別本・『周禮』職方氏の文、「八蠻六戎五狄」］にいうところの蠻荊は荊州の蠻の意味であり、『尚書』「堯典」（舜典のあやまり）には「流共工于幽州（共工を幽州に流す）」とあり（注2）、その注には、「幽州は北裔《ほくえい》［北の辺境］」とある。つまり、四海には九州の内に在るものもあることになる（九州の外の国を蕃国とする上の文とは齟齬することになる）。

しかし、「外」と言っても、それは大凡の化内［周王の徳化が及ぶ地域内］であって、州牧の所領でなければ、「之を四海と謂う」所の国でも、その境界の所在は九州の内側にあってもさしつかえはない。『尚書』「禹貢」では万里の大界、すべて九州と見なしている。だから、荊州の蠻、及び幽州を北裔とみなすことができるのだ。

注

（1）『周禮』『周禮』秋官・大行人に「九州之外謂之蕃國、世壹見、各以其所貴寶爲摯（九州の外、之を蕃國と謂ひ、世々壹たび見ゆ。各々その貴宝とする所を以って摯《し》と爲す：九州の外の国を蕃国と謂い、その国君は即位したとき一度来朝する。それぞれその国で宝とする物を進物とする）」とある。

（2）『尚書』「舜典」に「流共工于幽州（共工を幽州に流す）」とある。その孔安國傳に「象恭滔天、足以惑世、故流放之。幽州北裔。水中可居者曰州（象は恭なるも［一に「恭に象て」］天を滔《あなど》り、以って世を惑はすに足る、故に之を流放す。幽州は北裔。水中の居る可き者を州と曰ふ）」とある。堯帝の時、臣下の驩兜《かんとう》が共工氏を有能・功績顕著だとして登庸するにふさわしい者として堯帝に推薦するが、堯帝は、その言う所となす事とが背反しており、「象恭滔天」（貌象［姿態度］は恭敬であるが［恭順なふりをして］内心は傲很《ごうこん》［傲慢でさからい］、天を侮り［上を侮り下を凌ぐ］）者であるとして、退けている（『尚書』堯典）。舜帝は共工・驩兜《かんとう》・三苗・鯀の四凶を幽州・嵩山・三危・羽山に放逐・処罰している（『尚書』舜典）。ここでこれを引用したのは、共工が流された幽州が北裔であることを言うためである。ただ、これだけでは、「四海には九州の内にあるものもある」ことがすぐには納得できない。「舜典」の「流共工于幽州」の孔疏に「裔訓遠也。當在九州之外、而言於幽州者、在州境之北邊也。……此流四兇在治水前、於時未作十有二州、則無幽州之名。而云幽州者、史據後定言之（裔の訓は遠である。だから北裔は九州の外にあるはずである。それなのに「幽州に」と言っているのは、州境の北辺に在るからである。……これら四兇を流したのは治水前のことであり、その時はまだ十二州は定められていない。則ちその時はまだ幽州という名はなかった。それなのに幽州と云っているのは、歴史官が後の言い方に依って定め書いたからである）」とあるのが参考になる。なお、「水中可居者曰州」とあるのは、天地の四方は海に囲まれており、その内側に居住する所があるので、そこを州という、といった考え方からきている。

「曲禮」曰、「其在東夷北狄西戎南蠻、雖大曰子。」是雖有大者、爵不過子也。大者曰子、小者曰男而已。『左傳』曰「驪戎男。」是也。若殷爵三等無子男、則四夷之君爲伯爵也。而『書』序曰、「武王勝殷、巣伯來朝」注云、「巣伯南方諸侯、世一見者、以武王即位來朝。」是九州外爲伯（校1）。又『虞書』曰、「州有十二師（校2）、外薄四海、咸建五長。」明四海是九州之外也。何者、既言「州十有二師（校2）」、是九州之内、立師也。又曰、「外薄四海、咸建五長。」是四海在九州之外矣。所引者「皐陶謨」文也。檢鄭所注『尚書』經作「外薄」、今定本作「外敷」、恐非也。彼注云、「九州、州立十二人爲諸侯之師、以佐其牧。外則五國立長、使各守其職。」此「建五長」、即下「曲禮」所謂子。故彼注云、「子謂九州之外長也。天子亦選其諸侯之賢者以爲之子、子猶牧。」是也。案彼上云、「弼成五服、至于五千。」鄭以爲「禹治水、輔成五服、土方萬里、以七千里内爲九州。七七四十九。千里者之方四十九、以其一爲畿内、餘四十八。八州分之、各得方千里者六、計一州方百里之國二百、七十里之國四百、五十里之國八百、計一州有一千四百國、以二百國爲名山大川不封之地。餘有一千二百國、以百國建立一師。故州有十二師（校2）。鄭又云、「八州九千六百國、又四百國在畿内、以子男備其數。」是鄭計充禹會諸侯于塗山執玉帛者萬國之文。

校勘記

（1）九州外爲伯　足利本・單疏本・元刊本・殿本・阮本・全書本、及び『要義』（徽州本）、「九州外爲伯」に作る。閩本・監本・毛本、「爲」を「諸」に作る。阮元「挍勘記」に「閩本・明監本・毛本爲誤諸。」とする。

（2）州有十二師　この校正（2）の相関連する三箇所の「州有十二師」について、單疏本、三箇所とも「州十有二師」に作る。足利本・元刊本・閩本・監本・毛本・殿本・阮本、は上から「州有十二師」「州十有二師」「州有十二師」に作る。全書本は上から「州十有二師」「州十有二師」「州有十二師」に作る。阮元「挍勘記」に最初の「州有十二師」に校記があり、「案有十當作十有。正義下云、『既言州十有二師』可證。下引注云、『州立十二人』、又云、『故州有十二師』者、皆非經成文也。」という。意味として大きく変わるわけではないが、テキストとして「州十有二師」に作るのが正しく、單疏本に従うべきであろう。

『禮記』「曲禮」に「其れ東夷北狄西戎南蠻に在っては大なりと雖も、子と曰ふ。」（注1）とある。これは大国であってもその爵位は子爵に過ぎないということである。大なるものを子と言い、小なるものを男というのだ。『左傳』に「驪戎男」（注2）とあるのがこの例である。殷の爵位のように三等で子・男がなければ、四夷の君は伯爵である。『尚書』序（注3）に「武王勝殷、巣伯來朝」（注3）の注に「巣伯南方諸侯、世一見者、以武王即位來

「鄭玄以爲」以下に云うところの解釈：

九州　7,000里平方　7,000里×7,000里＝49,000,000平方里

この九州には７×７＝49　　1,000里四方の地が49

その内の一つを畿内とする。残りの方千里の地は48

これを８つの州に分ける（48÷８＝6）

この州には各々方千里の地が６個、

１州　1,000（里）×1,000（里）×６＝6,000,000（平方里）

方百里の国 200　　100×100×200＝2,000,000（平方里）……①

方七十里の国 400　　70×　70×400＝1,960,000（平方里）……②

方五十里の国 800　　50×　50×800＝2,000,000（平方里）……③

これらを合計すると　2,000,000＋1,960,000＋2,000,000＝5,960,000（平方里）

１州は6,000,000（平方里）なので6,000,000－5,960,000＝40,000（平方里）が余る。

余りは出るけれども、結論部分に持って行くための誤差範囲というところか。

200国＋400国＋800国＝1,400国　　（１州における国の数）

これから名山大川等により封じない国、として200国を省く（師を出すことに与らない国の意味であろう）。残り1,200国。

100国で１師を出すので、1,200国で12師を出す（結論）。

（国の面積の大小は考慮に入れず、１国で１師を出すと仮定）

又、８州には9,600国（1200×８＝9,600）、畿内1,000里平方に400国がある、とする。1,000×1,000＝1,000,000平方里（400国があるとすれば400×2,500＝1,000,000で、50×50＝2,500となるので、内訳は50里平方の国が400となる。『左傳』哀公七年の「禹合諸侯於塗山云々」の孔疏には「鄭玄云、畿内四百國皆五十里國也」とある）「州十有二師」という毛傳所引の「虞書」を　合理的に説明しようとしている工夫を見るべきであろうか。

なお『春秋左氏傳』哀公七年の「禹合諸侯於塗山執玉帛者萬國」部分に於ける孔疏にも鄭以爲として、ほぼ同様の計算がなされている。

朝。（巣伯《そうはく》は南方の諸侯で、国君は即位したとき一度周王に朝見する。武王が即位したとき来朝した」（注4）とある。これは九州の外であっても伯爵である（例である）。又、『虞書』（「益稷」）に「州有十二師、外薄四海、咸建五長（州に十二師［＝諸侯］有り、外、四海に薄《いた》る、咸《みな》五長［諸侯五国、賢者一人を立てこれを方伯と爲し、五長と謂う］を建つ）。」とある（注5）。これから四海とは九州の外であることが明らかである。何故ならば、「州に十有二師」と言っている。これは九州の内に師を立てることであり、又、「外、四海に薄《いた》る、咸《みな》五長を建てる」と言っている。これによれば、四海は九州の外に在ることになるからである。引用しているのは『尚書』「皐陶謨」の文である（「益稷」の誤り）。鄭玄が注をつけている『尚書』を検べてみると、その本文は「外薄」となっているが、今の「定本」では「外敷」に作っている。恐らくは誤りであろう。その注に「九州には州ごとに十二人を立てて諸侯の師と爲し、以って其の牧を佐《たす》けしめ、外は則ち五国もて長を立て、各々その職を守らしむ（九州では州ごとに十二人を立てて諸侯の師となし、その牧を佐ける。外は五つの国で長を立てて、各々その職務を守らせる）」と言っている。ここの「五長を建てる」というのは、即ち下の（『禮記』）「曲禮」に謂う所の「子」である。だから彼処の注で「子とは九州の外の長である。天子はまたその諸侯の中の賢者を選び、これを子とする。子とは牧にほぼ同じ」というのがこれである。案ずるに彼処［「益稷」篇の「州有十二師、外薄四海」の文］の上に「弼成五服、至于五千（五服を弼成《ひっせい》し、五千に至る。帝を弼《たす》けて五服の制を成し、服ごとに五百里、東西南北各々五千里をなすに至る）」と云っている。鄭玄は言っている（注6）：「夏の禹王は洪水を治め、（舜帝を）輔けて五服の制を完成させた。その土地は万里平方。七千里（平方）内を九州とする。七掛ける七は四十九。千里四方の地が四十九、その（中の）一つが畿内。残りは四十八。それを八州に分割すれば、一州当たりそれぞれ方千里の地が六（の面積）となる。計算すると、一州は方百里の国が二百。七十里の国が四百。五十里の国が八百。合計して一州は一千四百国。二百国は名山大川の地で分封しない地とする。残った国は一千二百国。百国で一師を立てる。こうして一州には十二人の師がいることになる。」又、鄭玄は云っている。「八州で九千六百国。又四百国は畿内に在り、子爵・男爵の者でその数に備えさせる。」（注7）これが鄭玄が計算して「禹王が諸侯を塗山に会するに、玉帛を執る者万国」（注8）の文章（その万国）に充てた考え方である。

補 いかにも机上の計算に基づくような考え方であるためか、孔疏に反論がなされている。

詩《桓》曰「綏萬邦」、《烝民》曰「揉此萬邦」。豈周之建國、復有萬乎。天地之勢、平原者甚少。山川所在、不啻居半。豈以不食之地亦封國乎。王圻［＝畿］千里封五十里之國四百、則圻内盡以封人。王城宮室無建立之處。言不顧實、何至此也。「百國一師」、不出典記。自造此語、何以可從。「禹朝群臣于會稽」、『魯語』文也。「執玉帛考萬國」、『左傳』文也。採合二事、亦爲謬矣（『尚書』「益稷」：「弼成五服、至于五千、州十有二師」の傳「五服」より「萬邦」までの孔疏）。

『詩』《桓》には「綏萬邦」といい、《烝民》（《烝民》ではなく《崧高》《すうこう》）には「揉此萬邦（此の万邦を揉《やわ》らぐ）」といっているが、それは周の建国の時、一万の国があったというわけではない。土地には平原は少なく、山があり川が流れているところは土地の半ばに止まらない。不食《ふしょく》の地［耕すことの出来ぬ土地］に国を封ずることがあろうか。王畿千里に五十里の国、四百を封じたならば、畿内の地はすべて他人に封ずる［土地を分け与える］こととなる。王城や宮室を建てる所がなくなってしまう。実際はどうであるかを顧みないでこのように言ったのだ。（実体は）このようであるはずがない。また「百国に一師」にその出典を記していない。自らこれを造ったのであって、従うことは出来ない。「禹朝群臣于會稽」とは『魯語』の文であり、「執玉帛考萬國」とは『左傳』の文である。これら二つの事を一文に合わせており、誤謬である。

（補：なお、上記鄭玄の考え方が、『左傳』哀公七年の「禹合諸侯於塗山云々」の孔疏にも記されている。）

注

（１）『禮記』「曲禮下」に「其在東夷北狄西戎南蠻、雖大曰子。於内自稱曰不穀、於外自稱曰王老（東夷・北狄・西戎・南蛮の君主はその土地が広大であっても子と称する。これらの子は国内に在っては自らは不穀《ふこく》と称し、国外に在っては自らは王老と称する。）」とある。

（２）『春秋左氏傳』莊公二十八年（前六六六年）に「晉伐驪戎、驪戎男女以驪姫（晉、驪戎を伐ち、驪戎男、女《めあ》はすに驪姫を以てす）。」とある。杜預注に「驪戎在京兆新豐縣。其君姫姓。其爵男也。」

（３）『尚書』序『尚書』「洪範」序に「武王勝殷」、同書「旅獒《りよごう》」に「巣伯來朝」とある。「武王勝殷、巣伯來朝」と続く文は見当たらない。しかし、『周禮』秋官・大行人の「九州之外謂之蕃國、世壹見。各以其所貴寶爲摯」の鄭玄注に記された賈疏にも「按《書》序、「武王既勝殷、巣伯來朝。」注云：巣伯南方之國、世一見者。夷狄得稱伯者、彼殷之諸侯、與周異也」とあり、「武王（既）勝殷、巣伯來朝」と続く『尚書』序の文があった可能性がある。

（４）注「旅獒《りよごう》」の「巣伯來朝」の孔傳の疏に「鄭玄以爲南方世一見者、云々」とあり、この注は鄭玄の注であろう。

（５）『虞書』曰『尚書』（虞書）「益稷」に「州有十二師、外薄四海、咸建五長。」とある。

（６）『禮記』王制に「凡四海之内九州、州方千里。州建百里之國三十、七十里之國六十、五十里之國百有二十、凡二百一十國。名山大澤不以封。其餘以爲附庸閒田。八州、州二百一十國。」の鄭注には「周公制禮、九州大界、方七千里、七七四十九。方千里者四十有九也。其一爲畿内、餘四十八。八州各有方千里者六」とある。その後の文章はこの疏に引くものとは異なっている。

（7）八州九千六百國……　この鄭玄の発言、『禮記』「王制」の「凡九州千七百三國……」の疏に引かれている鄭玄とその弟子趙商との問答（『鄭志』）から考えると、『尚書』「皐陶謨」の鄭注に述べられていたものと思われる。また、『春秋左氏傳』哀公七年、標起止「注諸侯至執玉」にも鄭玄の考え方に触れた部分がある。

（8）禹王　『春秋左氏傳』哀公七年、孟孫の問いに大夫たちが答えた言葉の一部。對曰、「禹合諸侯於塗山、執玉帛者萬國、今其存物數十焉。云々」。

［一章］

蓼彼蕭斯　　蓼《りく》たる彼《か》の蕭斯《しょうし》　　高く伸びたあの香り草、蕭

零露湑兮　　零露《れいろ》　湑《しょ》たり　　その上に露がしっとりと降りている

（毛傳）興也。蓼、長大貌。蕭、蒿也。湑湑然蕭上露貌。

箋云、興者蕭香物之微者、喩四海之諸侯亦國君之賤者、露者天所以潤萬物、喩王者恩澤不爲遠國則不及也。

（毛傳）この二句は興である。蓼とは長く大きいさま。蕭は蒿［よもぎ］。湑湑然とは蕭の上に降りた露の状態。

鄭箋：興とは、蕭は香りある植物の中で小さな物であることを言って、四海の諸侯も国君の中では賤なる者であることを譬喩していることを指す。又、露は天から降りて地上の万物を潤すもので、（こう言うことによって）王の恩沢が遠国であっても及ばないことはないことを譬喩していることを指す。

○（『經典釋文』）湑、息叙反。長、如字（注1）。又張丈反。爲、于偽反（注2）。

○『經典釋文』湑は息叙の反（xǔ）。長は如字。又、張丈の反。爲は于偽の反。

蓼の音、『經典釋文』「音六、蓼、長大貌。蕭、蒿也。」朱子『詩集傳』も「音六」とする。小雅「蓼莪」にも「蓼莪、上音六、下五河反」とあり、音、リク。但し、馬瑞辰『毛詩傳箋通釋』には、「瑞辰按、説文、蓼辛菜薔虞也。本音盧鳥切。音近了。而此詩蓼訓長大、音六者、了與六、一聲之轉。……」とある。音、リョウとなる。通訓、リク。

注

（1）如字　「字の如しと読み、その字（語）の第一義のとおり、即ち最も基礎的な語としての読み方と意義を規定」（坂井健一「經典釋文引音注如字攷」、『栗原圭介頌壽記念　東洋学論集』）。なお、『經典釋文』の如字についてのより詳細な分析が万献初『《經典釋文》音切類目研究』（二〇〇四年十月、商務印書館）第三章になされている。

（2）爲、于僞反　「于僞反（去声・寘韻）によって表される語は、「助也」。助ける・援助するという動詞で、これが「―のために」とよまれて、言わば前置詞的に解読されているのである」（坂井、同上論文）

補註

蕭斯　蕭斯の「斯」、毛傳・鄭箋ともに言及がない。正義にも格別の指摘はないが、通解において「～彼蕭斯也。此蕭所以～」とあるところから、おそらく助字とみているのであろう。

既見君子　既に君子に見《まみ》ゆ　天子にお目にかかることが出来て
我心寫兮　我が心　寫《しゃ》せり　心の憂いは消え去った

（毛傳）輸寫其心也。

毛傳：あれこれ心に懐いていた心配事は消え去った。(「輸寫」はその心を打ち明ける、の意味にも取られるが、陳奐の「傳云輸寫。此以雙字釋單字、輸亦寫也。……輸寫與除義亦相近。」に従った。『毛詩傳箋通釋』巻十七。蘇轍『詩集傳』では「我心寫兮」の句を「莫不思盡其心之所有以告之」とする。天子に心の思いのすべてを告げる、の意)。

箋云、既見君子者、遠國之君、朝見於天子也。我心寫者、舒其情意(校1)、無留恨也。

校勘記

(1) 舒其情意　『毛詩』(四部叢刊・四部備要)・足利本・元刊本・阮本、「舒其情意」に作る。閩本・監本・毛本・殿本・全書本は「輸其情意」に作る。阮元「挍勘記」に「閩本・明監本・毛本舒誤輸」とする。「舒」とすれば、其の情意を舒暢［のびやかにする］といった意味となる。

鄭箋：「既見君子」とは、遠国の国君が周の天子に朝見することである。「我心寫」とは、心はくつろぎ、のびやかとなり、心に恨みを留めることはないの意。

燕笑語兮　　燕して笑語す　　天子は遠国の国君たちと宴樂し打ち解け笑談する

是以有譽處兮　　是を以って譽《ほまれ》有らしめ、(天子の位に)處らしむ　　こうして国君たちは天子の譽を讃え、常に天子の位に居てほしいという

箋云、天子與之燕而笑語則遠國之君、各得其所、是以稱揚德美、使聲譽常處天子。

鄭箋：天子は遠国の君主と宴楽し、打ち解けて語り合えば、遠国の君主たちはそれぞれその所を得て、周の天子の徳美を称揚し、天子には名声の譽を常に得ていてほしいと願う。

疏　蓼彼至處兮

正義曰、言蓼然長大者彼蕭斯也。此蕭所以得長大者、由天以善露潤之、使其上露湑湑然盛兮。以故得其長大耳。以興得所者、彼四夷之君、此四夷之君所以得所者、由王以恩澤及之、使其恩澤豐多。故令其得所耳。然此蕭是香物之微者、天不以其微而不潤。喩四海諸侯乃國君之賤者、王不以其賤而不及也。遠國既蒙王澤、乃來朝見、自言「既得朝見君子之王者、我心則舒寫盡兮（校1）。」無復留恨、在國恐不得見、今來得見則意盡也。朝之後、王又與之燕飲而笑語兮。感王之恩、皆稱揚王之德美。是以使王得有聲譽、又常處天子之位兮。言爲天子所保（校2）、不憂危亡也。

校勘記

（1）我心則舒寫盡兮　足利本・單疏本・阮本、「我心則舒寫盡」に作る。閩本・毛本・殿本・全書本、舒を輸に作る。元刊本、磨耗していて不明瞭。阮元「挍勘記」に「案所改非也。此用箋。」とある。

（2）天子所保　足利本・單疏本・元刊本・閩本・監本・毛本・殿本・阮本・全書本、「天子所保」に作る。沈廷芳『十三經注疏正字』に「子疑下字誤。」阮元「挍勘記」に「浦鏜云、子疑下字誤、是也」とこれを支持する。

疏　蓼彼より處兮まで

正義：蓼然として高く大きいものはあの蕭《よもぎ》（斯）。この蕭が大きくなることが出来たのは、天が善き露でもって潤し、その蕭の上に湑湑然《しょしょぜん》と沢山の露を降らせたため、蕭は長く大きくなることが出来たのである。

このように言うことによって「所を得る者（それぞれその人ごとにふさわしい位を得た者）」はあの四夷の君主たちであり、これらの四夷の君主がところを得ることができたわけは、王が恩沢を彼等に及ぼし、その恩沢を多く豊かにしたためで、それで彼等に所を得させたのだということを導きだしているのである。

然も、この蕭は香り有る植物の中ではさほどのものではないが、天はだからといって、これを潤さないことはない。（こういうことによって）四海の諸侯は国君の中では微賤なる者であるが、周王は彼等が微賤であるからといって恩沢を及ぼさないことはない、ということを喩えているのである。

遠国が周の恩沢を蒙っているので、（その国君たちは）周王朝に朝見にやって来て、進んで言う「君子であられる王さまに拝謁することができまして、すっかり心は晴れ晴れと伸びやかになりました。」恨みを留めることなく、国に居たときは天子にお目にかかることは出来ないのではと思っていたが、今やって来て朝見することが出来たので意は尽きた［満足している］のである。朝見の後で、周王は彼等と燕飲し、打ち解けくつろぎ、楽しく語り合う。四夷の国君たちは、周王の恩に感激して、皆、周王の徳美を褒めそやすのである。こうして周王が名声の誉れを保つことができ、またいつまでも天子の位に就いていてくださるように願うのである。（自分たちも周の）天子に保守されれば、（四夷の国々は自らの国の）危亡を憂うることはない、といった意味である。

○傳蓼蕭至露貌

正義曰、『釋草』云、「蕭、荻也。」李巡曰、「荻一名蕭。」郭璞曰、「即蒿也。」下章（校1）「瀼瀼」「泥泥」皆重言、故此亦爲湑湑也。湑湑、露在物之状。故爲蕭上露貌。

校勘記

（1）下章　毛本、「下草」に作る。誤刻。足利本・單疏本・元刊本・閩本・監本・殿本・阮本・全書本、すべて「下章」に作る。

○傳の蓼蒿より露貌まで

正義：『爾雅』「釋草」に「蕭は荻」とある。李巡は「荻、一名蕭」という。郭璞は「蒿である」という。下の章句の「瀼瀼」「泥泥」は重言《ちょうげん》であり、だから、ここの「蕭兮」も「湑湑」の意である。（訳者注：「爲湑湑」。経文は「湑兮」であるので、「湑湑の意味」として読んだ。或いは「湑湑」に作るテキストがあったものか。或いは、「蕭兮」は重言の「湑湑」として読み取るべきの意か）。「湑湑」とは露が物の上に降りている状態。だから、毛傳に「湑湑然とは蕭の上の露の状態」としているのである。

○箋蕭香至賤者

正義曰、《生民》曰、「取蕭祭脂。」郊特牲曰、「爇（校1）蕭合馨香。」是蕭爲香物也。雖香而是物之微者以喩四海諸侯亦是國君之賤者。

校勘記

（1）爇　單疏本・閩本・毛本・殿本・全書本、「爇」（下のつくり、「灬」、「火」は同じとみる）に作る。足利本・元刊本、「藝」に作るのは誤り。

○箋の蕭香より賤者まで

正義：大雅《生民》に「取蕭祭脂（蕭と祭脂とを取る）」とあり、『禮記』「郊特牲」に「爇蕭合馨香（蕭を爇《や》き馨香《けいこう》に合す）」とある（注1）。蕭が香り物であることの証しである。香りある草だとはいっても微《ささ》やかな物なので、これで以て四海の諸侯、或いは微賤な国君を喩えている。

注

（1）『禮記』「郊特牲」 十三經注疏本（阮本）『禮記』「郊特牲」には「焫蕭合羶薌」（鄭注に「羶、當爲馨、聲之誤也」とあり、『釋文』に「薌音香」）とあるのが、この疏に引く文に近い。馨は許經の反。

［第二章］

蓼彼蕭斯　蓼《りく》たる彼の蕭斯　高く伸びた蕭

零露瀼瀼　零露　瀼瀼《じょうじょう》たり　その上に瀼瀼《じょうじょう》と繁く露が降りている

（毛傳）瀼瀼、露蕃貌。

毛傳、瀼瀼は露の蕃《しげ》き貌《かたち》［露がたくさん降りている状態］

○（『經典釋文』）瀼、如羊反。徐又乃剛反。蕃、音煩。

○『經典釋文』瀼は如羊の反。徐邈、又た乃剛の反。蕃は音、煩。

既見君子　既に君子に見ゆ　君子である周王［天子］に拝謁すれば

爲龍爲光　　龍《ちょう》爲《た》り、光爲《た》り　　その恩沢は輝き光り

（毛傳）龍、寵也。

箋云、爲寵爲光、言天子恩澤光耀、被及己也。

毛傳、龍は寵［光り耀くこと］。

鄭箋、「爲龍爲光」とは、天子の恩沢は光り輝き、己［四海の国君］まで及んでくるの意味。

○（『經典釋文』）被、皮寄反。

○『經典釋文』被は皮寄の反。

其德不爽　　其の徳、爽《たが》はず　　周王の徳は四海の国君たちに遍く等しくもたらされ

壽考不忘　　寿考、忘れざらしむ　　四海の国君たちは、王様よ、末永くお健やかに、と称揚し、その恩を忘れまいとした

（毛傳）爽、差也。

毛傳、爽は差別すること。

疏　既見至不忘

正義曰、言遠國之君蒙王恩澤、今皆來朝、既得見君子之王者、爲君所寵遇、爲君所光榮、得其恩意、又燕見笑語、使四海稱頌之不忘也。

疏 既見より不忘まで

正義、遠国の君主が周王の恩沢を蒙り、今、皆こぞって来朝すれば、君子である王に拝謁することができ、周王の寵遇を承け、周王に光栄を与えられ、その恩意を得られた。一方、周王は四海の国君たちと燕飲笑語され、四海の国君たちに周王を称揚し、（その恩を）忘れさせないようにさせた、の意味である。

［三章］

蓼彼蕭斯　蓼《りく》たる彼の蕭斯《しょうし》　高く伸びた蕭

零露泥泥　零露　泥泥《でいでい》たり　その上に露がしっとりと降りている

（毛傳）泥泥、霑濡也。

毛傳、泥泥は霑《うるお》い濡《ぬ》れること。

○（『經典釋文』）泥、乃禮反。

○『經典釋文』、泥は乃礼の反。

既見君子　既に君子に見ゆ　天子にお目にかかり

孔燕豈弟　孔《はなは》だ燕《やす》らぎ　豈《たの》しみ弟《やわ》らぐ　たいそう心安らぎ、楽しんで心穏やかになった

（毛傳）豈、樂。弟、易也。

箋云、孔、甚。燕、安也。

毛傳、豈は楽しむこと。弟は易、やわらぐこと。

鄭箋、孔は甚だ。燕は安らぐこと。

○（『經典釋文』）豈、開在反。亦作愷。下同。後豈弟放此。弟、如字。本亦作悌。音同。後皆放此。樂、音洛。下篇同。易、夷鼓反。

○『經典釋文』、豈は開在の反。亦た愷に作る。以下同じ。後の豈弟もこれに倣う。弟は如字。一本に愷に作る。音は同じ。後はみなこれに倣う。樂は音、洛。下篇も同じ。易は夷鼓の反。

宜兄宜弟　兄に宜《よろ》し、弟に宜《よろ》し　兄となるのもふさわしく、弟となるのもふさわしい、兄弟同然に接して下さる

令德壽豈　令徳　壽豈《じゅがい》　善徳の譽高く、寿《いのちなが》く凱《やわ》らぎ楽しむであろう

（毛傳）爲兄亦宜、爲弟亦宜。

毛傳、兄となるのも宜しく、弟となるのも宜しい。

疏　既見至壽豈

正義曰、遠國之君、既朝見君子、爲君子所接遇、故皆甚安而情又喜樂以怡易也。君子既接遠國得所而又燕見以盡其歡、是君子爲人之能、宜爲人兄、宜爲人弟、隨其所爲、皆得其宜、故能有善德之譽、壽凱樂（校1）之福也。

校勘記

（1）凱樂　足利本・單疏本・元刊本・阮本、凱樂に作る。閩本・監本・毛本・殿本・全書本、豈樂に作る。同意。

疏　既見から壽豈まで

正義：遠国の国君達は君子［天子］に謁見し、君子に接待されて、皆大変心安らぎ、くつろぎ、喜び楽しんで和《なご》やかな心持ちとなった。君子は遠国の国君がそれぞれ所を得た（注1）ことに接し、燕見（注2）してその歓を尽くさせた。これは君子の人としての能力で、人の兄となってもそれでふさわしく、人の弟となってもそれでふさわしい、その爲すところ、場合場合によって適切な役割を演ずる。だから善徳の譽を保有し、凱《やわ》らぎ楽しむ福徳を寿《ひさ》しくすることが叶うのである。

注

（1）所を得　『周易』「繫辭傳」下に「神農氏作、斲木爲耜、……日中爲市、致天下之民、聚天下之貨、交易而退、各得其所。」とあり、それぞれ自分のほしい物を手に入れること。ここでは、遠国の諸侯がそれぞれ居場所を与えられること、諸侯としての立場を認められることをも含むであろう。

（2）和やかな心持ち　燕見。『禮記』「少儀」に「尊長於己踰等、不敢問其年。燕見、不將命（尊長、己に於いて等を踰ゆれば、敢て其の年を問はず。燕見するに、命を將《おこな》はず：目上の人で自分にとって輩行が自分より高ければ［祖父や父の排行］、その年齢を尋ねない。燕見する際には取り次ぎを通さなくともよい）」鄭注に「自不用賓主之正、來則若子弟然」とある。燕見とは賓客と主人との儀を正して行う正式な会見では無く、格式張らぬくつろいだ形の会見。目上、目下どちらの立場からでも用いられる。帝王からであれば、臣下を召して会うこと、臣下からであれば、くつろいだ形で帝王等に謁見すること。

［第四章］

蓼彼蕭斯　　蓼《りく》たる彼の蕭斯　　高く伸びた蕭

零露濃濃　　零露　濃濃たり　　その上に露が厚く降りている

（毛傳）濃濃、厚貌。

毛傳、濃濃は厚い状態。

○（『經典釋文』）濃、奴同反。又女龍反。

○『經典釋文』濃は奴同の反。また、女龍の反。

既見君子　　既に君子に見ゆ　　天子にお目にかかり

鞗革忡忡　　鞗革《ちょうかく》　忡忡《ちゅうちゅう》たり　　（天子のお出迎えの馬車の）おもがいの飾りは忡忡と垂れ下がっていたし、

和鸞雝雝　　和鸞　雝雝《ようよう》たり　　車軾の和《すず》と衡《よこぎ》［くびきを着けてある横木］・鑣《そばくつわ》［口内にある銜と連結し馬を制御する。口の両側にある］に着いた鸞《すず》が柔らかに調和した音を奏でていた

萬福攸同　　万福《ばんぷく》　同《あつ》まる攸《ところ》　　誠に万福［あまたの福］が集まる所

（毛傳）鞗、轡也。革、轡首也。忡忡、垂飾貌。在軾曰和、在鑣曰鸞。

箋云、此説天子之車飾者、諸侯燕見天子、天子必乗車迎于門。是以云然。攸、所也。

毛傳、鞗《ちよう》は轡《たづな》。革は轡の首。忡忡は飾の垂れている貌。軾にあるのを和といい、鑣にあるのを鸞という。

鄭箋、ここで天子の車飾りを言っているのは、諸侯が天子に燕見する際、天子は必ず車に乗って門まで迎えにでる。それでこのように云っているのである。攸は所。

○（『經典釋文』）鞗、徒彫反。忡、直弓反。徐、音同。又音勑弓反。軾、音式。鑣、彼苗反。
○『經典釋文』、鞗は徒彫の反。忡は直弓の反。徐貌、音同じ。又音、勑弓の反。軾、音式。鑣は彼苗の反。

疏 既見至攸同

正義曰、言遠國之君、既見君子之王者、又蒙垂意燕見於己、説其燕見之車飾。君子所乘燕見之車、鞗皮以爲轡首之革、垂之沖沖然、其在軾之和鈴與衡鑣之八鸞、其聲雝雝然。乘是車服、屈己之尊、降接卑賤、恩遇若是、是王爲主得所、故宜爲萬福之所同、皆得歸聚之。

疏 既見から攸同まで

正義：遠国の国君たちが君子である王者［天子］に謁見し、しかも王の意向で、格式張らない形で接遇するという恩恵を承けたので、その時の、天子が燕見する際の車の飾りを述べている。君子が乗って燕見する車は、その鞗［手綱の先の飾り］は皮づくりで、これが「轡首の革［垂れ］」となっていて、沖沖然《ちゆうちゆうぜん》と垂れている。軾のところに着いている和鈴は衡《くびき》・鑣《くつわ》に着いている八つの鸞《こがねのすず》が雝雝《ようよう》と柔らかな音を奏でている。

車の一台は諸侯への贈り物、（君子である王）は自らその尊貴を屈して、卑賤な四海の諸侯と接する。このような恩遇を承けて、これは王が主としてその立場に叶っていることにほかならない。万福が集まってくるのにふさわしく、多くの人々を帰順させることができる。

○傳鞗轡也至曰鸞

正義曰、「釋器」云、「轡首謂之革。」郭璞曰、「轡、靶也。」然則馬轡所靶之外有餘而垂者謂之革、鞗皮爲之。故云、「鞗革轡首垂也。」鞗革即言沖沖、故知垂飾貌。「在軾曰和」、和亦鈴也。以其與鸞相應和、故《載見》曰「和鈴央央」、是也。「在鑣曰鸞」、謂鸞鈴置於馬之鑣。郭璞曰、「鑣馬勒傍鐵也。」言置鈴於馬口之兩傍。此無文也。故鄭不從之。『禮記』注云、「鸞在衡」。《駟驖》（校1）箋云、「置鸞於鑣、異於乗車。」是鄭以乗車之鸞不在鑣。知此天子所乘以迎賓則亦乗車也。鸞不當在鑣矣。此箋不易之者、以駟驖（校1）已明之。此從可知也。

校勘記

（1）駟驖　單疏本、駟驖に作る。足利本・元刊本・閩本・監本・毛本・全書本、駟鐵に作る。駟驖に作るのが正しい。驖は驪の意。

○毛傳の鞗轡也から曰鸞まで

○正義：『爾雅』「釋器」に云う、「轡首、之を革と謂う。」郭璞の注に「轡は靶である。」だとすると、馬の轡《たづな》の靶《おお》う所が余って外に垂れている部分を革と謂い、鞗は皮で之を爲る。だから、「鞗《ちょう》とは革の轡首の垂れなり」と云っているのである（補註）。

鞗革について沖沖と表現しているのだから、（毛傳の「忡忡、垂飾貌」という）この沖沖は垂れた飾りの貌《さま》［状態］であることが分かる。「在軾曰和」：この和も鈴である。鸞と響き合うので、《載見》に「和鈴央央たり」と表現されているのも正に此の類である（注1）。「鑣に在るを鸞と曰ふ」とは、鸞鈴を馬の鑣に設置《しつら》えるという意味である。郭璞は「鑣は馬の勒の傍らの鉄具である」という。鈴を馬の口の両側に着けておくことを言う。これについて裏付ける文［経文など］はない。だから、鄭玄はこれに従わないで、『禮記』の注で「鸞在衡（鸞は衡に在り）」（注2）といい、秦風《駟驖《してつ》》の箋で「置鸞於鑣、異於乘車。（鸞を鑣に置く、乘車に異なるなり）」と言っているのである（注3）。鄭玄は乗車［注3参照］の鸞は鑣には無いと考えていることになる。天子の乗る車であり、また賓客を迎える車も乗車であることがわかる。（乗車であるので）鸞が鑣のところにあるのはおかしいのである。ここの鄭箋で（毛傳の「在鑣曰鸞」）を易《か》えなかった［異を唱えなかった］のは、《駟驖》に於いて已にこのことを明らかにしているからである。これは自ずと了解できよう。

注

（1）載見「和鈴央央」　周頌《載見》一章に「龍旂陽陽、和鈴央央」とあり、その毛傳に「和在軾前、鈴在旂上。」とあり、また鄭箋に「交龍爲旂」（龍の交わった図柄の旗が旂である）とある。軾は車体の前方につけられた半枠型の横木。

（2）禮記注　『禮記』「玉藻」の経文「故君子在車則聞鸞和之聲、行則鳴佩玉、是以非辟之心無自入也」の鄭玄注に「鸞在衡［輈の先端部分に着けられた横木、この衡に馬の首にかける軛が括り付けられる］、和在式［＝軾］。

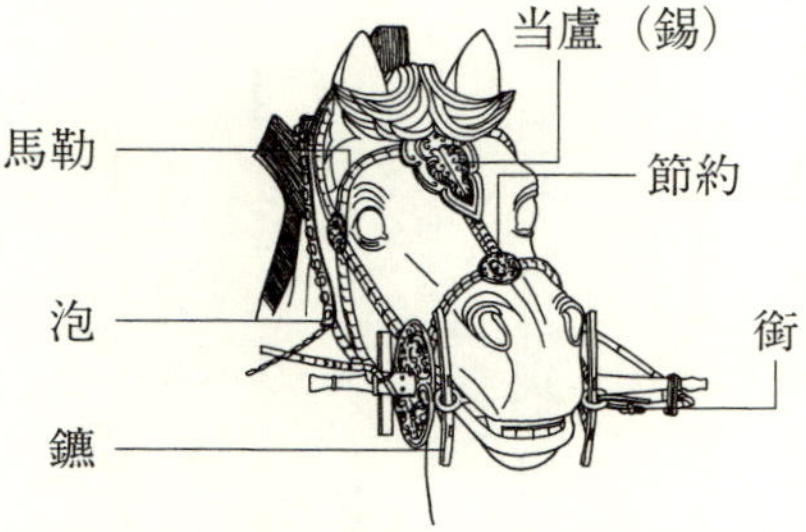

馬首の配具（秦始皇帝陵二号銅車）

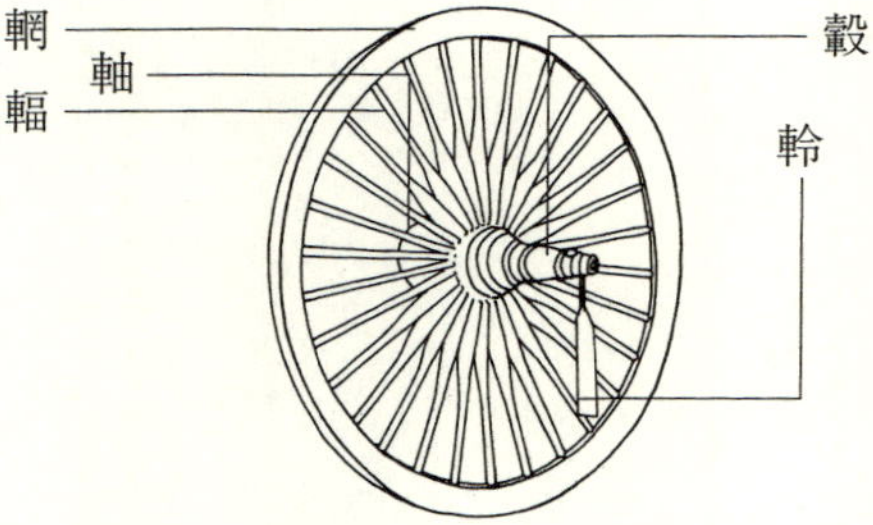

車輪（秦始皇帝陵二号銅車）

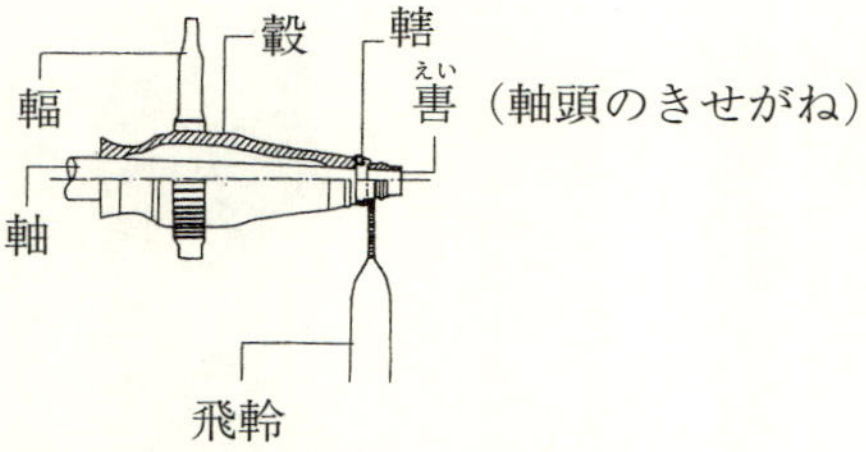

車の軸頭（秦始皇帝陵一号銅車）

図１　馬首の配具・車輪・車の軸頭

自、由也。」とある

また、『周禮』夏官・大馭の「凡馭路儀、以鸞和爲節（凡そ路を馭する儀、以鸞和を以て節を爲す：王の五路の車を馭する儀法として、鸞・和の両種の鈴の音で節奏を整える）」の鄭玄注にも「舒疾之法也。鸞在衡、和在軾。皆以金［銅の意］爲鈴。」とある。

（3）箋云　秦風《駟驖》の「輶車鸞鑣（輶《かる》き車、鑣に鸞つけ）」についての鄭箋。（輶車《ゆうしゃ》とは）軽車で、驅り逆《むか》ふるの車なり。鸞を鑣に置く、乗車に異なるなり（軽い車で、獲物を追い立てる車・それを迎えて遮って逃さないようにする車。鸞を鑣に着けているもので、王の乗る玉路・金路・象路とは異なる車）」とある。乗車とは、王が乗る玉路・金路・象路。（『周禮』冬官・考工記に「乗車之輪、六尺有六寸」。玉路・金路・象路については『周禮』春官・巾車に詳しい。）『周禮』夏官・大司馬に「既陳、乃設驅逆之車、有司表貉于陳前（既に陳すれば、乃ち驅逆の車を設け、有司、陳前に表貉《ひょうば》［表《めじるし》を立てて貉《ま》の祭をすること］す」の鄭玄注に「驅、驅出禽獸使趨田者也。逆、逆要不得令走。設此車田僕也。」とある。

補註

馬轡所靶之外有餘而垂者謂之革、鞗皮爲之。故云、鞗革轡首垂也。

この箇所、朱子は「鞗、轡也。革、轡首也。馬轡所把之外、有餘而垂者也。」（『詩集傳』）と「靶」を「把」に換え、革とは轡《たづな》の持つところが余って外に垂れているもの、と読んでいる。陳奐『詩毛氏傳疏』には、毛傳の「鞗轡也革轡首也」の七字は孔穎達の見た本文には「鞗革轡首垂也」の六字になっていたはずであるという。また「轡首詁革、垂詁鞗。蓋轡首以垂爲飾（轡首に革と詁《よ》み、垂に鞗と詁む［轡首は革作り、垂れとは鞗の解釈］。蓋し轡首は垂れを以て飾と爲すならん）」と云っており、「鞗とは革の轡首の垂るるものなり」と読むことになる。

ここの正義はまた「鞗皮爲之、故云鞗革。轡首垂也（鞗は皮もて之を爲る。故に鞗革と云ふ。轡首の垂れなり）」と句切って読むことも出来る。

馬瑞辰によれば、『爾雅』「轡首謂之革」について、「轡以絡馬頭者爲首。不以人靶者爲首。正義謂轡所靶之外有餘而垂者謂之革、殊誤。『説文』：勒馬頭絡銜也。革即勒之渻［省略字］。」という。革は勒の省文で馬の頭にかけて、銜《はみ》［馬の口に含ませる主に金属製の棒状の道具、両端に金属製の輪、銜環がつき、手綱を結びつける］に絡《くく》りつける皮制の装具、おもがい。また、鞗は鋚の假借とみて、『説文』の鋚に「轡首銅也」とあるところから、「蓋革爲轡首、以皮爲之。鋚爲轡首之飾、以金爲之。正義謂鞗皮爲之、誤矣。」という。（『毛詩傳箋通釋』）鞗とはおもがいの上に着ける金属製の飾りということになる。

○箋此説至然

正義曰、「既見君子」、即言「鞗革沖沖、和鸞雝雝。」是見君子車上有此飾、故知説天子之車飾也（校1）。解所以得見天子車飾者、以諸侯燕見、天子必以車迎於門。是以云然。此既見天子之言、爲朝見之後則燕見之。皆是見君子之事、故蒙上既見之文也。知燕見迎諸侯者、以王唯「覲禮」不下堂而見諸侯耳。其朝宗當迎之、故「秋官」大行人、説車迎之法、賓主歩數。彼六服諸侯（校2）、尚有車迎、則四夷之君、車迎可知。燕主歡心、不可不接。既然迎接、不得無車、故「燕禮」云、「若四方之賓、公迎之于大門内」是燕有迎法也。以唯首章言「燕笑語兮」、是燕時事、故知此見車飾、亦是燕時事。案「大行人」、上公九命、「貳車九乘、介九人、禮九牢、朝位賓主之間九十歩、立當車軹、擯者五人」、侯伯以七爲節、「立（校3）當前侯（校4）、擯者四人。」子男以五爲節、「立當車衡、擯者三人」注云、「王立當軫。」又鄭注下「曲禮」以春夏「受贄於朝。

受享於廟、以生氣、文也。」秋冬「一受之於廟、殺氣、質也。」鄭又以「覲禮」不出迎諸侯、則冬遇亦不迎。然則秋冬燕見亦無出迎之法。

校勘記

（1）故知説天子之車飾也　毛本、説を飾に作る。誤刻。足利本・單疏本・元刊本・閩本・監本・殿本・全書本・阮本、すべて説に作る。

（2）彼六服諸侯　足利本・單疏本・元刊本・阮本、「彼六服諸侯」に作る。閩本・監本・毛本・殿本・全書本、「從六服諸侯」に作る。意味はどちらも通ずるが、後の句「尚」との繫がりから、「彼」に作るのが妥当であろう。

（3）立　足利本、之に作る。單疏本・元刊本・閩本・監本・毛本・殿本・全書本、立に作る。立に作るのが正しい。之に作るは所謂魯魚の誤り。

（4）疾　足利本・元刊本・閩本・監本・毛本、侯に作る。單疏本・殿本・全書本、疾に作る。

○箋の此説から然まで

○正義：「既に君子に見」えて、続けて「鞗革沖沖、和鸞雝雝」と言っている。これは君子の車の上を見ると、このような飾りがあったことである。だから、天子の馬車の飾りのことを言っていることが分かる。天子の馬車の装飾を見ることが出来た理由を解明してみよう。諸侯が天子に燕見する時は、天子は必ず馬車で彼等を門まで迎えに行くからである。それでこのように（天子の馬車の装飾を）表現しているのである。この詩句は天子に見えた後の言葉であり、朝見した後、燕見した時のことである。朝見・燕見、どちらも君子に見えた事柄である。というのは、上の「既に見ゆ」の文を蒙《うけつ》いでいるからである。燕見の際、天子が諸侯を出迎えるという（ことが分かる）のは、王はただ「覲禮」の時のみ堂を下らずに諸侯に見えるからである。諸侯が朝宗［天子に拝謁］する時は、天子は彼等を迎えに行かなければならない。というのは、『周禮』「秋官」大行人に車で迎える方法・賓客主人の歩数が説かれており、六服の諸侯（注1）に対してさえなお車で出迎えに行くのであるから、四夷の国君に対して車で出迎えることは自ずと知られよう。燕見する主人は喜ぶ気持ちでもって接しなくてはならない。このように迎えに行くのだから、車がなくてはならない。だから、「燕禮」に「若四方之賓、公迎之于大門内」（注2）とある。これは燕するに迎える法があることを意味している。

この《蓼蕭》の詩では首章にのみ「燕笑語兮」と言っている。これは燕する時の事である。だからここ［卒章］で車の飾りが表現されているのも燕する時の事である。『周禮』の（大賓客・大客に対しての礼儀を扱う）「大行人」の部分を調べてみると、上公は九命の上公を接待する場合、「貳車［副車《そえぐるま》］は九乗［台］、介［上公に従って来る卿・大夫・士といった人々］九人、禮九牢［上公を款待する大礼には九牢を用い］、朝位［主人が賓客を迎える時、賓客が立つ所の位置、その位置は大門の外］賓主之間九十歩［賓客と主人との間九十歩の所］、立當車軹［車の車軸の端に当たるところに立つ］、擯者［主人側の賓客を迎える役目の者、賓客側の介に相当する役］五人」（注3）侯伯を迎える場合は七を節として、（賓客は）「車の軾の前面のところに立つ。擯者は四人。」子男を迎える場合は五を節として、（賓客は）「車衡のところに立つ。擯者は三人。」とあり、その鄭玄注に「王立當軫（王は立ちて軫に当たる：迎える側の王は軫のところに立つ）。」とある。

又、鄭注『禮記』「曲禮」下には、「（諸侯が）春夏（天子に見えたとき、天子は）贄《にえ》［礼物］は朝廷で受け、享は廟で受ける。陽気が生ずるときで、気が広く発散するから（二箇所で受けるのである）。秋冬はその貢ぎ物を併せて一箇所、廟で受ける。陰気が衰える時で、その気が収斂していくから（一箇所、廟で受けるの）である」と

ある。（注4）

鄭玄は又、覲禮で天子は諸侯を迎えに出て行かないので、冬遇の時も迎えに出ない、と考えている。だとすると、秋冬の燕見の際も天子が諸侯を迎えに出るというやり方はない。

注

（1）六服　周代、周王室の周囲の土地をその遠近によって、分けた区域。侯服・甸服・男服・采服・衛服・蛮服。『尚書』「周官」に「六服郡辟、罔不承徳」とある。『周禮』夏官・職方氏には、「方千里曰王畿、其外方五百里曰侯服、又其外方五百里曰甸服、又其外方五百里曰男服、又其外方五百里曰采服、又其外方五百里曰衛服、又其外方五百里曰蠻服、又其外方五百里曰夷服、又其外方五百里曰鎮服、又其外方五百里曰藩服。」とあり、九服となる。六服はその中の王畿に近い六地域。服とは天子に服事するの意。現実的な地域区分、現実を反映した地域区分とは思われないが、周王朝を中心とした距離の隔たりによる意識観を表していよう。この『周禮』職方氏の表現であるが、方千里［千里四方の地］が王畿、その外方五百里を侯服とは王畿の外側［外圍］四方に五百里の地域全体を意味している。つまり、侯服は王畿を中心として、それを取り巻く四方二千里の地で王畿を除いた地域を指す。以下同じように、侯服の外側、四方に五百里の地域全体、三千里四方の地（王畿・侯服の土地を除く）を指す。以下同様になる。六服の蛮服になると、侯・甸・男・采・衛の地を除いた七千里四方の地域全体となる。

また、王城から四方に各五百里（千里四方の地域）を甸服とし、更に各方向五百里までの地域（中の甸服を除いて）二千里四方の地域を侯服とする、五服の言い方がある。数え方の始点も畿内［方千里］からとするか（『周禮』夏官・職方氏、秋官、大行人）、王城からとするか（『尚書』禹貢）でも違いがある。《六月》第一章、鄭箋「于曰至王畿」の注「要服」参照。

（2）『儀禮』「燕禮」の《記》に「若與四方之賓燕、則公迎之于大門内」とある。
（3）楊天宇『周禮譯注』を参照して意味を取った。
（4）鄭注『禮記』「曲禮」下、「天子當依而立、諸侯北面而見天子曰覲。天子當宁而立、諸侯東面、諸侯西面曰朝（天子依に当りて立ち、諸侯北面して天子に見ゆるを覲と曰ふ。天子宁《ちょ》に当りて立ち、諸公東面し、諸侯西面するを朝と曰ふ）。」の鄭玄注に「諸侯春見曰朝。受摯於朝、受享於廟、生氣、文也。秋見曰覲。一受之於廟、殺氣、質也。……夏宗依春、冬遇依秋。……覲禮今存。朝・宗・遇禮今亡。」とある。ここの疏は意味を取って引用している。

この鄭注の孔疏に「庭實、受之於廟、生氣、文也。陽生之時、其氣文舒而布散、故分於兩處受也。云『秋見曰覲、一受之於廟』、一并朝享、皆廟受之、殺氣、質也。此陰殺之時、其氣質斂、故并於一處受之。……（朝廷の庭に溢れるほど並べられた貢ぎ物、これを廟で受ける。『生気、文也。』：（春は）陽が生ずるの時で、その気は文舒［はなやかでのびやか］で四方に散り広がる。だから、二箇所で受ける。『秋に見えるを覲と曰ひ、一に之を廟に受く』：、朝・享を併せてどちらも廟で受けることであり、『殺氣、質也』とは、この時は陰が衰える時で、その気は質斂［淳朴で収束する］。だから、併せて一箇所でこれを受ける。……）」という。

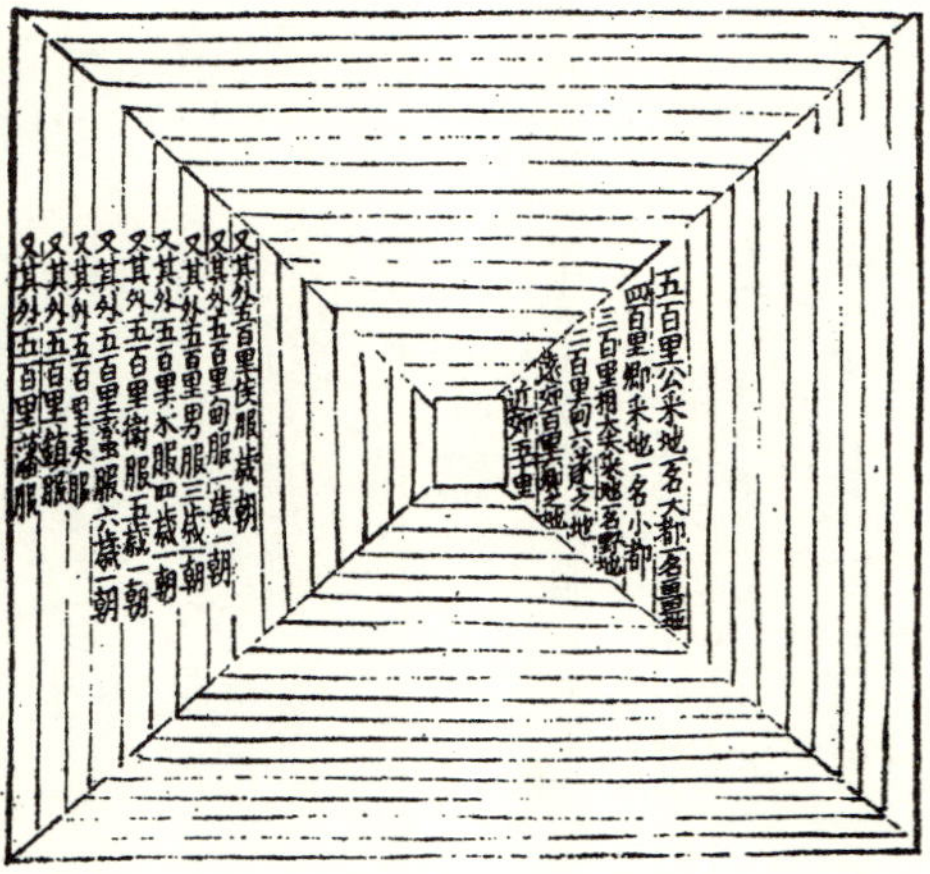
図2　九服図

蓼蕭四章章六句（蓼蕭　四章　章ごとに六句）

湛露

湛露、天子燕諸侯也。

湛露《たんろ》は天子、諸侯を燕するなり。

湛露は天子が諸侯をもてなしたさまを詠んだ詩である。

燕謂與之燕飲酒也。諸侯朝覲會同、天子與之燕、所以示慈惠。

燕するとは、諸侯のために宴を催して酒を振る舞うことをいう。諸侯は朝庭に参上して天子に拝謁し、天子は彼等のために宴を催し、慈惠を示すのである。

○（『經典釋文』）湛、直減反。

○『經典釋文』、湛は直減の反。

疏 湛露至諸侯

正義曰、作《湛露》詩者、天子燕諸侯也。諸侯來朝、天子與之燕飲、美其事而歌之。經雖分別同姓庶姓、二王之後、皆是天子燕諸侯之事也。《蓼蕭》序不云天子（校1）、此及《彤弓》獨言天子者、此及《彤弓》燕賜諸侯之身（校2）、既言諸侯、不得不言天子以對之。《蓼蕭》序不言諸侯、文無所對、故不言天子也。四章雖皆説天子燕諸侯之事而皆首章見天子於諸侯之義、下三章見諸侯於天子之事。首章言王燕諸侯、雖至於夜、留與飲燕、無問同姓異姓皆不醉不歸。是天子恩厚之義也。下三章乃分別説之。二章言同姓則成夜飲之禮、非同姓讓之則止三章言庶姓。卒章言二王之後不得成其夜飲、故云美德善儀言其不至於醉也。首章直言湛露斯不指所在之物、揔下章云草木也。故下章各言草木以充之(校3)。以同姓一類、故廣擧豐草、庶姓非一族之人、喩以異類之木、二王之後同爲天子所尊、譬之同類之木、各取其所象也。豐草杞棘言露在桐椅不言露在承上露在可知天子燕諸侯之義備於此矣。不言異姓與三恪者、兄弟甥舅禮同要夜飲之義非宗不可則異姓從庶姓禮也。三恪卑於二代其亦在異姓中。

校勘記

（1）蓼蕭序云天子　足利本・元刊本・閩本・監本・毛本・阮本、「蓼蕭序云天子」、單疏本「蓼蕭序不云天子」に作る。この疏の文脈から、「云」は「不云」とあるべきところ。單疏本に依った。殿本・全書本は「蓼蕭序不言天子」に作る。阮元「挍勘記」に「案序下浦鏜云脱不字。是也。」と指摘がある。

（2）諸侯之身　足利本・單疏本・阮本、「諸侯之身」に作る。閩本・監本・毛本・殿本・全書本、「諸侯之事」に作る。阮元「挍勘記」に「閩本・明監本・毛本、身誤事。」とあるが、事に作るのが稍自然か。

（3）故下章各言草木以充之　足利本・單疏本・閩本・監本・毛本・殿本・阮本・全書本、同じ。元刊本、「各」を「名」に作る。阮元「挍勘記」に「閩本・明監本・毛本、名誤各。」とするが、「各」に作るのが正しいであろう。

疏　湛露から諸侯まで

正義：湛露の詩は天子が諸侯を燕する詩である。諸侯が来朝し、天子が彼等と燕飲し、その事を美《たた》えて歌ったものである。

（《蓼蕭》序「蓼蕭、澤及四海也。」《湛露》序「湛露、天子燕諸侯也。」《彤弓》序「彤弓、天子錫有功諸侯也。」と《湛露》の序・《彤弓》の序に「天子」～「諸侯」と言っているのに、《蓼蕭》の序では「天子」～「諸侯」の語がないことについて：）

経文［詩本文］では同姓の諸侯、庶姓の諸侯、二王の後裔［夏・殷の後裔、杞国・宋国の君主、（注1）］を分けているけれども、二王の後裔、同姓・庶姓、すべて「天子燕諸侯（天子が諸侯を燕する）」事である。（＊《蓼蕭》《湛露》《彤弓》の序において：）、《蓼蕭》の序では「天子が～」と云わず、この《湛露》の序、及び《彤弓》の序でだけ「天子が～」と言っているのは、この《湛露》の詩及び《彤弓》の詩は燕を諸侯に賜う事柄であり、「諸侯」と言っているので、それに応じて「天子」と言って、これ［諸侯の語］に対応せざるを得なかったためである。《蓼蕭》の序では「諸侯」と言っていないので、文言《もんごん》にこれに対応することばはいらないため、「天子～」と言っていないのである。

この《湛露》の詩はその四章すべて天子が諸侯を燕する事を説いており、すべて初めの章は「見天子於諸侯（天子を諸侯に見えしむる）」の義、下三章は「見諸侯於天子（諸侯を天子に見えしむる）」の事である。首章には王が諸侯を燕し、夜になってもなお彼等を留めてともに飲燕し、同姓・異姓であるを問わず、みな酔わなければ帰さないことをうたっている。天子の恩が手厚いことを意味している。下三章は同姓・異姓を分けている。二章は同姓であれば、共に夜飲の礼を行い、同姓でない諸侯が辞譲すれば、夜飲の礼までは続けないことを陳べている。三章は庶姓について述べ、卒章は二王の後裔は夜飲には加わることが出来ないことを陳べている。だから、「善徳」、「善儀」と云っている。（「善儀」とは）「不至於酔（酔うに至らず：酔うには酔っても乱れない）」ことを言う。首章は「湛湛露斯」と直《ただ》言うだけで、その露が降りている所の物を指し示さない。これは、下の章で（露が降りている）草木を云っていることをまとめているからである。それで下の章ではそれぞれ草木［豊草・杞棘・桐椅］を挙げてこれに充てている。同姓は類が一《おな》じなので広く豊草を挙げ、庶姓は一族の人ではないので、異類の木でこれを喩え、二王の後裔は同じく天子に尊ばれる人々であるので、これを同類の木に譬え、それぞれその象る所の物を挙げている。豊草・杞棘には露が在る［降りている］と言い、桐椅には露が在る［降りている］とは言っていないが、これは上に「露在」とあるのを承けているので「露が在り」ということが自ずと知られるのである。こうして天子が諸侯を燕する義が完備するのである。異姓と三恪《さんかく》（注2）について触れられないのは、兄弟甥舅については、その礼は同じではない。夜飲の礼を要《もと》めるのは、宗族でなければいけない。異姓は庶姓の礼に従う。三恪《さんかく》は二代［二代の王朝。周からみて夏・殷。ここではその後裔、二王の後の意］より卑く、これも（待遇上）異姓の中に含まれるからである。

注

（1）二王の後裔　夏・殷の後裔、杞国・宋国の君主。周頌《振鷺》の詩序に「二王之後來助祭也」とあり、その鄭箋に「二王、夏殷也。其後、杞也、宋也。」とある。

又『禮記』「樂記」に孔子と賓牟賈との談話の中で、孔子が言った言葉として、「武王克殷、反商、未及下車而封黄帝之後於薊、封帝堯之後於祝、封帝舜之後於陳。下車而封夏后氏之後於杞、投殷之後於宋、……」とある。（反は鄭注によれば、及の誤り。商に及ぶ、商の都朝歌に到ると、の意。投は擧徙之辭、とあり、移すこと。）

（2）三恪　恪とは尊うの意。黄帝・堯・舜の後裔をいう。諸侯よりは尊く、二王の後裔よりは卑い。『毛詩注疏』「陳譜」の疏に鄭玄の『駁五經異義』に「三恪尊於諸侯、卑於二王之後。」とあるのを引いて、「則杞宋以外、別有三恪、謂黄帝堯舜之後也。」とする。上に引いた「樂記」の薊・祝・陳がこれに当たる。別に「陳と杞と宋」とする異説もある。『左傳』襄公二十五年「而封諸陳以備三恪」の杜預注に「周得天下、封夏殷二王後、又封舜後謂之恪。并二王後爲一國、其禮轉降示敬而已。故曰三恪。」とある。ここでは三恪に「杞と宋」とを含めると、意味に前後齟齬があるようになるので、黄帝・堯・舜の後裔を指す。

［一章］

湛湛露斯　　湛湛《たんたん》たる露《つゆ》斯　　木々の枝葉に深く降りた露

匪陽不晞　　陽に匪《あら》ずんば晞《かわ》かず　　日の光を受けるので無ければ乾かない

興也。湛湛、露茂盛貌。陽、日也。晞、乾也。露雖湛湛然見陽則乾。

箋云、興者露之在物、湛湛然使物柯葉低垂、喩諸侯受燕爵、其儀有似醉之貌（校1）。諸侯旅酬之則猶然。唯天子賜爵則貌變、肅敬承命、有似露見日而晞也。

校勘記

（1）其儀有似醉之貌　足利本・殿本・全書本、「其儀有似醉之貌」に作る。元刊本・閩本・監本・毛本、「其義有似醉之貌」に作る。阮元「挍勘記」に「小字本・相臺本義作儀。案儀字、是也。正義云、威儀有似醉之貌也、可證。」とある。足利本にも既に「儀」に作っており、「儀」に作るのが妥当。

毛傳：湛湛は露がしとどに降りている状態。陽は日。晞《き》は乾くこと。露が湛湛然としとどに降りているが、陽の光を受けると、乾いてしまう。

鄭箋：言い興しているのは次のようなことである。露がしとどに植物に降りると、その枝葉を低く垂れさせる。これは諸侯が天子から燕・爵位を受けた時の儀容が、酒に酔った時の様子に似ていることを喩えている。諸侯が互いに酒杯を取り交わせば、なおのこと似てくる。天子が爵を賜った時だけは、その状態は変わり、慎み敬って命を承け、ちょうど露が日の光を浴びて乾くさまに似ているところがある。

○（『經典釋文』）晞、音希。
○『經典釋文』晞は音、希。

厭厭夜飲　　厭厭たる夜飲　　静かに夜飲が続けられている
不醉無歸　　醉はずんば歸る無し　　賓客は酔わなければ帰る者はない

厭厭、安也。夜飲私燕也（校1）。宗子將有事則族人皆侍、不醉而出、是不親也。醉而不出是渫宗也。
箋云、天子燕諸侯之禮亡。此假宗子與族人燕爲説爾。族人猶羣臣也。其醉不出、不醉出猶諸侯之儀也（校2）。飲酒至夜猶云不醉無歸。此天子於諸侯之儀、燕飲之禮、宵則兩階及庭門皆設大燭焉。

校勘記

（1）夜飲私燕也　足利本・元刊本・閩本・監本・毛本・殿本・阮本・全書本、異同なし。『毛詩』（四部叢刊）・『毛詩』（四部備要）、同じ。『要義』のみ「燕私」に作る。阮元「挍勘記」に私燕は燕私の誤倒だとする。「案正義云、故言燕私也。引楚茨・尚書大傳燕私以説之、是。此誤倒。」本文はこのままとし、訳は「燕私」とした。
（2）猶諸侯之儀也　足利本・元刊本・閩本・監本・毛本・殿本・阮本・全書本、同じ。『毛詩』（四部叢刊）・

『毛詩鄭箋』(四部備要)、同じ。「挍勘記」に「案儀當作義。」として、正義に屢々「天子於諸侯之義」としている例などを挙げている。ここはこのまま「儀」としておく。なお『要義』には「不醉出猶諸侯之儀也」を「不醉諸侯之儀也」に作り、「出猶」の二字を脱する。

毛傳：厭厭は安。夜飲は燕私。宗子［嫡長子］に何事か然るべき事が起ころうとするとき、一族の者達は皆集い侍るが、その時醉わずに退席しては、親しまないということになる。醉ってしまっても退席しなければ、宗子になれなれしくして汚すことになる。

鄭箋：天子が諸侯を燕する礼は亡んでしまっている。この毛傳は宗子が一族の人達と燕することに借りて説いているに過ぎない。（すると）族人は羣臣に当たる。醉って退出しない、醉わずに退出するのは諸侯の振る舞いに当たる。酒を飲んで夜に至るというのは、「醉はずに帰る無し」に当たる。これは天子が諸侯に対しての儀で、燕飲の礼。宵になれば、兩階及び庭・門には大きな燭が設けられる。

○(『經典釋文』) 厭於塩反。韓詩作愔愔、和悦之貌。渫、息列反。

○『經典釋文』厭は於塩の反。韓詩には愔愔に作っている。和悦の貌。渫は息列の反。

疏 湛湛至無歸

正義曰、湛湛然在物上者露斯也。此物得露而湛湛然柯葉低垂、非見日之陽則不得乾而舒放也。以興諸侯受王燕飲而嵬峩然(校1)威儀縱弛、非天子之賜爵則不承命而嚴肅也。是王燕諸侯恩厚、至於厭厭安閑之夜、尚與燕飲、其意殷勤、以留賓客。言不至於醉、不得歸也。

校勘記

（1）嵬峩然　足利本・單疏本・元刊本・阮本、嵬峩然に作る。閩本・監本・毛本・殿本・全書本、嵬を巍に作る。「校勘記」に「閩本・明監本・毛本嵬誤巍。」とする。

疏　湛湛から無歸まで

正義：湛湛然と（植）物の上に降りているのは露斯（注1）である。この物は露を湛湛然としとどに露を宿して枝葉を低く垂らしている。日の光を浴びるのでなければ、その枝葉をのびのびと伸ばすことが出来ない。こう表現することによって、諸侯が王の燕飲を受けて、嵬峨然《かいがぜん》として［酔った貌］足下がふらつくほどに威儀が弛んだあとは、天子が爵を賜るのでなければ、命を承けても嚴肅にはならないということを引き出している。これは王が諸侯を燕《もて》なす恩［慈しみの心］が手厚く、厭厭と安らかで閑かな夜の時でさえ、共に燕飲し、その心ばえはあくまで殷勤で、こうして賓客を留めようとするのである。（賓客は）酔わなければ帰ることは許されないわけである。

注

（1）露斯　正義ではこの二字で植物名と取っているようである。しかし、小雅《小弁《しょうばん》》の第一章冒頭の句「弁彼鸒斯、歸飛提提」の正義に「鸒、卑居。「釋鳥」文。此鳥名鸒而云斯者語辭。猶「蓼彼蕭斯」「菀彼柳斯」。傳或有斯衍字。定本無斯字。」とあり、小雅《蓼蕭》の「蕭斯」、小雅《小弁》の「菀彼柳斯」の「柳斯」の斯は語辞とみなしている。また、《小弁》の「鸒斯」についての陸德明『經典釋文』に「一云斯語辭。」とある。これらの「斯」を語辞とみなすかどうかについて、当時［六朝～初唐］の識者の間でも、（或いは毛詩正義の中でも）必ずしも定まってはいないようである。ここでは、語辞［助字］と取っておく。

◯傳湛湛至陽日

正義曰、此在物而湛湛是盛也。興王隆厚於諸侯、故以盛爲喩。以陽爲乾物、故知日也。

◯毛傳の湛湛から陽日まで

正義：此は（露が）物の上に降り、（その物は）湛湛然と盛んに露を宿していることをいう。王が諸侯に手厚く恩愛を施す（注1）ことを言い興したもので、それで盛んであることを喩えている。陽ざしは物を乾かすので、陽が日であることが分かる。

注

（1）手厚く恩愛を施す　本文「隆厚」。鮑照《重與世子啓（重ねて世子に与《よ》するの啓）》「僕以常人、所蒙隆厚、久應知退、非適今日。銜恩繼德、用缺進心。今者之請、必願鑒許。…（僕、常人を以て、蒙る所隆厚、久しく応に退くを知るべきにして、今日を適とするに非ず。恩を銜みて徳を恋ふれば、用て進む心に缺けたり。今、之の請《ねが》ひ、必ず願わくは鑒許されんことを。…）」（『鮑氏集』巻九　四部備要本）手厚いこと。丁福林・叢玲玲によれば、鮑照が先に臨川世子に自ら解職を願い出たのがまだ批准されなかったために、重ねてその志を陳べたもので、元嘉二十一年（四四四）に作られたもの、とされる（『鮑照集校注』中華書局）。

◯箋露之至而晞

正義曰、露之所霑、必在草木。此言所在以揔下文、故箋亦順經、直言在物、物正謂下章豐草杞棘也。柯謂枝也。露在於葉則令柯亦低、故言「柯葉低垂」。草木通然、非木柯而草葉也。此燕諸侯之詩、露比王燕諸侯、物得露而低猶諸侯得酒而醉、故喩諸侯受燕爵、其威儀有似醉之貌也。其醉必在燕末、諸侯旅酬則然、以擧行旅酬燕末之事、故以露見日而乾、喩諸侯有承命之事、燕之天子有命、唯賜爵耳。故言「唯天子賜爵則貌變、肅敬承命、有似露見日而乾也」。

○鄭箋の露之から而晞まで

正義：露が潤す対象は、間違いなく草木である。ここで露の所在［どこに降りているのか］を言って、以下の文をまとめている。だから、鄭箋でも経文に順って、「物に在る」ことをそのままに言っている。物とは正に下の章の豊草・杞棘を謂う。柯とは枝のこと。露が葉に降りれば、枝を垂れさせる。だから、「柯葉低く垂れ」と言っている。これは草・木を通してそうであって、木の枝でなければ、草の葉について言っている。この詩は諸侯を燕《もて》なすことをうたった詩であって、露は王が諸侯を燕なすことを比喩しており、物が露を得れば低く垂れる、ちょうどそれは諸侯が酒をふるまわれて酔うようなものである。だから諸侯が燕・爵を受けたとき、その威儀態度が酒に酔った状態に似ていることに喩えられる。酔っ払うのは必ず宴の末の時となる。諸侯が酒杯を取り交わすのも宴の末の時で、酒杯を取り交わすことを行うのは宴の末の時であるので、露が日にあたって乾くことで、諸侯が命《めい》を承る事があることに喩えている。諸侯をもてなすのに天子に命《めい》［公的指示］が有るとすれば、その命には爵を賜うことがあるだけだ。だから、「唯天子賜爵則貌變、肅敬承命、有似露見日而乾也。」と言っているのだ。

○傳夜飲至渫宗

正義曰、《楚茨》云、「備言燕私。」傳曰、「燕而盡其私恩」、明夜飲者亦君留而盡私恩之義、故言燕私也。解夜飲之意、言宗子將有事族人皆入侍、宗子或與之圖事則當飲之酒、若宗子不飲之酒、使不醉而出、是不親族人也。若族人飲宗子、酒至醉仍不出、是渫慢宗子也。言此者、明宗子之義、族人雖醉、尚留之飲、族人之義、雖不至醉、亦當辭出。不得盡宗子之意、是主法自當留賓、賓則可以辭主去。天子於諸侯、義亦當然。《書傳》曰、「既侍其宗、然後得燕。燕私者何、而與族人飲（校1）。飲而不醉、是不親。醉而不出、是不敬」、與此傳同。毛伏俱大儒、當各有所據而言也。

校勘記

（1）燕私者何而與族人飲　足利本・單疏本・元刊本・閩本・毛本・監本・殿本・阮本・全書本、及び『要義』（徽州本）、すべて同じ。異同なし。阮元「挍勘記」に「案而上當有已字。常棣正義引有」という。《常棣》正義には「『尚書傳』曰、宗室有事、族人皆侍終日、大宗已侍於賓奠、然後燕私。燕私者何也、已而與族人飲也。此徹庶羞、置西序下者爲將以燕飲與。」とあるように「而」の上に「也已」の二字がある（足利本・單疏本は缺葉。元刊本・閩本・監本・毛本・阮本、同じ）。なお、《常棣》正義の「挍勘記」に「已上、浦鏜云脱『祭』字、又云衍下『也』字。從『儀禮經傳通解』挍、非也。『通解』多以意增刪、不可據也。」とあるが、意味上、祭礼が已んでと読むのが妥当のように思える。

○毛傳の夜飲から渫宗まで

正義：《楚茨》に「備言燕私」とあり、その毛傳に「燕して其の私恩を盡くす」とある（注1）。夜を明かして飲む者にも君主は留めて私恩の義を尽くす。だから、「燕私」と言っているのである。夜飲の意味を解して、「宗子、将に事有らんとすれば、族人皆入りて宗子に侍す」と言う。或いは之と事を図るならば、族人に酒を振る舞わなければならない。もし宗子が族人に酒を振る舞わず、酔わせずに退出させたならば、族人に親しまないということになる。もし族人が宗子の振る舞い酒を飲んで、酔っ払ってもなお退出しなかったならば、宗子をあなどることになる。このことに言及しているのは、宗子の義：族人が酔ったとしても、なおこれを留めて飲ませる、族人の義：酔うには至っていなくても、辞して退出して、宗子の意を尽くさせてはならない、ということを明らかにしたのである。これは主人は礼法として賓客を留めなければならないが、賓客は主人に辞して退出してもかまわない、ということである。

天子が諸侯に対しても、この義はかくあるべきである。『尚書大傳』（注2）に「既侍其宗、然後得燕。燕私者何、而與族人飲、飲而不醉、是不親、醉而不出、是不敬。（既にその宗に侍し、然る後、燕するを得。燕私とは何ぞや。（已みて）族人と飲むなり。飲みて酔わせず、是れ親しまず、酔いて出でずんば、是れ敬わず：［族人の賓客は］その宗子に侍る状態になって、燕に与ることができる。燕私とは何か。（燕礼の一連の祭礼が終わって）族人と飲むことである。［賓客が］飲んで酔わなかったならば、宗子は族人に親しまないことになる。［また族人は］酔ったにもかかわらず退出しなければ、族人は宗子を敬わないことになる。）」とある。この毛傳の言う所と同じである。毛公・伏生ともに大儒であり、それぞれ拠るところがあって言っているに違いない。

注

（1）楚茨云々　小雅《楚茨》は賓客・一族を招いて行った収穫祭を歌った詩で、一章が十二句、六章の詩。その第五章に「諸父兄弟、備言燕私（諸父兄弟、備に言《い》われ燕私す）」とあり、その毛傳。鄭箋には「祭祀畢、歸賓客之俎、同姓則留與之燕、所以尊賓客親骨肉也（祭祀畢りて、賓客には俎《くもつ》を歸《おく》［贈］り、同姓［父兄弟］は則ち留めて之と燕［宴］す。賓客を尊び、骨肉を親しむ所以なり）」とある。

（2）尚書大傳　伏生撰。「蓼蕭」注参照。

○箋天子至大燭焉

正義曰、申毛之意、言傳所稱宗子飲族人之事者。以天子燕諸侯之禮亡、此假宗子與族人燕爲説耳。以天子比宗子、俗人比羣臣、是假託之也。俗人至醉而有出、有不出之二、塗猶諸侯至醉亦當辭出、若不辭出、是渫慢王也。是以諸侯皆當辭出。但王得其辭、異姓則聽之出、同姓則留之飲也。又解燕飲當以晝、所以淫飲至夜、猶云不醉不歸者、此天子於諸侯之義、言天子與諸侯爲主、雖終日而未盡歡、故留之夜飲、使至於必醉也。燕飲之禮、宵（校1）則兩階及庭門皆設大燭、是燕必至夜、故欲留之夜飲也。「燕禮」曰、「宵（校1）則庶子執燭於阼階上、甸人執大燭於庭、閽人爲燭於門外。」是兩階門庭皆有燭也。彼兩階與門言執燭、唯庭言大燭、此云皆設大燭者（校2）、因彼有大燭、揔而言之。

校勘記

（1）宵　單疏本・閩本・監本・毛本・殿本・阮本・全書本及び『要義』（徽州本）、「宵」に作る。足利本・元刊本、霄に作る。

（2）此云皆設大燭者　注疏諸本、異同なし。『要義』に「者」を「也」に作る。

○鄭箋の天子から大燭焉まで

正義：毛傳の意を延伸、敷衍して、毛傳にいう宗子が一族の人々を燕飲する事を述べている。天子が諸侯を燕する礼が亡びているので、この宗子が一族の人々と燕することに仮託して説明しているのである。天子を宗子になぞらえ、族人を羣臣になぞらえている。これは仮にこのようになぞらえているのである。族人が酔えば、（その族人には）退出するのと、退出しないのと二通りの塗《みち》がある。それはちょうど諸侯が酔えば、辞して退出すべきであるが、（退出しない場合もあり得るのに似ていよう。しかし、）（注1）もし辞して退出しなければ、それは王を侮ることになる。それで諸侯はみな辞して退出すべきなのである。ただ、王が諸侯の辞去の辞《ことば》を聞いた時は、それが異姓ならば、聞きいれて退出させ、同姓ならば、留めてさらに飲ませるのである。又、燕飲するのは昼間であるべきであるのに、長く飲み続け、夜になってもなお「不醉不帰（酔わずんば帰らず）」と云っているのを解釈して、「此は天子の諸侯に於けるの義」だとしている。これは天子が諸侯の与《ため》に（燕飲の）主《あるじ》となった場合は、昼に飲んだだけではなお歓を尽くさないので、これを留めて夜になっても飲むように勧め、必ず酔うようにさせるという意味である。燕飲の礼としては、宵になれば、兩階段及び庭の門に大きな燭を設ける。燕禮は必ず夜まで行うわけであり、だから之［諸侯］を留めて夜飲させようとするのである。「燕禮」に「宵則庶子執燭於阼階上、甸人執大燭於庭、閽人爲燭於門外。」（注2）とある。これが「兩階門庭皆有燭也」ということ（の根拠となる文）である。彼処［燕礼］では（堂下にある東西の）両階段と門とで燭を執ると言い、庭でだけ大燭（を執る）と言っているのに、此処［鄭箋］では両階段・庭・門すべて大燭を設けると言っているのは、彼処［燕礼］に大燭があるので、此方［鄭箋］では（燭・大燭）ひっくるめて大燭と言っているのである。

注

（1）括弧内、原文にはないが、前後の文章構成上、補って意味を取った。

（2）燕禮　『儀禮』「燕禮」下に「宵則庶子執燭於阼階上、司空執燭於西階上、甸人執大燭於庭、閽人爲燭於門外。（宵《よる》には則ち庶子、燭を阼階《そかい》上に執り、司空、燭を西階上に執り、甸人《でんじん》、大燭を庭に執り、閽人《こんじん》、燭を門外に爲る）。」とあり、鄭注に「宵、夜也。燭、燋也。甸人掌共［供］薪蒸者、庭大燭爲位廣也。閽人、門人也。爲、作也。作大燭、以俟賓客出。」とある。

［二章］

湛湛露斯　　湛湛たる露《つゆ》斯　　深々と露が

在彼豐草　　彼の豐草に在り　　豊かに茂ったあの草々に降りている

厭厭夜飲　　厭厭たる夜飲　　静かに夜飲の礼を

在宗載考　　宗に在って載《すなは》ち考《な》る　　宗室において行う

（毛傳）豐、茂也。夜飲必於宗室。

箋云、豐草喩同姓諸侯也。載之言則也。考、成也。夜飲之禮、在宗室、同姓諸侯則成之。於庶姓其讓之則止。昔者陳敬仲飲桓公酒而樂、桓公命以火繼之、敬仲曰、「臣卜其晝、未卜其夜」、於是乃止（校1）。此之謂不成也。

校勘記

（1）於是乃止　足利本・元刊本・閩本・監本・毛本・阮本・殿本・全書本、同じ。異同なし。『要義』も「於是乃止」に作る。『毛詩』（四部叢刊本）・『毛詩』（四部備要本）、同じ。「校勘記」に「案正義云、於是止。是其本無乃字。」という。「於是止」とは正義の「陳敬仲飲桓公酒、至於是止。」を指して言っていると思われるが、それから「其本無乃字」というのは如何であろうか。

毛傳：豐とは茂ること。夜飲の礼は必ず宗室〔宗廟〕において行う。
鄭箋：豊草は同姓の諸侯を喩える。載という語の意味は則。考は成ること。夜飲の礼は宗室〔宗廟〕において行い、同姓の諸侯がこれに加わり執り行う。庶姓の諸侯は、辞譲して加わらない。昔陳敬仲が桓公を自家の宴に招いて酒を飲ませた時、桓公は楽しくなり、更に燈をともして、夜飲をするように敬仲に命ずると、敬仲は「臣はその昼を卜するも、その夜を卜せず（〔臣下として君主をお招きするのが非礼にならぬように〕昼の宴については これを卜しましたが、夜についてはトしておりませぬ）」と言って、宴を打ち切った。これが（同姓の諸侯でなければ）「不成（成らず：燕に加わらない）」という意味である。

○（『經典釋文』）飲桓、於鴆反。（全書本、「飲桓之飲、於鴆反。」に作る。）
○『經典釋文』飲桓（の飲は）於鴆の反。（「飲む」ではなく「飲ませる」の意の注）。

疏　湛湛至載考
正義曰、湛湛然者、彼露斯也。此露在彼豐草之上、豐草得露則湛湛然柯葉低垂。以興王之燕飲於彼同姓諸侯、此同姓諸侯得王燕飲則威儀寬縱也。王與歡酣、至於厭厭安閑之夜、留之私飲、雖則辭讓、以其宗室之故、則留之而成飲、不許其讓、以崇親厚焉。

疏 湛湛から載考まで

正義：湛湛然とした彼処の露。この露は彼処の茂った草の上に降りている。その茂った草は露を受けて湛湛然と枝葉を低く垂れている。この二句の表現によって、王があの同姓の諸侯を燕飲し、この同姓の諸侯は王の燕飲を得ると、その態度は寛いだゆるやかなものになる、といったことを言い興している。王は彼等と飲み、宴も酣となり、安らかで閑《しず》かな夜にまで宴はつづき、彼等を留めて、私飲する。彼等同姓の諸侯が遠慮しても、王は宗室［ここでは同族の意］だということで、留めて飲み続け、辞譲することを許さず、手厚く親族を崇ぶのである。

○箋夜飲至不成

正義曰、鄭以經言「載考」、言「則成」、對有不成者。既天子欲留之而有不成者、明是賓讓之也。故言夜飲之禮、在宗室、同姓諸侯則成之、於庶姓讓之則止也。獨言庶姓、除同姓皆耳。故以庶姓摠之。昔者、陳敬仲飲桓公酒、至於是止。莊二十二年《左傳》有其事、引之以證異姓不得成夜飲之義。故云「此之謂不成也」。飲桓公酒者、桓公至敬仲之家、而敬仲飲之酒也。故『鄭志』答張逸云、「時桓公館敬仲。若哀公館孔子之類。」杜預亦云、「桓公賢敬仲之故、幸賢人之家。」是也。

言「卜晝不卜夜」者、服虔云、「臣享君、必卜示敬慎也。」此燕諸侯、王爲之主、彼桓公飲酒、敬仲爲主、而得證此者、君適其臣、君爲主人、其進退在君所裁、敬仲之辭、與諸侯之讓同。故得爲證也。

疏 鄭箋の夜飲から不成まで

正義：鄭玄は経文に「載考」とあるのを「則成」と解釈し、「成らざる者有り（携わらない者がいる）」に対応させている。天子が（同姓の諸侯を）留めようとしているのに、その夜飲の礼に加わらない者が有れば、それは明らかに賓客が辞譲したことになる。だから、夜飲の礼は宗室［宗廟］において同姓の諸侯が礼に携わり、庶姓の者（注1）［周室と親戚関係にない異姓の諸侯］が辞譲すれば彼等を礼に携わらせない。庶姓だけを言っているが、これは同姓を除いたすべての姓［つまり異姓・庶姓］のことで、庶姓でそれらを含めて表しているのである。

昔、陳敬仲［＝陳完］が齊の桓公を酒宴に招き、夜になると、宴を止めた。莊公二十二年『左傳』にその事が書かれてあり、（鄭箋は）それを引いて異姓は夜飲を成すことが許されないということを證明している。だから、「此之謂不成也（此を之れ成らずと謂ふ：［異姓である陳敬仲は］夜宴の礼を行えない）。」と云っているのである。

「飲桓公酒」とは、桓公が敬仲の屋敷に行って、敬仲が桓公に酒を振る舞ったということである（「桓公に酒を飲ましむ」：陳敬仲が齊の桓公を酒宴に招いた」）。『鄭志』に鄭玄が張逸に答えて、「この時、桓公が敬仲の館舎を訪れたのは、魯の哀公が孔子の居た館舎を訪れたような類である（注2）。」と言ったとある。杜預も「桓公が敬仲を賢とするの故に、賢人の家に幸《みゆき》す。」といっている。まさにこのことである（注3）。

「卜晝不卜夜（昼の宴についてはトしたが、夜の宴についてはトしていない）」とは、服虔云う「臣、君を享するには、必ずトして敬慎を示すなり（臣下が君主を享する［自らが主となって宴席に招く］場合には、必ずトして臣下としての慎みの気持ちを表す）」とある。ここ［この湛露の詩］は諸侯を燕するもので、王がこの主となっている。『左傳』の場合は、桓公が酒を飲み［陳敬仲の宴席に招かれ］、陳敬仲がその主となっている、それなのにこの陳敬仲の例を挙げて、この詩句を證することができるのは、君がその臣下のもとに適っていても、君が宴の主人となっていて、その進退は君の裁量に依っている。敬仲の辞譲（注4）と諸侯の辞譲とは同じことである。だから、この『左傳』の陳敬仲の例を、この詩の證とすることができるのである。

注

（1）庶姓　正義では、姓には同姓・異姓・庶姓の三類があるとする。同姓は王の同宗、父方の党［一族］、異姓とは王の舅の親族［母方の一族・妻の一族］、庶姓とは王と親族関係に無い者（『正義』小雅「伐木」〇「箋兄弟父至母之黨」疏）。

（2）哀公館孔子　『禮記』「儒行」に「孔子至舍、哀公館之（孔子、舍に至り、哀公、之を館す）」とある。しかし、「館之」の意味必ずしも明確ではない。『禮記』の鄭注では「孔子歸至其舍、哀公就而（以）禮館之、問儒服而遂問儒行。……」とあり、孔疏では「孔子自衛反魯、歸至其家、哀公就而館之、聞孔子之言、遂敬於儒也。」とする。文脈から、「館に訪ねて」の意味に取った。或いは「公館を与えて」の意味か。毛詩正義の文脈からすれば、前後関係から、「哀公が孔子の家に訪ねていって」とならないと、通じがたい。

（3）昔者陳敬仲飲桓公酒（昔、陳の敬仲、桓公に酒を飲ましむ）　これは齊に寄寓していた敬仲が齊の国君を自分の屋敷の宴に招いた事柄で、身分上問題のあることと考えられていた。この正義でも觸れないわけにはいかなかったのであろう。杜預の注は原文「齊桓賢之故、就其家會。據主人之辭、故言飲桓公酒（齊の桓公は賢明であったため、［自国に来奔してきた陳の公子陳［敬仲］完の］家の宴に赴いたのである。主人の立場の言葉であるので、桓公に酒を飲ましむ、と書いてある。）」とある。疏はこの意を取ったもの。この『左傳』の疏でも、言及されている。「春秋之世、設享禮以召君者、皆大臣擅寵、如衛公叔文子・宋桓魋之徒始爲之耳。爲之非禮法也。敬仲羈旅之臣、且知禮者也。必不召公臨己、知是桓公賢之、自就其家會也。」

現代の楊伯峻はこの『左傳』莊公二十二年、「飲桓公酒、樂」について、「飲、去聲。《禮記・郊特牲》云：『大夫而饗君、非禮也。』杜預據此。以爲陳完乃知禮之人、不致作非禮之事、因謂此乃齊桓公就陳完家飲酒、然不合此句法。《郊特牲》乃戰國以後之作、所言未必符合春秋禮俗。左傳記大夫享王之事多矣。未見有譏其非禮者、故知郊

特牲所言不可信。晏子春秋内篇雜上亦兩言『晏子飲景公酒』。」と、『左傳』に記されている時代には大夫が君主を享することは非礼とは見なされていなかったことを指摘している（楊伯峻『春秋左傳注』一、中華書局）。

（4）齊の桓公が敬仲の酒宴に招かれて、楽しかったため、さらに「以火繼之（明かりをともしてさらに続けよう）」といったことに対して、敬仲が「臣卜其晝、未卜其夜、不敢。」と、それを辞《ことわ》ったこと。

［三章］

湛湛露斯　　湛湛たる露斯　　露が深々と
在彼杞棘　　彼の杞棘に在り　　杞・棘に降り、木々はその枝葉を垂らしている
顯允君子　　顯允の君子　　真心のある（庶姓の）君子たちは、
莫不令德　　令德ならざるは莫し　　（燕礼で酒を飲んでも）乱れることはない

箋云、杞也棘也異類喩庶姓諸侯也。令、善也。無不善其德、言飲酒不至於醉。

鄭箋：杞と棘とは異類の植物であり、これで庶姓の諸侯を喩えている。令とは善。その徳をそこなうようなことはしない。酒を飲んでもしたたかに酔うことはないことを言う。

疏　湛湛至令德

正義曰、湛湛然者露斯、此露在彼杞棘之木。此杞棘之木、得露則湛湛然柯葉低垂。以興王之燕飲在彼庶姓之諸侯、此庶姓諸侯得王燕飲、皆威儀寬縱也。此庶姓明信之君子、雖得王之燕禮、飲酒不至於醉、莫不皆善其德、使之無過差。

疏 湛湛より令徳まで

正義：湛湛然たる露。この露はあの杞・棘の木に降りている。この杞・棘の木は湛湛然と豊かに露を受けて、その枝葉を低く垂れている。このように言うことによって、王があの庶姓の諸侯と燕飲すると、庶姓の諸侯たちは王から燕飲されて、みなその威儀を弛め打ち解けるということを導き出している。この庶姓の諸侯、明信の［真心のある］君子たちは、王からの燕礼を受けても、その飲酒において酔ってしまうことはなく、（燕礼時に求められる）その徳行・振る舞いをそつなくこなし、誤ることはない。

注

（1）明信　心に誠があること。『左傳』隠公三年に「苟有明信、澗・溪・沼・沚［＝小さな渚《なかす》］之毛［＝草］、……潢《こう》［大きなたまり水］・汙《お》［小さなたまり水］・潦《ろう》［雨後の道路のたまり水］之水、可薦［＝進］於鬼神、可羞［＝進］於王公。」（大意：心に誠があれば谷川の水やたまり水であっても鬼神に供え、王公に献上してかまわない。）

［四章］

其桐其椅　　其の桐、其の椅　　桐の木、椅の木

其實離離　　其の実、離離たり　　これらの木々に、実がたくさん垂れ下がっている

豈弟君子　　豈弟《がいてい》の君子　　温和で親しみやすい君子の諸侯は

莫不令儀　　令儀ならざるは莫し　　最後まで礼に悖ることはない

（毛傳）離離、垂也。

箋云、桐也椅也、同類而異名。喩二王之後也。其實離離、喩其薦俎禮物多於諸侯也。飲酒不至於醉、徒善其威儀而已、謂陔節也。

毛傳、離離は垂れるさま。

鄭箋、桐・椅は同類の植物で名を異にするもの。二王［夏・殷］の後裔［杞・宋］を喩えている。その実が離離と垂れているとは薦俎・礼物が諸侯より多いことを喩えている。飲酒しても酔いしれるには至らず、（酔うには酔っても）ひたすら威儀を整えている。（燕礼の最後）《陔》を演奏する時についてのことを謂っている。

○（『經典釋文』）椅於宜反。木名也。陔節古哀反。字亦作裓。音同。戒也。

○『經典釋文』椅は於宜の反。木の名。陔節の陔は古哀の反。この字、裓にも作る。音は同じ。戒めること。

疏 其桐至令儀

正義曰、其桐也其椅也、言二樹當秋成之時、其子實離離善垂而蕃多。以興其杞也其宋也二君於王燕之時、其薦俎衆多、而於王爲客、加其厚恩故也。此二王之後、樂易之君子、雖得王之燕禮、飲酒不至於醉、莫不善其威儀、令可觀望也。

疏 其桐より令儀まで

正義：「其の桐、其の椅」とはこの二種類の木が秋、実のなる時になると、その実が離離とたくさん垂れ下がっている。こう表現して杞・宋の二国の君主は、周王に燕礼に招かれたとき、その薦俎の品数が多かった。それは（杞・宋は）周王にとって賓客とされており、厚恩を加えられていたからである、ということを導いている。この二王の後裔である楽易の君子（注1）は周王の燕礼に招かれても、その飲酒において、酔うまでには至らず、その威儀を失うようなことはなく、見られてもおかしくないようにしていた。

注

（1）楽易《らくい》　明るく温和であること。『荀子』「栄辱」に「安利者常樂易、危害者常憂險（安利なる者［安らかで利がある者］は常に楽しみ易《やわ》らぎ、危害なる者は常に憂え険《なや》む）。」その楊倞《ようけい》注には「樂易、歡樂平易也。詩所謂愷悌者也」とある。楽しみ和らぐこと。

〇箋其實至陔節

正義曰、以此變言在其實（校1）、當燕之時、唯酒與薦俎、酒則樽不屬賓、賓所專者、唯薦俎耳。昭二十五年、宋樂大心曰、「我於周爲客」。是二王之後、其尊與諸侯殊絶。故知薦俎禮物多於諸侯也。

此美天子之燕、諸侯無不醉之理。故燕飲賓醉而出（校2）、是燕末必醉也（校3）。此與上章善威儀、箋皆云、不至醉者、言其蘊藉自持、不至醉亂、内實困酒、空善外儀。故云、「徒善其威儀而已。」

又言「善儀早晚謂陔節」、當奏陔夏之節、猶善威儀、以其美人必擧其終。故知當陔之節也。燕禮、「賓醉、北面坐、取其薦脯以降。奏《陔夏》、取（校4）所執脯以賜鍾人於門内霤、遂出」、是也。天子燕諸侯之禮、亡。故據燕禮以況之。二王之後、燕罷而出、不必奏陔夏。

校勘記

（1）以此變言在其實　足利本・單疏本・元刊本・閩本・監本・毛本・殿本・阮本・全書本、すべて異同なし。阮元「挍勘記」に「案言在二字、盧文弨云、『當乙。』是也。」「言在」を読み止まりのしるし「乙」と同じにみなすべきだという。読みにくい部分であるが、「變言」とは、注疏では頻繁に用いられる語彙であるので、本文はこのままにして、意味を補って訳した。

（2）醉而出　足利本、「醉而出」に作る。單疏本・元刊本・閩本・監本・毛本・殿本・全書本、「醉乃出」に作る。「乃」に作るのが稍勝る。

（3）燕末必醉也　足利本・單疏本・元刊本・阮本・全書本、「燕末必醉也」に作る。閩本・監本・毛本、「未」を「末」に誤る。前後の文脈上、「末」でないといけない。

（4）取　毛詩注疏各本、足利本・單疏本・元刊本・閩本・監本・毛本・殿本・阮本・全書本、すべて「取」に作る。『儀禮』「燕礼」にはこの「取」を「賓」に作る。「賓」として解した。

○鄭箋の其實より陔節まで

正義：思うに、（＊上三章では「湛湛たる露斯、～」と云っていたのを）「其の桐其の椅、其の実離離たり」つまり「其の実が在る」と表現を換えているのは、燕礼を行う時、（その場に在るのは）ただ酒と薦俎のみ、酒は樽に入っており、賓客がどうこうすることはできない。賓客が取り扱えるのは、薦俎だけである（この薦俎の在ることを言うためである）。昭公二十五年、宋の樂大心は「われは周に客とせらる、（周に於いて客たり）」と言っている（注1）。宋は二王の後裔で、その尊いことは諸侯とは比べものとならない。だから、鄭箋に「薦俎礼物多於諸侯也」ということが根拠のあることだとわかる。

この詩は天子が諸侯を燕したとき、諸侯に酔わない者がないようにするという道理を美《ほ》めたものであるので、燕飲の時、賓客は酔えば退出する（ことになる）。しかし、この（詩の）燕《うたげ》では、必ずしも酔ってはいない。（＊諸侯が酔わなければ、主の天子は面子を失うことになってしまう。それなのに、）ここと上の章の「威儀を善くす」の箋ではどちらも「酔うに至らず（酔うには至らない）」と云っているのは、賓客が「蘊藉《うんしや》自持して（酔いを内に包み込んで表情に表さず）」酔いつぶれるまでにはならないが、内実は酒に酔っていて、ただ外見を整えているに過ぎないのだ。だから箋で、「徒善其威儀而已（徒《ただ》にその威儀を善くするのみ：なんとか外貌の威儀だけは整えているのだ）」と表現しているのだ。

又「善儀早晩謂陔節（儀を早晩に善くすとは陔節を謂ふ：燕礼の最中、賓客は最初から最後までその威儀を正していることは、《陔》を演奏する時のことを謂う」（注2）と言うのは、《陔》節［《陔夏》を演奏する時（燕礼で賓客が退出する最後の）節］にもなおその威儀を整えていることを言う。人を誉め称えるには必ずその終わりを挙げて誉めるものである。だから、「當陔之節（陔に当たるの節）」（注3）のことであるのが分かる。燕礼では、「賓客が酔えば北面して坐し、その席の薦脯を取って堂を降る。（この時楽工は）《陔夏》を演奏する。賓客は執った脯を持って、鍾人［鐘鼓で演奏する楽人］に門内の軒下のところで与えて、退出する。」とある。これがこのことに当たる。

天子が諸侯を燕する礼は亡んでいるので、燕礼によってこれに擬《なぞら》えている。二王の後裔は燕が已めばすぐに退出し、必ずしも（楽工が）《陔夏》を演奏はしない。

注

（1）我於周爲客　『左傳』昭公二十五年［前五一七年］夏、黄父［現在の山西省、沁水縣の西北］で諸侯が会合して、（子朝の乱があって乱れた）周王室を安定させることを謀った。晉の趙簡子は諸侯の大夫たちに、周王に粟を輸《おく》ること、戍人［周の敬王を戍る兵卒］や車輌等を具備することを命じた。そして「明年將納王（明年には將に王を［王城に］納れん）」と言った。その時に宋の大夫、樂大心は「我不輸粟。我於周爲客、若之何使客（我は粟を輸らず。我は周に於いて客爲《た》り。之を如何《いかん》ぞ客に使《し》するや：我が国は粟を輸らない。我が国は周王朝から賓客として礼遇されてきた。その賓客扱いされてきた我が国に指図しようとするのはどういうわけだ。）」といって断ろうとした。しかし、晉の士伯に諭され、しぶしぶ牒［簡札、粟を輸ること、兵士を具備することを記した命令書］を受けて退いた。こうした情況での言葉。

（2）又言善儀早晩謂陔節　この文型からすれば、正義の著者達が見ている鄭箋には、「善儀早晩謂陔節也」となっていたのではないだろうか。そのようにして意味を取った。現在は「謂陔節也。」なお、足利本・單疏本・元刊本・閩本・監本・毛本・阮本・殿本、異文なし。

（3）陔節　燕礼の終わり、賓客が退出するときに、楽工［鐘師］が楽章の《陔［陔夏］》を演奏し、終わりを締め、礼に終わること。鄭玄注では「賓出、演《陔夏》、以爲行節也。凡《夏》以鐘鼓奏之。」と言い、その疏では、「此及鄉飲酒皆於賓出、奏《陔夏》、明此爲行節、戒之使不失禮。」

湛露四章章四句（湛露　四章　章ごとに四句）

彤弓

彤弓、天子錫有功諸侯也。

彤弓《とうきゅう》は天子、有功の諸侯に錫《たま》ふなり。

彤弓［赤弓］の詩は、天子が功績のあった諸侯に（彤弓を賜り、また饗宴を賜った）ことを歌う。

（鄭箋）諸侯敵王所愾而獻其功、王饗禮之。於是賜彤弓一、彤矢百、玈弓矢千。凡諸侯賜弓矢、然後專征伐。

鄭箋：諸侯が周王の憤っている者と戦って、その功績を献上すると、周王は彼等を饗礼でもてなし、彤弓《あかゆみ》［丹塗りの弓］一挺・彤矢百本・玈弓《ろきゅう》［黑弓］十挺・矢千本を賜った。（しかし本来は）すべて諸侯は弓矢を賜ってから、專征［権限を委ねられて征伐］することができる（ことになっているのだが）。

○（『經典釋文』）彤　徒冬反。彤弓、赤弓也。愾、苦愛反。很也。杜預云、很怒也。説文作起鎎（金偏に氣）、火既反。云怒戰也。玈、音盧、黑弓也。本或作旅字、訛。

○『經典釋文』「彤、は徒冬の反。彤弓は赤弓。愾は苦愛の反。很《こん》の意。杜預は「很は怒るの意」という。『説文』では鎎に作る、火既の反。「怒り戰う」と云う（注1）。玈は音盧、黑弓。一本に「旅」の字に作るのがあるが、それは形が似ているための間違い。

注

（1）鎎　『説文』に「怒戰也。从金、愾省。春秋傳曰、諸侯敵王所愾。」段玉裁注に「怒則有氣、戰則用兵。故

其字从金氣。氣者气之叚借字也。」とあり、「怒戰」を「怒って戦う」、と取るのが普通であるが、『春秋左傳』文公四年の例から見て、「怒戰」は「怒り戦《おのの》く、怒りに震える」と取るべきではなかろうか。

疏　彤弓三章（校1）章六句至諸侯

正義曰、作彤弓詩者、天子賜有功諸侯。諸侯有征伐之功、王以弓矢賜之也。經三章上二句言諸侯受王彤弓、是賜之事、下四句言王設樂鄉醻而行饗、亦是賜之事、故云、錫以兼之。

校勘記

（1）彤弓三章　監本・毛本、「彤弓二章」に作る。足利本・單疏本・元刊本・閩本・阮本、「彤弓三章」に作る。二章に作るのは誤り。殿本・全書本は、全篇通じて標起止なし。

疏　彤弓三章章ごとに六句より諸侯まで

正義：「彤弓」の詩は天子が功績のあった諸侯に（彤弓・饗燕を）賜ったことを歌うために作った詩である。その諸侯には征伐の功績があったため、王は弓と矢を賜ったのである。経文は三章、その上の二句は諸侯が王より彤弓を授けられたことを言い、「賜う」のことである。下四句は王が楽を設け、饗醻して饗礼を行ったこと、これも「賜う」のことである。だから、（序では）「錫」と云ってこの二つの「賜う」を兼ねたのである。

○箋諸侯至征伐

正義曰、自「諸侯敵王所愾」（校1）盡「玈弓矢千」、除鄉禮一句以外、皆文四年『左傳』甯武子辭也。「諸侯賜弓矢、然後專征伐」、『禮記』「王制」文也。引『左傳』者、解有功賜之由、王賜諸侯、非唯弓矢而已。獨言彤弓者、以弓矢爲重、故又引「王制」以明之。言「敵王所愾」者、敵者當也。愾、恨也。謂夷狄戎蠻不用王命、王心恨之、命諸侯有德者、使征之。諸侯於是以王命興師、以討王之所恨者、爲讎敵而伐之。既勝而獻其所獲之功於王、王親受之。又設鄉禮、禮之。於是賜之弓矢也。

「獻功」者、伐四夷而勝則獻之。其伐中國、雖勝不獻、故莊三十一年『左傳』曰、「凡諸侯有四夷之功、則獻於王、以警於夷。中國則否。」是中國之功、不獻捷也。其獻唯四夷之功、乃獻之。其賜、有功則賜之、不須要四夷之功始賜之也。晉文侯夾輔周室、平王東遷洛邑、無伐四夷之功、王亦賜之弓矢。『尚書』「文侯之命」、是其事也。

經先言受弓（校2）、後説饗。鄭先言饗禮之（校3）、乃言賜弓矢者、襄公二十六年『左傳』曰、「將賞則加膳、加膳則飫賜」、將欲賞人、尚加殽膳。況弓矢之賜、賞之大者。焉得無其禮也。爲賜以設饗而賜之、故鄭先言饗也。其饗之日、先受弓矢之賜、後受獻醻之禮也。且王以賜弓重、故經先言賜弓、後言饗之事也。

若僖二十八年『左傳』説、晉文公敗楚於城濮、獻功於王。「王饗醴、命晉侯宥」、下乃言策命、晉侯爲侯伯、賜之以弓矢。似先饗後賜者、彼饗醴命宥、別行饗禮、非賜日之饗也。故丁未獻俘、己酉設饗。是先饗禮以勞其功、它日乃賜之弓矢、更加策命。其賜之日、別行饗禮、則此經所云、是與彼饗別也。

莊十八年、「虢公（校4）晉侯朝王、王饗醴、命之宥。」僖二十五年、「晉侯朝王、王饗醴、命之宥」、於時不賜特行饗醴。以此知城濮之言饗禮者、非賜日之饗、賜之日實行饗禮、而『左傳』寧武子云「以覺報宴」者、杜預云、「歌《彤弓》者、以明報功宴樂」、非謂賜時設饗禮。甯武子所言、及晉文侯文公所受、皆并有玈弓。此詩獨言彤弓者、以二文皆先彤後玈、彤少玈多、舉重可以包輕。故直言彤弓也。有弓則有矢、言弓則矢可知。故亦不言矢也。傳文直云玈弓矢千、亦然。故服虔云、「矢千則弓十。」是本無十玈二字矣。俗本有者誤也。首章爲揔目、下二章分而述之、以相成也。毛以「藏之」者、爲藏之於其家、以示子孫。先櫜之、乃載以歸、後始藏於其家。以藏爲重、先言之。藏於家、受後之事、致其意而言之、非受時也。「好之」「喜之」、由悦樂而賜之、故「貺之」爲揔也（校5）。「饗之」是大禮之名、「右之」「醻之」、是饗時之事、亦饗爲揔也。鄭亦首章爲揔、但藏載於車、即是受時之事爲異耳。

校勘記

（1）王所愾　毛本、愾を鎎に作る。足利本・單疏本・元刊本・閩本・監本・殿本・阮本・全書本、及び『要義』（徽州本）、愾に作る。毛本の誤り。なお、毛本も数行後の「敵王所愾者、敵者當也。愾、恨也」の愾は愾に作っている。

（2）經先言受弓　阮本、弓を功に作るは誤り。足利本・單疏本・閩本・監本・毛本・殿本・全書本、弓に作る。

（3）後説饗、鄭先言饗禮之　上下の「饗」、足利本・阮本、「享」に作る。單疏本・閩本・監本・毛本・殿本・全書本、「饗」に作る。享・饗、通用するが、饗に作るのをよしとする。今改めておく。

（4）虢公　足利本、虢公に作る。單疏本・閩本・監本・毛本・殿本・阮本・全書本及び『要義』（徽州本）、虢公に作る。元刊本、潰れていて確認できない。虢公に作るのが正しい。

（5）故贶之爲揔也　元刊本・閩本・監本・毛本・殿本・全書本、贶を擧に作る。足利本・單疏本・阮本、贶に作る。

○箋の諸侯から征伐まで

正義：鄭箋の「諸侯敵王所愾」から「玈弓矢千」まで、饗禮の一句を除いて、皆文公四年『左傳』にみえる甯武子の辞《ことば》である（注1）。「諸侯賜弓矢、然後專征伐（諸侯は弓矢を賜りて然る後に征伐を專らにす）」とは『禮記』「王制」の文である（注2）。『左傳』を引いたのは、有功のものに賜わった理由を解くためで、王が諸侯に賜るのはただ弓矢だけではない。それなのに彤弓だけを言っているのは、弓矢が特に重要なものだから、「王制」を引いてそのことを明らかにしたのである。「敵王所愾」について、敵とは当ること。愾とは、恨むことの意。夷狄戎蛮が王命を用いず［無視するので］、王は心に彼等を恨み、諸侯の有徳の者に命じて、征伐させたことを謂う。諸侯はそこで王命によって軍を動かして、王が恨む者達を仇敵とみなし、これを征伐するのである。その戦いに勝って、捕獲した捕虜・戦利品などを王に献上し、王は親しく之を受けとる。王はまた鄉禮を設けて之を礼遇する。その時に彼等に弓矢を賜うのである。

「献功」とは、四夷を伐って勝ったので、捕虜・戦利品等を献上し、戦勝報告をしたことをいう。もし中国を伐った場合は勝ったとしても、そうしたこと［献功］はしない。というのは、莊公三十一年『左傳』に「凡そ諸侯に四夷の功有れば、則ち王に献じ、以って夷に警す。中国は則ち否《しか》せず。」（注3）とあるからである。中国の地で挙げた功の場合は「献捷」はしない。「献捷」するのは四夷を伐って功があったときの場合のみ「献捷」するのである。もちろん「賜う」のは功があった場合は「賜う」のであって、四夷に対する功があって始めて「賜う」というわけではない。例えば、晉の文侯は周の王室を夾輔し、平王が洛邑に東遷した時、四夷に対する功はなかったけれども、周王は晉の文侯に弓矢を賜っている。『尚書』「文侯之命」はその事を記している。

（＊「賜」と「饗禮」との先後問題）

経文［詩本文］では先ず弓を受けることを言い、その後で享することを説《い》っている。しかし鄭玄は（ここ詩序の鄭箋で、「王饗禮之」と）先ず享礼を言った後、それから（「於是賜彤弓一、……玈弓矢千」と）弓・矢を賜うことを言っているのは（経文とその順序が異なるのであるが、それは）、襄公二十六年『左傳』に「將賞則加膳（將に賞せんとすれば則ち膳を加ふ。膳を加ふれば則ち飫賜《よし》す）」とある（注4）。人に賞を行おうとすれば、（人に賞を加えようとする者が）殺膳を加えることを大事にする。ましてや、弓矢を賜ることは、賞の中で大なるものである。どうしてそのための礼を行なわないがあろうか。「賜う」を行う場合は、饗を設けてから（賞与の物を）「賜う」のである。だから、（この鄭箋で）鄭玄は饗［饗礼］を先に言っているのである。（それなら何故経文で弓を賜うことを先に、饗を後にしているかといえば）その饗の日には、先ず弓矢の賜り物を受け、その後で「献」・「醻」の礼を受ける。しかも王は弓を賜う事を重んじているので、経文では先ず弓を賜うことを述べ、その後で饗のことを述べているのである。

僖公二十八年『左傳』の文によれば（注5）、晉の文公が楚（の軍）を城濮で打ち破り、楚の捕虜・軍馬・戦車等を周王に献じ、「周王［襄王］は醴酒で饗し（「饗醴」）、晉侯に束帛を賜った」（「命晉侯宥」注6）。そのあとで、策書に命令を記し、晉侯を侯伯［諸侯の領袖・長］とし、弓矢を賜っている。これによれば、先ず「饗」が行われ、その後に「賜」となるように思われる。ここでの「饗醴」「命宥」は、「賜う」日の饗禮とは別に行われたもので、（礼物などを）賜った日の饗ではない。というのは、丁未［十日］の日に俘を献じて、（鄭伯傅王、用平禮也［鄭伯が王を傅けて周の平王が晉の文侯を享した禮で今の晉侯を享した］）、己酉［十二日］に饗禮が設けられている。つまり先ず饗禮を行って、その功を労い、後日、文侯に弓矢を賜り、更に策命を加えている。「賜う」の日には先のとは別に饗禮が行われている（＊「饗禮」が先で、「賜う」ことが後となる）。この経文［「彤弓」」で云われているのは、（まず「弓を賜う」ことで、その後が「饗」である。）彼処［僖公二十八年『左傳』の処の饗」とは別である。

莊公十八年の「虢公晉侯朝王、王饗醴、命之宥。」（注7）僖公二十五年の「晉侯朝王、王饗醴、命之宥」（注8）からすると、時には「賜」をなさずに特《た》だ饗礼を行い醴酒でもてなすことがある。こうしたことから、城濮の（戦い）に言う（＊丁未の日の）饗禮とは礼物を賜る日の饗ではなく、賜るの日に本当の饗禮が行われた。

一方、『左傳』（文公四年）、寧武子《ねいぶし》が（諸侯、王の愾する所に敵って、その功を獻ずれば、王は是に於いてか、之に彤弓一、彤矢は百、玈弓矢千を賜ひ）、「以て報ゆる宴なるを覺《あきら》かにす：以覺報宴」と云っているのは、（「賜」を行って、饗禮が設けられたように見えるが）杜預によれば、「彤弓を歌うのは功に報ゆるの宴楽を明らかにす《彤弓》の詩を歌ったは諸侯の功に報いる宴楽であることを表明したのである）」といっており、「賜う」時に饗禮を設けたことを謂ったものではない。甯武子が言う所は晉の文侯・文公が受けた物に及んでいるが、どちらの場合も玈弓がある。それなのにこの（《彤弓》の）詩だけが彤弓を言っているのは、二つの文［『左傳』文公四年・僖公二十八年］はどちらも先ず彤弓を、その後で玈弓を言っている。彤弓は少なく、玈弓が多いので、重い［重要な］方を擧げれば、軽い方を含めることができるからで、それでただ彤弓と云っているのだ。弓があれば、矢がある。弓を言えば矢があるのは言わずとも知られる。だから（この《彤弓》の詩では）矢を言わないのである。傳（『左傳』）の文では直だ「玈弓矢千」とある。定本も同じである。（玈弓が何挺であったか分からない）。しかし、服虔は「矢千なれば則ち弓十。」と云っている。だから、この本《テキスト》に十玈の二字がないのである。俗本にこれがあるのは誤りである。

第一章は総目であって、下の二章では分割してこれを述べ、（全体と部分という形で）構成されている。毛公は「藏之」とは、これをその家に所蔵して子孫に示す、と解釈している。先ず「櫜之［弓袋にしまい込む］」し、それから車に載せて帰り、その後でようやくその家にしまっておくのである。「藏」することを重んじて、先ずこれ［＝弓］を家に藏することを言う。「家に藏する」のは弓を受けた［授かった］後のこと。その意［藏することを重んずること］を述べようとして「藏之」と言ったのである。だからこれは、受けた［授かった］その時のことではない。（三章に中心）「好之」、（二章に中心）「喜之」と表現されていることから（王が）悦楽して弓を下賜していることが明らかで、（かくて首章では中心）「貺之（之を貺《たま》ふ）と、これら二章・三章（の句）を総べて表現しているのである。首章の「饗之」するとは礼全体を示した表現で、（二章・三章の）「右之」「醻之」とは饗する時の具体的なこと。（ここでもさきの「藏之」が二章・三章を総べたように、首章で「饗之」と言って）、その「饗（之）で二章・三章のことを総べているのである。鄭玄も首章を総目としているのだが、車に藏め載せるのは授かった時のこととみなす点だけが異なっている。

注

（1）文四年『左傳』『左傳』文公四年、「衛甯武子來聘、公與之宴、爲賦湛露及彤弓。又不答賦。使行人私焉。對曰：『臣以爲肄業及之也。於是乎賦湛露、則天子當陽、諸侯用命也。諸侯敵王所愾而獻其功、王於是乎賜之彤弓一・彤矢百・玈弓矢千、以覺報宴。……。』」とある（傍点部分）この文だと、玈弓が何挺であったか分からないが、ここの疏に引いてある服虔の注「矢千則弓十」文によって十挺であることが分かる。なお楊伯峻『春秋左傳注』に「玈弓矢千」を金沢文庫本に「玈弓十玈矢千」に作るとある。

（2）『禮記』「王制」に「諸侯賜弓矢、然後征。」とある。

（3）莊公三十一年『左傳』に「三十一年夏六月、凡諸侯有四夷之功、則獻於王、（王）以警於夷。中國則否。」

（4）襄公二十六年『左傳』晉と楚の和睦が図られた折、その交渉に参与した蔡の声子（公孫歸生、蔡の大師子朝の子」が晉に使いした後、楚に赴き、楚の令尹の子木に晉の国情を話しているなかで、楚に刑罰の濫用があることを批判して言った言葉の一部分。「古之治民者、勸賞而畏刑、恤民不倦、賞以春夏、刑以秋冬。是以將賞、爲之加膳、加膳則飫賜（古の民を治むる者は、賞に勸めて刑を畏る、民を恤《あわれ》みて倦まず、賞は春夏を以てし、刑は秋冬を以てす。是を以って將に賞せんとすれば、之が爲に膳を加ふ、膳を加ふれば則ち飫賜《よし》す［饜《あ》きたりるほど膳を賜う］）」とある。

（5）僖公二十八年『左傳』の文　僖公二十八年『左傳』に「鄭伯如楚致其師。爲楚師既敗而懼、使子人九行成于晉。晉欒枝入盟鄭伯。五月丙午［九日］、晉侯及鄭伯盟于衡雍。丁未［十日］、獻楚俘于王。駟介百乘、徒兵千。鄭伯傅王、用平禮也。己酉［十二日］、王享醴、命晉侯宥。王命尹氏及王子虎・内史叔興父策名晉侯爲侯伯、賜之大輅之服・戎輅之服・彤弓一・彤矢百・玈弓矢千・秬鬯一卣・虎賁三百人。」とある。

（6）周王［襄王］は醴酒で饗し云々　僖公二十八年『左傳』夏五月己酉［十二日］、「王享醴、命晉侯宥（王享す、醴あり、晉侯に宥を命ず）」。杜預の注に「既饗又命晉侯、助以束帛、以將厚意（既に饗し、又た晉侯に命じて助くるに束帛を以てし、以って厚意を將《おこな》う）」とあり、饗禮を設け醴酒でもてなし、併せて束帛を賜った。なお、この「宥」について、醻酢のこととする説もある。楊伯峻『春秋左傳注』莊公十八年、「王饗醴、命之宥」注、參照。

（7）莊公十八年　『左傳』に「虢公・晉侯朝王、王饗醴、命之宥。」

（8）僖公二十五年　『左傳』に、「戊午［四日］、晉侯朝王、王饗醴、命之宥」とある。

補注

鄭箋の「諸侯」から「征伐」までの正義の議論、鄭箋が提示している大きな疑問に正面から答えることをしていないように思われる。この鄭箋で言っているのは、「彤弓」の毛序では天子が有功の諸侯に彤弓を下賜したとなっているが、諸侯が征伐に行くことが出来るのは、弓矢を賜ってからのことである、ということであり、これについては何も答えていない。『禮記』王制の「諸侯賜弓矢、然後專征伐」の言うところを、その一部分「弓矢」が重要なものであるから、と限定して論じている。饗礼と弓矢等の下賜の順序に問題を集中させている。ここの毛序に言われていることと、『禮記』王制に言われていることの齟齬については言及がなされていない。正義の作者達が気づかぬはずはなく、解決しがたい経典間の（ここでは毛序を含めて）齟齬については、出来るだけ論点をずらして直接触れないようにしようとしていることが認められよう。

［一章］

彤弓弨兮　　彤弓《とうきゅう》　弨《しょう》たり　　弓弦《ゆづる》を弛めた赤い弓

受言藏之　　受けて言《われ》［＝我］之を藏せん　　（毛傳）私はこれをわが家に宝としてしまい蔵《おさ》め、家代々伝えよう

言［＝策命］を受けて之を藏す　　（鄭箋）王から拜受した策命と、この彤弓とを車に蔵《おさ》め載《の》せる

（毛傳）彤弓、朱弓也。以講德習射。弨、弛貌。言、我也。

箋云、言者謂王策命也。王賜朱弓、必策其功以命之、受出藏之、乃反入也。

毛傳：彤弓は朱塗りの弓。これで徳を講じ射を習う。弨は弛む貌。言は我の意。

鄭箋：言とは王の策命を謂う。王が朱弓を下賜するときは、必ずその功績を策に記して（下賜する者に）命と

する。（賜った者はこの策命と赤弓とを）持って退出し、これを車に藏《おさ》め（載せて）から、また宮中の場に戻る。

○（『經典釋文』）弨、尺昭反。『説文』云弓反也。『字林』充小反。弛、式氏反。

○『經典釋文』弨は尺昭の反。『説文』に「弓を弛めて反り返ること（弓弦をはずして弓の本体が反り返り弛んださま）」とある。『字林』に「充小の反。弛は式氏の反」とある。

我有嘉賓　我に嘉賓有り　大切な客人がお出でになられた

中心貺之　中心、之に貺《たま》ふ　心から彼等をもてなそう

（毛傳）貺、賜也。

箋云、貺者欲加恩惠也。王意殷勤於賓、故歌序之。

毛傳：貺《きょう》は賜うこと。

鄭箋：貺とは恩恵を加えようとすること。王は賓客を殷勤にもてなそうと思い、（鐘鼓で）歌を演奏してその心持ちを敘べたのである。

鐘鼓既設　鐘鼓、既に設け　鐘太鼓（を中心とする）楽隊の準備は整えられた

一朝饗之　一朝、之を饗す　朝早くから大いに飲食を振る舞う

箋云、大飲賓曰饗。一朝猶早朝。

鄭箋：大いに賓客を飲ませることを饗という。一朝とは早朝とほぼ同じ。

○（『經典釋文』）飲、於鴆反。
○『經典釋文』飲は於鴆の反。

疏　彤弓至饗之

○毛以爲諸侯受天子所賜彤赤之弓、弨然而弛。既天子以此賜我、我則於王受之矣。既受之、我當於家藏之、以示子孫、不忘大功也。於時王既賜諸侯以弓、又饗禮禮之。我有嘉善之賓、中心至誠而貺賜之以鐘鼓。既爲之設、一日早朝、大設禮而饗之。
鄭以敘王之意言、「我彤赤之弓弨然弛兮」、以賜諸侯、則受策命之言、與此賜之弓、出而藏之、乃反之入也。餘同。

疏　彤弓より饗之まで

毛傳の解釈：諸侯は天子（たる王）から賜った彤赤の弓。私はその弨然として弓弦の弛んだ弓を受け取る。天子がこれを私に下賜され、私は王からこれを拝受した（注1）。受け取った後、私はこれを家に宝蔵し、子孫に示し、我が大功を忘れないようにさせねばならない。この時王は諸侯に弓を下賜され、更に饗禮を執り行って、諸侯を礼遇された。「私のところにこのように優れた賓客がお出でになられた。真心込め、鐘鼓を用いて恩恵を与えよう」。彼らのために鐘鼓を整えて、ある日の早朝から大いに礼を設けて饗《もてな》すのである。
鄭玄の解釈：（「彤弓弨兮」は）王がその意を述べたもの：「我が彤赤の弓、弨然として弛んでいる」と取る。これを諸侯に賜れば、諸侯は（同時に賜った）策命の言と、この弓とを持って退出し、これを車に載せ、また戻って、（王に拝謁する）。他は毛傳の解釈と同じ。

注

（1）この王は周王で則ち天子になる。毛序で「天子錫有功諸侯也」とあるので、天子と王［周王］とが別人のように書かれているのであろう。もしこの王が文王であれば天子と王とは別人と見なされるのであるが。

○傳彤弓至言我（＊以下、今仮に二段落に分ける）

正義曰、彤、赤、故言朱弓。『周禮』無彤弓之名、言「講德習射」、則彤弓『周禮』當唐弓大弓也。「夏官司弓矢有六弓、王・弧・夾・庾・唐・大。鄭云、「六者弓異躰之名也。往躰寡、來躰多、曰王・弧、往躰多、來躰寡、曰夾・庾、往躰來躰若一、曰唐・大。」」經曰「唐弓以授學射者・使者・勞者」、鄭云、「學射者弓用中、後習強弱則易也。使者勞者弓亦用中、遠近可也。勞者、勤勞王事、若晉文侯文公受王弓矢之賜也。」如是則鄭以此彤弓及玈弓、於『周禮』爲唐・大。故言勞者受得之後則以學射。故云、「以講德習射也。」但唐大者是其躰強弱之名、此彤玈者爲弓色之異稱、爲弓者皆漆之以禦後霜露（校1）、漆之爲色、赤黑而已（校2）。彤既是赤則知玈者爲黑也。色以赤者、周之所尚、故賜弓赤一而黑十、以赤爲重耳。爲其躰同異未聞。

校勘記

（1）禦後霜露　足利本・元刊本・閩本・監本・毛本・阮本、「禦後霜露」に作り、單疏本・殿本・全書本、「禦霜露」に作る。なお、『周禮』「考工記・弓人」に「弓人爲弓、取六材必以其時。」とし、その六材料の一つ、漆について「漆也者、以爲受霜露也。」という。

（2）漆之爲色、赤之而已　足利本・元刊本・閩本・監本・毛本・殿本・阮本・全書本、「漆之爲色、赤之而已」に作る。單疏本、「漆之爲色、赤黑而已」に作る。單疏本のを是とする。足利本の「赤之」の「之」がやや不自然であり、單疏本に「赤黑而已」と、黑をも擧げているのが漆の色に二色有ること、また後の文の彤・玈と自然に続く。

○毛傳の「彤弓」から「言我」まで（長いので今二段落に分けて訳す）

正義：彤とは赤なので、朱弓と言っている。しかし、『周禮』には彤弓というものは無い。「德を講じ、射を習う」とあるからには、彤弓とは『周禮』でいう「唐弓、大弓」に該当する。「夏官」の司弓矢が六弓、即ち王弓・弧弓・夾弓・庾弓・唐弓・大弓を掌ることが記されている。鄭玄は「六者弓異躰之名也。往躰寡、來躰多曰王弧、往躰多、來躰寡曰夾・庾、往躰來躰若一曰唐・大。（六とは六種類の弓の名称。往体が寡く、来体が多い弓を王弓・弧弓といい、往体が多く、来体が寡ない弓を夾弓・庾弓といい、往体来体が同一であるような弓を唐弓・大弓という）。」（注1）と云っている。經（『周禮』司弓矢の文）に「唐弓（大弓）以授學射者・使者・勞者」とあり、その鄭玄注に「學射者弓用中、後習強弱則易也。使者勞者弓亦用中、遠近可也（注2）。勞者、勤勞王事、若晉文侯・文公受王弓矢之賜也。（射を学ぶ者は中［往体・来体が同程度の弓、唐弓・大弓］を用いる。その後強弱を習うのに習いやすい。使者・労者共にこの中を用いる。使いするのに遠いときと近いときとがあり、どちらにも対応できる。労う時とは、王事に勤労した時、例えば晉の文侯［仇、前七八〇～前七四六在位］が周の平王より彤弓・玈弓を賜ったことや、晉の文公［重耳、前六三六～前六二八在位］が周の襄王より彤弓・玈弓を賜ったことなどをいう）」とある。こうだとすれば、鄭玄はここ［この詩］の彤弓及び玈弓を『周禮』にいう唐弓・大弓のことだと考えている（はずである）。だからこそ労者［王事に勤労する臣下］（注3）がこれを受け取った後で射法を学ぶ、と言う意味のことを言っているのだ。そういうわけで（ここの毛傳で）「以講徳習射也（以て德を講じ、射を習う）」と云っているのだ。但し、唐弓・大弓とはその弓の体の強弱を表したものであるのに対し、ここの彤弓・玈弓とは、弓の色の違いをいったものである。弓を造るにはすべて漆を塗り、（後の）霜露を禦ぐ［湿気を寄せ付けないようにする］。漆の色には赤と黒があるだけである。彤が赤であるので、玈は黒であることが分かる。その色が赤であるのを（賜う）のは、周王朝が赤を尚んだからで、だから弓の赤いもの一挺、黒いもの十挺を賜うというのは、赤を重んじるからである。その体の相違は聞いたことがない。

注

（1）『周禮』弓人に「往體多、來體寡、謂之夾庾之屬、利射侯與弋。往體寡、來體多、謂之王弓之屬、利射革與質。往體來體若一、謂之唐弓之屬、利射深（往體多く、來體寡きを、之を夾庾［夾弓《きょうきゅう》・庾弓《ゆきゅう》］の屬と謂ふ、侯と弋とを射るに利《よ》し。往體寡く、來體多きを、之を王弓の屬と謂ひ、革と質を射るに利し。往體來體一の若きを、之を唐弓の屬と謂ひ、深きを射るに利し）。」とある。孫詒讓『周禮正義』に「往體、謂弓體外撓。來體、謂弓體内向。凡弓必兼往來兩體、而後有張弛之用、但以往來之多少爲強弱之差。此夾・庾、謂弓之最弱者也。（往体とは弓の形体が外側に撓《たわ》むこと、来体というのは弓の形体が内に向かうもの。すべて弓には必ず往体・来体の兩方の体を兼ね有している。そうして始めて張ったり弛めたりすることができる。往体・来体の多少だけが弓の強弱を決定づける。この夾弓・庾弓は弓の中で最も弱いものである）」とある。往体とは弓体が外側に撓むことで、来体とは弓体が内に向かうことで、来が多いとは、外側に撓む程度・具合が大きいこと（つまり力が強くなる）、来体寡しとは弓が内側に向かう程度がすくない、しかも、全ての弓が往体・来体を兼有しているというのは、思うに弓の外側・内側に撓む力の強弱を謂っているのであろう（弓弦を引く力は一定として）。往体多く、来体寡ければ、弓を引いたときに弓弦を深く引けないことになり、弱い弓となる。外側には撓むことが少なく（往体寡）、内側に大きく向かうことが深ければ（来体多）、強い弓となる。例えば王弓となる。外側に撓む形、内側に撓む形が（つまり両方向への弓の力がほぼ同じような）弓は、弓弦を引いたとき、前の二種類の弓の中ほどの強さの弓となる。楊天宇『周禮譯注』には、「案弓體當兩隈處略曲向外、而當弓把［即弣《ゆづか》］處略曲向内、即所謂往來之體。」という。往體・來體の区別は、弓の両方の曲がったところが外に向かっているか、或いは弝［弓の中央部、矢を射る時握る部分］が内に曲がっているかの違いということとなる。弓の強弱との関係がわかりにくい。本田二郎『周禮通釋』には「往體とは、弓の弦を外した形で、弓體が外に撓むこと。來體とは、弓の張った時の形で、弓體が内に向かうこと。（往體多く、來體寡しとは）、弦を外した時の曲がりが弦を張った時の曲がりより多い弓を指す。」とある。

林巳奈夫『中國殷周時代の武器』（朋友書店　一九九九年十一月刊）に「往體多、來體寡、謂之夾臾之屬、利射侯與弋」を「弦を外した時の曲りが、弦を張った時の曲りより多い弓は夾弓臾弓の屬といふ。競技用の的を射たりいぐるみに使ったりするのに適する」と訳されている。この「往體多、來體寡」の意味は補えば「弦を外した時の外側への曲がりが、弦を張った時の内側への曲がりより多い弓は……」という意味であろう。林尹註譯『周禮今註今譯』（中華民國六十一年九月臺灣商務印書館刊）に「弓體外橈的多、内向的少、稱爲來臾之類、適宜於射侯與繳射」と訳されている。同じ意味。

（2）學射者弓用中、後習強弱則易也。使者勞者弓亦用中、遠近可也。

賈公彦の疏に云「學射者弓用中、後習強弱則易也」者、「用中」謂唐大往來體如一是中也。云「使者勞者弓亦用中、遠近可也」者、使有遠有近、皆可也。云「勞者、勤勞王事、若晉文侯・文公」者、謂『文侯之命』賜之彤弓玈弓」、是也。云「文公」者、謂僖二十八年、晉文公敗楚於城濮、襄王賜之以彤弓玈弓」、是也。とある。

「用中」とは唐弓・大弓、往體・來體一の如きものを用いること、

『尚書』「文侯之命」：周の平王が戎の乱を平定し、洛邑に遷都したとき、補佐してくれた、伯父である晉の文侯を称えて、彤弓・玈弓を賜ったことをいう（『尚書』鄭玄注）。但し、「文侯之命」は周の襄王［鄭］の時作られたもので、文侯とは晉の文公重耳を指す、という説もある。（『史記』「晉世家」文公五年［前六三二年］：五月丁未、獻楚俘于周、駟介百乗、徒兵千。天子使王子虎命晉侯爲伯、賜大輅、彤弓矢百、玈弓矢千、秬鬯一卣、珪瓚、虎賁三百人。晉侯三辭、然後稽首受之。周作『周文侯命』「王若曰、云々」。）

また「文公」とは晉の文公重耳。『左傳』僖公二十八年［前六三二年、周襄王二十一年］に晉の文公が城濮の戦いで楚を敗った時、周の襄王が労《ねぎら》って文公に彤弓一、彤矢百、玈弓（十）、矢千を賜った。
（3）勞者　使者のことではないか。

正以有功者受彤弓。彤弓之賜（校1）、『周禮』彤弓・大弓以授勞者。此傳言彤弓以講德習射。『周禮』彤弓・大弓以授學射者、此彤弓必當唐大二者之中有之耳。其必當唐大、亦未審玈弓與彤弓倶賜勞者。蓋亦當唐大乎。服虔云、「玈弓以射甲革椹質」則以玈弓當『周禮』之王弧（校2）、安得賜玈弓多彤弓少（校3）、則躲不得過之、而以彤爲學射、當唐大合七成規、玈弓爲王弧、合九成規、準之『周禮』非其差也（校4）。『周禮』又有八矢弓弩各四、其弓之矢有枉・殺・矰・恒、而恒矢云、「用諸散射。」鄭云、「散射謂禮射及習射」與此「講德習射」、事同、則彤矢玈矢當『周禮』恒矢也。

弨、弛貌。『説文』云「弨、弓反」謂弛之而躲反也。此言「弨弛貌」則受弓矢者、皆定射之弓弛而賜之。

至於凡平敵、躲自出臨時之宜、故「曲禮」有「張弓尚筋、弛弓尚角」、弓定躲未定躲之事、不與此同。傳訓言爲我、不解藏義。王肅云、「我藏之以示子孫也。」

校勘記

（1）正以有功者受彤弓彤弓之賜　足利本・單疏本・元刊本・阮本、同じ。閩本・監本・毛本・殿本・全書本、正を王に作る。阮元「挍勘記」に「閩本・明監本・毛本正誤王。案下彤字當竝」とある。句の切りを「之賜」まで続けて読んでいるのであろう。王は正の誤りだとしても、意味上彤弓を授けるのは王であることに変わりはない。殿本は上の彤弓の所で句切っている。

（2）當周禮之弧　足利本・元刊本・毛本・閩本・阮本・監本・殿本・全書本、「當周禮之弧」に作る。單疏本、「當周禮之王弧」に作る。『周禮』に「王弓弧弓以授射甲革椹質者」とあり、王弓・弧弓のことなので、「王弧」に作る單疏本のを是とする。

（3）安得賜竝弓多彤弓少　足利本・單疏本・元刊本・閩本・監本・毛本・阮本・殿本・全書本皆同じ。「挍勘記」に「案安得當作案傳、形近譌」という。

（4）非其差也　足利本・單疏本・元刊本・阮本、「非其差也」に作る。閩本・監本・毛本・殿本・全書本、「非甚差也」に作る。「挍勘記」に「閩本・明監本・毛本、其誤甚」とある。「其」に作るのを是とする。

正に（王は）功績有った者に彤弓を授ける。彤弓の賜について、『周禮』（夏官・司弓矢）には「唐弓大弓以授勞者（唐弓大弓は以って労者に授く）」とあり、ここの毛傳では「（彤弓）以講德習射」と言っている。また『周禮』（夏官・司弓矢）に「唐弓大弓以授學射者（唐弓・大弓は以って射を学ぶ者に授く）」ともある。だから、この詩の彤弓は必ず（この『周禮』でいう）唐弓・大弓のどちらかにあるはずだ。必ず唐弓・大弓にあるとすると、𢏚弓と彤弓とともに労者に賜うということがよく分からない。恐らくは𢏚弓・彤弓も唐弓・大弓に該当するはずである。服虔は「𢏚弓以射甲革椹質（𢏚弓は以って甲革［＝革甲、革で作った甲《よろい》の的・椹質《ちんしつ》［椹板で作った的］を射す）」と云っている。だとすれば、𢏚弓は『周禮』でいう王弓・弧弓に当たる。（以下「安得賜𢏚弓多彤弓少、則躰不得過之」十五字、不詳。注1）。彤弓を射を学ぶものとすれば、唐弓・大弓は七挺合わせれば規［円周、三百六十度］となるはずの弓である。𢏚弓を王弓・弧弓とすれば、この弓九挺合わせれば規［円周］となる（注2）。これを『周禮』に則ってみると差異がない。『周禮』にはまた八矢・弓弩各四と有り（注3）、その弓矢には枉矢・殺矢・矰矢・恒矢がある。恒矢には「用諸散射（諸《これ》を散射に用いる：散射［礼射と習射］に用いる）」とあり、鄭注には「散射とは礼射及び習射を謂う」とある。ここの「講德習射（徳を講じ射を習う）」と事柄は同じであるので、彤矢・𢏚矢は『周禮』に言う恒矢に当たる。

弨は弛んだ貌。『説文』に「弨は弓の反っていること」とあるのは、（弓弦を外して）弛めたとき弓が反っていることの意味である。ここで「弨は弛む貌」と言っているのは、（王が）弓矢を授けるときは、すべて定射の弓（注4）を弛めて下賜する、その弛んだ状態のこと。だから『禮記』「曲禮上」に（人に弓を遺《おく》るには）「張弓尚筋、弛弓尚角（張弓は筋を尚《うえ》にし、弛弓は角を尚にす：弦が張ってある弓は弦を上にし、弦を弛めて張ってない弓は（弓が反り返るのでその）弓の背を上にして（遺る）」とある。弓の定体・未定体の事はこれと同じではない。

毛傳に言を我と訓んでいるが、藏の義を解いていない。王肅は「我、之を藏して以て子孫に示す」と云っている。（つまり「藏」とは所蔵・珍蔵するの意）。

注

（1）安得賜玈弓多彤弓少、則躰不得過之、阮元「挍勘記」に「案安得當作案傳、形近譌」とあるように「安得」を「案傳」（傳を案ずるに）と読んでも、以下よく読み取れない。

（2）七成規・九成規　『周禮』「司弓矢」に「天子之弓合九而成規、諸侯合七而成規（天子の弓は九を合わせれば規を成す、諸侯のは七を合わせれば規を成す：天子の弓は九丁つなぎ合わせれば円周を形成する。諸侯の弓は七丁つなぎあわせて円周を形成する）」とある。規とは円周（三百六十度）、天子の弓は諸侯の弓と比べて、その曲がり具合が弱いことになる。天子の弓は九丁を連結させて、三百六十度になるので、一丁の弧度は四十度となる。弧度が小さくなればなるほど強い弓となる。この解釈、楊天宇『周禮譯注』に依る。

（3）『周禮』には八矢・六弓・四弩とある（「司弓矢」）

（4）定射　各本、異同なし。しかし、ここは定躰の意味ではなかろうか。

○箋言者至反入

正義曰、鄭以此歌本敍王意、故云「有嘉賓」、既敍王意、不得諸侯言「我受藏之」也。晉文公受弓矢之賜、『傳』稱「王命、尹氏及王子虎・内史叔興父策名晉侯爲侯伯」、此與彼同、宜有策命、故知言者謂王命策也。王賜朱弓、必策其功以命之。『左傳』策命晉侯之文是其事也。此直言「藏之」、則「受出藏之、乃反入」者、以『傳』説晉文公既從命云、「受策以出、出入三覲」、故知之。

○鄭箋の言者から反入まで

正義：鄭玄はこの歌を王の意思を敍べたものという見方に立っている。というのは（経）に「嘉賓有り」と有るからで、王の意思を敍べているとするからには、（毛傳のように言を我と読んで、）諸侯が「言《われ》［＝我］受けて之を藏す」と言うのは適切ではない（「策命」があったはずである）。晉の文公が弓矢の賜を受けたあと、『左傳』（僖公二十八年）に「王命尹氏及王子虎・內史叔興父策命晉侯爲侯伯（王、尹氏及び王子虎《こ》・內史叔興父《しゆくこうほ》に命じて晉侯に策命し侯伯と爲す）」とある。この詩と彼の『左傳』に記す所は（内容的に）同じ事柄である（注1）。（饗礼であれば、その時は）「策命［策書を以て之に命ずること。策に記して命ずること］」があって然るべきである。だから、（鄭箋に）「言者謂王策命（［経文の］言とは王の策命を謂う）」というのである。王が朱弓を賜う場合、必ずその功績を策［記す］してこれに命ずるのである。『左傳』の晉侯を策命するの文は、その事を謂っている。ここ［の経文］では直《た》だ「藏之（之を藏す）」とだけ言っていることについて鄭箋は「受出藏之、乃反入」と注している。これは『左傳』に晉の文公が命に従うと、「受策以出、出入三覲（策を受け以て出で、出入三覲す：策を受けて退出し、行き来して三度王にお目通りした）」と説《い》っていることから、こうであることが分かる（注2）。

注

（1）この『左傳』（僖公二十八年）の策命の時、王［襄王］は晉侯を策命して侯伯とした後、大輅の服・戎輅の服・彤弓・彤矢・玈弓等々を賜っている。

（2）出入三覲　出入三覲（出入し三たび覲《まみ》ゆ：退出し、また入り、三度天子に拝謁した）正義では恐らく、このように意味を取っているであろう。ただ、この「出入」は前後の意味とする解釈もあり、また「三覲」の三度がどの時のことを指すか等、異説がある。楊伯峻『春秋左傳注』僖公二十八年の注、参照。

○箋王意至序之

正義曰、箋以言王中心以貺之、是中心誠實非飾貌矯情、是殷勤於實也。由王如此、故復作詩歌而敘之、解此彤弓之意以王中心之實、故歌之以示法耳。

○鄭箋の王意から序之まで

正義：鄭箋の解は以下のようなものである：王は中心から之〔嘉賓〕に貺《たま》う〔恩恵を加える〕というのは、中心から誠実で貌を飾り情を矯《いつわ》ったものではなく、実に於いて、真心から殷勤なのである。王はこのようであるため、詩歌を作ってその心を敘べ、この彤弓の意味するところは、王の心からの誠實であるとして、これを歌ってその法を示したのである。

○箋大飲至早朝

正義曰、饗者烹太牢以飲賓、是禮之大者。故曰「大飲賓曰饗。」謂以大禮飲賓。獻如命數、殺牲俎豆（校1）、盛於食燕。『周語』曰、「王饗有躰薦、燕有折俎。公當饗、卿當燕。」是其禮盛也。言一朝者、言王殷勤於賓、早朝而即行禮。故云「一朝猶早朝。」以燕如至夜、饗則如其獻數、禮成而罷。故以朝言之。昭元年『左傳』云、「鄭饗趙孟、禮終乃燕。」是享不終日也。

校勘記

（1）殺牲俎豆　單疏本・閩本・監本・毛本・殿本・全書本・『要義』、「殺牲俎豆」に作る。足利本・元刊本、

「設牲俎豆」に作る。文意から、また「設」を動詞とすると、やや不自然な構文となることから、「殺牲俎豆」に作るのを是とする。

○鄭箋の大飲から早朝まで

正義：饗とは太牢を烹て賓客に酒食を振る舞うことで、礼の中で最も大なるもの［大切であり盛大なもの］である。だから、（鄭箋で）「大飲賓曰饗」といっており、大礼で以て賓を宴飲するの意味である。献酒は、賓客の爵位で定められた回数にし（注1）、殺牲や俎豆は食燕よりも盛大にする。『周語』に「饗に躰薦有り、燕に折俎有り、公は享に当たり、卿は燕に当たる」とある（注2）。饗は礼の中で盛んなものであることをいう。

「一朝」と言うのは、王が賓に対して殷勤に接待すること意味しており、早朝より礼を行い始める。だから、鄭箋で「一朝とは猶ほ早朝のごとし」と言っているのである。

燕飲がもし夜に至ることがあっても、饗するのにその献数［賓に酒を献する回数］は定められたようにし、礼が達成されれば、終わりとする。だから、「朝」と言っているのである。昭公元年『左傳』に「鄭饗趙孟、禮終乃燕」とある（注3）。これからすれば、享礼は終日［一日中］にはならない。

注

（1）『周禮』秋官・大行人［大賓の礼・大客の儀を掌る官］に「上公之禮、…饗禮九獻、…。諸侯之禮、…饗禮七獻、…。諸子…饗禮五獻、…諸男執蒲璧、其他皆如諸子。」、とあるように、王が饗禮を行う場合、賓客の命［公侯伯子男の五命］の違いによって、それぞれ王が賓客に献酒する回数が異なる。

（2）『周語』曰云々　現行『國語』「周語」にこの文は見当たらない。ただ、この文は『左傳』宣公十六年に「王享有體薦、宴有折俎、公當享、卿當宴。王室之禮也。（王は享に體薦有り、宴に折俎有り、公は享に当たり、卿は宴に当たる。王室の禮なり：王の饗礼には体薦［牲の半身の肉］を俎上に載せてを出し、燕礼には折俎［牲を解体し、その骨付きの肉］を俎上に載せて出す。公には饗礼を設け、卿には燕礼を設ける）。」とあり、『國語』「周語」には、同じ内容がより詳細に記されてあるので、「周語」と記されてしまったのであろう。『左傳』のは次のような場面である。

晉侯［景公］が士会を遣わして王室の内紛を治めさせた。周の定王は彼を享礼でもてなし、周の大夫原襄公がその礼を輔佐した。その時、殽［切肉］が俎に盛られて出された。武士会は（享には體薦［牲体を半解したもの、半分の牲体。祭礼で供えるだけのもので食べない。］が出るはずなのに殽が烝《のぼ》ってきたので）その訳を尋ねた。定王はそれを聞いて、上のように「王は享礼には体薦を出し、宴礼には折俎［体解節折、牲体を部位ごとにばらばらにした骨付きの枝肉。賓・主共に食べることが出来る。］を出すのだ。公［五等の諸侯］は享礼でもてなし、卿は宴礼でもてなすというのが、王室の礼なのだ。」と答えている。

（3）昭公元年『左傳』昭公元年『左傳』に「夏四月、趙孟・叔孫豹・曹大夫入于鄭、鄭伯兼享之。子皮戒趙孟、禮終、趙孟賦〈瓠葉〉。……趙孟爲客。禮終乃宴。」とある。晉の大夫趙孟・魯の大夫叔孫豹・曹の大夫が会を終えて鄭に立ち寄ったとき、鄭伯が三人を一緒に饗礼で持て成し、趙孟が上客となり、その饗礼が終わって宴礼を行っている。但し、楊伯峻『春秋左傳注』によれば、この時趙孟は五献の籩を辞退して、一献となっていたので、普通のように九献あるいは七献のような饗礼が行われたなら、時間も長くなり、日を隔てて宴礼が行われる。ここではただ一献だったから、饗礼が終わってすぐに宴礼が行われた、という（「此次鄭君享趙孟、只用一獻、用時不長、故享禮完畢即行宴禮」）。特別な場合ということになる。だとすると、この注疏は一般的な例ではなく、特殊な場合を挙げていることになろう。

彤弓弨兮　彤弓《とうきゅう》弨《しょう》たり　弓弦を弛めた赤い弓

受言載之　（毛傳）受けて言《われ》之を載せ　その弓をいただいて、車に載せて帰る

（鄭箋）言［策命］を受けて之を載せ　王から拝受した策命とこの彤弓とを車に載せ

（毛傳）載以歸也。

箋云、出載之車也。

毛傳：載せて以て帰るのである。

鄭箋：受命の会場を出て之［弓・策書］を車に載せる。

我有嘉賓　我に嘉賓有り　大切な賓客がお出でくだされた

中心喜之　中心　之を喜ぶ　本当に私はうれしい

（毛傳）喜、樂也。

毛傳：喜とは楽しむこと。

○（『經典釋文』）樂音洛。

○『經典釋文』「樂は音、洛。」

鐘鼓既設　鐘鼓既に設け　鐘鼓（を中心とする）楽隊の準備は整えられている

一朝右之　一朝　之を右《すす》む　（毛傳）朝から（酒礼の酒杯を）勧める

一朝之を右《みぎ》にす　（鄭箋）早朝からふるまい、酬［返杯］の酒杯を供物の右に置く

（毛傳）右、勸也。

箋云、右之者主人獻之、賓受爵、奠于薦右、既祭俎乃席末坐、卒爵之謂也。

毛傳：右とは勧めること。

鄭箋：「右する」とは、主人が賓に献し（酒を勧め）、賓は爵を受けとり、薦［供物］の右に奠《お》く。俎を祭り終えてから末坐に坐り、爵の酒を飲み干す、という意味である。

○（『經典釋文』）右、毛音又。鄭如字。薦右也。卒、遵律反。本或作啐者誤也。啐音七内反。

○『經典釋文』「右は、毛傳では又の音、鄭玄は如字。薦［供物］の右。卒は遵律の反。一本に啐に作るのがあるが、誤り。啐は音、七内反。」

疏　傳右勸

正義曰、下章言醻、醻賓之前止有獻賓、初獻未得名爲勸、則勸者非以酒勸賓謂設享禮、勸其功也。故成二年『左傳』曰、「王親受而勞之、所以懲不敬、勸有功」是也。此勸既非勸酒、故卒章醻亦不得醻酒、傳醻報言爲享以報其功。故『左傳』曰、「以覺報宴。」是也（校1）。

校勘記

（1）以覺報宴是也　閩本・監本・毛本・殿本・全書本、宴を燕に作る。足利本・單疏本・元刊本、宴に作る。

疏 傳の右勸について

正義：下の章で「醻」と言っているが、「賓に醻する」前にはただ「賓に献する」ことがあるだけで、最初に献することを「勸」と名付けることはできない（注1）。だとすれば、「勸」とは酒を賓に勧めるのではなく、享礼を設けてその功績を勧めることの意味である。成公二年『左傳』に「王親受而勞之、所以懲不敬、勸有功也（［蠻夷戎狄が、王命を用いず、酒色に溺れ、法度を乱したとき、王命によってこれを征伐した場合には］、王が親しくこれを受け取り、労《ねぎら》う。それは不敬な者を懲らしめ、有功の者を励ますためである）」とあるのがこの例である（注2）。この「勸」が酒を勧めるの「勸」でなければ、卒章の「醻」も「醻酒」の「醻」とすることはできない。毛傳の「醻、報」とは享を爲し、その功績に報いるという意味である。『左傳』に「以覺報宴」（注3）とあるのはこのことを裏付けている。

注

（1）獻・酢・醻　醻、『儀禮』鄕飲酒禮「主人實觶、醻賓」鄭玄注「醻、勸酒也。醻之言周。忠信爲周。」とある。酢、詩・大雅《行葦》の「或獻或酢」、鄭箋に「進酒於客曰獻、客答之曰酢。主人又洗爵醻客。客受而奠之、不擧也。」とある。小雅《瓠葉》に「酌言獻之」（一章）「酌言酢之」（二章）「酌言醻之」（三章）とあり、酢について、毛傳に「酢、報也。」とあり、それを受けて鄭箋では「報者、賓既卒爵、洗而酌主人也。」とある。また、醻については、毛傳に「醻、道飲也」とあり、鄭箋に「主人既卒酢爵、又酌自飲、卒爵。復酌進賓。」とある。蘇轍の『詩集傳』に「獻、主人酌賓也。酢、賓酌主人也。醻、主人既卒酢爵、復酌賓也。」という。

飲酒の礼で、主人が賓に酒を酌んで進めるのが「献」、それに答え、飲んでから、賓が主人に酒を酌むのが「酢」、主人がその酢爵を飲んでから、また賓に酒を酌んで進めるのが「醻」となる。

（2）成公二年『左傳』成公二年［前五八九年］、晉を主力とする衛・曹・魯の軍が鞍［山東省済南市］で齊の軍と戦い（所謂鞍の戦い）、齊軍が敗績［大敗］した。戦後処理の一環として、晉侯［景公］は大夫の鞏朔《きょうさく》を使者として、齊の捕虜を周に献上した。周王［定王］は引見せず、單襄公《ぜんじょうこう》［周の臣下］、「周語」中 韋昭注によれば、周の定王の卿士單朝に断らせた。その時の言葉に「蠻夷戎狄、不式王命、淫湎毀常、王命伐之、則有獻捷。王親受而勞之、所以懲不敬勸有功也（蠻夷戎狄、王命を式《もち》いず、淫湎、常を毀るを、王命じて之［蠻夷戎狄］を伐たすれば、則ち捷を獻ずることあり。王 親《みずか》ら受けて之を勞《ねぎら》うは、不敬を懲《こら》して有功を勸むる所以なり）。云々」とある。

（3）左傳「以覺報宴」『左傳』文公四年の文。本詩冒頭の鄭箋の疏。

○箋右之至之謂

正義曰、案「燕禮」云、「主人筵前獻賓、賓西階上拜、筵前受爵、反位（校1）。膳宰薦脯醢。賓升筵、膳宰設折俎。賓坐、左執爵、右祭脯醢、奠爵於薦右、興取肺、坐絶祭、嚌之（校2）、興加於俎、坐挩手、執爵、遂祭酒、興席末坐、啐酒。」此鄭略其事、故言之謂右之者（校3）、即此燕禮所言、奠於薦右之謂也。彼啐酒、即此卒爵。爵即酒也。鄭以下言醻之爲醻賓、故此右之爲當獻賓、既獻賓賓受而奠之於薦右、是言之可以明主之獻賓（校4）、故作者擧以表之。

校勘記

（1）筵前受爵、反位　毛本、反を及に作る。足利本・單疏本・元刊本・閩本・監本・殿本・阮本・全書本、反

に作る。毛本の誤り。阮元「挍勘記」に「毛本反誤及」とある。なお、『要義』には「筵前受反位」に作り、爵の字がない。

（2）嚌之　足利本・元刊本・閩本・監本・毛本・阮本、齊之に作る。單疏本・全書本、嚌之に作るのに基づき、改める。「挍勘記」に「浦鏜云嚌誤齊。是也」とある。

（3）故言之謂右之者　注疏各本、異同なし。『要義』、「之謂」を「謂之」に転倒。

（4）是言之可以明主之獻賓　阮元「挍勘記」に「閩本明監本毛本同。案浦鏜云言當右字誤、是也。」足利本・單疏本・元刊本・閩本・監本・毛本・殿本・阮本・全書本、異同なし。しかし、『要義』（徽州本）には「是右之可以明主之獻賓」に作っている。言之が右之であれば、より意味は明確となる。

○箋の右之から之謂まで

正義：『儀禮』「燕禮」を調べると「主人は筵前にて賓に獻じ、賓は西階上に拜し、筵前に爵を受け、位に反《かえ》る。膳宰は脯醢《ほかい》を薦む。賓は筵《せき》に升る。膳宰、折俎を設く。賓坐し、左に爵を執り、右に祭るに脯醢もてす。爵を薦の右に奠《お》き、興ちて肺を取り、坐して祭を絶つ。之を嚌《な》め、興ちて俎に加え、坐して手を挩《ぬぐ》ふ。爵を執り、遂に祭るに酒もてし、興ちて席末に坐し、酒を啐《な》む。」（注1）とある。ここでは鄭玄がこれを簡略にして言っているのであって、「右之」と謂うのは、燕礼に言う所の「薦右に奠《お》く」の意味である。燕礼で「啐酒」とあるところは、ここでの「卒爵」に当たる。爵とは（觚に入れた）酒。鄭玄は下（の章）で「醻之」と言っているのは「醻賓」とみなしているので、ここの「右之」は「献賓」に当たるとしている。「献賓（賓に酒をすすめる）」して、賓がそれ［觚］を受けて、薦［供物］の右に奠《お》く。「右之」と言えば、これは主人が賓に献した［酒を進める］ものについてであることを明示できる。だから作者はこれを言挙げて表現したのである。

注

（1）嚌・啐　嚌・啐は同じく「なめる、味わう」の意味であるが、嚌は「歯に至るまで」、啐は「口に入るまで」の違いがある。『禮記』「雜記」下、「自諸侯達諸士小祥之祭、主人之酢也、嚌之、衆賓兄弟則皆啐之」の鄭注に「嚌啐皆嘗也。嚌至齒、啐至口」とある。なお、「燕禮」の原文では「反位」と「膳宰」の間に「主人賓右拜送爵」の文がある。

［三章］

彤弓弨兮　彤弓《とうきゅう》弨《しょう》たり　弓弦を弛めた赤い弓

受言櫜之　（毛傳）受けて言《われ》　之を櫜《こう》す　（ゆぶくろに入れる）

鄭箋：言を受けて之を櫜《つつ》む　言［策命］を受けてこれを袋に入れる

（毛傳）櫜、韜也

毛傳：櫜は韜《とう》、ゆぶくろ。（ここでは動詞として用いられ）ゆぶくろにしまうこと。また、物を収め入れるの意味。（鄭箋のはこちらの意味）。

○（『經典釋文』）櫜、古刀反。韜、本又作弢。吐刀反。弓衣也。

○『經典釋文』櫜は古刀の反。。韜は一本に又た弢に作る。吐刀の反。ゆぶくろ。

我有嘉賓　我に嘉賓有り　大切な賓客がお出で下さった

中心好之　中心　之を好む　私は心底嬉しい

（毛傳）好、説也。
毛傳：好は説《よろこ》ぶこと
○（『經典釋文』）好、呼報反。説音悦。
○『經典釋文』好は呼報の反。説は音、悦。

鐘鼓既設　鐘鼓は既に設けたり　鐘鼓（を中心とした）楽隊の準備は整えられている
一朝醻之　一朝　之を醻《む》いん　朝から彼等と互いに酒杯を取り交わそう

（毛傳）醻、報也。
箋云、飲酒之禮、主人獻賓、賓酢主人、主人又飲而酌賓謂之醻。醻猶厚也。勸也。
毛傳：醻《しゅう》は報いる［お返しをする］こと。
鄭箋：（郷飲酒礼・燕礼といった）飲酒の礼では、主人がまず賓客に酒を勧め（「献」す）、賓客がそれに応じて主人に酌む（「酢」す）。主人はまた飲んでから、賓客に酌む、これを「醻」という。醻とは手厚いとほぼ同じ。（酒を）勧めることである。
○（『經典釋文』）醻、本又作酬、市由反。酢、才洛反。
○『經典釋文』「醻は或る本に酬に作る。市由の反。酢は才落の反。」

疏　箋飲酒至厚勸

正義曰、案「燕禮」、賓既受獻、「西階上北面坐、卒爵、賓以虛爵降、賓坐取觚、奠於篚下盥洗、卒盥、揖升、酌以酢主人於西階上。主人北面拜受」、又曰、「遂卒爵」、是主人獻賓、賓酢主人也。又曰「主人盥洗升（校1）、媵觚於賓。酌散、西階上坐、奠爵拜賓、賓降筵、北面答拜。主人坐、祭、遂飲。」又曰「主人酌膳、賓西階上拜、受爵於筵前、反位（校2）。主人拜送爵。賓升席坐、祭酒、遂奠於薦東」、是主人又飲而酌賓曰醻也。其鄉飲酒亦然。彼注「醻勸酒」與此「厚勸」一也。「瓠葉」傳曰、「醻、導飲（校3）。」主人又飲以導賓而醻之。此傳訓醻爲報。是傳意醻之不施於飲酒明矣。故王肅云「醻、報功也。」

校勘記

（1）又曰主人盥洗升　阮元「挍勘記」に「閩本明監本毛本盥洗誤倒」とする。足利本・單疏本・元刊本・殿本・阮本・全書本及び『要義』、「又曰主人盥洗升」に作る。

（2）反位　注疏各本、異同なし。『要義』、「反坐位」に作る。

（3）導飲　足利本・單疏本・元刊本・阮本・『要義』、「導飲」に作る。閩本・監本・毛本・殿本・全書本、「導引」に作る。「挍勘記」に「閩本明監本毛本飲誤引」とある。

疏　箋の飲酒から厚勸にまで

正義：『儀禮』「燕禮」を調べてみると、「賓客が（主人から勧められる酒）「献」を受け終わると、西階上に戻り北面して坐し、爵［觚］中の酒を飲み干し、その空の爵を持って地に降り、又腰を下ろして觚を取り上げ、その觚を篚の旁らの地に置き、手を盥《あら》って（爵を）洗う。賓客は手を盥い終わると、主人に向かって揖礼を行った後、堂上に升り、酒を酌んで西階上で主人に酒を進める。主人は北面して礼を拝受す。」又「つづけて觚中の酒を飲み干す」とある。これが（箋に云う）「主人獻賓、賓酢主人「主人、賓に獻じ、賓、主人に酢む：主人が賓客に酒を勧める「献」、それから賓客が主人に返杯する（「酢」む）」ということである。又いう、「主人（手を）盥《あら》って（觚を）洗い、觚を賓に媵《おく》る［賓に向かって酒を進める］。主人は方壺中の酒を酌んで、西の階段上で腰を下ろし、爵を奠《お》いて拝礼し、賓も席を下りて、北面して拝礼に答える。主人は腰を下ろして、酒を用いて祭り、続いて酒を飲む。」又いう、「主人は膳尊より酒を酌み、賓は西の階段上で拝受の礼を行い、筵席の前に於いて主人から爵［觚］を受け取り、西の階段上に戻る。主人は拝礼して爵を送る。賓は席に升って腰を下ろし、酒を用いて先人を祭り、続いてその觚を薦［供物］の東側に奠く。」これが（鄭箋の）「主人又飲而酌賓謂之醻」ということに当たる。鄕飲酒礼でもまた同じである。彼処の注の「醻、勸酒」とここの「厚勸」とは同一である（注1）。小雅の《瓠葉》の毛傳に「醻、導飲也」とある（注2）。主人が又飲んで賓を誘ってこれに酒を進めることをいう。しかし、ここ（《彤弓》）の傳には「醻、報也」とあり、醻を報と訓んでいる。毛傳の読みからすれば、詩の「人朝醻之」の醻は飲酒には施さない［かかわらない］こと明らかである。だから、王肅は「醻、報功也（醻とはその功績に報いること）」と云っているのである。

注

（1）醻勸酒　『儀禮』「鄕飲酒禮」、「主人實觶、酬賓、阼階上北面坐、奠觶、遂拜、執觶興。賓西階上答拜。」の鄭注に「酬、勸酒也。酬之言周、忠信爲周。」とある。

（2）醻導飲　《瓠葉》の毛傳には「醻、道飲也」とあり、鄭箋に「主人既卒酢爵、又酌自飲、卒爵、復酌進賓、猶今俗人勸酒。」という。

彤弓三章章六句（彤弓　三章　章ごとに六句）

菁菁者莪

菁菁者莪樂育材也。君子能長育人材則天下喜樂之矣。

《菁菁《せいせい》者《しゃ》莪《が》》は材を育むを楽しむなり。君子能く人材を長育すれば天下之を喜び楽しむ。

《菁菁者莪》は（人君が）人材を育成していることを（下の者が）楽しむことを歌っている。（君子たる）人君が人材を育成し育てることが出来れば、天下の人々は（そのような状態を見て）これを喜び楽しむ。

（鄭箋）樂育材者、歌樂人君教學國人秀士選士俊士造士進士、養之以漸、至於官之。

鄭箋：育材を楽しむとは、人君が国人の秀士・選士・俊士・造士・進士を教学し、彼等を養うのには段階を追って漸次上位の官僚にしていくことを歌い楽しむということである。

○（『經典釋文』）菁者莪上子丁反、下五何反。長、張丈反。下注並同。樂音洛。下並注同。選、雪恋反。

○『經典釋文』菁者莪の上の菁は子丁の反で、下の莪は五何の反。長は張丈の反。下の注はみな同じ。樂は音洛、下の注もすべて同じ。選は雪恋の反。

疏 菁菁者莪四章章四句至樂之矣。

正義曰、作《菁菁者莪》詩者樂育材也。言君子之爲人君、能教學而長育其國人、使有材而成秀進之士、至於官爵之、君能如此則爲天下喜樂矣。故作詩以美之。《南有嘉魚》言「樂與賢也」、《南山有臺》云「樂得賢」

者、彼謂在位及人君於時樂求賢者、本在上之心、非下人所樂。此則下人所樂、樂君之能育材、與彼別。又經言喜樂者、謂被人君所育者、以被育有材得官爵而喜。又序言「喜樂之」者、他人見之如是而喜樂之、非獨被育者也。作者述天下之情而作歌耳。

疏　菁菁者莪四章章四句から樂之矣まで

正義：《菁菁者莪》の作詩の趣意は人材を育成することを楽しむことにある。君子である人君がその国人を教学し育成して、材有る者［才能に恵まれた者］を秀進の士に育てあげ、彼等が官爵を得るまでに至らせることが出来る。君主がこのようにすることができたなら、天下の人々は喜び楽しむだろう。この詩を作ってそのことを讃えたのである。《南有嘉魚》（の序文）に「樂與賢（賢と与にするを楽しむ：賢者と共に朝廷に立って共に禄位を得て、相燕楽［燕《やす》んじ楽しむ］する）」と言い、《南山有臺》（の序文）に「樂得賢（賢を得るを楽しむ）」と云っているのは、在位の者及び人君が時に於いて賢者を求めることを楽しむことを謂っており、上に在る人の心に本づいたものであって、下の人が楽しみ喜んでいるものではない。しかし、この《菁菁者莪》は下の人が楽しみ喜んでいるもので、君子が人材を育成していることを楽しみ喜んだものであり、その点で、《南有嘉魚》《南山有臺》とは異なっている。また経文で「喜楽」と言っているは、人君に育てられた者が有能な人物となり、官爵を得られたことを喜んでいる、という意味である。また「序」に「喜樂之」と言っているのは、他人がこれを見てこのようであるのでその情況を喜び楽しんでいるのであって、ただ育てられたものだけが喜び楽しんでいるのではない。作者は天下の情況を述べてこの歌を作ったのである。

○箋樂育至官之

正義曰、箋解樂育材者樂養之以至於材、故言教學之漸、至於官爵也。「王制」云、「興立小學大學（校1）」、乃言「若有循教者、鄕人子弟卿大夫餘子皆入學、九年大成、名曰秀士。」又曰、「命鄕論秀士（校2）、升之司徒、曰選士（校3）。司徒論選士之秀者、升之於大學、曰俊士。升於司徒者、不征於鄕、升於大學者、不征於司徒、曰造士。」又曰、「大樂正論造士之秀者、以告於王、而升諸司馬、曰進士。」注云、「進士、可進受爵祿。」又曰、「司馬辨論官材、論進士之賢者、以告於王而定其論。論定然後官之、任官然後爵之。」

如是從鄕人中教之爲秀士、是教學之秀士漸至於進士。是養之以漸也。進士論材任官而又爵之。是「至於官爵之」也。其養成爲此五士、是「長育人材」也。進士是材之大成。故官爵以進士爲主。但人材有限、官有尊卑、其進士以下、學已大成、超踰倫輩、亦可隨材任之、不必要至進士始官之也。卒章箋云、「文亦用、武亦用、於人之材無所廢」、是秀士以上皆可爲官也。定本無進士二字、誤也。

校勘記

（1） 足利本・單疏本・殿本・阮本・全書本、及び『要義』（徽州本）、「興立小學大學」に作る。元刊本・閩本・監本・毛本「興立小學之學」に作る。阮元「挍勘記」に「閩本・明監本・毛本、大誤之」とする。

（2） 命鄕論秀士　足利本・單疏本・元刊本・阮本、「命鄕論秀士」に作る。閩本・監本・毛本・殿本・全書本、鄕を卿に作る。『要義』（徽州本）、この五文字を缺く。阮元「挍勘記」、「閩本・明監本・毛本鄕誤卿。」鄕に作るのが正しい。

（3） 升之司徒、曰選士　足利本・單疏本・殿本・全書本、「升之司徒、曰選士」に作る。元刊本・監本・閩本・

毛本・阮本、士を官に作る。阮元「挍勘記」に「案山井鼎云官當作士、是也。」「士」に作るのが正しい。

○鄭箋の「樂育」から「官之」まで

鄭箋では（詩序の）「樂育材」というのは、人を養い材に至らしむるを楽しむ、と解するので、「之を教学すること漸《よう》くにして［順序を追って行い］、官爵に至らしむ」と言っているのである。『禮記』「王制」に「小学・大学を建てる」（注1）とあり、そして「もし教えによく循《したが》う者がいれば、郷人《きょうじん》［民間人］の子弟・卿大夫《けいたいふ》の余子［本妻の生んだ長男以外の男子、及び本妻以外の者が生んだ男子］」は皆入学させ、九年で大成した者を名付けて秀士という。（以上、逸文か）」と言い、また「王制」には、「（大司徒は）各地の郷（官）―郷大夫《きょうたいふ》に命じて優秀な人材を選ばせ、その者達を司徒まで報告させる。選ばれた彼等を選士という（名前のみ録して司徒に移しその身はなお郷学に在る。郷の徭役は免除されない）。司徒はその選士の中から優秀な者を選考してこれを大学に推挙する。彼等を俊士という。司徒によって（選士の中から）大学に推挙された者は郷においての徭役［力役］を免除される。（しかし、身は大学に在っても、まだ学業が成らない者は、徭役免除にはならない）。大学に推挙された者（で学業が成就した者は、郷においての徭役が免除されるのみならず、）司徒は彼等を（国家の徭役に）徴発されないように取りはからう。彼等を造士とよぶ。」とある（注2）。又「大楽正は造士の中の優秀な者を定めて王に報告しこれを司馬の配下に挙げる、彼等を進士という」とあり、その鄭玄注に「進士とは進んで爵禄を受くべきもの」とある。又「司馬は官吏としての才質を見極め、進士の中の勝れた者を選んで、王に報告し、王によって認定される。認定されて後、官職に任じられる。官職に任じられた後、爵位が授けられる。」とある。

このように郷人の中から選び教えてこれを秀士とする、その教学された秀士が段階を逐って進士にまで至る。これが（鄭箋の云う）「養之以漸［之を養うに漸を以てす］」ということである。その進士に選ばれた者の材質を見定め官職に任じ、又爵位を授ける、これが（鄭箋に云う）「至於官（爵）之（これを官に任じ［爵位を授け］る」ということである。人材を養成してこれらの五士［秀士・選士・俊士・造士・進士］にしていくことが則ち（毛序に云う）「長育人材（人材を長《そだ》て育む）」である。（その中で）進士は最も大成した人材である。だから、官職に就け、爵位を授けるのはまず進士を最優先する。しかし、人材には限りが有り、官位には尊卑があるので、進士以下の者でも学業が大成した者は、同輩を飛び越して、その才能に随って任用してもよく、必ずしも進士になるのを待って、始めてこれを任官させるのでなくてもよい。卒章の鄭箋に「文亦用、武亦用、於人之材無所廢（文も亦た用い、武も亦た用ひ、人の材に於いて廃す所なし）」と云っているのは、秀士以上であれば、皆官職に任じてよいということである。定本には「進士」の二字がないが、それは誤りである。

注

（1）『禮記』「王制」に「小学・大学を建てる」「王制云興立小學大學」の文、現行『禮記』「王制」に見当たらない。逸文か。また、続く「若有循教者鄉人子弟卿大夫餘子皆入學、九年大成、名曰秀士。」もその逸文「王制」本文か、その注釈の文であるのか、不詳。

（2）この「王制」の解釈で（　）の中の文は、『禮記』疏の解釈によって補ったもの。特に「命鄉」を大司徒が鄉大夫に命ずるとした所、及び「造士」の部分。「王制」の前の文章からすれば、「命鄉」は司徒が鄉（官）に命じたとも読めるようである。また「造士」については『禮記』疏の言うように補わないと、選士・俊士・造士の差異が不明瞭になる。

［一章］

菁菁者莪　菁菁《せいせい》たる者は莪《が》　盛んに茂っている莪《おはぎ》

在彼中阿　彼の中阿に在り　あの大きく広い丘の上に生えている

（毛傳）興也。菁菁、盛貌。莪、羅蒿也。中阿、阿中也。大陵曰阿。君子能長育人材、如阿之長莪菁菁然。

毛傳：興である。菁菁とは盛んな貌。莪とは羅蒿のこと。中阿とは阿中のこと。大陵［大きな丘陵］を阿という。君子が人材を育てることが出来るのは、阿［広大な丘陵］が莪［羅蒿］を菁菁然と盛んに茂らせることができることと同じようなものである。

箋云、長育之者、既教學之、又不征役也。

鄭箋：「長育之（之を長《そだ》て育くむ）」とは、これを教育するとともに、征役は免除することである。

既見君子　既に君子を見《み》れば　私［学士］は育てて下さった君子［人君］にお目にかかることができた

樂且有儀　楽しく且つ儀有り　官爵を授かってそれだけでも嬉しいのに、君子［人君］は礼儀を整え私に接して下さった

箋云、既見君子者、官爵之而得見也。見則心既喜樂、又以禮儀見接。

鄭箋：「既見君子」とは、官爵を授けられて（人君に）拝謁する事ができた。拝謁したときには、官職を授かっただけでも嬉しい思いがあったのに、君子［人君］は礼儀を以て私に接して下さった（注1）。

注

（1）この君子、人君を指すか、育てられた学士を指すか、また、「喜」を正義のように「爲得官而楽」と取って

解釈するか、鄭箋の文は簡潔に過ぎ、分かりにくい。正義の解釈に沿って、解することとした。「見則心既喜樂」は、単に「拝謁すると感激して嬉しくなった、その上～」のようにも取れそうである。

疏 菁菁至有儀

正義曰、言菁菁然茂盛者羅蒿也。此羅蒿也（校1）此羅蒿所以得茂盛者、由生在阿中、得阿之長養、故茂盛。以興德盛者學士也。此學士所以致德盛者、由升在彼學中、得君之長育、故使德盛。人君既能長育人材、教學之、又能官而用之。故此學士既見君子則心喜樂且又有禮儀見接也。又君子能養材與官、又接之以禮、故下所以歌之也。言此養莪者（校2）、以沚則有水之潤、阿陵有所居之勢、草得於中而長遂、故言長也。

校勘記

（1）此羅蒿也　單疏本・閩本・監本・毛本・殿本・全書本にこの四字なし。足利本・元刊本・阮本、この四字あり。前後重複しており、無いのを良しとする。「挍勘記」に「閩本・明監本・毛本不重也。此羅蒿四字、案所改是也。此複衍。」

（2）言此養莪者　足利本・單疏本・元刊本・閩本・監本・毛本・殿本・阮本・全書本、同じ。しかし、この「養」は「長」に作るべきではなかろうか（疏の訳参照）。

疏 菁菁より有儀まで

正義：詩句の意：菁菁然として盛んに茂っているのは羅蒿。この羅蒿が盛んに茂ることが出来たのは、阿［大きな丘陵」の上に生えて、その丘陵に長《そだ》て養われたため（盛んに茂ることができたの）である。このように表現することによって、「徳の高い学士。この学士が徳が高くなれたのは、学校［国学］に入学出来て、人君に長《そだ》て育《はぐく》まれることが出来たため、徳高くなれたのである」ということを言い興しているのである。人君が人材を長て育くみ、教え学ばせることができ、その上これを官吏登用することができた。かくてこの学士は君子［人君］に会えば、学士は嬉しくもあり、有り難くもあり、礼儀正しく人君にお目にかかる。一方、君子［人君］は人材を養い育て、その者に官位を与えることが出来、之に礼儀正しく接するので、（天下の）下々の人がこのことを（讃え）歌ったのである。此に莪を養うと言っているのは沚《し》［中洲］には水が潤っており、阿陵［丘陵］には生育に適した環境が整っているので、草はその中に於いて長遂《そだ》つことができる。それで「長《そだ》つ」と言っているのである。

○傳莪羅蒿

正義曰、釋草云、莪羅蒿也。舍人曰、莪一名蘿。郭璞曰、今莪蒿也。陸機疏云、「莪、蒿也。一名蘿蒿也。生澤田漸洳之處、葉似邪蒿而細、科生。三月中、莖可生食、又可蒸。香美味、頗似蔞蒿」、是也。

○毛傳の「莪は羅蒿」について

正義：『爾雅』「釋草」に「莪は羅蒿なり」とあり、舍人（注1）は「莪は一名蘿なり」と云う。郭璞は「今の莪蒿なり」という。陸機［璣］の『（毛詩）草木鳥獸蟲魚疏』に「莪は蒿。一名羅蒿。沢や田の漸洳の所［ぬかるんだところ］に生え、葉は邪蒿に似て細く、叢生（注2）。三月中、莖は生で食べられるし、又蒸してもよい。香りがあって美味しく、大変蔞蒿に似ている」とあるのがこれである。

注

（1）舎人　『爾雅』の注に係る舎人として犍爲舎人・郭舎人が居り、また音注としては舎人顧野王の『玉篇』がある。

（2）叢生　原文「科生」。『廣韻』に「科、滋生也」とある。『廣雅』「釋言」に「科、蘩也」とあり、同書「釋詁」「樹、……科、本也」の王念孫『廣雅疏證』に「釋言云、科、蘩也。蘩與叢同。」と言う。

○箋官爵至見接

正義曰、以下云「賜我百朋」得祿之事、故此樂者爲得官而樂也。既樂爲官爵之、又云、「且有儀」。且兼事之辭、故爲君子以禮儀接己也。

○鄭箋の官爵から見接まで

正義：この後で「賜我百朋」と云って、俸禄を得た事を述べているので、ここの「楽（喜び）」というのは、官位を得たことによる「楽（喜び）」である。楽《よろこ》ぶのは官職を授かったためである。更に「且有儀（且つ儀有り）」と云っている。「且」とは事を兼ねる意味を表す言葉。（なぜ「且つ」というかと云えば、私［学士］は官爵を授かっただけでも嬉しかったのに、その上に尚「且つ」）君子は礼儀をもって己《わたし》に接して下さったからである。

［二章］

菁菁者莪　　菁菁たるは莪　　盛んに茂っている莪《おはぎ》

在彼中沚　　彼の中沚《ちゆうし》に在り　　あの中洲に生えている

（毛傳）中沚、沚中也。

毛傳：中沚は沚中、沚［小さな中洲］の中の意（注1）。

○（『經典釋文』）沚、音止。

○『經典釋文』沚は音、止。

注

（1）沚　『釋名』「釋水」に「小洲曰渚」、「小渚曰沚」とある。

既見君子　既に君子を見れば　私［学士］は育てて下さった君子［人君］にお目にかかることができた

我心則喜　我が心則ち喜ぶ　嬉しさに胸があふれるばかり

（毛傳）喜樂也。

毛傳：喜は楽しくなること。

［三章］

菁菁者莪　菁菁たるは莪　盛んに茂っている莪《おはぎ》

在彼中陵　彼の中陵に在り　あの陵《おか》に生えている

（毛傳）中陵、陵中也。

毛傳：中陵は陵中、陵《おか》の中の意。

既見君子　既に君子を見れば　君子［人君］にお目にかかることができた

錫我百朋　我に百朋《ひゃくほう》を錫《たま》はる　しかも私に百朋を下賜された

箋云、古者貨貝、五貝爲朋。「賜我百朋」、得祿多言得意也。

鄭箋：古代では貝を貨幣として扱い、五種類の貝を朋［一組、一対］とし（て値を定め）た。「我に百朋を賜う」とは多くの俸禄を得たことで、得意になっていることを言っている。

疏　箋古者至得意

正義曰、言賜我是入己之辭。故爲得祿也。言「古者貨貝」、言古者寶此貝爲貨也。五貝者『漢書』「食貨志」以爲大貝・牡貝（校1）・幺貝・小貝・不成貝爲五也。言爲朋者爲小貝以上四種、各二貝爲一朋而不成者不爲朋。鄭因經廣解之、言有五種之貝、貝中以相與爲朋、非揔五貝爲一朋也。故「志」曰「大貝四寸八分以上、直錢二百一十文（校2）、二貝爲朋。牡貝三寸六分以上、直錢五十文、二貝爲朋。幺貝二寸四分以上、直錢三十文、二貝爲朋。小貝一寸二分以上、直錢一十文、二貝爲朋。不成貝寸二分（校3）、漏度不得爲朋、率枚直錢三文。」是也。以「志」所言王莽時事、王莽多擧古事而行五貝、故知「古者貨貝」焉（校4）。

校勘記

（1）牡貝　足利本・單疏本・監本・閩本・毛本・殿本、及び『要義』、牡貝に作る。元刊本・阮本、壯貝に作る。阮元「挍勘記」に「閩本・明監本・毛本、壯誤牡。」という。

（2）二百一十文　足利本・單疏本・元刊本・閩本・監本・毛本・阮本・殿本、及び『要義』すべて同じ。但し、注（1）に引くように、『漢書』「食貨志」では「二百一十六」に作る。

（3）不成貝寸二分　阮元「挍勘記」に「案貝下依『漢志』、補不盈二字。」という。妥当であろう。

（4）古者貨貝　毛本、貝を具に作るが、誤り。

疏　鄭箋の古者から得意まで

正義：「賜我」とは「入己」（先方から自分の方に入る、私にくださる）意味の言葉。だから、祿を得ると言う意味に取っているのである。「古者貨貝（古代では貝を貨幣とした）」とは、古くはこの貝を貴重なものとみなし、貨幣として扱ったことをいう。「五貝」とは、『漢書』「食貨志」には、「大貝・牡貝・么貝・小貝・不成貝」を五貝とし、「爲朋」とは、小貝以上の四種の貝殻それぞれを二つを一朋［一組・一対］とし、（五番目の）不成の貝［小貝の大きさにもなっていない貝］は朋としない。」とある。鄭玄は経文では広く解釈しているので（注1）、（より分析的に）五種類の貝があって、それらの貝の中、それぞれの（種類のものを朋［組］となすのであって、五種類の貝をひっくるめて一朋とするのではないと言っている（と思われる）。なぜなら、『漢書』「食貨志」には「大貝は四寸八分以上のもの、銭二百十文に相当し、二つの貝を一朋とする。牡貝は三寸六分のもの、銭五十文に相当し、貝二つで一朋とする。么《よう》貝は二寸四分以上のもの、銭三十文に相当し、貝二つで一朋とする。小貝は一寸二分以上のもの、銭十文に相当し、貝二つで一朋とする。不成の貝は一寸二分（以下のもの）、度に漏れ、つまり［規格外で］、朋とすることができない。概ね一枚が銭三文に相当する。」とあるからである（注2）。『漢書』「食貨志」に言っているのは王莽の時の事であって、王莽は多く古事を挙げて五貝（の制）を行った。だから（鄭箋に）「古者貨貝」といっている（のが根拠のあることが）わかる。

注

(1) 経文では広く解釈している「經廣解……」という言葉遣い、『毛詩正義』の疏ではここにのみに使われている。五經正義の中では唯一『禮記正義』の疏に「此經廣祭…」(「月令」孟冬の月○注此周至互文の疏)、「此一經廣明……」(「表記」○子曰至在級躬の疏・「大学」○子曰至利也の疏)、「此經廣明…」(「樂記」○樂者至大焉の疏)などと、直前の経文を取り上げて、論を展開する際に用いられている。ここでは経文「錫我百朋(我に百朋を錫はる)」の「百朋」を指しているであろう。

(2)『漢書』「食貨志」には、王莽の貨幣改革について記されているが、この部分に関する記述は次のようになっている。

「大貝四寸八分以上、二枚爲一朋、直二百一十六。壯貝三寸六分以上、二枚爲一朋、直五十。幺貝二寸四分以上、二枚爲一朋、直三十。小貝寸二分以上、二枚爲一朋、直十。不盈寸二分、漏度不得爲朋、率枚直錢三。是爲貝貨五品。(大貝は四寸八分以上のもの、二枚を一朋［対］とし、二百十六文に値する。壯貝は三寸六分以上のもの二枚を一朋とし、五十文に値する。幺貝は二寸四分以上のもの二枚を一朋とし、三十文に値する。小貝は一寸二分以上のもの二枚を一朋とし、十文に値する。一寸二分に盈たない小さい貝は、標準規格外れで朋［二枚で一組］として単位計算が出来ないので、概ね一枚につき三文を値とする。これが貝貨［貝の貨幣］の五品である)。」なお、「幺」について、同じ「食貨志」に「幺錢一十」の顔師古注に「幺、小也。音一堯反。」とあり、小さいの意。但し、この貝の文からすれば、「大・壯・幺・小・一寸二分に盈たず」の順になっているので、同じ「小」でも小よりは大きく、中程度を指している。

［四章］

汎汎楊舟　　汎汎《はんはん》たる楊の舟　　汎汎《ゆらゆら》と流れゆく楊木の舟

載沉載浮　　沈むも載せ、浮かぶも載す　　沈む物も載せ、浮かぶ物も載せる

（毛傳）楊木爲舟、載沉亦沉（校1）、載浮又浮。

毛傳：楊《やなぎ》の木で舟を作れば、その舟は沈む物を載せても浮かび、浮かぶ物を載せても又浮かぶ。

箋云、舟者沉物亦載、浮物亦載、喩人君用士（校2）、文亦用、武亦用、於人之材無所廢。

鄭箋：舟は沈む物も載せるし、浮かぶ物をもまた載せる。この言葉は、人君が士を用いるには文の者も用い、武の者もまた用い、人材において廃する所がない、ということを喩えている。

校勘記

（1）載沉亦沉　相臺岳氏本（四部備要）・宋刻巾箱本（四部叢刊本）『毛詩鄭箋』（『毛詩詁訓傳』）、「載沉亦沉」に作る。足利本・元刊本・閩本・監本・毛本、同じ。殿本・全書本、「載沉亦浮」に作る。しかし、疏の正義に「傳言『載沈亦浮』、箋云『沈物亦載』、則以載解義、非經中之載也。」（足利本・單疏本・元刊本・閩本・監本・毛本・殿本・全書本）とある。陳奐『詩毛氏傳疏』に「傳上句『亦浮』、各本作『亦沈』。今據正義訂正。」という。阮元「挍勘記」に「案下沈字當作浮」とある。妥当であろう。「載沉亦浮」として意味をとった。

（2）喩人君用士　足利本、「喩人君用士」に作る。閩本・監本・毛本・殿本・全書本、「喩人君用人」に作る。元刊本、「士」に作るようであるが、磨耗していて明瞭でない。『宋本毛詩詁訓傳』（四部叢刊本『毛詩』に同じ）・『毛詩鄭箋』（四部備要本）に「喩人君用士」に作る。「挍勘記」に「案人字誤也。」

○（『經典釋文』）汎汎、方劒反。
○『經典釋文』汎汎は方劒の反。

既見君子　既に君子を見れば　（私を育てて下さった）君子にお目にかかれたので
我心則休　我が心則ち休《うるは》し　私［学士］の心は安らぎ満ち足りている

箋云、休者休休然。
鄭箋：休とは休休然たること、心楽しくなること（注1）。

注

（1）休休然　唐風《蟋蟀》に「良士休休」とあり、毛傳に「休休、樂道之心」とある。一方、周公を讃えた詩豳風《破斧》の「哀我人斯、亦孔之休」の毛傳には、「休、美也」とある。孔疏は「美」に取っている。基本的には安堵して心楽しくなることであろう。

○（『經典釋文』）休、虚虯反。美也。
○『經典釋文』休は虚虯の反。美の意、心地よいこと。

疏　汎汎至則休

正義曰、言汎汎然楊木之舟、則載其沉物、則載其浮物、俱浮水上。以興當時君子、用其文者、又用武者、俱致在朝。言君之於人、唯才是用。故既見君子而得官爵、我心則休休然而美。

「載飛載止」、及「載震載育」之類、箋・傳皆以載爲則。然則此載亦爲則。言則載沉物則載浮物也。傳言「載沉亦浮。」箋云、「沉物亦載」、則以載解義、非經中之載也。

疏 汎汎より則休まで

正義：汎汎然たる楊木の舟は沈む物を載せても、また浮かぶ物を載せても、ともに水の上に浮かんでいる。このように言って、当時の君子は、文なる者も用い、武なる者も用いて、共に朝廷に任用したことを導き出している（注1）。つまり、人君が人（を用いる場合）、只才能を重視して人を用いるのである。かくて（才を認められた学士の私は、認めてくださった）君子にお目にかかれた上に、官爵を授かったので、私は心は晴れ晴れとして嬉しい。

「載浮載沈」の載は「載飛載止」（小雅「沔水」）及び「載震載育」（大雅《生民》）の載の類について、鄭箋・毛傳共に「載」を「則」と解している（注2）。だとするとここの「載」も「則」のことであろう。つまり、「則載沉物則載浮物（則ち沈む物を載せ、則ち浮く物を載す）」という意味になろう。毛傳には「載沈亦浮」と言い、鄭箋に「沉物亦載」と云っているのは、「載」（載せる）という意味で経義を解釈したものであって、これは「経文」の「載」のことではない（注3）。

注

（1）この正義、基本的に鄭箋に沿って興するところを解している。鄭箋に依らない陳奐は、ここの浮沈を重軽と取り、「重い者も舟は浮かべ、軽い者も亦舟は浮かべる。物の重い軽いを論ずることなく、舟は載せないものはない。才の大小を論ぜず、朝廷では用いないことはない」と文・武に限らず広く取っている（陳奐『詩毛氏傳疏』）。

（2）《沔水》の句「鴥彼飛隼、載飛載止」に「箋云、載之言則也。言隼欲飛則飛、欲止則止」とある。（現代の文法での接続詞）と見なしている。毛傳は特に触れていない。また大雅《生民》に「載震載夙、載生載育」とあり、その鄭箋に「…後則生子而養長之。」とある。「載」を「則（則ち）」の意味（現代の品詞的には接続詞）と取っている。しかも、ここの疏は「載」は「則」だとしながら、この句を「則載沉物、則載浮物」とパラフレイズしている。「則載」と二字で「則載《すなは》ち」と読むのであろうか。

（3）鄭箋「沉物亦載」の「載」は経文中の「載」のことではない、というのは無理があろう。ここの経文「載沈載浮」の「載」を他の「載□載□」の例のごとく、「則」（接続詞）と読むことにためらいがあったものと思われる。どうしても「載せる」という実義があるものと取ろうとしたための混乱であろう。

菁菁者莪四章章四句（菁菁者莪　四章　章ごとに四句）

南有嘉魚之什詁訓傳第十七

毛詩小雅　　鄭氏箋　　孔穎達疏

六月

《六月》宣王北伐也。（『釋文』）從此至無羊十四篇是宣王之変小雅（校1）。《鹿鳴》廢則和樂缺矣。樂音洛、篇末注同。（『釋文』）缺、苦悦反。《四牡》廢則君臣缺矣。《皇皇者華》廢則忠信缺矣。《常棣》廢則兄弟缺矣。《伐木》廢則朋友缺矣。《天保》廢則福禄缺矣。《采薇》廢則征伐缺矣。《出車》廢則功力缺矣。《杕杜》廢則師衆缺矣。《魚麗》廢則法度缺矣。《南陔》廢則孝友缺矣。《白華》廢則廉恥缺矣。《華黍》廢則蓄積缺矣。（『釋文』）蓄、勑六反。《由庚》廢則陰陽失其道理矣。《南有嘉魚》廢則賢者不安、下不得其所矣。《崇丘》廢則萬物不遂矣。《南山有臺》廢則爲國之基隊矣（校2）。（『釋文』）隊、直類反。《由儀》廢則萬物失其道理矣。《蓼蕭》廢則恩澤乖矣。《湛露》廢則萬國離矣。《彤弓》廢則諸夏衰矣。（『釋文』）夏、戸雅反。《菁菁者莪》廢則無禮儀矣。小雅盡廢則四夷交侵、中國微矣。

箋　六月言周室微而復興、美宣王之北伐也。

校勘記

（1）從此至無羊十四篇是宣王之変小雅　閩本・監本・毛本、この一文の上に箋と加え、鄭箋とする。足利本・元刊本・阮本、箋の字なし。篇初に「何々から何々篇は〜」と規定するのは陸德明『經典釋文』の体例であることから（「南有嘉魚之什」参照）、これは鄭箋ではなく『釋文』の文。全書本では「音義」として、つまり『經典釋文』の文として末尾の「箋六月言周室微而復興、美宣王之北伐也。」の後に記している。宋刻本『經典釋文』（北京圖書館藏）にも「六月、從此至無羊十四篇是宣王之変小雅」と、陸德明の音義とする。

（2）則爲國之基隊矣　足利本・元刊本・閩本・監本・毛本・全書本・『毛詩鄭箋』（四部叢刊本・四部備要本）、「則爲國之基隊矣」に作る。唐開成石經『毛詩』に「則爲國之基墜矣」に作る。「校勘記」に「按説文有隊無墜。墜者隊之俗字也。」とある。

六月は宣王の北伐なり。（『釋文』此れ従り至羊に至る十四篇は是れ宣王の変小雅）。鹿鳴廃すれば則ち和楽欠く。（『釋文』樂は音洛、篇末の注、同じ。缺は苦悦の反）。四牡廃すれば則ち君臣欠く。皇皇者華廃すれば則ち忠信欠く。常棣廃すれば則ち兄弟欠く。伐木廃すれば則ち朋友欠く。天保廃れて則ち福禄欠く。采薇廃すれば則ち征伐欠く。出車廃すれば則ち功力欠く。杕杜廃すれば則ち師衆欠く。魚麗廃すれば則ち法度欠く。南陔廃すれば則ち孝友欠く。白華廃すれば則ち廉恥欠く。華黍廃すれば則ち蓄積欠く。（『釋文』蓄は勑六の反）。由庚廃すれば則ち陰陽その道理を失ふ。南有嘉魚廃すれば則ち賢者安んぜず、下その所を得ず。崇丘廃すれば則ち万物遂げず。南山有臺廃すれば則ち国を爲《おさ》むる基隊《お》つ。（『釋文』隊は直類の反）。由儀廃れて則ち万物その道理を失ふ。蓼蕭廃すれば則ち恩沢乖《そむ》く。湛露廃すれば則ち万国離る。彤弓廃すれば則ち諸夏衰ふ。（『釋文』夏は戸雅の反）。菁菁者莪廃すれば則ち礼儀無し。小雅尽く廃すれば則ち四夷交々侵して、中国微なり。

《六月》の詩は宣王の北伐を謳ったものである。（『經典釋文』、これより《無羊》までの十四篇の詩は変小雅である。）《鹿鳴》の詩（が用いられなくなり、その精神が）捨て去られ顧みられなくなって和らぎ楽しむ心が衰えた。（『釋文』、楽は音洛〈楽しむの意〉、篇末の注、同じ。缺は苦悦の反）。《四牡》の詩（が用いられなくなり、その精神が）捨て去られ顧みられなくなって、君臣間が衰えた。《皇皇者華》の詩（が用いられなくなり、その精神が）捨て去られ顧みられなくなって忠義信頼が衰えた。《常棣》の詩（が用いられなくなり、その精神が）捨て去られ顧みられなくなって、兄弟の助け合いが衰えた。《伐木》の詩（が用いられなくなり、その精神が）捨て去られ顧みられなくなって、朋友間の信頼が衰えた。《天保》の詩（が用いられなくなり、その精神が）捨て去られ顧みられなくなって、礼儀俸禄が軽んじられるようになった。《采薇》の詩（が用いられなくなり、その精神が）捨て去られ顧みられなくなって、夷狄征伐がなされなくなった。《出車》の詩（が用いられなくなり、その精神が）捨て去られ顧みられなくなって、将帥が力を尽くそうとしなくなった。《杕杜《ていと》》の詩（が用いられなくなり、その精神が）捨て去られ顧みられなくなって、兵士達が力を尽くそうとしなくなった。《魚麗》の詩（が用いられなくなり、その精神が）軽んじられて、法度が乱れてしまった。《南陔《なんがい》》の詩が（用いられなくなり、その精神が）捨て去られて、孝友が軽んじられるようになった。《白華》の詩（が用いられなくなり、その精神が）軽んじられて、廉恥の心が弛むようになった。《華黍》の詩が（用いられなくなり、その精神が）軽んじられて、蓄積の念が薄れるようになった（『釋文』、蓄は勑六の反）。《由庚》の詩（が用いられなくなり、楚の精神が）軽んじられて、陰陽の動きが、道理・正しさを失うようになってしまった。《南有嘉魚》の詩が（用いられなくなり、その精神が軽んじられて、世の賢者達は心落ち着くことはなくなり、朝廷に居る所が無くなってしまった。《崇丘》の詩が（用いられなくなり）、万物がその有り様を充分発揮出来なくなった。《南山有臺》の詩が用いられなくなり、国を治める基となる世の賢者を得る事が出来なくなった（『釋文』、隊は直類の反（zhuì）「隊《お》ちる」の意）。《由儀》

が用いられなくなり、万物がその道理を失うことになった。《蓼蕭》が用いられなくなり、天子の恩沢が及ばなくなり、《湛露》が用いられなくなって、万国の心が周から離れていった。《彤弓》が用いられなくなり、諸夏［中国］が衰えるようになった。《菁菁者莪》が用いられなくなって、君主が人材を養い、天下の人々が喜ぶという礼儀が失われた。小雅がすべて捨て去られて、四方の夷狄が次々と周に侵攻してくるようになり、周王朝は衰えた。

鄭箋：《六月》は周の王室が衰えたのが復興したこと述べており、（その復興をもたらした）宣王の北伐を讃えている。

疏 「六月六章章八句」至（校1）「中國微矣」。

校勘記

（1）至中國微矣　足利本・單疏本・阮本、至を盡に作る。元刊本、至を尽に作る。閩本・監本・毛本、至に作る。阮元「挍勘記」に「閩本・明監本・毛本、盡誤至。」とあるが、標起止は「～至～」とあるのが注疏の通例。

疏 「六月六章章八句」より「中國微矣」まで

正義曰、此經六章皆在北伐之事（校1）。序又廣之、言宣王所以北伐者、由於前厲王小雅盡廢、致令四夷交侵、以故汎敘所廢之事焉。

《鹿鳴》言「和樂且耽（校2）」、故廢則和樂缺矣。以下廢缺、其義易明、不復須釋。

《由庚》以下不言缺者、敘者因文起義、明與上詩別主（校3）。見缺者爲剛、君父之義、不言缺者爲柔、臣子之義。以文・武道同、故俱言缺。周公・成王則臣子也。故變文焉。

校勘記

（1）在北伐之事　足利本・單疏本・元刊本・阮本、「在北伐之事」に作る。閩本・監本・全書本、「是北伐之事」に作る。「挍勘記」に「閩本・明監本・毛本在誤是。」とある。

（2）和樂且耽　「耽」、足利本・單疏本・元刊本・閩本・監本・毛本・阮本・殿本・全書本、「耽」に作る。「鹿鳴」の経文（宋刻本・備要本『毛詩鄭箋』・阮本『毛詩注疏』）「湛」に作る。『經典釋文』に「且湛　都南反（dān）。字又作耽。」とあり、陸德明の據った経文は「湛」に作っていたが、「耽」に作る本もあったことが分かる。

（3）明與上詩別主　足利本・單疏本・殿本・全書本、「明與上詩別主」に作る。元刊本・閩本・監本・毛本、主を王に作る。「挍勘記」に「閩本・明監本・毛本主誤王。」とする。

正義：この《六月》の経文の六章はみな（宣王の）北伐の事について詠ったもの。序文では北伐を広く捉えて、宣王が北伐するに至ったのは、前の王、厲王より小雅が尽く捨て去られたため、四方の異民族に代わる代わる侵攻させてしまうという事態を招いたので、ことさらに広く（小雅が）捨てられたことを叙述しているのである。《鹿鳴》には詩本文に「和樂且耽」とあるので、「廢則和樂缺矣」と言っている。以下の「（何々が）廢」せられたために「（これこれが）欠」けることになったということは、その義が分かりやすいので、解釈する必要はあるまい。

《由庚》以下（《南有嘉魚》《崇丘》《南山有臺》《由儀》《蓼蕭》《湛露》）では「（これこれが）缺」けると言っていないのは、この《六月》の序の文章は、これらの詩序の文に沿って意味を取っているので、明らかに前の「缺ける」と云っている《鹿鳴》から《四牡》《皇皇者華》《常棣》《伐木》《天保》《采薇》《出車》《杕杜》《魚麗》《南陔》《白華》《華黍》までの）詩とはその主意が異なっている（補注1）。「缺ける」ことを明示するのは、それが剛であり、君父の義を表し、「缺ける」と言わないのは柔であり、臣子の義を表している。文王・武王はその道は同じなので共に「（何々が）缺ける」と言っており、周公は（文王の）臣下で成王は武王の子であるので、上のように文章を変えたのである（補注2）。

補注

（1）主意が異なっている　本文「明與上詩別主」の「別主」、十三經注疏の中でも、このように熟語となる例はない。「別主」とある場合、「主」の後に目的語がきて「～を主どる」といったように用いられている。（「今鄭以下所注、別主一義」:『禮記』孔子閒居、「以此坊民、民猶忘義而爭利以亡其身」標起止「注云苟蔑至棄也」。「故車官別主此職位也」:『周禮』考工記、輈人《ちゅうじん》、「輈人爲輈」、標起止「輈人爲輈」等。）仮に上記のように意味を取った。あるいは元刊本・閩本などに「別王」とあるのによって「（上記二群の詩篇は）王を別にする」と読んで、後の文王・武王と周公・成王との違いと取ることも可能であろうか。

（2）「六月」の序文において、何々の詩は何々が缺けるといっている一群の詩と、何々が缺けると云っていない詩群の分類基準を述べようとしていることはわかるが、その基準に剛柔の区分、君臣と臣子の区分を持ち出しているのだが、これらの詩篇が文王・武王、或いは周公・成王との関係もなさそうであり、その主張するところが説明になり得ていないように思われる。

《由儀》言萬物之生各得其宜、故廢則萬物失其道理矣。此與《由庚》全同（校1）。《由庚》言陰陽、此言萬物者、《由庚》言由陰陽得理、萬物得其道。《由儀》則指其萬物生得其宜、本之於陰陽、所以異也。此二十二篇小雅之正經、王者行之、所以養中國而威四夷。今盡廢事不行則王政衰壞、中國不守、四方夷狄來侵之、中夏之國微弱矣。

校勘記

（1）此與由庚全同　足利本・單疏本・殿本・全書本、「此與由庚全同」に作る。閩本・監本・毛本、庚を儀に作る。元刊本・阮本、庚を夷に作る。庚に作るのが正しい。

《由儀》は万物の生けるもの各々その宜を得ていることを言っているので、これを「廃す」れば、万物がその道理を失うことになる。これと《由庚》は全く同じ。《由庚》では「陰陽」と言い、この《由儀》では「万物」と言っているのは、《由庚》は陰陽に由って理を得て、万物がその道を得る。《由儀》では則ちその万物が生きてその宜しきをを得るのは、それは陰陽に基づくことを指して言っている。だから、異なっているのである。

これら二十二篇は小雅の中の正経であり、王がこれらに詠われていることを行えば、中国を養い、四方の異民族を威服させることができよう。もしこれらの事をすべて廃したならば、王の政は衰退崩壊し、中国は守られず、四方の夷狄が侵攻して来て、中夏の国は微弱になってしまうであろう。

言北狄所以來侵者、爲廢小雅故也。厲王廢之而微弱、宣王能禦之而復興、故博而詳之（校1）、而因明小雅不可不崇、以示法也。此篇北伐、下篇南征、蠻・狄之侵則有之矣。其戎夷則小雅無其事（校2）。厲王之末、天下大壞、明其四夷俱侵也。《江漢》命召公平淮・夷、明是厲王之時、淮・夷亦侵也。唯無戎侵之事、蓋作者所以不言耳。假使無戎侵、亦得言四夷矣。

定本此序注云、「言周室微而復興（校3）、美宣王之北伐也。」按集本及諸本並無此注。

校勘記

（1）故博而詳之　足利本・單疏本・元刊本・殿本・全書本・阮本、「故博而詳之」に作る。閩本・監本・毛本、「博」を「傳」に作る。「挍勘記」に「閩本・明監本・毛本博誤傳。」という。博に作るのが正しい。

（2）其戎夷則小雅無其事　足利本・單疏本・元刊本・閩本・監本・殿本・阮本・全書本、「其戎夷則小雅無其事」に作る。毛本、「戎夷」を「戎狄」に作る。「挍勘記」に「毛本夷誤狄。」とある。

（3）言周室微而復興　足利本・單疏本・元刊本・閩本・監本・阮本・殿本・全書本、「言周室微而復興」に作る。毛本、「室」を「至」に作る。誤刻。

北狄が侵略してきた理由というのは、周がこれらの小雅を廃したためである。厲王がこれらを廃したために中国は微弱になり、宣王がこれを禦いで復興させたので、（宣王の事績を）広汎に且つ詳細に述べ（注1）、小雅は尊崇しなければならないことを明らかにすることによって、法［則るべき規範］を示したのである。

この詩篇は北伐について、下篇は南征について述べており（注2）、（四方の異民族のうち）南蠻・北狄の侵攻があったのである。東夷・西戎については小雅にはその事が述べられていない。厲王の末年、天下は大いに崩壊したので、（東西南北）四方の異民族が侵略してきたのは明らかである。大雅《江漢》には召公［召穆公、周の卿士］に命じて淮夷を平定させたことが述べられており、明らかに厲王の時、淮夷も侵攻してきたのである。西戎が侵攻してきたこと詠んだ詩篇はない。作者が言わなかっただけであろう。仮に西戎の侵攻がなかったとしても、「四夷」と表現することは出来る。

定本ではこの序の注に「周室微へて復た興り、宣王の北伐を美するを言ふなり」と云う。按ずるに集本及び諸本にはすべてこの注はない。

注

（1）広汎に且つ詳しく　宣王の事績を詠った小雅の詩篇は、毛序に従えば、《六月》《采芑》《車攻》《吉日》《鴻鴈》《庭燎》（以上は宣王を讃えた詩篇）、《沔水》（刺るよりは軽い「規す」）《鶴鳴》《祈父》《白駒》《黄鳥》《我行其野》（以上宣王を刺った詩篇）、《斯干》（宣王が「考室」［宗廟・宮室を考《な》す］したことを詠っている。またこの詩の疏で、「宣王は中興の賢君」と位置づけている）《無羊》（宣王が「考牧」［牧人の職を復興させ、牛羊の数を回復させたこと］したことを詠っている）等がある。なお、大雅には《雲漢》《崧高》《烝民》《韓奕》《江漢》《常武》の諸篇、宣王を美《ほ》め讃えている。《烝民》の毛傳では「周室中興」と讃えている。宣王に関する詩篇群は『毛詩［詩経］』の中で大きな位置を占めている。

（2）この詩篇、下篇　此篇及び下篇が具体的にどの詩篇を表しているか、《六月》の序に「六月、宣王北伐也。」とあり、また次の《采芑》の毛序に「宣王、南征也。」とあるので、これらを指していると思われる。

首章傳曰、「日月爲常」、『周禮』「王建太常」。二章傳曰、「出征以佐其爲天子。」是自於己之辭。觀此、則毛意此篇王自征也。卒章傳曰、「使文・武之臣征伐、與孝友之臣處内」、言「與」、似共留不去之辭者。王肅云、「宣王親伐玁狁、出鎬京而還。使吉甫追伐追逐、乃至於太原。」如肅意、宣王先歸於京師、吉甫還時、王已處内。故言「與孝友之臣處内」也。肅以鎬爲鎬京、未必是毛之意。其言「宣王先歸」、或得傳旨。不然、不得載常簡閲、遣將獨行也。則毛意上四章説王自親行、下二章説王還之後、遣吉甫行也。故三章再言「薄伐」、上謂王伐之、下謂吉甫伐之也。

この《六月》の首章の毛傳に「日月を常と爲す（日月が画かれた旗が常である）」とあり、『周禮』春官・司常には「王建太常（王は太常を建つ）」とある。二章の毛傳には「出征以佐其爲天子（出征して以て其の天子爲るを佐く）」とある。これは己より発する言葉である。これから見れば、毛傳では、此の《六月》の詩篇は周王自ら出征して行ったものと取っている。

卒章の毛傳に「文・武の臣をして征伐せしめ、孝友の臣と内に處る」とあり、ここで「與（…と）」と言っているのは共に内に留まって去《い》かなかったという意味の言葉であるようだ。

王肅は「宣王は親しく玁狁を伐ち、鎬京を出でて還る。吉甫をして追伐追逐せしめ、乃ち太原に至る。」と言っている。もし王肅の言うような意味であれば、宣王は先ず京師［都］に帰って、吉甫が帰還したときは王は既に都の内に居たことになる。だから、「孝友の臣と内に處る」と言っているのである。王肅は（卒章「來歸自鎬」の）鎬を鎬京と見なしているが、それは毛傳の意［見解・解釈］とは限らない。宣王が先に帰った、というのは毛傳の趣旨を得ているかも知れない。そうでなければ、「常を載せる」「簡閲する」ことはできず、将軍だけを行かせたことになる。つまり、（王肅の解する）毛傳の趣意によれば、前から四章は宣王が自ら出征したことを言い、後の二章は宣王が京師に帰還した後、尹吉甫を遣わしたことを言っている。だから、三章で再び「薄伐」と言っているのであり、前の方の「伐つ」は王がこれを伐ったことであり、後の方の「伐つ」は尹吉甫がこれを伐ったということになる。

鄭以爲獨遣吉甫、王不自行。王基即鄭之徒也。云：「《六月》使吉甫、《采芑》命方叔、《江漢》命召公、唯《常武》宣王親自征耳。」孔晁云「王親自征。」孔晁王肅之徒也。言「《六月》王親行、《常武》王不親行、故《常武》曰、「王命卿士、南仲太祖、太師皇父」非王親征也。又曰、「王奮厥武」「王旅嘽嘽」、皆統於王師也。又「王曰還歸」、將士稱王命而歸耳、非親征也。」

鄭玄はただ尹吉甫を派遣しただけで、宣王自らは行かなかったと言っている。王基は鄭玄の説に与する者であって（注1）、「《六月》は吉甫を遣わし、《采芑》は方叔に命じ、《江漢》は召公に命じ（王は親征しなかった）、ただ《常武》だけは宣王が親征した」と云っている。

孔晁《こうちょう》［晉の五経博士］は「宣王が自ら出征した。」と云っている。孔晁は王肅説に与する者である（注2）。孔晁は「《六月》では宣王が親征し、《常武》では宣王は親征しなかった。なぜなら、《常武》では「王命卿士、南仲大祖、大師皇父（毛傳：王、王、卿士南仲を太祖［の廟に於いて］命じ、皇父を大師とす。）王、卿士の南仲を宣王の太祖の廟に於いて元帥とし皇父を大師とする。）」（一章）とあり、王は親征していない。又「王厥の武を奮う」（四章）、「王旅嘽嘽《たんたん》たり」（五章）とあるのは（［訳者補］＊王自身がその「武」を奮いまたその王の軍隊が盛んであったようにも取れそうであるが）、どちらも、臣下が王の軍隊を統率したのである。又「王曰還帰」（王曰く、還帰せよ）とは（［訳者補］＊曰を助字として読めば、王自身が帰還したとも取れるが、《常武》のこの句の疏では「王乃告之曰、可以還帰矣」と解しており、曰は曰くの意味に読んでいる。）将士が王命と称して帰還したのである。宣王が親征したのではない。」と言っている。

案《出車》文王不親、而經專美南仲。此篇亦專美吉甫。若將帥（校1）之從王而行、則君統臣功、安得言不及王而專歸美於下。若王自親征、飲至大賞、則從軍之士莫不在焉。何由吉甫一人獨多受祉。故鄭以此篇爲王不親行也。

《常武》言「王旅」、容可統之於王。經云、「赫赫業業、有嚴天子。」説天子之容、復何統乎（校2）。又遣將誓師、可稱王意。經言「王曰還歸」、事在既克之後、事平、理自當還、在軍將所專制、何當假稱王命（校3）始還師也。以此知、《常武》親征爲得其實。孫毓亦以此篇王不自行。鄭説爲長。

校勘記

（1）將帥　足利本・元刊本・閩本・監本・毛本・阮本、將師に作る。單疏本、將帥に作る。挍勘記に「案浦鏜云師誤師、是也。」とある。單疏本・阮元「挍勘記」に從う。

（2）復何統乎　足利本・元刊本・閩本・監本・毛本・阮本・殿本・全書本、「復何統乎」に作る。單疏本、「後何統乎」に作る。復に作るのがよい。

（3）何當假稱王命　足利本・單疏本・元刊本・阮本・『要義』（徽州本）、「何當假稱王命」に作る。閩本・監本・殿本・全書本、「何嘗假稱王命」に作る。毛本、「何常假稱王命」に作る。

調べてみると、《出車》では文王は親征しなかった。それでその経文《けいぶん》［詩本文］では專ら南仲を誉めている。此の《六月》篇でも専ら吉甫を誉めている。もし将帥が王に従って行ったならば、君主には臣を統べるという功がある。どうしてその言、王に及ばず、専ら美を下に帰すことがあろうか。もし王が親征し、酒を振る舞い、大いに賞賛することになったならば（＊卒章の句「飲御諸友、……」）その場に従軍した兵士が居ないわけはない。どうして吉甫一人だけが多く祉福《さいわい》を受けることがあろうか（＊卒章「吉甫燕喜、既多受祉」による）。こうした理由によって、鄭玄はこの《六月》の詩篇を宣王は親征しなかったものと解したのである。

〔補〕この詩篇と同じように、大雅《常武》の詩でも、宣王が親征したかどうか、王粛は毛傳を述べて宣王は親征していないと言い、王基は鄭玄の説を述べて、宣王が親征したとしているが：）

大雅《常武》で「王旅（王の軍）」と言っているのは、（王自身が率いた軍旅というのではなく）王によって統率されるべき軍の意味である。経文［《常武》詩本文］に「赫赫《かつかく》業業《ぎょうぎょう》、嚴たる天子有り。」とあるのは（天子がそこに居たようにも読めそうであるが、この句は）、天子の儀容をなしていることを表現したもので、決して天子が統率したのではない。又将を遣わし師に誓わせたのだから、それは王意であるというべきである。《常武》の経文《けいぶん》［詩本文］に「王曰還歸」（卒章）とあるのは、事が既に克服された後の事で、事が平らいだ後には道理として自ずと帰還すべきであって、それは軍中にある将軍の専権事項であり、王命によって、始めて師旅［軍］が帰還したと仮称する必要があろうか。こうしたことから、《常武》は王が親征したというのがその実体に適っている。

孫毓（注3）も此の篇（《六月》）を王は親征していないとして、鄭玄の説が（毛傳より）勝れているとする（注4）。

注

（1）王基　王基字伯輿、東萊曲城人也。……散騎常侍王肅著諸經傳解及論定朝儀、改易鄭玄舊説、而基據持玄義、常與抗衡（『三國志』魏書）。王肅が鄭玄の説を改めたのに対して張り合って、鄭玄の説を護持しようとしていた。『隋書』「經籍志」に『毛詩駁一巻魏司空王基撰、殘缺。』とある。なお、王肅の毛詩に関する著作としては、『隋書』「經籍志」に『毛詩』二十巻王肅注・『毛詩義駁』八巻王肅撰・『毛詩奏事』一巻王肅撰、等が記録されている。

（2）孔晁　『隋書』「經籍志」に「『春秋外傳國語』二十巻晉五經博士孔晁注。「梁有尚書義問三巻、鄭玄・王肅及晉五經博士孔晁撰」とある。『春秋正義』に引かれることが多い。『毛詩正義』には此処を含めて数カ所引用されている。《祈父》の詩には『國語』の注が引かれている。詩に関する著述には孔晁撰のものは『隋書』「經籍志」には見られない。

（3）孫毓　『隋書』「經籍志」に「『毛詩異同評』十巻晉長沙太守孫毓撰。」とある。

（4）大雅《常武》の詩は召穆公が宣王の徐国征伐を称えたものであるが、ここでも王肅は毛傳を取って、宣王は親征していないといい、また王基は鄭玄の説を取って、宣王が親征したものだとしている。

［一章］

六月棲棲　六月　棲棲たり（宣王は）盛夏六月、車馬を選び出し、兵士を閲兵し（毛傳）（尹吉甫は宣王の命を受け）六月、車馬を選び、兵士を閲兵し（鄭箋）

戎車既飭　戎車《じゅうしゃ》既に飭《ととの》ふ（選び抜かれた）戎車［兵車］は正しく整えられ

四牡騤騤　四牡《しぼ》騤騤《きき》たり　四頭の牡馬《おすうま》も強く盛んである
載是常服　是《こ》の常・服を載《の》す　宣王はその戎車［兵車］には日月を画いた常旗を建て、戎服に身を固め（毛傳）

是《こ》の常服《じようふく》を載《の》す　戎車には韎韋《まつい》［浅い赤の 韋《なめしがわ》］の弁冠・韎韋の戎服を載せてある（鄭箋）

（毛傳）棲棲、簡閲貌。飭、正也。日月爲常、服、戎服也。

箋云、記六月者、盛夏出兵、明其急也。戎車、革輅之等也。其等有五。戎車之常服、韋弁服也。

○（『經典釋文』）「棲棲」、音西。（簡閲之貌）。「既飭」。飭、音勅、（正也）。依字從力、修飭之字從巾、不同也。今人食邊作芳、以爲修飭之字、借作勅音非。騤、求龜反。閲、音悦。騤、求龜反。閲、音悦。

○『經典釋文』「棲棲」の棲は音、西。簡閲するさま。「既飭」の飭は音勅、正すこと。「依字（如字（注1））」の場合、字は（旁のところが）力で、（「修飭」の）飭字の旁、力の部分が巾になる（「飾」）のとは異なる（なお、「修飭」、宋本『釋文』・足利本・元刊本は「「修飭」に作るが、監本・毛本は「修飾」に作る。巾に作る方が、自然のように思われる）。近頃の人は食邊に「芳」（注2）に作って「修飭」の意味の字として、借りて勅の音とするのは間違いである。騤《き》は求龜の反。閲《えつ》は音悦。騤《き》は求龜の反。閲《えつ》は音悦。

注

（1）依字　『經典釋文』の依字が如字と同じ意味で使われることについては万献初『經典釋文音切類目研究』（商務印書館）第四章第二節「依謀讀40次」。

（2）「芳」　宋本『經典釋文』・『毛詩正義』元刊本は芳に作るが、閩本・毛本・殿本・全書本所引「釋文」には竻に作る。

毛傳：棲棲は簡閲［閲兵］の貌《さま》。飭《ちょく》は正の意。「日月を常と爲す（日月が画かれた旗を常という）」（『周禮』春官・司常の文）。服とは戎服［軍服］。

鄭箋、六月と具体的に記しているのは、盛夏に出兵したことを言い、その出兵が急であったことを強調特記したのである。戎車とは革輅《かくろ》などの兵車である。それらには五種の車がある。戎車［兵車］に乗り、戦陣に臨んだとき着る常服とは韋弁の服。

玁狁孔熾　　玁狁《けんいん》孔《はなは》だ熾《さか》んなり　　玁狁の侵攻は甚だ熾烈なので

我是用急（校1）　　我れ是《ここ》を用《も》って急なり　　我が王は急ぎ出征するのだ（毛傳）

我が王［宣王］は我［尹吉甫］を遣わすのがこのように急なのだ（鄭箋）

校勘記

（1）急　阮元「挍勘記」に「唐石經・小字本・相臺本同。案『毛鄭詩考正』云、急字於韻不合。段玉裁云、塩鉄論引急作戒。謝霊運撰征賦用棘、皆協。今作急者、後人用其義、改其字耳。詳『詩經小學』。」とあるが、今は改めないでおく。

（毛傳）熾、盛也。

箋云、此序吉甫之意也。北狄來侵甚熾。故王以是急遣我。

毛傳、熾《し》は盛んなこと。

鄭箋：この句は尹吉甫《いんきつぽ》の意《こころ》を序《の》べている。北狄が侵略してくるのが甚だ激しい。だから、周王［宣王］は私を急いで北征に派遣するのだ。

○（『經典釋文』）熾、尺志反。
○『經典釋文』熾《し》は尺志の反。

王于出征　　王于《ここ》に出征し　　周王は自ら出征し
以匡王國　　以て王国を匡《ただ》さんとす　　祖国を正しく守るのだ（疏による毛傳の解）
王于《いわ》く「出征し　　周王は言われた、「そなたは出征して
以て王国を匡《ただ》せ」　　王国の封畿《ほうき》［天子の管轄する領土］を守り正せ」（鄭箋）

箋云、于、曰。匡、正也。王曰、「今女出征玁狁、以正王國之封畿。」
鄭箋：于は曰。匡は正。宣王は言われた、「今、汝［尹吉甫］は玁狁を征伐に行き、王国の封畿を正すのだ。」

疏　六月至王國

毛以爲正當盛夏六月之時（校1）、王以北狄侵急、乃自征而禦之。簡選閲擇其中車馬士衆棲棲然。其簡練戎

車、既皆飭正矣。戎車所駕之四牡又騤騤然強盛。王乃載是日月之常、建之於車、及兵戎之服、以此而伐玁狁也。王所以六月簡閲出兵者、由玁狁之寇、來侵甚熾。我王是用之故須急行也。王於是出行征伐以匡正王之國也。

鄭以爲吉甫受命六月北征、即閲士衆棲棲然、所簡戎車既齊正矣。所乘四馬強壯騤騤然。乃載是常、從戎韋弁之服以出征也。吉甫意云、所以六月行者、以北狄來侵甚盛、我王是用遣我之急也。王曰、「今汝出征玁狁、以正王國之封畿。」我故盛夏而行也。

校勘記

（1）正當盛夏六月之時足利本・單疏本・元刊本・閩本・阮本、「正當盛夏六月之時」に作る。監本・毛本・全書本、正を王に作る。誤刻。

疏　六月より王国まで

毛公の解釈：正にこの盛夏六月の時に、周王は北狄の侵攻が甚だ急であるために、自ら出征してこれを防ごうとしている。車馬・兵士達を棲棲然と巡察し、閲兵する。その選び抜いて、訓練された戎車《いくさぐるま》は既に整え正されている。戎車に着けられた四頭の馬も騤騤然《ききぜん》として強くたくましく、気力溢れている。王はこの日月が画かれた常（旗）を兵車に載せ、これを自らの兵車に建て、兵戎《いくさ》の服に身を固め、こうして玁狁を伐ちに往く。王が六月に兵馬を選び、閲兵して出兵するのは、玁狁の寇《てきへい》が侵攻してくるのが熾烈であるからだ。我が王はそのために急いで行かねばならないのだ。王はそこで自ら出征して玁狁を伐ち、王国を匡《ただ》し守るのだ。

鄭玄の解釈：尹吉甫は周王の命を受け六月に北伐に征く。早速兵士達を閲兵すれば棲棲然としている。選び抜いた兵車も既に整え正されている。乗る所の四頭立ての戦車の馬はみな騤騤然《ききぜん》と強くて力みなぎっている。さらに戦に着る常服［韋弁の服］を載せて、出征する。尹吉甫は自ら思うには、六月に行くのは北狄の侵略が甚だ盛んなので、我が王［宣王］は、私を遣わすのがこのように急なのだ。宣王は言われた、「今汝は出征して玁狁を征伐し、我が王国の封畿を正せ。」私はそれで今は（本来出征の時期ではない）盛夏ではあるが、出征するのだ。

○傳棲棲至戎服

正義曰、以棲棲非六月之狀。故爲簡閱貌也。「日月爲常」、「春官」司常文。謂之王旅、畫日月也。服、戎服也。即亦韋弁服也。但分爲二事、故與鄭異。

○毛傳の「棲棲」から「戎服」まで

正義：棲棲とは六月の状況を述べたものではない。だから、棲棲を簡閲の貌［閲兵する貌《さま》］としたのである。「日月爲常」とは『周禮』「春官・司常」の文（注1）。この旗を王旅といい、そこには日月が画かれる。服とは戎服。即ち韋の弁と服。但し、（常を旗、服を戎服［軍事の服］と）分けて二つの事としているので、鄭箋とは異なっている。

注

（1）日月爲常　『周禮』春官の司常に「司常掌九旗之物名。各有屬、以待國事。日月爲常、交龍爲旂、……析羽爲旌。（司常は九種の旗の名称を主管する。九種の旗にはそれぞれ（大なるもの、正旗と）属旗［正旗と同じ徽号の小旗］があり、国事に用いられる。日月が画かれているのを常と言い、龍が交錯して画かれているのを旂と言い、……五色の羽を旗杆《はたざお》に飾ったのを旌という。」孫詒讓によれば、「正者建之車、屬者被之身、各隨國事用之（正なる者は之を車に建て、屬なる者は之を身に被り、各々国事に隨って之を用ふ）。」とされる（『周禮正義』司常）。本書口絵・二二五頁注（3）及び二二九頁図4・二七五頁図5等参照。

○箋六月至服

校勘記

單疏本のみ、この標起止を「箋記六月至弁服」に作る。

正義曰、以征伐之詩多矣、未有顯言月者、此獨言之。故云、「記六月者、盛夏出兵、明其急也。」「春官」巾車掌王之五路、革路以即戎。故知「戎車革路之等也」。春官車僕掌戎路之倅・廣車之倅・闕車之倅・屛車之倅・輕車之倅。」注云、「此五者皆兵車、所設五戎也（校1）。戎路、王在軍所乘。廣車、横陣之車。闕車、所用補闕之車也。屛車、所用對敵自蔽隱之車也。輕車、所用馳敵致師之車也。」吉甫用所乘兵車亦革路、在軍所乘與王同。但不知備五戎以否。鄭因事解之、不必備五也。言「戎車之常服、韋弁服」者、以上言「戎車既飭」、即「載是常服」、是則戎車載之、故云、「戎車之常服也。」言「載之」者、以戎服當戰陳之時、乃服之、在道未服之。「司服」云、「凡兵事韋弁服」。注云、「韋弁以韎韋爲弁。又以爲衣（校2）。春秋晉郤至衣韎韋之跗注、是也。」（校2）『周禮』云韋弁皮弁服（校3）、皆素裳白舄。又「雜問志」云、「韎韋之不注、不讀如幅、注屬也。幅有屬者（校4）、以淺赤韋爲弁、又以爲衣而素裳白舃也。」知淺赤者、以詩言「靺韐有奭」、以靺韐茅蒐染之而奭爲赤貌、若不淺則絳。故知淺赤也。「聘禮」「君使卿韋弁歸饔餼」注云、「韋弁、靺韐之弁（校5）。其服蓋靺布以爲衣而素裳。」不靺皮爲衣者、以卿之歸饔餼、當用皮弁以權事之宜而用韋弁、故彼注云兵服也。而服之者、皮韋同類也。取相近耳。以皮弁衣、故彼韋弁衣用赤布也。以皮韋同類、故『孝經』注曰、「田獵戰伐、冠皮弁。」

「援神契」云、「皮弁素積、軍旅也。」皆以皮弁統韋言之。若分別言之、戰伐用韋、不用皮也。此所載者據將帥服耳。其餘軍士之服（校6）。下章言「既成我服」、是也。通皆韋皮、故「坊記」注云、「唯在軍同服耳。」知者、僖五年『左傳』曰、「均服振振、取虢之旂。」是同也。禮在朝及齊祭、君臣有同服多矣。鄭獨言在軍者、爲僕右無也（校7）。以君各以時服、僕・右恒朝服、至在軍則同、故唯耳。不謂通於他事。

校勘記

（1）兵車所設五戎也　單疏本、所設を所謂に作る。足利本・元刊本・閩本・監本・毛本・殿本・全書本、所設に作る。『周禮』（阮刻、十三經注疏本）には「兵車所謂五戎也」に作る。阮元「挍勘記」に「案浦鏜云、謂誤設。以車僕注考之、浦校是也。」とある。單疏本及び阮元「挍勘記」により、所謂として解した。

（2）又以爲衣　足利本・單疏本・元刊本・閩本・監本・毛本・殿本・全書本・阮本、『要義』（徽州本）、皆同じ。阮元「挍勘記」に「閩本・明監本・毛本同。案此不誤。衣下、浦鏜云、脱裳字、非也。兵事素裳、下文引鄭志可證。今周禮注衍裳字耳。采芑正義引亦衍。」と衣の下に「裳」の字が抜けているという浦鏜の説に阮元は無いのが正しいとする。これに対して『毛詩正義』（十三經注疏整理委員会、北京大学出版社）の校勘記では孫詒讓の「浦説不誤、司服賈疏明云『鄭君兩解』、則當有『裳』字明矣。王制及び左傳僖五及二八、成三及十六、襄二十五疏引司服注並有『裳』字。」を引いて、裳を補うのを良しとしている。

（3）周禮云　足利本・單疏本・元刊本・閩本・監本・毛本・阮本・殿本・全書本・『要義』（徽州本）巻十、三二、皆同じ。阮元「挍勘記」に「案云當作志。采芑正義引周禮志云、韋韋弁素裳、是其證。又引周禮屨人疏。」とあり、云は志に作るのが妥当なのかも知れない。しかし、『周禮志』という書物の由来が不詳（『隋書』「經籍志」には見えない）であること、《采芑》の正義所引、「周禮志云、韋韋弁素裳」の「韋韋弁素裳」は文字に誤脱がありそうであり、しかも十三經注疏の中でも「周禮志」はこの《采芑》の疏にのみ唯一度引用されているだけである（拇指數據庫『十三經注疏索引』）。この「志」が衍字である可能性がある。又、云を志に読み替えた場合、その後の「雜問志云」との関係から、「周禮志云」とあるはずであろう。文字を変えずに読んでおく。

（4）幅有屬者　足利本・單疏本・元刊本・閩本・監本・阮本・殿本・『要義』（徽州本）巻十三十二、同じ。全書本、「幅」を「踾」に作る。毛本、者を也に作る。「挍勘記」に「毛本者誤也。」とある。

（5）注云韋弁韎韐之弁　足利本・元刊本・閩本・監本・毛本・全書本・殿本・阮本、同じ。單疏本・『要義』（徽州本）巻十三三、「注云韋弁韎韋之弁」に作る。「挍勘記」に「案浦鏜云、『韋誤韐。』考聘禮注、是也。」韐を韋に作るのが正しい。

（6）其餘軍士之服　足利本・單疏本・元刊本・閩本・監本・殿本・全書本・阮本及び『要義』（同上）、皆同じ。毛本、餘を飭に作る。毛本の誤刻。

（7）爲僕右無也　足利本・單疏本・元刊本・閩本・監本・毛本・阮本・殿本・全書本及び『要義』（徽州本）、みな同じく「爲僕右無也」に作る。「挍勘記」に「案無當作服」とある。無を服に作る異本はないが、意味上、服に作るのが妥当であろう。

正義：征伐を詠んだ詩は数多いが、その月を明言したものはなく、この《六月》の詩だけがこれを言っている。だから、（鄭箋では）「六月を記したのは盛夏に出兵したことを言って、その派兵が急であったことを明確にしたためである。」と云っているのである。

『周禮』春官・巾車に見られる巾車の官は王の五路［五種の車、玉路・金路・象路・革路・木路］を掌る。その革路［漆の飾った革で覆った車］は「戎に即く（軍事に用いる）」（注1）とある。これが「戎車、革路之等也（戎車とは革路などをさす）」ということである。「春官」車僕に「戎路の倅《さい》［萃に同じ、副の意］・廣車の倅・闕車の倅・屛車の倅・輕車の倅（戎路［王が軍に在る時乗っている車］の副え車・広車［陣前に横に列ねる車］の副え車・闕車［闕けた車を補う車］の副え車・屛車［敵の矢石を防ぐ車］の副え車・軽車［敵に向かって馳せて兵を送る車］の副え車）を掌る」とあり、その鄭注に「此の五車は皆兵車、所謂《いわゆる》五戎なり。戎路は王が軍に在るとき乗る所なり。広車は横陣の車。闕車は補闕に用うる所の車なり。屛車は、敵に対し自ら蔽隠するに用いる所の車なり。軽車は、敵に馳せ師を致すに用いる所の車なり。」とある。これが「其れ等に五有り」ということである。

尹吉甫が乗った兵車も革路であり、軍中にあって乗るのは王と同じである。但し、尹吉甫のに五戎［五種の副え車］が備えられていたかどうかは分からない。鄭玄は事に応じて［その文の場面に応じて］解しているだけで、五戎［五種類の戎車］を備えていたとは限らない。

「戎車之常服、韋弁服」と言っているのは、前の経文で「戎車既飭（戎車既に飭《ただ》さる、戎車既に飭《ととの》ふ［整い正さる］）」と言い、継いで「載是常服（是の常服を載す）」とあり、これは戎車に之［＝常服］を載す、という意味なので（鄭箋で）「戎車之常服也（戎車の常服［戎事の際に着る常の服］）」と言っているのである。

「載之（これを戎車に載せる）」と言っているのは、戎服は戦陣の時に服するものであって、道の途中ではまだこれを身につけないからである。

『周禮』「春官・宗伯」の司服に「凡兵事韋弁服（凡そ兵事には韋の弁・服）」とあり、その鄭玄注には「韋弁以韎韋爲弁、又以爲衣（韋弁とは韎韋《まつい》を以て弁《かんむり》を爲《つく》り、又以て衣を爲《つく》る：韋弁とは韎韋［赤色の韋］で弁冠を作り、又韎韋で服を作る）」もので、『春秋左氏傳』に晉の郤至が韎韋《まつい》の跗注《ふちゆう》を穿いている（注2）、とあるのはこれのことである。」としている。

『周禮』に韋弁・皮弁服と云っている（場合、下半身に着けるのは）皆素の裳、白の舄《くつ》である（注3）。

又「雜問志」（注4）に「韎韋之不注、不讀如幅、注屬也。幅有屬者、以淺赤韋爲弁。又以爲衣而素裳白舄也。（韎韋之不注の不はその発音と意味は幅と同じで、注は属の意味。幅に属が有るとは、浅い赤の韋《なめしがわ》で弁冠を作り、また同じように［韋で］衣を作る。皆《とも》に、素白の裳に白い舄《くつ》［が属けられる］）」とある。

韎の色が（赤は赤でも）浅い赤色であることが分かるのは、詩《瞻彼洛矣》に「韎韐有奭」とあって、韎韐とは茅蒐で染めたもので、奭《せき》とは赤い貌であるので（注5）、もし浅い赤でなければ、絳［深紅］とするはずである。だから、韎とは浅い赤色であることが分かるのだ。（＊『釋文』に「赤い貌」とある。）

図3　韋弁服

『儀禮』「聘禮」に「君使卿韋弁歸饔餼（君、卿をして韋弁して饔餼《ようき》［殺した牲と生きた牲］を帰《おく》らしむ）」とあり、その鄭玄注に「韋弁とは韎韋の弁。その服は恐らく韎の布で衣［上着］を仕立て、素［白布］で裳を作るのにちがいない」という。（この「聘禮」の所で）韎皮で衣を作るとしなかったのは、卿に饔・餼を帰《おく》［饋］

るのには皮弁を用いてかぶるべきであるが、（鄭玄の注に「皮弁を変えて韋弁を服するは、敬へばなり」とあるように）事の宜しきを権《はか》って韋弁を用いた、と考えたからである。だから、「聘禮」の注で、鄭玄は「（韋弁、韎韋之弁。）兵服也。」と言っているのである。そしてこの韋を身につけたのは、皮・韋は同類であるからである。さほど差がないことに由ったのである。皮の弁冠・衣（は赤）なので、その韋布の弁冠・衣も赤い布を用いるのである。皮も韋も同類だからこそ、『孝經』の注（注6）に「田獵戰伐には皮弁を冠す」とあるのだ。「援神契」（注7）に「皮弁・素積は軍旅なり。（白い鹿皮製の冠［一種の帽子］・素積［白布製で腰間に襞《おりめ》のある裳］は軍事のときのもの）」とある。すべて皮弁といって韋弁も含めて言っている。もしこれらを分けて言えば、戦伐には韋のものを用い、皮のは用いない。ここで載せているのは将帥に関してのみである。其の他の軍士の服については、下の章で「既成我服（既に我が服成る）」といっているのがそれである。通じてどちらも韋・皮である。だから『禮記』「坊記」の鄭玄注に「唯軍に在るときのみ同服なり。」とある。何故かと言えば、『左傳』僖公五年に「均服振振、取虢之旂（均服振振として、虢《かく》の旂《き》を取る：均服［戎服］）」（注8）とあり、これも同じであるからである。礼では朝廷に在る時や齊祭の時は、君臣同服であることが多い。鄭玄は軍に在る時のみ（身分立場の相違に係わらず）同じ服装をすると言っているのは、例えば、僕・右の服とみなしたためである（＊校記に述べた如く、「無」を阮元により「服」として読んだ）。

　人君はそれぞれの時にそれに見合った服を着るが、僕・右（注9）は恒に朝廷に出仕するときの服を着て、軍に在る時にだけは同服となる。だから、「唯……耳」（「唯（軍にあるときのみ）」）と記して、他事の時にも通ずるとは謂わないのである。

注

（1）革路以即戎　『周禮』春官・巾車に「革路龍勒、條纓五就、建大白、以即戎、以封四衛。」とある。鄭玄注に「即戎、謂兵事（戎に即《つ》く［従軍する］とは兵事を謂う）。」とある。

（2）春秋左氏傳　『春秋左氏傳』成公十六年［前五七五年］に「郤至三遇楚子之卒、見楚子、必下免冑而趨風。楚子使工尹襄問之以弓。曰、『方事之殷也。有韎韋之跗注、君子也。識見不穀而趨、無乃傷乎』」杜預注に「韎、赤色。跗注、戎服。若袴而屬跗、與袴連。（郤至《げきし》三たび楚子の卒に遇《おく》ふ。楚子を見れば、必ず下りて冑《かぶと》を免《ぬ》ぎて趨《はし》ること風のごとくす。楚子、工尹襄《こういんじよう》をして之に問るに弓を以ってせしむ。曰く、『事の殷《さか》んなるに方《あた》りてや、韎韋《まつい》の跗注《ふちゆう》するもの有り。君子なり。不穀を識見《しきけん》して趨る。乃ち傷つくこと無からんや』と」杜預注に「韎、赤色。跗注、戎服。若袴而屬跗、與袴連。」とある。

晉が鄢陵《えんりよう》［春秋時代、鄭の地、現在河南省に属する］において楚・鄭と戦い、晉の勝利で終わった所謂鄢陵の戦いでのこと。

晉の郤至《げきし》［新軍の佐。新軍とは晉の軍隊の一部隊］は三度楚子［楚の共王］の卒《そつ》［軍隊］に遭遇し、楚の共王を認めると、必ず戎車から下り冑《かぶと》を脱いで風の如く趨り去った。楚の共王は臣下の工尹襄《こういんじよう》［工尹は官名、襄はその名：楊伯峻『春秋左傳注』による］に命じて弓を贈り意を伝えて言った、「戦いの真っ盛りの時に韎韋《まつい》［赤色の牛のなめし革］の跗注《ふちゆう》［軍用のズボン。跗［足の甲］にまで届く褌《ずぼん》の如きもので、袴に連なっている戎服。］を穿いた方が居られる。あの方は君子である。不穀《わたし》を認めるとすぐに趨り去っていく。お怪我はないだろうか。」

（3）『周禮』春官・司服に「凡兵事韋弁服、視朝則皮弁服（凡そ兵事［軍事］には韋の弁、（韋の）服、視朝［朝廷での政務］には則ち皮の弁に（白布の）服）」、とあり、鄭注に「韋弁、以韎韋爲弁、又以爲衣裳。（韋弁とは、韎韋を以て弁を爲り、又た以って衣装を爲る）。」「皮弁之服、十五升白布衣、積素以爲裳。（皮弁の服は十五升の白布の衣、積素以って裳を爲る)」とある。

また、『儀禮』「士冠礼」の「皮弁服・素積・緇帶《したい》・素韠《そひつ》(皮弁のとき服するは素積・緇帶・素韠：白鹿の皮製の弁冠を戴いたときの服飾は、素色《しろいろ》の積《ギヤザー》の裳・緇《くろ》いろの帶・素色の韠《ひざおおい》)」、鄭玄注に「此與君視朔之服也。皮弁者、以白鹿皮爲冠、象上古也。積猶辟也。以素爲裳。辟蹙其要中。皮弁之衣、用布亦十五升、其色象焉。(此れ君と朔を視るときの服なり。皮弁は、以白鹿の皮を以て冠と爲す、上古に象るなり。積は猶ほ辟のごとし。以素を以て裳と爲す。その要中を辟蹙す。皮弁のときの衣は、布を用い、亦た十五升、その色象る：この服装は君主が視朔(*)をするときに臣下が共に着る礼服。皮弁とは白鹿の皮で冠を作ったもの。上古(三皇[伏羲・神農・女媧]の時代に)なぞらえている。積とは辟積《へき》[＝襞積：衣服のひだ、ギヤザー]。素色《しろ》の布で裳を作る。腰間《こしまわり》にギヤザーをつける。皮弁を冠るときの衣は十五升(**)の白布を用いる。この色も皮弁の色、白色に合わせる。)」

*視朔　諸侯が天子から頒布された暦を祖廟に藏し、毎月の朔[一日]に特羊[雄の羊]を廟に供え、暦を配付し、引き続きその月の政治を聴くこと。『左傳』文公十六年「夏五月、公不視朔」の正義に「天子頒朔於諸侯、諸侯受而藏之於祖廟、毎月之朔　以特羊告廟、受而施行之、遂聽治此之月、謂之視朔。」とある。

**升　『儀禮』喪服「冠六升」の鄭玄注に「布八十縷爲升。」とある。ただ、賈公彦の疏には「云『八十縷爲升』者、此無正文、師師相傳言之。」と云い、このことを記した正文はなく、師から師へと伝えられてきたものである、としている。楊天宇『儀禮譯注』によれば、更に古代の布地は幅が二尺二寸なので升数が多ければ多いほど肌理の細かい布となる。「布十五升」は千二百縷の布。『辭海』「升」にも、「按十五升謂二尺二寸幅内含一千二百縷、故爲細布。」とある。

(4)「雜問志」　鄭氏弟子撰『鄭志』に「雜問志」として十一条輯収されている(孔廣林『通德遺書所見録』)。

(5)その毛傳に「韎韐、茅蒐染草也」とあり、鄭玄注に「韎韐、茅蒐染也」とある。

（6）『孝經』注　鄭玄注。孔廣林『通德遺書所見録』「孝經注」に『孝經』卿大夫章の「非先王之法服不敢服」の注として、この「六月」の正義及び『儀禮』「少牢」の疏が輯録されている。『儀禮』少牢饋食礼の疏、標起止「筮於至主人」には『孝經』注として「卜筮冠皮弁、衣素積、百王同之、不改易（卜筮には皮弁を冠とし、素積《そせき》［白い布製の、腰間に襞のある裳］を衣る。百王、之に同じ、改易せず）。」と引用されている。

（7）援神契　『隋書』經籍志に「孝經援神契、七巻　宋均注」とある。所謂緯書。

（8）均服振振、取虢之旂　魯の僖公五年［前六五五年］、晉の獻公が虢を伐ち、その国都上陽を囲み、この戦が済《な》るかどうか、卜偃に尋ねると、「克之（之に克たん：克ちます）」と答えた。更に「何時（何の時ぞ：それは何《い》時《つ》か）」と聞かれたときに、卜偃は童謡を引いて、「其九月、十月之交乎（其れ九月と十月の交か：九月と十月の境目でありましょう）」と答えた。その童謡の句に「均服振振、取虢之旂」とある。杜預注には「戎事上下同服。振振、盛貌。旂、軍の旌旗。」とあり、『釋文』には「均、如字。同也。字書作袀、音同。」とあり、「均服振振、取虢之旂」は、「上の者・下の者、共にまとった同じ戎服［軍服］は、振振と勢い盛んに、虢の国の旌旗を奪い取るだろう」といった意味になろう。均服は同服に通じ、また袀［戎服、軍服］にも通じていよう。ここで引いたのは「在軍同服」の傍証としてであるので、均服は同服の意味に取っていると思われる。

（9）僕・右　『周禮』秋官・條狼氏「凡誓、執鞭以趨於前、且命之。誓僕右曰、殺。誓馭曰…（凡そ誓《いまし》めるに鞭を執り前を趨り、且つ之に命ず。僕・右を誓めて曰く、殺と。馭を誓めて曰く…、［＊條狼氏は王の出入の際、その露払いをする］すべて人々を誓める際、鞭を持って前を趨り、命令を宣告する。僕や右には「命に叛いた場合は死罪！」と告げ、馭者には……）」の疏に「僕、大僕、與王同車（僕とは大僕で王と同車する）。大僕は軍旅《いくさ》や田役《かり》の際には王が太鼓を鳴らすのを賛《たす》ける。」「右謂勇力之士、在車右、備非常。（右とは勇力の士で、車の右に乗り、非常事態に備える)」とある。

【箋】于曰至封畿

正義曰、鄭以王不自親征、吉甫述王之辭、故言王曰（校1）。毛氏於詩言于者、多爲於爲往。所以爲王自征耳。言王國者、以率土之濱莫非王臣、要服之内是王國之封畿也。

校勘記

（1）吉甫述王之辭、故言王曰　足利本・元刊本、「吉甫述王之亂、故言其曰」に作り、單疏本、「吉甫述王之辭、故言其曰也」に作り、閩本・監本・毛本・殿本・全書本・阮本、「吉甫述王之辭、故言王曰」に作る。辭を亂に作り、王を其に作るのは誤刻。

鄭箋の「于曰」より「封畿」まで

正義：鄭玄は王は自らは出征せず、尹吉甫が王の言葉を代弁したものと考えるので、「王曰く（云々）」と言っている。毛氏は詩に於いて「于」とあるのは、多く「於いて」か或いは「往く」と解するので、王が自ら出征したものと取っているのである。

王国とは「（溥天《ふてん》の下、王土に非ざる莫く、）率土《そつと》の濱《ひん》、王臣に非ざる莫し：天の下すべて王の土地であり、陸地に率《よ》[循]って行った濱《はて》[涯]まで王の臣下でない者はいない」（詩小雅《北山》）とあるように、天下普くを言い、要服（注1）の内は王国の封畿である。

注

（1）要服　五服の一つの地域。五服とは王城から四方に各五百里まで（千里四方の地域）が甸服、そこからさらに各方向五百里までの地域が侯服（中の甸服の地を除いた二千里四方の地域）、更に四方に五百里までの地域が綏服（三千里四方の地域）、そこからさらに各方向五百里までの地域が要服（四千里四方の地域）。更に四方に五百里までの地域（五千里四方の地域）が荒服となる。（『尚書』禹貢「五百里甸服、…五百里侯服、……五百里要服。……五百里荒服」。要服について、孔安國の傳［注釈］に「要束以文教也（要束するに文教を以てするなり）」疏に「此要服差遠、已慢王化、天子恐其不服、乃以文教要服之。」とある。地が王城より離れているので、文教で制約して、服事［従い仕え］させる地域の意。

この「禹貢」の説の他に『周禮』秋官「大行人」には、邦畿［王国の畿］が方千里、その外五百里四方が侯服、その地、又その外五百里四方の地が甸服、又その外五百里四方の地が男服、又その外五百里四方の地が采服、その外五百里四方の地が衛服、その外五百里四方の地が要服、とあり、それぞれの地域の義務負担が記されている。要服のそれは六年に一度朝見し、貨物［龜・貝］を貢ぎ物として献上すること。服は周の天子に服事するの意。但し、『周禮』「夏官・職方氏」にも九服の記述があり、衛服までは同じであるが、その後に要服はなく、蛮服・夷服・鎮服・藩服と続く。また、数え方の始点が「禹貢」のように、王城からとするか、または『周禮』のように畿内からとするかで、含まれる地域の幅が異なってくる。いずれにせよ、こうした区別は内容から見て、実際に行われた行政地の区別を反映したものではなく、机上の論であろう。

［二一章］

比物四驪　物を比《えら》びて四驪《しり》あり　　力の等しい黒毛の馬四頭を選び

閑之維則　之《これ》を閑《なら》はすに維《こ》れ則《のり》あり　これらに教練を施すにはその法則《やりかた》がある

（毛傳）物、毛物也。則、法也。言先教戰、然後用師。

毛傳：物とは、（『周禮』鄭注に）「馬を毛す［馬の毛色を齊しくする］」「馬を物す［馬の力を齊しくする］」とある、あの物の意味。つまり選ばれた力の等しい馬。則は法。まず戦の仕方を教え、その後で軍隊に用いる。

○（『經典釋文』）比、毗志反。齊同也。

○『經典釋文』比は毗志の反。齊同［ひとしくする］の意。（此に由れば、「比物」は「物を比《ひと》しくす」）。

維此六月　維《こ》れ此の六月　ああこの六月に

既成我服　既に我が服成れり　我［宣王］の戎服は整った。（毛傳）

我服既成　我が服既に成れり　（宣王は）作られた、私の戎服［軍服］を、（鄭箋）

我［宣王］の戎服は整った。（鄭箋）

我［尹吉甫］の戎服は作られた。（鄭箋）

于三十里　于《ゆ》くこと三十里　（毛傳）一日に三十里進み往かん（毛傳）

于《いわ》く「三十里にせよ」（箋）宣王は言われた、「一日に三十里行ったら休息せよ」（鄭箋）

（毛傳）師行三十里。

箋云、王既成我戎服、將遣之、戒之曰、「日行三十里、可以舍息。」

毛傳：軍旅は日に行くこと三十里。

鄭箋：宣王は既に我が戎服を作り終え、これを送り出そうとして、戒めて言った、「一日に三十里行ったら、休息するように」と。

王于出征　王于《ここ》に出征し　（毛傳）宣王は自ら出征し、
王于《いわ》く、「出征して　（箋）宣王は言われた「尹吉甫よ、そなたは出征して

以佐天子　以って天子を佐《たす》く　（毛傳）天子としての大功を成し遂げるのだ。
以て天子を佐《たす》けよ」と。　（箋）我［宣王］の天子としての勤めに助力して、あの北狄を禦いで欲しい。」

（毛傳）出征以佐其爲天子也。
箋云、王曰、「令（校1）女出征伐、以佐助我天子之事、禦北狄也。」

校勘記

（1）令　『毛詩』四部叢刊本・四部備要本、今に作る。『毛詩注疏』足利本・元刊本・閩本・監本・毛本・阮本・殿本・全書本、「令」に作る。「今」と「令」とは誤りやすい。「令」に作る方がやや威厳のある言い方になろう。

毛傳：宣王は出征して自ら周の天子としての大功を成し遂げるのに尽力する。
鄭箋：宣王は言った、「そなたを征伐に行かせるのは、我の天子としての仕事、北狄を禦ぐことに力を貸して欲しいためなのだ。」

疏　比物至天子

毛以爲宣王之征、所簡車馬者、乃比同力之物、四驪之馬。此四驪之馬、先以閑習之、維有法則矣。所以今用之、維此六月之時、既成我軍士之戎服。我軍士、戎服既成、於是師行日三十里耳。王於是出行、征伐玁狁、成已爲天子之大功也。

鄭唯以吉甫獨行、王于爲曰、爲異、餘同。

疏　比物から天子まで

毛公の解釈：宣王が出征するに当たり、（戦車を引く馬として）簡《えら》んだのは、乃ち力の等しい物、四頭の黒毛の馬。この四頭の黒毛の馬に先ず訓練を施した、そのやり方には決まりがある。今これを用いるのは、この六月、既に我が軍士の戎服はできあがった。我が軍士の戎服はできあがった。そこで軍隊は一日に三十里を行く。宣王はこうして出軍して玁狁を征伐し、自らの天子としての大功を成し遂げるのだ。

鄭玄はただ（宣王は行かず）尹吉甫だけが行くこと、「王于」を「（王）曰［曰く、の意］」とすることだけが毛公の解釈と異なっていて、他は同じ。

○傳物毛至用師

正義曰、「夏官・校人」云、「凡大事・祭祀・朝覲・會同、毛馬而頒之。」「凡軍事、物馬而頒之。」注云、「毛馬、齊其色」、「物馬、齊其力」、是物馬之文也。傳以直言物則難解、故連言「毛物」以曉人也。然則比物者、比同力之物、戎事齊力尚強、不取同色而言四驪者、雖以齊力爲主亦不厭其同色也。故曰、「駟騵彭彭。」又曰、「乘其四騏」。田獵齊足、而曰「四黃既駕」、是皆同色也。無同色者、乃取異毛耳。「騏駵是中、騧驪是驂」是也。以言「閑之」、是以先閑習、故知「先教戰而後用師」也。『書傳』曰、「征伐必因蒐狩以閑之。「閑之」者、何貫之貫之何習之、是也。

○傳の物毛から用師まで

正義：『周禮』夏官・校人に「凡大事・祭祀・朝覲・會同、毛馬而頒之。（凡そ大事・祭祀・朝覲・會同には、馬を毛して之を頒つ：すべて大事・祭祀・朝覲・会同の時には毛色の等しい馬を選んで（王の車に駕し）、馬に乗る者に分かち与える）」（注1）「凡軍事、物馬而頒之（凡そ軍事には、馬を物して之を頒つ：すべて軍事行動が在る時は力の等しい馬を選んでこれを乗る者に分かち与える）」とあり、その鄭玄注に「毛馬、齊其色（馬を毛すとは、その色を齊しくするなり：毛馬［馬を毛す］とは毛色の同じ馬を選ぶことである）」、「物馬、齊其力（物馬［馬を物す］とはその力を齊しくするなり：馬を物すとは力の同じ馬を選ぶことである）」とある（注2）。これは「物馬」についての文である。毛傳は（経文に）ただ「物」とだけ言っているのは、何のことか解しがたいので、「毛・物」と連言して（この物とは馬を見て辨別して選ぶことで、その馬は力の等しいのを選ぶ、ということを）読む人に理解してもらうようにしたのである（注3）。だとすれば、詩の「比物」とは、同じ力の馬を比《えら》ぶということになる。戎事［軍事］には（戦車を牽く馬の）力が等しいものを選ぶというのは、強いことを尚ぶからで、（見栄えを重んじて馬を）同じ毛色のものだけを選ぶことをしない。それなのに、「四驪（四頭の黒毛の馬）」と言うのは（この四頭の馬の毛色が同じことであり、軍事の際の馬は力の等しいことを重んずるはずであるが）、これは馬の力が等しいことを第一にして優先して選ぶが、それら四頭の馬が同じ色であってもそれは構わない。

何故かと謂えば次のような例があるからである。大雅《大明》に「駟騵彭彭（駟騵彭彭たり：四頭の騵［鬣《たてがみ》が黒い赤馬で腹が白い馬］）彭彭と盛んに行く」（注4）とあり、又小雅《采芑》に「乘其四騏（其の四騏に乗る）」とある。田獵には足の速さの齊しい馬を用いる。それなのに小雅《車攻》には「四黃既駕（四黃［四頭の黄毛の馬］既に駕す）」とある。これらは皆同じ色の馬である。同じ毛色の馬がいない場合には、毛色の異なったものを選ぶのである。秦風《小戎》に「騏駵是中、騧驪是驂（騏駵は是れ中、騧驪は是れ驂：騏・駵《りゅう》［赤毛で鬣《たてがみ》の黒い馬］は輈《ながえ》の中、騧《か》［黄毛で喙の黒い馬］驪《り》［黒毛の馬］は驂《そえうま》）」とあるのはその例である。

（詩に）「閑之」とあるので、先ず「閑習する［習熟する］」のであるから、「先教戰而後用師（先ず戦の仕方・方法を教え、その後に実戦に用いる）」と言うことがわかる。『書傳』（『尚書大傳』）に「征伐必因蒐狩以閑之。閑之者何。貫之。貫之何。習之（征伐には必ず蒐狩《しゅうしゅ》［狩り］に因って以て之を閑す。閑とは何ぞ？貫するなり。貫するとは何ぞ。習うなり）」とあるのがこのことを言う。

注

（1）『周禮』夏官・校人　現行阮刻「十三經注疏本」『周禮』には、「事」の字なし。

（2）『周禮』夏官・校人「毛馬而頒之」の鄭玄注に「毛馬、齊其色也（馬を毛す［辨別して選ぶ］とは、その色を齊しくするなり）」とあり、また「凡軍事、物馬而頒之」の鄭玄注に「物馬、齊其力（馬を物す［見て選別する］とは、その力を齊しくするなり）」とある。「毛馬」「物馬」の毛・物は動詞として読むことになる。

（3）この《六月》の詩は明らかに軍事を詠った詩であり、ここの毛傳も「物、物馬」となっていれば、軍事の際は「力の等しい馬を（選んで）頒《わか》つ」とする『周禮』校人の「物馬而頒之」、及びその鄭玄注に「物馬、齊其色也」とあるのと合うのであるが、毛傳では「物、毛馬」となっており、「毛馬」とは祭祀などの際に毛色の等しい馬を選ぶことを意味しているので、『周禮』校人の云う所と合わない。何とか「物、物馬」に持って行こうとして、「毛・物」（「毛馬」の毛・「物馬」の物）と連言して人に曉《さと》したもの、と苦しい論旨展開をしているものであろう。五經及びその注を統一的にそれらの間に矛盾がないものにしようとする外的要請、或いは正義の著者達の内面的意欲があるためにもたらされている現象のように思われる。

（4）騵　鄭箋に「騂馬白腹曰騵」とあり、また《小戎》の「騏騮是中」鄭箋に「赤身黑鬣曰騮」とある。騵とは黒い鬣《たてがみ》で赤毛の馬で腹が白毛の馬。

○傳師行三十里

正義曰、此述宣王之征是師行之事。美事明得禮、故諸軍法皆三十里爲限。『漢書』「律歴志」計武王之行亦準此也。

○毛傳の師行三十里について

正義：これは宣王の北征の時、軍旅の行軍についてのこと。行軍を誉めるのに、礼を得ていることを明示したものである。というのは、諸々の軍法に於いて一日の行軍は三十里を限りとしているからである。『漢書』「律歴志」に武王の（一日の）行軍の距離を計っているが（注1）、その行軍もこれ［＝一日に行くこと三十里］に準じている。

注

（1）『漢書』「律歴志」下に「癸巳武王始發、丙午還師、戊午度于孟津。孟津去周九百里、師行三十里、故三十

一日而度。」とある。孟津は周から九百里で一日軍隊が行軍するのは三十里なので、三十一日目に孟津のわたしを度《わた》ることになる。

［三章］

四牡修廣　四牡修《なが》く大《おお》いなり　戎車を引く四頭の牡馬は体は長く大きくて
其大有顒　其の大いなる顒《ぎょう》たる有り　その大きさは堂々としていて力強い
（毛傳）修、長；廣、大也。顒、大貌。
毛傳：修は長いこと。広は大きいこと。顒《ぎょう》とは大きい状態《ありさま》。
○（『經典釋文』）顒、玉容反。説文云、大頭也。
○『經典釋文』顒は玉容の反。『説文』に「大頭也」とある。
薄伐玁狁　薄《ここ》に（注1）玁狁《けんいん》を伐ち　この大きくて強い馬の牽く戦車で玁狁を伐ち
以奏膚公　以って膚《おお》いなる公を奏《な》さん　大きな功績を打ち立てよう
（毛傳）奏、爲；膚、大；公、功也。
毛傳：奏は爲すこと。膚は大。公は功。

注

（1）薄　毛傳・鄭箋とも何も語らず、また疏でも「薄」をそのまま用いており、何と読んでいるのか定かではない。周南《芣苢《ふい》》に「采采芣苢、薄言有之」の毛傳に「薄、辭也」とあり、鄭箋に「薄言、我薄」とする（鄭箋は言を我と読むことがある）。薄については毛傳を踏襲しているものと推される。周頌《時邁》に「薄言震之」とあり、その鄭箋には「薄猶甫也。甫、始也。」とある。薄を「始め」と取っている。周頌《有客》の「薄言追之、左右綏之」に於いても鄭箋は「追、送也。於微子去、王始言餞送之。」とする。「薄」を辭［助詞］と取るか、始め（或いは「始めて」）の意と取るか、二つの可能性があるが、「辭」、則ち文頭の語気助詞として読んでおく。

有嚴有翼　厳たる有り、翼たる有り　將軍には威厳が有り、文を掌る将帥は慎み深く礼儀正しく

共武之服　武の服《こと》を共にす　このように文・武の者たちが兵事を共にしている

（毛傳）嚴、威嚴也。翼、敬也。

箋云、服、事也。言今師之羣帥、有威嚴者、有恭敬者、而共典是兵事。言文武之人備。

毛傳：嚴は威厳。翼は敬うこと。

鄭箋：服は事。今、この軍隊の将帥《しょうすい》たちは威厳のある者がおり、慎み深く礼儀正しい者がいる。彼等は共にこの兵事を典《つかさど》っている。文・武の人が備わっていることを言う。

○（『經典釋文』）嚴、如字。共、鄭如字。注下同。王・徐音恭。帥所類反。下將帥同。後篇放此。

○『經典釋文』嚴は如字（本読）。共は鄭玄は如字に読む。注の下も同じ。王肅・徐邈は音、恭。帥は所類の反。下の帥も同じ。後の篇もこれに倣う。

共武之服　武の服《こと》を共にす　威厳のある武の将帥、慎み深く礼儀正しい文の将帥が兵事を共にしているので

以定王國　以て王国を定む　（敵に打ち勝って）王国を安定させるだろう

箋云、定、安也。

鄭箋：定は安の意。

疏 四牡至王國

毛以爲王所將戎車所駕之四牡、形容修長而又廣大、其大之貌則有顒然、以此之強、薄伐玁狁之國、以爲天子之大功也。非直車馬之強、又有威嚴之將・恭敬之臣而共典掌是兵武之事。其嚴者威敵厲衆、敬者撫和上下。既有此文武之臣、共掌兵事、以此而往。故當克勝而安定王國也。鄭唯據吉甫爲異。

疏 四牡から王國まで

毛公の解釈：宣王が率いる戦車。それを引く四頭の牡馬が背が長く、大きく、その大きなさまは顒然《ぎょうぜん》と体格も堂々としていることを形容している。この大きくて強い馬に牽かれた強い戦車軍で玁狁の国を討伐し、天子としての大功績としよう。ただ車馬が強いだけではなく、威厳の有る将軍や慎み深く礼儀正しい臣［文臣の帥］が共に兵武のことを掌っている。将軍の威厳は敵を威圧し、自軍の兵士達を奮い立たせる。文臣の礼儀正しさは上の者［将帥たち］下の者［兵士たち］を融和させる。このような文武の臣下たちが共に力を合わせて兵事を掌りながら、遠征して往く。間違いなく敵に打ち勝って王国を安定させるだろう。鄭玄はこれが（宣王ではなく）尹吉

甫に據るとするところが異なっているだけである。

［四章］

玁狁匪茹　玁狁《けんいん》、茹《はか》るべきところに匪《あら》ざるに　玁狁が自由勝手にすべき所ではないのに
整居焦穫　整えて焦穫《しょうご》に居り　焦穫の地を占拠し
侵鎬及方　鎬《こう》及び方を侵し　更に鎬及び方を侵し
至于涇陽　涇陽《けいよう》に至る　涇水《けいすい》の陽《きた》にまで侵攻してきた

（毛傳）焦穫、周地、接于玁狁者。

箋云、匪、非：茹、度也。鎬也、方也、皆北方地名。言玁狁之來侵、非其所當度爲也。乃自整齊而處周之焦穫、來侵至涇水之北、言其大恣也。

毛傳、焦穫《しょうご》は周の地で玁狁の地に接している所。

鄭箋：匪は非、茹は度《はか》る。鎬・方は共に北方の地名。この章句は、玁狁が侵入して来た所は、玁狁が度爲《たくい》すべき所［度《はか》り爲《おさ》む所・度《はか》り爲《つく》る所］—住まいを作って住むべき所ではない（注1）。それなのに、周の焦穫の地を占拠し、更に涇水の北岸まで侵入してきた。（玁狁が）大いに恣《ほしいまま》にしていることを言う。

注

（1）度爲　『漢書』「郊祀志」下に「於是作建章宮、度爲千門萬戸。」とある。「度爲」は計画設計して作る、といった意味であろう。或いは、あれこれと思いを致すべきことではない。身の程をわきまえない、身の程知らず

のこと。『爾雅』「釋言」に「茹、虞、度也。」郭璞注に「皆測度也。詩曰、不可以茹。」とある。

○（『經典釋文』）茹、如豫反。徐音如、穫音護。『爾雅』十藪、周有焦護。鎬、胡老反。王云、京師。度、徒洛反。下同。

○『經典釋文』茹は如豫の反。徐氏［徐邈］は音、如（字）。穫は音、護。『爾雅』に十藪［＝大澤］（の一つとして）「周に焦穫有り」［郭璞注に「今扶風、池陽縣瓠中是也。」］とある。鎬は胡老の反。王肅は京師と云う。度は徒洛の反。

織文鳥章　織文《しょくぶん》には鳥の章　徽織《きし》の象［はたじるし］には鳥隼を象《かたど》り画いてあり

白旆央央　白旆央央《はくはいえいえい》たり　白い旗は鮮やかにゆらめいている

（毛傳）鳥章、錯革鳥爲章也。白旆、繼旐者也。央央、鮮明貌。

箋云、織、徽織也。鳥章、鳥隼之文章。將帥以下、衣皆著焉。

毛傳：鳥章とは飛行速度の速い鳥、隼を旗に画き、徽章としたもの（注1）。白旆は旐に着けるもの［旆は旗の末に着ける燕尾状の布、はたあし］。央央とは鮮明なさま。

鄭箋：織は徽織、はたじるし。鳥章は隼の徽章［標識］。将帥以下（伍長以上：疏参照）、その衣［旗布］にはこの標識を画く（注2）。

注

（1）錯革鳥　『爾雅』釋天に「錯革鳥曰旟」とある。邢疏に「孫炎云：錯、置也。革、急也。畫急疾之鳥於縿也。『鄭志』答張逸亦云：畫急疾之鳥隼、以（『周禮』）司常云：「鳥隼爲旟。」詩小雅云：「織文鳥章」也。」とあり、此に由れば「錯革鳥曰旟」は「革鳥［急鳥］を錯《お》くを旟と曰ふ」と読め、急疾の鳥隼を緣に画く、といった意味となる。ただ、郭璞注では、「此謂合剥鳥皮毛置之竿頭」とあり、鳥の皮毛を剥いで、それを旗の竿の先に置く、となり、やや違いがある。

（2）衣　ここでは旗についてのことであるので、旗布のこととして解した。このあとの孔疏「箋織徽至著焉」でも一貫して旗のこととして解しているように読める。ただ、『周禮』春官・司常の鄭注「今城門僕射所被及亭長著絳衣、皆其舊象也。」にも触れている、身に着ける衣の意味とする可能性もあり、判断に迷うところである。馬瑞辰はこの「城門僕射云々」の鄭注について、『説文』の卒に「衣有題識」に據ったものとして、「是徽識箸臂、惟軍中士卒則服（一本に然に作る）耳。」この徽識は臂に箸けるもので、士卒が着けるものとする。更に天子諸侯より大夫以上はその旌旗に着ける［画く］もので、鄭箋の「謂自將帥以下衣（皆）箸焉」は「亦非。」という（『毛詩傳箋通釋』）。屈萬里は「大夫以上爲旌旗、士卒則著徽識之衣。其衣以鳥隼之章爲徽識也。」（『詩經詮釋』）と馬説に従っている。

○（『經典釋文』）織、音志。又尺志反。注同。白茷、本又作旆、蒲貝反。繼旐曰茷。『左傳』云、蒨茷、是也。一曰、旆［旆の異体字］與茷、古今字殊。央、音英、或於良反。下篇同。徽音輝。將、子亮反。下大將同。後篇「將帥」放此。著、知略反。

○『經典釋文』織は音志。又尺志の反。注も同じ。白茷は一本に又旆に作る。蒲貝の反。旐に継《つな》ぐを茷《はい》［はたあし］と曰う。『左傳』（定公四年）に蒨茷《せんぱい》［赤色の旗あし］と云うのがこれである（『左傳』には綪茷に作る）。一に旆と茷とは古今の字の殊《ちが》いなりと曰う。（央央）の央、音は英。（鮮明也。）或いは於良反。下篇も同じ。（徽織）の徽、音輝。將は子亮の反。下の大將も同じ。後篇の將帥も此に放《なら》う。著は知署の反。

元戎十乘　元戎《げんじゅう》（注1）十乘《じゅうじょう》　大きな戦車十台
以先啓行　以《もっ》て先《ま》づ行《みち》を啓《ひら》く　先鋒となってまず前線の敵軍を突破して途を啓く

（毛傳）元、大也。夏后氏曰鉤車（注2）、先正也。殷曰寅車、先疾也。周曰元戎、先良也。

箋云、鉤鞶（校1）、行曲直有正也。寅、進也。二者及元戎、皆可以先前啓突敵陳之前行。其制同異未聞。

校勘記

（1）鉤鞶　足利本・元刊本・閩本・監本・毛本・阮本、同じ。殿本・全書本、及び四部叢刊本・四部備用本『毛詩鄭箋』、「鉤、鉤鞶」に作る。阮元「挍勘記」に「閩本・明監本・毛本不重鉤字。案此誤刪也。」とある。

毛傳：元は大きいこと。夏后氏［夏王朝］の時には鉤車といい、「正すことを先にす［第一にする］」、正すとは兵車の進路を正すこと」の意。殷には寅車といい、「疾きを先にす［疾いのを第一条件とし、重んじる］」の意。周では元戎といい、「良を先にす［大きくて良い物を第一とする］」の意。（＊先正・先疾・先良の意味、分かりにくい。先正の正は軍の進行を正すという兵車の目的であり、先疾の疾は兵車の速いこと、兵車の能力であり、先良の良は兵車の質を意味しており、これらを同じ「先」で括っているので、仮に上のように訳した。本書二三四・二三五・二三七頁、及び『左傳』宣公十二年、標起止「注元戎至爲備」の疏、参照。）

鄭箋：鉤は鞶［馬の腹帯］を鉤《か》けること。鉤車は、行軍の進行に誤りがあればこれを正す。寅とは進むこと（注3）。鉤車・寅車及び元戎は皆、真っ先に突撃して敵の軍陣の先鋒を打ち啓く。（その車の）制度・方法の違いについては聞いたことがない。

注

（1）元戎　元戎について、『史記』三王世家「集解」に詩云：「元戎十乘、以先啓行。」を擧げ、その韓嬰章句を引いて「元戎、大戎、謂兵車也。車有大戎車十乘、謂車縵輪、馬被甲、衡扼之上盡有劍戟、名曰陷軍之車、所以冒突先啓敵家之行伍也。（元戎は大戎、兵車を謂ふ。車に大戎車十乘有りとは、車は縵輪し〔車輪・車轂を皮革で包む〕、馬は甲を被り、衡扼の上には尽く劍戟有るを謂ふ、名づけて陷軍の車と曰ふ。敵家の行伍に冒突し先啓する所以なり）」とある。戦闘用の大きな戦車。これを牽く馬は馬用の甲冑を着け、戦車の車輪・轂は皮革で包み、衡扼の上には剣・戟を付けたもの。

（2）鉤車　鉤は曲がっているの意。車の前の欄干が湾曲している車。『禮記』明堂位に「鉤車、夏后氏之路〔＝路車〕也。」とあり、鄭注に「鉤有曲輿者也（鉤とは曲輿有る者なり）」とあり、その孔疏に「鉤、曲也。輿則車牀。曲輿謂曲前輿也（鉤は曲なり。輿〔人の乗る箱形の部分〕は則ち車牀なり。曲輿とは前輿を曲ぐるものを謂ふなり）」とある。

（3）『爾雅』釋詁に「肅、…寅、藎、進也」とある。

○（『經典釋文』）乘、繩證反。行、戸郎反。注前行同。夏、戸雅反。鉤、古侯反。股音。古今經註作鞶、無股字。以先蘇薦反。陳、直覲反。

○『經典釋文』乗は繩證の反。行は戸郎の反。注の「前行」の行も同じ。夏は戸雅の反。鉤は古侯の反。股、音古。今の經注には「鞶」に作っており、「股」の字がない。「以先」の先は蘇薦の反。陳は直覲の反。

疏　玁狁至啓行

毛以爲王師已行、數狄之罪、故陳其放恣。言玁狁之所侵者、非其意所當度、乃整齊而處我周之焦穫之地、又侵鎬及北方之地、至於涇水之北。侵及近地、實爲大甚（校1）、故以當合征之。而將帥以下皆有徽織之象、其文有鳥隼之章、以帛爲行旆央央然鮮明。皆有致死之備以行也。又有戎車十乘以在軍先、欲以啓突敵陳之前行、由玁狁之恣而伐之。鄭唯據吉甫爲異。

校勘記

（1）實爲大甚　足利本・元刊本・阮本、「石爲大甚」に作る。單疏本・閩本、「實爲大甚」に作る。監本・毛本・殿本・全書本、「實爲太甚」に作る。阮元「挍勘記」に「閩本・明監本・毛本、石作實。案所改非也。石當作恣。」とあるが、これこそ恣に改めることになり、取らない。

疏　玁狁から啓行まで

毛氏の解釈：王の軍隊が出軍し、狄の罪状を数え挙げて責め、特にその放恣なことを並べ列ねて言う。「玁狁の侵攻した所は彼等があれこれと画策すべき所ではない。それなのに軍旅を整えて（注1）、我が周の焦穫の地を占拠して、更に鎬及び北方の地を侵し、涇水の北まで進出してきた。侵すこと我が周の京師の近くまでに及び、真に甚だしいものがある。だからどうしてもこれを征伐しなくてはならない。将帥以下（衣にも）みな徽織［標識］が象られており、その文様は鳥隼が描かれている。帛で行旆を作り、央央然として鮮明である。将帥以下みな死ぬ覚悟で進んで行く。又戎車［戦車］十台、軍の先頭に在って、敵陣の先鋒に突撃しようとしている。玁狁が恣《ほしいまま》にやりたい放題をしているので、これを征伐するのだ。鄭玄の解釈は（宣王が親征すると言うのではなく）尹吉甫（が軍を率いて行くとする所）だけが異なっている。

注

（1）軍旅を整えて　正義原文「整齊」とのみあり、何を「整齊」する（整える）のかが、明瞭ではない。陳奐『詩毛氏傳疏』に「整、整旅也」とあるのに依った。宇野東山『毛詩國字辨』に「整居焦穫」について、「周ノ地ニ侵シ入リ、陣ドリヲシ、備ヲ立テテ焦穫ニ居リ」と解釈している（久保天随編、大正二年博文館刊）。

○傳焦穫至玁狁（校1）

正義曰、「釋地」云、「周有焦穫。」郭璞曰、「今扶風　池陽縣　瓠中是也。」其澤藪在瓠中而藪外猶焦穫。所以「接于玁狁」也。孫炎曰、「周、岐周也。」以焦穫繼岐周言之、則於鎬京爲西北矣。以北狄言之、故爲北方耳。

校勘記

（1）焦至玁狁　足利本・元刊本・閩本・毛本、「焦至玁狁」に作る。單疏本・監本、「焦穫至玁狁」に作る。標起止は起［始め］と止［終わり］二字ずつとあるのが通例。單疏本に従う。

○毛傳の焦穫より玁狁まで

正義：『爾雅』「釋地」に「周に焦穫《しょうご》有り」とある。郭璞は「今の扶風、池陽縣、瓠中がその地である。」（注1）

という。その沢藪は瓠中に在って、藪の外もなお焦穫の地。だから、「玁狁に接する」のである。孫炎は「周とは岐周である。」という。焦穫は岐周に続いていると言うのであれば、その地は鎬京からは西北にあたる。北狄と言われているので、（毛傳の意識では、西北方ではなく広く）北方とみなしているのである。

注

（1）焦穫　これを焦・穫と分けて、二つの地名とするものもある。「焦穫鎬方、皆地名。焦、未詳所在。穫、郭璞以爲瓠中、則今在輝州三原縣也。」（朱子『詩集傳』）。但し、この郭璞の云う所は、『爾雅』「釋地」十藪の注に該当し、十藪に擧げられている地名は全て二字の地名であることからすれば、二字で一地名と考えるべきであろう。

○箋匪非至大恣

正義曰、以北狄所侵、故知「鎬也方也、皆北方地名」也。「整齊而處之」者、言其居周之地、無所畏憚也。鎬・方雖在焦穫之下、不必先焦穫乃侵鎬・方。據在北、當在焦穫之東北（校1）。若在焦穫之內、不得爲長遠也。水北曰陽、故言涇水之北、涇去京師爲近、故言大恣。毛不解鎬・方之文、而《出車》傳曰、「朔方近玁狁之國。」鎬・方文連則傳意鎬亦北方地也。王肅以爲鎬京、故王基駁曰、「據下章云、『來歸自鎬、我行永久』、言吉甫自鎬來歸、猶『春秋』「公至自晉、公至自楚」、亦從晉・楚歸來也。故知嚮日（校2）「千里之鎬、猶以爲遠。」鎬去京師千里、長安・洛陽代爲帝都而濟陰有長安鄉、漢有洛陽縣（校3）、此皆與京師同名者也。孫毓亦以箋義爲長。

校勘記

（1）據在北方在焦穫之東北　足利本・元刊本・閩本・監本・毛本・阮本・全書本、「據在北方在焦穫之東北」に作る。單疏本、「據在北當在焦穫之東北」に作る。前者によれば「據在北方、在焦穫之東北」と句切り、後者によれば、「據在北、當在焦穫之東北」と句切ることができよう。朱・李整理『毛詩注疏』（上海古籍出版社）の校勘記の「據單疏本改」とするのが妥当であろう。

（2）知嚮日　足利本・單疏本・元刊本・閩本・監本・毛本、「知嚮日」に作る。全書本には、「劉向曰」に作る。『要義』（光緒本、巻十の三十六）も同じ。『要義』（徽州本）は「知嚮同」に作る。これでは意味が通じない。阮元「挍勘記」に「閩本・明監本・毛本同。案知嚮日、盧文弨云、「劉向曰」、是也。此在『漢書』陳湯傳。」とある。朱・李整理『毛詩注疏』「校勘記」もこれを受けて、「阮校是也、據改。」とする。「劉向曰」として解した。

（3）漢有洛陽縣　足利本・單疏本・閩本・監本・毛本・殿本・阮本・全書本・『要義』（徽州本）みな同じ。「挍勘記」に「閩本・明監本・毛本、同。案惠棟云『漢下當有中字。陽字衍』是也。」これに從えば「漢中有洛縣」に作るべきとなる。但し、下文に「此皆與京師同名者也」とあることから、「洛陽」でなければ、正義では意味をなさないであろう。

○鄭箋の非から大恣まで

正義：北狄が侵略したのだから、「鎬也方也、皆北方地名（鎬や方はどちらも北方の地名）」ということがわかる。「整齊而處之」とは、（北狄が）周の地に居て、畏れ憚る所がないことを言う。（経文で）鎬や方が焦穫《しょうご》より後になっているけれども、先ず焦穫が、それから鎬や方が侵略されたとは限らない。（鎬や方は）北方に在ることからすれば、焦穫の東北（の外）に在るはずである。もし焦穫の内側に在るとすれば、長遠ということはできない。

水《かわ》の北を陽という（注1）。だから、（「（至于）涇陽」を）「涇水の北」と言っている。涇水は京師のすぐ近くにある。それで「大忞（大いに忞にす）」と解しているのだ。

毛氏はここで鎬・方の文について解釈を加えていない。しかし、《出車》の毛傳に「（方、）朔方、近玁狁之國（方は朔方。朔方は玁狁に近い国）」と言っている（「往城于方」の傳）。この詩では「侵鎬及方」と鎬・方と連ねてあるので、毛傳の意においては鎬も北方の地なのである。

王肅は鎬を鎬京と解している。しかし、王基は反駁して「下の章［六章］に『來歸自鎬、我行來久』とあり、これは尹吉甫が鎬より来帰したことを意味しており、『春秋』に「公至自晉」「公至自楚」と記されているのは、晉より或いは楚より帰来する意味である（注2）。だからこそ劉向も「千里之鎬猶以爲遠（千里の鎬も猶ほ以って遠しと爲す：千里離れた鎬ですらなお遠いと考えられる）」（注3）と言っているのだ。鎬は京師を去ること千里ということである。長安・洛陽は代々帝都であるが、濟陰にも長安鄉という所があり、漢中に洛陽縣という所がある。これらは共に京師と同名の地なのだ（鎬と鎬京との関係もこれと同じ）。」孫毓も鄭箋の見解が長《まさ》っているとしている。

注

（1）水の北を陽という　『春秋公羊傳』僖公二十二年、「宋公與楚人期、戰于泓之陽」の何休注に「泓、水名。水北曰陽。」とある。『春秋左氏傳』僖公二十八年、「欒貞子曰、漢陽諸姫、楚實盡之」の杜預注に「貞子、欒枝也。水北曰陽。」とある。

（2）公至自晉、公至自楚　「公至自晉」は『春秋』文公四年春に見られるのを含め、計二十一箇所に見られる。「公至自楚」は『春秋』襄公二十九年、夏にあるのを含め、計四箇所に見られる（葉紹鈞『十三經索引』中華書局、一九八三年）。

（3）劉向も「千里之鎬、猶以爲遠」　校記にも触れた如く、知鄕日は劉向曰に作るべきところ。陳湯は甘延寿とともに西域に軍を進め、制を矯めて郅支單于の居城を攻めてこれを抜き、單于を誅殺した。戰の後、その功績が論じられたが、制を矯めたこと及び捕獲した戦利品を軍法によらず己の物としたことなどから、丞相匡衡や中書令石顯等は陳湯に爵土を加えることに反対。時の皇帝元帝は延寿及び陳湯の功績を嘉するとともに、匡衡・石顯の議に違うことも難しく、議は永く決しなかった。そうした状況の時、劉向が上疏して、陳湯等の行為を支持した。その上疏文中に在る言葉。「…吉甫之歸、周厚賜之、其詩曰：『吉甫燕喜、既多受祉、來歸自鎬、我行永久。』千里之鎬猶以爲遠、況萬里之外、其勤至矣。…」とある。「千里離れた鎬ですらなお遠いと思われるのに、ましてや萬里の外に（赴いて）……」という（『漢書』巻七十、陳湯傳）。

○傳鳥章至旐者

正義曰、「釋天」云、「錯革鳥曰旟。」孫炎曰、「錯、置也。革、急也。畫急疾之鳥於縿也。」『鄭志』「答張逸亦云、『畫急疾之鳥隼。』」是也。故箋云、「鳥隼之文章。」正知隼者、以「司常」云、「鳥隼爲旟。」「釋天」云、「繼旐曰旆。」故云、「白茷繼旐者也。」茷與旆、古今字也。故定四年『左傳』曰、「蒨旆・旃旌」亦旆也。以其繼旐垂之、因以爲狀。故曰、「胡不旆旆。」此旟而言旐者、散則通名。

○毛傳の「鳥章」から「旐者」まで

正義：『爾雅』「釋天」に「錯革鳥曰旟（革鳥を旟に錯《お》く）。」とあり、孫炎は「錯とは置くこと。革は急《はや》いこと。速く飛ぶ鳥を縿［旌旗の下に垂らした飾り］に画いたもの。」『鄭志』に「張逸に答えて亦た曰く、『急疾の鳥隼を画くものなり』」とあるのがこのことである。それで鄭箋に「鳥隼の文章（隼の絵柄）」と云っているのである。隼であることが分かるのは、『周禮』春官・司常に「鳥隼爲旟（鳥隼を旟と爲す：隼を画いた旗を旟という）。」とあり、『爾雅』「釋天」に「繼旐曰旆（旐に継ぐを旆と曰ふ）。」（注1）とあるので、「白茷繼旐者也（白茷は旐に継ぐ者なり）。」と鄭箋で云っているのである。「茷」と「旆」とは古今の字［昔と今の字］である。『左傳』定公四年には「蒨旆・旃旌」とあり（注2）、これも亦た旆である、旆は旐につけて垂らすものなので、そのはためく状態を表わすのである。それで（《出車》に）「胡不旆旆（胡ぞ旆旆たらざらんや：何とまあ旆旆としているではないか）」と表現しているのである。ここでは「旟」なのに「旐」と言っているのは、それぞれ分散して用いた場合は通じて用いられる（同じ意味となる）。

注

（1）繼旐曰旆　郭璞注に「帛續旐末、爲燕尾者（帛の旐末に続《つ》ぎて、燕の尾を爲す者なり：絹布を旐《はた》の末につけ、燕の尾のような貌に垂れ下がるようにしたもの。）」とある。ここでの旆とは、所謂はたあし。

（2）『左傳』定公四年に、「分康叔以大路・少帛・綪茷・旃旌・大呂・殷民七族陶氏・施氏・繁氏・錡氏・樊氏・饑氏・終葵氏（康叔に分つに大路・少帛・綪茷・旃旌《せんせい》・大呂・殷民の七族陶氏・施氏・繁氏・錡氏・樊氏・饑氏・終葵氏を以てす）」とある。

○箋織徽至著焉

正義曰、言徽織者、以其在軍爲徽號之織。『史記』『漢書』謂之旗幟。幟與織、字雖異、音實同也。傳云、「革鳥」爲解不明。故云、「鳥隼之文章。將帥以下、衣皆著焉。」謂此「織文鳥章、白茷央央」也。以絳爲繆、畫爲鳥隼、又絳爲旒、書名於末、以爲徽織。知者、「司常掌九旗之物名、各有屬。」注云、「物名者、所畫異物則異名也。屬謂徽織也。「大傳」謂之徽號。今城門僕射所被及亭長著絳衣、皆其舊象也。」又曰、「皆畫其象焉。官府各象其事、州里各象其名、家各象其號。」注云、「事・名・號、徽織、所以顯別衆官、樹之於位、朝者各就焉。「覲禮」曰、『公・侯・伯・子・男、皆就其旂而立。』此其類也。或謂之事、或謂之名、或謂之號。異外内也。三者旌旗之細（校1）。「士喪禮」（校2）曰、『爲銘、各以其物。亡則以緇長半幅、頳末長終幅、廣三寸、書名於末。』此蓋其制也。徽織之書則云某某之事・某某之名・某某之號。今大閲（校2）禮象而爲之。兵、凶事。若有死事者、亦當以相別也。」

校勘記

（1）細　『周禮』（江西南昌府學開雕本、十三経注疏本）鄭注には「細也」に作る。『要義』（徽州本）「也」は無し。

（2）士喪禮　『要義』に禮の字無し。

（3）大閲　元刊本に「大関」に作る。誤刻。

○鄭箋の織徽より著焉まで（この一段長いため、分段して訳す）

正義：徽織とは軍に在るとき徽号［旗印］とする織《はた》。『史記』『漢書』では旗幟《きし》と言っている（注1）。幟と織とはその字は異なっているが、音は同じである。毛傳に「革鳥」とあるが、その意味がよく分からないため、鄭箋では「鳥隼之文章。將帥以下、衣皆著焉（鳥隼の文章のもの、將帥以下、衣に皆著す）。」と云って、詩句「織文鳥章、白茷央央」を解釈している。絳布で縿《あかぬのさん》［はたあしをつける旌旗の上の正幅］を作り、これに鳥隼を画き、また絳布で旒《りゅう》［はたあし、旗に垂れる飾り、旗のたれ］を作り、その末の所に名前を記して徽織《きし》［はたじるし］とする。そうだと分かるのは、『周禮』春官・司常に「司常は九旗の名物を掌る。各々屬有り：司常は九種の旗の名称を掌る。それぞれの旗には徽織が記される。」とあり、その鄭玄注に「物名［事物・名称］とは、画く所異物なれば異名あるなり。屬とは徽織を謂うなり。（『禮記』）「大傳」には之を徽號と謂う。今の城門僕射の被る所及び亭長の絳衣を著《ちゃく》するは、皆其の舊象なり：物名とは画く所の物［事物］が異なれば、その名［名称］が異なるのである［旗に画かれたそれぞれの徽号の違いによって、それぞれ名称が異なる］。属とは徽織を謂う。『禮記』「大傳」では、これを徽號といっている（注2）。今の城門の僕射が着ているもの及び亭長の著《き》る絳衣は、旧の象《かたち》［旧に則った物］である。」とある。

また（司常の経文に）「皆その象を画く。官府は各々その事を象り、州里は各々その名を象り、家は各々その號を象る（［国家の大閲兵の時は、司常は司馬が旌旗を頒布するのを手伝う。その時配られる旌旗には］官府のものはそれぞれの官事・姓名を記し、州・里の官吏はそれぞれの官事・姓名を記し、家［采邑の主］はそれぞれその官事・姓名を記す）。」とあり、

その鄭玄注に

「事・名・号は、徽織にして衆官を顯別する所以、之を位に樹つ、朝すれば各々焉《これ》に就く：（官事・姓名・号は徽織であって諸官僚を明確に分けるもので、［それを記した旌旗を］所定の場所に建てる。朝廷に参上した折にはその旌旗のもとに就く。

また『儀禮』「覲禮」には「公・侯・伯・子・男、皆その旂に就きて立つ（［諸侯が共に天子に朝覲する時には］公侯伯子男それぞれの爵位の諸侯はみな［予め上介によって宮前に建てられてある］それぞれの旗の下に

就いて立つ）」とあるのも、この類である。事と言ったり、名と言ったり、号と言ったりするのは、内外の違いからくる［＊官府は朝廷内にあるのでこれは内。州・里は百里・二百里のところに在るので外。家は三百里・四百里・五百里の所にあるのでこれも外。『周禮』疏］。これら三者［事・名・号］は旌旗の細部に渉ることである（注3）。『儀禮』「士喪禮」に「爲銘、各以其物。亡則以緇、長半幅、赬末、長終幅、廣三寸。書名於末。（銘旌［柩の前に立てる旗幡］を爲るには、各々その物を以てす。亡《な》ければ則ち緇の長さ半幅［一尺］、赬末の長さ終幅［二尺］、広《はば》三寸を以てす。名を末［＝旆］に書す。）」銘旌を作る時は、死者の名を書いて、その士の柩の標識とする。その際には、それぞれ生前に建てていた物［＝旗］を用い、その身分を明示する。もしこの士が生前に旗を有していなかったなら、（上端は）緇［黒布］の長さ一尺で（広《はば》三寸）、（下端は）赬［あか布］の長さ二尺、幅三寸のものを用い、亡くなった者の名を下端の赬《あか》い部分に書く）。」とある。これはその制度に基づくものであろう。徽織に書くのは、「某々の事・某々の名・某々の号といったことで、今、大閲（注4）の礼では、徽織にこのように書く。兵《いくさ》は凶事なので、死事があった場合は、通常とは異なるべきなのである（注5）」とある。

注

（1）『史記』高祖本紀に「祀黄帝、祭蚩尤於沛庭而釁鼓。旗幟皆赤（中華書局版は「釁鼓旗、幟皆赤」と句切る）。」その索隠に「墨翟云、幟、帛長丈五、廣半幅。字詁云、幟、標也。」とある。『漢書』張良傳に「爲五萬人具食、益張旗幟諸山上、爲疑兵。」とある。

（2）『禮記』大傳に「聖人南面而治天下、必人道始矣。立權度量、考文章、改正朔、易服色、殊徽號、異器械、別衣服。此其所得與民變革者也（聖人南面して天下を治むること、必ず人道より始む。權・度・量を立て、文章を考え、正朔を改め、服色を易え、徽號を殊にし、器械を異にし、衣服を別にする。此れ其の民と變革することを得る所の者なり：聖人が南面して天下を治めるには、必ず人倫の道理［治親・報功・擧賢・使能・存愛］を治めることから始めなければならない。度量衡の制を定め、礼法制度を考訂し、暦法を改め、車馬の色を変更し、旌旗の名［形式］を異なったものにし、礼楽の器や兵甲を変え、衣服の規定を整える。こうしたことは民とともに変革できる事柄である）」とある。

（3）原文「三者旌旗之細」『周禮』賈公彦疏に「云三者旌旗之細也者、對上大常已下、爲旌旗之大者也。」とあり、この『周禮』春官・司常の句「皆畫其象焉。官府各象其事、州里各象其名、家各象其號。」の上［前］に「及國之大閲、贊司馬頒旗物：王建大常、諸侯建旂、孤卿建旜、大夫士建物、師都建旗、州里建旟、縣鄙建旐、道車載旞、斿車載旌（王は大常の旗、諸侯は旂、孤卿は旜、大夫や士は物、師都［六郷六遂の大夫］は旗、州や里の官吏は旟、縣や鄙の官吏は旐を立てる。道車には旞を載せ、斿車には旌を載せる）」とあり、それぞれ建てる、或いは車に載せる旗の違いが陳べられており、それを「大」なるものとしている。旗に記される事・名・号は、それら大なる旗にそれより小さなもの旗布につける（後段参照）。「旌旗の細」なるもの（二二九頁参照）。

（4）大閲　毎年冬、軍實［車馬の類］を簡閲すること。『周禮』夏官・大司馬に「中冬、教大閲［仲冬に民衆に大簡閲の礼を教える］」とある。賈公彦の疏には「以冬時農隙、故大簡閲軍實之凡要。」とある。ただ、『春秋』桓公六年には「秋、大閲、簡車馬也」とあり、秋に行っている。

（5）原文「亦當以相別也。」文意やや不明瞭。

由此言之、則徽織者、其制亦如所建旌旗而畫之、其象但小耳。故鄭云、「旌旗之細」。以皆著於衣、理不宜長以無長短之制。故引「士喪」長半幅以證之。「士喪」注云、「牢幅一尺、綘幅二尺」(校1)、除去綘(校2)、直是銘長三尺也。故士喪禮「竹杠長三尺、置于宇、西階上」（校3）。鄭云、「此蓋其制」、以死之銘旌、即生之徽織。鄭引「士喪禮」以證自王以下、旌旆雖有等差（校4）、其徽織疑同長三尺。以同著於衣、不宜差降、則此徽織亦縿長一尺、畫鳥隼、旆長二尺、書名於末。九旗之物、皆用絳則此亦絳也。

校勘記

（1）牢幅一尺、絳幅二尺　單疏本、「半幅一尺、終幅二尺」に作る。足利本・元刊本・閩本・監本・全書本・殿本・阮本、「牢幅一尺、絳幅二尺」に作る。『要義』（徽州本）「半幅一疋、終幅二疋」に作る。阮元「挍勘記」に「案浦鏜云、半誤牢、終誤絳、是也。」とある。

（2）除去絳　足利本・單疏本・閩本・元刊本・阮本・『要義』（徽州本）、「除去絳」に作る。監本・全書本・殿本、絳を降に作る。阮元「挍勘記」に「閩本同。明監本・毛本、絳作降。案皆誤也。當作縿。」と云う。

（3）竹杠長三尺、置于宇、西階上　足利本・單疏本・阮本・『要義』（徽州本）、「竹杠長三尺、置于宇、西階上」に作る。閩本・監本・全書本・殿本、杠を杖に作る。元刊本、杜に作る。阮元「挍勘記」、に閩本・明監本・毛本、杠誤杖。」と云う。阮本『儀禮注疏』（十三經注疏本）に「竹杠長三尺、置于宇西階上」に作る。なお、この「竹杠長三尺、置于宇西階上」について、阮元「挍勘記」には「敖氏曰、宇屋檐也。不宜與西階上連文。宇字蓋因于字而衍也。周官小祝職、鄭司農注引此、無宇字。浦鏜云、記檀弓設披節疏引此亦無宇字。敖言是也。」「宇」の字がない方が、確かに文として読みやすいのだが、「挍勘記」では更に「按先鄭本或後鄭異。檀弓疏所引、自據小祝注疏。」と後に付け加えており、宇を衍字とすることにためらいも見せている。

（4）旌旆雖有等差　單疏本・閩本・監本・毛本・殿本・全書本、「旌旆雖有等差」に作る。足利本・元刊本、旆を旐に作る。

こうしたことから考えれば、徽織とは、その制《つくり》は立てられてる旌旗［大旗］と同じように、それぞれの地位身分等の違いによって）分かち画かれたもので、ただそれが小さいだけのもの［小旗の如きもの］である。だから、鄭玄は「旌旗の細［旌旗の小さいもの］」と云っているのだ。皆衣［旗布］に著けるので、理として長すぎてはいけない。その長さの制《きまり》がないので、士喪禮の「長さ半幅」を引用して検証したのである。「士喪禮」の（亡くなった者の銘文を記す際に「亡則以緇長半幅、赬末長終幅」とある所の）鄭注に「半幅は一尺、終幅は二尺」とある。絳を除いては、みな銘の長さは三尺である。なぜなら、「士喪禮」に「竹杠長三尺、置于宇、西階上（竹杠長さ三尺、宇のもと、西階上に置く）とあるからで、（だから上で）鄭玄は「此れ蓋しその制ならん」といっているのだ。死者の銘旌（の制）でもって、生者の徽織に当てはめているわけである。

鄭玄は「士喪禮」を引いて、王より以下の立てる旌旗に等差（注1）があるけれども、その徽織については長さは同じ三尺ではないかと證明している。同じように衣［旗布］に著けるので、長さに違いがあってはいけないので、この徽織も縿《さん》［旌旗の上の正幅］の長さは一尺で、鳥隼を画き、旂は長さ二尺、姓名を末に書く。九種の旗はみな絳布を用いるので、これも絳布を用いる。

注

（1）等差　等級ごとにそれぞれ異なった儀節あること

九旗之物、皆用絳、則此亦絳也。言「白旆」者、謂絳帛、猶「通帛爲旃」、亦是絳也。言「各畫其象」者、以其徽雖短之令小（校1）、皆本之建旗。故「司常」云、「大喪、供銘旌。」注云、「王則太常也。」又引「士喪禮」「爲銘、各以其物」、是自王以下、徽織皆畫其所當建也。此獨言「鳥章」者、『周禮』軍行、「百官建旟」、舉「百官」者、所以統其餘也。

校勘記

（1）雖短之令小　足利本・元刊本・殿本・全書本、「雖短之令小」に作り、單疏本・閩本・監本・毛本、「雖短之今小」に作る。「挍勘記」に「閩本・明監本・毛本、令誤今」とする。

九種の旗（注1）は皆絳《あか》布を用いるので、これも絳布を用いる。「白旆」とあるのは、絳帛の意味である。（白旆とあるのに絳というのは理に合わぬようであるが）「通帛を旜と爲す」とある通帛の旜も絳布のハタであるようなものである。「各々その象を画く」というのは、その徽は短くまた小さくしたものとしても、すべてこの九旗のそれぞれの決まりに従って旗を建てるのである。だから『周禮』春官・司常に「大喪、供銘旌（大喪には銘旌［大常の上に王の名を記し柩の標識としたもの］を供す）」とあり、その鄭注に「王は則ち太常なり」とあり、また、「士喪禮」の「爲銘、各以其物」を引いている。つまり、王以下徽織には皆それぞれ立てるべきものを画いていることになる。しかし、ここで「鳥隼」とのみ言っているのは（それぞれ建てるべきものを建てるということと、合わないのであるが）、『周禮』夏官・大司馬に軍行の際は「百官、旟を建つ」とあり、百官を挙げているのが、その他の者を統一している例がある（注2）。

注

（1）九種の旗　九旗について：『周禮』春官・司常に「掌九旗之物名、各有屬、以待國事。日月爲常［日月を画いたハタが常］、交龍爲旂［二龍の交わった図柄のハタが旂］、通帛爲旜［ハタ全体が絳い帛で、他の飾りがないもの」、雜帛爲物［白い帛で側を飾ったハタが物］、熊虎爲旗［熊と虎の絵柄のハタが旗］、鳥隼爲旟［隼の絵柄のハタが旟］、龜蛇爲旐［亀と蛇の絵柄のハタが旐］、全羽爲旞［一種類の鳥の羽で五彩の羽を旞の上に飾ったハタ］、析羽爲旌［旌の竿頭にそれぞれ異なった五色の羽を雜えてつけたハタ、——全羽・析羽、孫詒讓説による］。」（『三禮圖』の絵が参考になる。）

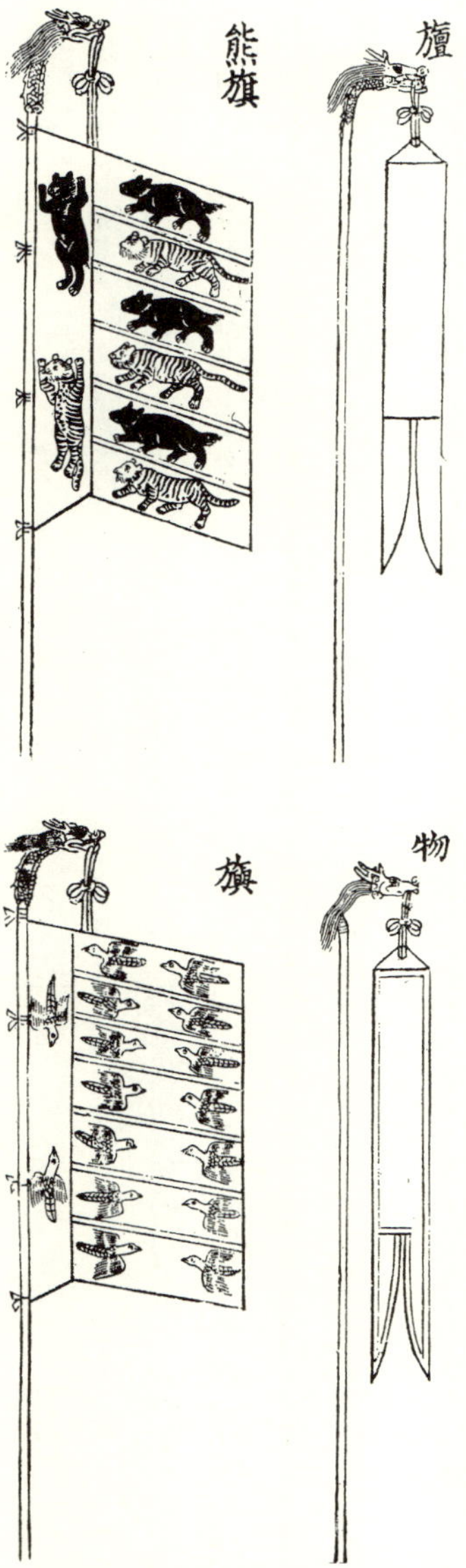

図4　旜・物・熊旗・旗

（2）この例は、中秋に治兵を教えるときのことで、王は大常を建て、諸侯は旂を建て、軍吏は旗を建て、……のあとに続けて、「百官は旟を建て」（鄭注では百官とは卿大夫）とある部分。ここの論証にはなっていないのではないか。

言「將帥以下」者、「大司馬」曰、「仲夏、教茇舍、辨號名之用、帥以門名」、注云、「號名者、徽織所以相別也。在國以表朝位、在軍又象其制而爲之、被之以備死事。帥、謂軍將至伍長（校1）。」是將帥以下、自伍長以上。不見士卒、具有無不明。蓋亦各有之矣。

校勘記

（1）帥、謂軍將至伍長　足利本・單疏本、「帥、謂軍將至伍長」に作る。下の「自伍長以上」も同じ。元刊本・閩本・監本・毛本・殿本・全書本、両方の伍の字、どちらも五に作る。阮元「挍勘記」に「閩本・明監本・毛本、伍誤五。下同」とある。

「將帥以下」というのは、『周禮』夏官・大司馬に「仲夏、教茇舍。辨號名之用、帥以門名（仲夏には茇舍《ばっしゃ》を教う。號名の用を辨ず。帥は門名を以てす。：仲夏には［民衆に］草野での宿営法を教える。徽識の用途を辨別すること［を教える］。帥［軍將・師帥・旅帥・伍長など］の徽識は、それぞれの軍営の門に建てる徽識に記す官事・姓名と同じものを用いる。）」とある、その鄭注に「号名とは相辨別するための徽識のこと。国に在る時は朝位を表し、軍に在るときはその制を象ってこれを作る。これを就けて戦死したときの事に備えるのである。帥とは軍将から伍長までを謂う。」とある（注1）。「將帥以下」とは、將帥以下、伍長以上ということである。士卒について触れられていないが、具体的に含まれているのか不明である。恐らくはそれぞれ含まれているはずである。

注

（1）鄭注　ここの鄭注は、所謂抜き書き。

（＊以下「司常」の文についての注解。先に「知者、司常云々」として引いてあり、それについての再注釈の観がある。）

「司常」云、「官府各象其事」、謂百官以職從王者、象其所建旌旗畫之、謂之爲事。「州里各象其名」者、謂州長至比長、象其所建之旌旂、謂之爲名。「家各象其號」者、謂鄉大夫菜地之臣象其所建之旌旂、謂之爲號。此唯有三（校1）。案「大司馬」「仲夏、辨號名之用、帥以門名、縣鄙各以其名、家以號名、鄉以州名、野以邑名、百官各象其事。雖有六、與「司常」事・名・號三者不殊、但司馬細別言之耳。

「司常」に「官府各象其事」とある（その「事」とは）、百官は職によって王に従う者なので、それぞれ建てる旌旗にその職に関したものを画く。これが「事」である。（同じく「司常」に）「州里各象其名」について（その「名」とは）、州長より（党正・族師・閭胥）比長まで、それぞれ建てている旌旗に象いたものを「名」という。また「家各象其號」とある（その号とは）鄉大夫《きょうたいふ》の菜地の臣下が建てる旌旂に象いたもの、それが「号」である（注1）。この「司常」では唯これら三つのことのみ挙げられている。

調べてみると、「大司馬」に「仲夏、辨號名之用、帥以門名、縣鄙各以其名、家以號名、鄉以州名、野以邑名、百官各象其事（大司馬は仲夏には号名の用途を辨別することを教える。帥［軍將・師帥・旅帥より伍長まで］には門名を、遂の縣・鄙［・酇・里・鄰］にはそれぞれその名を、家にはその号名を、又鄉では州［・党・族・閭・里］の名を、野［＝郊外の地、ここではここを管轄する公邑大夫を指す］には邑の名を、各府の百官にはその官事を、等々をそれぞれの旌旗に記して、［夜間の軍事行動の際辨別できるようにする］）」とあり、このように六種の徽織があるが、「司常」に云う「事」「名」「号」の三者と異なったものではない。ただ、大司馬の記述は細別して陳べているだけである。

校勘記

（1）此唯有三　足利本・單疏本・殿本・全書本・阮本、「此唯有三」に作る。元刊本・閩本・監本・毛本、「此唯有王」に作る。「三」に作るのが正しい。

注

（1）州長・比長・郷大夫《きょうたいふ》　ここでの行政区画及びそこを治める役職について：
五家で比、比の治を掌るのが比長。五比で閭［二十五家］、閭の徴令を掌るのが閭胥。四閭で族［百家］、その族の戒令・政事を掌るのが族師。五族で党［五百家］、党の政令・教治を掌るのが党正。五党で州［二千五百家］、州の教治・政令の法を掌るのが州長。五州で郷［一万二千五百家］単位の区画となる。郷の政教・禁令を掌るのが郷大夫（『周禮』地官・大司徒）。郷の政教・禁令を掌るのが郷大夫《きょうたいふ》（『周禮』地官・郷大夫）。州長はその州の教治・政令の法を掌る。比長はその比の治を掌る（『周禮』地官）。

（＊以下直前にある「大司馬」の仲夏の文の補釈・解説）
「帥以門名」者、帥謂六軍之將、皆命卿。營所治國門、以在門所建之旌旐爲徽織之。此帥從伍長以上、但以卿統名焉。事（校1）則「司常」「官府各象其事」是也。「縣鄙各以其名」者、謂六遂縣正以下至鄰長。「鄉以州名」者、謂州長至比長。「野以邑名」者、謂六遂以外、公邑大夫。此三者即「司常」云、「州里各象其名」也。「家以號名」者、即「司常」云「家象其號」也。「百官各象其事」者、即「司常」云「官府各象其事」也。

校勘記

（1）但以卿統名焉事　足利本・單疏本・元刊本・閩本・監本・毛本・殿本・全書本、みな同じ。異同なし。（殿本、「但」磨耗して読めない）。「挍勘記」に「案焉當作爲。形近之譌。」すると、句切りも「事」の後になる。変えないでおく。

『周禮』夏官・大司馬の「師以門名」について、師とは六軍の將を謂う。皆卿に命ぜられる。治める所の国門を管理し、門に建てられている旌旂を徽織とする。この師は伍長以上であるが、「卿」として名を統一している。「事」とは「司常」に「官府各象其事」とある「事」のこと。「縣鄙各以其名」（の縣鄙）とは、六遂（注1）の縣正以下鄰長までのことである。「鄉以州名」（の鄉とは）州長から比長までのこと。「野以邑名」（の野とは）六遂以外の公邑大夫のことである。これら三つの者［鄙縣・鄉・野］は「司常」に云う「州里各々その名を象る［画く］」に当たる。「家以號名」は「司常」に云う「家象其號」に対応する。「百官各象其事」とは即ち「司常」に云う「官府各象其事」ということである。

注

（1）六遂　六箇所の遂。遂とは王城から百里以外、二百里以内の王城周縁の行政区画地。（『周禮』秋官・遂士の「遂士掌四郊（遂士は［六遂より］四郊の［訴訟を］掌る）」の鄭玄注に「鄭謂其地則距王城百里以外至二百里。」なお、鄭注所引の鄭司農によれば、百里外より三百里まで。その地域が、五家で鄰、その鄰を五つ合わせ、五鄰で里［二十五家］。その里が四つで酇《さん》［百家］、酇が五つで鄙［五百家］、鄙が五つで縣［二千五百家］、縣が五つで遂［一万二千五百家］となる。（『周禮』地官・遂人）つまり、大きい方からは遂・縣・鄙・酇・里・鄰・

（家）の順になる。

○傳夏后至先良

正義曰、「夏后氏曰鉤車、殷曰寅車、周曰元戎」、司馬法文也。先疾先良（校1）、傳因名以解之。

校勘記

（1）先疾先良　『要義』（徽州本）に「先正先疾先良」に作る。

○毛傳の夏后より先良まで

正義：「夏后氏曰鉤車、殷曰寅車、周曰元戎（夏后氏の時には鉤車といい、殷時代には寅車といい、周代には元戎という）」というのは、「司馬法」（注1）の文である。「先疾、先良」とは、毛傳は［寅車・元戎という］その名称に因んで解したもの（この毛傳は二一三頁にあるもの）。

注

（1）司馬法　『太平御覧』巻三百三十四　兵部六十五、戎車に古司馬兵法を引いて「古司馬兵法曰夏曰鉤車、先正、殷曰寅車、先疾、周曰元戎、先良也。」（四部叢刊三編子部）とある。上の孔疏からすると、『司馬法』の文章は「夏后氏曰鉤車、殷曰寅車、周曰元戎」のみであって、「先正、先疾、先良」は毛傳がそれぞれの兵車の名称の意味を加えたものと取っているのであろう。また、それぞれの兵車に割り注がある。鉤車には「鉤、設淮、望遠近、計車量地、以立壘正者什伍之例（鉤は淮［水準器］を設け、遠近を望み、車を計り地を量り、以って壘の正なる者［適正な城塁］・什伍の例［兵隊の組み方の概ね］を立つ［立案する］）」、寅車には「寅、敬也。前有旌旗幟、所以知變化示應而不失（寅とは敬なり。前には旌旗の幟［目印となる旗］有り、変化［敵の動き］を知り、応［対応の仕方］を示して失わざる［誤らないようにする］所以なり）」、元戎には「前立代悪立善之旗、所以知善罪之所在、先齊良善而後代之（前には悪に代わって善を立つの旗を立つ、善罪の所在を知らしむる所以なり、齊良の善を先にして後、之に代う［代は伐の譌字か］）。」

○箋鉤鉤鞶至未聞（校1）

正義曰、箋以毛因而增解、遂解其名以明義。春官巾車職曰、「金路、鉤」、「樊纓」注云、「鉤、讀如婁頷之鉤（校2）」、「樊、讀如鞶帶之鞶、謂今馬大帶」、是也。鉤鞶之文（校3）。定本鉤鞶作鉤般。此實在馬駕乃設之。「巾車」以爲車飾、故得車取名焉。鄭兼言鞶者、并擧其類以曉人、猶上傳云、「物、毛物也。」、『周禮』革路無鉤。此特設鉤、故以名車也。此車備設鉤鞶、其行曲直有正、故云、「先正也」。或即鄭云、「曲直有正」、蓋謂此車行、鉤曲般旋、曲直有正。不必爲馬飾也。「寅、進也。」此車能進取遠道、故云、「先疾也。」其元戎者、傳已訓元爲大、故鄭不復解之、言大車之善者（校4）、故云、「先良也」。無文論其形制、故云同異未聞（校5）。

校勘記

（1）箋鉤鉤鞶至未聞　足利本・單疏本・元刊本・阮本、「箋鉤鉤鞶至未聞」に作る。閩本・監本・毛本、「箋鉤鞶至未聞」に作る。

（2）鉤、讀如婁頷之鉤　足利本・單疏本・元刊本・閩本・監本・毛本・殿本・全書本、すべて異同なし。「挍勘記」に「案浦鏜云、〈讀如二字衍〉、是也。《采芑》・《韓奕》正義引無」。強いて改めないでおく。

（3）是也鉤鞶之文　足利本・單疏本・元刊本・閩本・監本・毛本・阮本・殿本・全書本、異同なし。「挍勘記」に「案當作〈是鉤鞶之文也〉。誤倒。」

（4）大車之善者　『要義』（徽州本）、「者」の字無し。

（5）無文論其形制、故云、「同異未聞」　單疏本・『要義』、「無文論其形制、故云同異未聞」に作る。足利本・元刊本・阮本、「無文論其形、故云同異未制聞」に作る。閩本・監本・毛本・殿本・全書本、「無文論其形、故云同異制未聞」に作る。阮元「挍勘記」に「閩本・明監本・毛本、未制作制作。案所改是也。」と云う。單疏本及び『要義』（徽州本）に「無文論其形制、故云同異未聞」に作るのが最善。由ってこれに改める。

○鄭箋の鉤鉤鞶から未聞まで

正義：鄭箋は毛傳に基づいて字を増して解釈し、その名［鉤の名］を解いて、その義を明らかにしている。『周禮』春官・巾車《きんしゃ》の職に「金路、鉤、樊纓（九就）」とあり、その鄭玄注に「鉤、讀如婁頷之鉤（鉤は讀みて頷に婁《くく》る鉤の如し）」、「樊、讀如鞶帶之鞶、謂今馬大帶（樊は讀みて鞶帶の鞶の如し、今の馬の大帯を謂う）」とある（注1）のがこれである。鉤鞶の文字、「定本」では鉤鞶を鉤般に作っている。これは実際は馬が車につながれたときになって設《しつら》えるもの。「巾車」では車の飾り［訳者注＊実は馬の飾り。これをも含めて車の飾りとみたものか］とみなしているので、鉤車［鉤のつけられてある車］と、車の名称にすることができるのである。鄭玄は（「鉤鞶」と）鉤、鞶とを合わせているのは、類似のものを取りあげて分かりやすく示そうとしたのである（注2）。上の毛傳（二章「比物四驪」の毛傳）に「物、毛物也」とあるのと同じである。

『周禮』の革路には鉤がない。これには特に鉤を設けている。だから車と名付けて（鉤車と言っている）のである（注3）。この車には鉤鞶が備えられているので、行軍にゆがみがあった場合、これを正すので「先正也（正を先にす［第一にする］）」と云う。或ひとは鄭箋に「曲直有正」と云っているのは、恐らく兵車が進んで行くとき、曲がったりぐるぐると巡って方向を見失ったとき、それを正しくするということであろう。必ずしも馬の飾りと見なすことは無い、とする。（鄭箋に）「寅は進むなり」とある。この車は進んで遠道を取ることができる［遠くにまで行くことが出来る］」、それで、（毛傳に）「先疾也（疾きを先にす［疾いのを第一条件とし、重んずる］）」と云っているのである。元戎については、毛傳に既に元を大と訓《よ》んでいるので、鄭玄で更に解することをせず、大きな勝れた兵車であるとのみ解している。毛傳にも、「先良也（良を先にす［良い物を第一とする］）」とある。それらの形態を論じた文章はないので、「同異、未だ聞かず（それら三類の車の違いについては聞いたことがない）」と云っているのである（「先正・先疾・先良」について、二一三頁参照）。

注

（1）春官・巾車職曰　『周禮』春官・巾車に「樊纓十有再就」の鄭注に「樊讀如鞶帶之鞶、謂今馬大帶」とあり、「金路、鉤」の鄭注に「鉤、如婁頷之鉤」とあり、これらを結びつけた文。

（2）鉤、鞶とを合わせているのは～　原文「鄭兼言鞶者、并擧其類以曉人」。「兼言～」という表現は孔疏に頻繁に用いられる解釈用語。例えば、鄘風「定之方中」の毛序に「衛爲狄所滅、東渉渉河、野處漕邑。齊桓公攘戎狄而封之」と「衛の国が狄に滅ぼされ、……齊の桓公、戎狄を攘って之を封ず」とあるが、この文について、疏では「滅衛者狄也。兼言戎狄、戎狄同類、協句而言之」と云う。衛が滅ぼされたのは狄によってであるが、齊の桓公は戎狄を攘ったと「狄」のみならず「戎」をも加え、兼ね合わせて言っている戎と狄とは同類なので、これらを協句して言ったものだ、としている。該当文脈では現れていないもの、本来は必要でない類似の事柄を加え、兼ね合わせて言い、調った熟語として用いていることを指摘するもの。五經注疏の中では、毛詩の疏で延べ四五箇所、周禮の疏で四七箇所と多く用いられている。禮記の疏で一四箇所、左傳の疏で七箇所、尚書の疏で五箇所となっている（「拇指數據庫」による）。「戎狄」毛傳・鄭箋に対する説明・解釈。

（3）『周禮』巾車の巾車が職掌として扱う王の五路［王の乗る五種類の車］、則ち玉路・金路・象路・革路・木路の中で馬の飾りに「鉤」が着けられるのは金路だけで、他の四路には、革路を含めて、「鉤」は着けられていない。「革路に鉤無し」と革路のみ取りあげてあるのは何故かよく分からない。

［五章］

戎車既安　戎車は既に安なり　戎車は安正で

如輊如軒　輊《ち》の如く軒《けん》の如し　（後ろから見れば、）輊《ち》のようで、（前から見れば）軒のようでほどよく整っている

四牡既佶　四牡は既に佶《きつ》なり　四頭の牡馬は正大［堂々として大きく］で（毛傳）四頭の牡馬は壯健で（鄭箋）

既佶且閑　既に佶《きつ》にして且《か》つ閑なり　正大で［堂々として大きく］しかも閑習《なれ》ている［習熟している］壯健でしかも閑習《なれ》ている

（毛傳）輊、摯（注1）。佶、正也。

箋云、戎車之安、從後視之如摯、從前視之如軒（注2）、然後適調也。佶、壯健之貌。

毛傳：輊は摯。（注1）。佶は正なること。（後の疏によれば「正大」の意味）。

鄭箋：兵車は安然として、後ろからこれを見れば摯のようであり、前から見れば軒のようである。かくしてほどよく整っている。

注

（1）輊、摯　陳奐『詩毛氏傳疏』に「（周禮・冬官）『考工記』〈輈人、大車平地、既節軒摯之任。〉輊與摯聲義相近。故傳以摯訓輊也。」とある。輊は摯に通じ、前が低く後ろが高くなっている車。

（2）戎車之安、從後視之如摯、從前視之如軒　陳奐『詩毛氏傳疏』に「箋戎車之安、從後視之如摯、從前視之如軒。『玉篇』前頓曰蟄、後頓軒。『淮南子』人間篇［訓］、〈道者置之前而不蟄、錯之後而不軒。道なる者は之を前に置いてひくからず、後ろに錯《お》いて軒《たか》からず〉。案蟄與摯通。」

○（『經典釋文』）輊、竹二反。（車。）佶、其乙反。又其吉反。摯、音至。言逐出之而已（校1）。大音泰。

校勘記

（1）言逐出之而已。足利本に「言逐出之而已。」とあるが、後の毛傳の文が紛れ込んだもの。閩本・監本・毛本・全書本にはこの句はない。

○『經典釋文』輊は竹二の反。佶は其乙の反。又其吉の反。摯は音、至。大は音、泰（大は該当字なし。次の行の誤入）。

薄伐玁狁　薄《ここ》に玁狁を伐ち　玁狁を伐ち
至于大原　大原《たいげん》に至る　大原の地まで追走した

（毛傳）言逐出之而已。
毛傳：玁狁を追い出したことを言う。

○（『釋文』）大、音泰。
○『經典釋文』大は音泰。

文武吉甫　文あり武ありの吉甫　（王師が勝利できたのは）文徳があり、武功のある尹吉甫のおかげ
萬邦爲憲　万邦、憲《のり》と爲す　（その才略は）すべての邦《くに》が法《のり》［お手本］とすべき大将軍

（毛傳）吉甫、尹吉甫也。有文有武（注1）。憲、法也。
箋云、吉甫此時大將也。
毛傳：吉甫は尹吉甫。文事に秀で、武事に秀でていた。憲は法。
鄭箋：吉甫はこの時の大将である。

注

（1）有文有武　「猶言允文允武」（陳奐『詩毛氏傳疏』）文・武の徳が兼備していること。「允文允武」とは泮宮を修めた魯の僖公を称えた魯頌《泮水》の句。「允《まこと》に文（泮宮を修めたこと）、允《まこと》に武（淮夷を伐ったこと）」

疏　戎車至爲憲

毛以爲、王征玁狁、既出鎬方、玁狁退、王身還反而使吉甫逐之。故此章更敘車馬之盛。言兵戎之車既安正矣。從後視之如輊、從前視之如軒、是適調矣。其所駕四牡之馬、既正大矣、且須復閑習。吉甫以此薄伐玁狁、敵不敢當、遂追奔逐北、至于大原之地。王師所以得勝者、以有文德武功之臣尹吉甫、其才略（校1）可爲萬國之法。受命逐狄、王委任焉。故北狄遠去也。

校勘記

（1）才略　足利本・閩本・毛本、方略に作る。單疏本・元刊本・監本・殿本・全書本、「才略」に作る。『要義』（徽州本）、方略に作る。

疏　戎車より爲憲まで

毛氏以爲《いわ》く：宣王は玁狁を征ちにゆき、鎬・方まで出て行くと玁狁は退いたので、自身は宣王帰還し、尹吉甫に追撃させた。だから、この章でまた車馬の盛んなありさまを「兵車は安正である」と敘べている。

後ろから見れば輊のように後ろが高くなっているように見え、前から見れば軒のように前が高いように見え、ほどよく適っている。付けられている四頭の牡馬は大きくて力強い。しかも良く訓練され飼い馴らされている。尹吉甫はこれらの兵車・充分訓練された兵車を引く四頭の馬で玁狁を伐てば、敵は敢えてこれと戦おうとはせず、吉甫はこれらを追いかけて北に逐い、大原の地まで至った。宣王の軍が勝利したのは文徳・武功に秀でた尹吉甫将軍がいたからで、その才略は万国の法となすことが出来る。吉甫は命令を受け、宣王は彼に任せ委ねる。こうして北狄は遠く去ったのである。

○鄭以爲元來吉甫獨行、以佶爲壯健爲異、餘同。

鄭玄は最初から吉甫だけが行ったと解しているので、「佶」を壯健の意味に取っているところが毛傳とは異なっている。その他は同じ。

○傳言逐出之而已

正義曰、不言與戰、經云、「至于大原」、是宣王德盛兵強、玁狁奔走、不敢與戰、吉甫直逐出之而已。《采芑》(校1)《出車》皆言「執訊獲醜」、此無其事、明其不戰也。莊三十年「齊人伐山戎」、『公羊傳』曰、「此蓋戰也。何以不言戰。春秋敵者言戰。桓公之與戎狄、驅之耳。」何休曰、「時齊桓公力但可驅逐之而已。」義與此同。

校勘記

(1) 采芑　足利本・單疏本・元刊本・閩本・殿本・全書本、「采芑」に作る。監本・毛本、「菜芑」に作る。菜に作るのは誤刻。

○毛傳の「言逐出之而已」について

正義：これと戰ったと言わないのは、經文に「至于大原」と云っており、これは宣王の德が盛んで兵が強いので、玁狁は逃げ走り、敢えて宣王の軍と戦おうとはしなかった。吉甫はただこれを追走して追い出しただけである。《采芑》《出車》にはどちらも「執訊獲醜（訊《じん》を執《とら》へ醜［衆］を獲《え》る：訊問できる将校たちを執え、醜［兵卒たち］を獲えた）」（捕虜を捕獲したこと）と言っている。この詩には、そうした表現はないので、戦わなかったことは明らかである。荘公三十年（紀元六六四年）に「齊人、山戎を伐《う》つ」とあり、『公羊傳』に「此れは、戦であったはずである。なぜ（「伐つ」と云って）「戦う」と言っていないのか？『春秋』では敵する［双方の軍人の衆寡相匹敵したいくさの］場合「戦う」と表現するのである。齊の桓公は戎狄に対して、これを追い出しただけであるからだ。」何休は、「時に齊の桓公の力はただ戎狄を駆逐することが出来るだけであった。」と言っている。その義は此処とおなじである。

［六章］

吉甫燕喜　　吉甫燕せられ喜ぶ　　吉甫は燕礼でもてなされ、心から喜び
既多受祉　　既に多く祉《さいわい》を受く　　また多くのご褒美をいただいた。

（毛傳）祉、福也。

毛傳：祉は福。

箋云、吉甫既伐玁狁而歸、天子以燕禮樂之、則歡喜矣。又多受賞賜也。

鄭箋：尹吉甫は玁狁を伐って［＝駆逐して］帰還し、天子は燕礼で彼を楽しませて労を労ったので、吉甫は喜びに溢れた。又多くご褒美を賜った。

來歸自鎬　来たり帰ること鎬《こうよ》自りす　（吉甫将軍は）遥遠くの鎬から帰還した

我行永久　我が（将軍の）行くこと永く久し　我が吉甫将軍の遠征はその日月長く久しかった

飲御諸友　飲むこと諸友に御《すす》む　（そこで）宣王は同志の友人達に共に酒を飲むように進めた。

飲むに諸友に御《はべ》［侍］らしむ　（そこで）宣王は同志の友人達に宴席に侍らせた

包鼈膾鯉（校1）　鼈を炰《に》て（注1）鯉を膾《ほそぎり》にす

（毛傳）御、進也。

箋云、御、侍也。王以吉甫遠從鎬地來、又日月長久、今飲之酒、使其諸友恩舊者侍之、又加其珍美之饌、所以極勸之也（校2）。

校勘記

（1）足利本、包鼈に作る。閩本・毛本、炰鼈に作る。『毛詩』四部叢刊本・四部備要本（據相臺岳氏本校）、炰鼈に作る。

（2）所以極勸之也　『毛詩』四部叢刊本・四部備要本、「所以極勸之也、」に作る。注疏の足利本・閩本・監本・毛本・阮本、「所以極勸也」に作る。殿本・全書本、「所以極勸之也」に作る。「之」がある方が文として自然のようである。阮元「挍勘記」に「小字本・相臺本、勸下有之字。案有者是也。」と云う。なお、後の標起止にも係わる。

毛傳：御は進めること。

鄭箋：御は侍ること。宣王は尹吉甫が遠く鎬の地から帰還し、またその遠征の期間が長かったので、今、彼に酒を振る舞い、その友人達や旧恩を受けている者達に侍らせた。また珍美のご馳走を加え、心ゆくまで飲食を楽しむように勧めるのである。

注

（1）炰　毛傳・鄭箋・疏に解なし。大雅《韓奕》の「炰鼈鮮魚」鄭箋に「炰鼈、以火孰之也。」とあり、その疏に「案『字書』炰毛燒肉也。炰烝也。服虔『通俗文』曰、燰煮曰炰。然則炰與炰別。而此及六月云、炰鼈者、音皆炰、然則炰與炰以火熟之也。謂熟煮之。」論拠、薄弱のようではあるが、火でよく煮込むこと、と取っている。馬瑞辰『毛詩傳箋通釋』に論あり。程俊英・蔣見元『詩經注析』に「炰、炰之假借」として、「炰、鼈、清蒸甲魚」という。炰は蒸すこと。

○（『經典釋文』）飲、於鴆反。注同。鼈、卑滅反。膾、古外反。鯉、音里。

○『經典釋文』飲は於鴆の反。注も同じ。鼈は卑滅の反。膾は古外の反。鯉は音、里。

侯誰在矣　侯《こ》れ誰か在る

この中に誰がいるだろう。（毛傳）

（吉甫、問う）「この中に誰がいるのか」（鄭箋）

張仲孝友　張仲孝友

孝行の友、張仲がいるのだ。

「孝の徳があり、友の徳のある友人張仲が居ります」（鄭箋）

（毛傳）侯、維也。張仲、賢臣也。善父母爲孝、善兄弟爲友。使文武之臣征伐、與孝友之臣處内。

箋云、張仲、吉甫之友、其性孝友。

毛傳：侯は維［発語の辞］（注1）。張仲は賢臣。父母に善く仕えるのが孝、兄弟を善く慈しむのが友。文・武兼ね備えた臣下を征伐させ、孝・友の徳ある臣下を内事に対処させる。

鄭箋：張仲は吉甫の友、その性格が孝の徳あり、友の徳がある。

注

（1）維　『爾雅』釋詁に「伊、維也。」郭璞注に「發語辭」とあり、また釋詁「伊、維也」に続いて「伊、維、侯也」とあり、その郭璞注に「詩曰、侯誰在矣、互相訓」。訓読では「これ」と読み慣わしている。

疏　吉甫至孝友

毛以爲、吉甫逐出玁狁、遠出中國（校1）、有功而歸。王以燕禮樂之、則歡喜、既多受賞賜之福也（校2）。王所以燕賜之者、以其來歸自鎬、其處迴遠、我吉甫之行、日月長久矣。故今王飲之酒、進其宿在家諸同志之友與倶飲以盡其歡、又加之以炰（校3）鼈膾鯉、珍美之饌、燕賜厚矣。其所進諸友之中、維誰在其中間矣。有張仲其性孝行友在焉。言吉甫之賢、有此善友、因顯所任得人。外則使文武之臣征伐、内則與孝友之臣處内、亦所以爲美也（校4）。

鄭唯吉甫元帥専征、又以御爲侍、言飲酒則有侍者諸友舊恩之人、以此爲異。餘同。

校勘記

（1）遠出中國　足利本・元刊本・閩本・監本・毛本・阮本・殿本・全書本、「遠出中國」に作る。單疏本・『要義』（徽州本）、出を去に作る。

（2）既多受賞賜之福也　正義各本、異同なし。『要義』（徽州本）、「受」の字無し。意味は変わらないが、経文に「受祉」とあり、鄭箋に「又多受賞賜也」とあり、「受」とあるのが自然か。

（3）炰　單疏本・閩本・監本・毛本・全書本・殿本、「炰」に作る。足利本・元刊本、包に作る。

（4）亦所以爲美也　足利本・單疏本・元刊本・閩本・監本・阮本・殿本・全書本、「亦所以爲美也」に作る。毛本、「得所以爲美也」と「亦」を「得」に作る。誤刻。

疏　吉甫より孝友まで（卒章の通釈）

毛氏による通釈：尹吉甫は玁狁を駆逐するため、中国から遠く出て、功績を挙げて帰還した。宣王は燕礼で以て吉甫を楽しませたので、吉甫は大変喜んだ。また多くご褒美の物を賜るという福を受けた。

宣王が吉甫を燕礼でもてなし、褒美を授けたのは、吉甫が遥遠くの鎬の地から帰って来たこと、またその遠征の期間が長く久しかったためで、それで今、王はこれに酒を振る舞い、彼の屋敷に宿っている同志の友人達（注1）に進めて共に飲んでその喜びを尽くすように、又鼈を蒸し、鯉を膾《ほそぎり》にした珍美のご馳走を加え、その燕賜の心を手厚くした。その進められる諸々の友人達には、一体誰がその中に含まれているだろうか？張仲というその性格、孝行を重んずる友がいるのだ！吉甫の賢にしてこの善友がいる。任せるのにその人を得ていることを顕《あきら》かにしたのである。外には文・武兼ね備えた臣下に征伐させ、内には孝・友の徳ある臣下に居らせる（注2）、誉め称える所以である。

鄭箋は尹吉甫が元帥として専征したこと、また「御」を「侍る」として、酒を飲む際に侍る者に友人たちや旧恩の人がいた、とする事だけが異なっている。その他は同じ。

注

（1）彼の屋敷に宿っている同志の友人達　其宿在家諸同志之友　宣王の屋敷に宿っている者か、尹吉甫の屋敷に宿っている者か、幕僚・幕客のような人々か。燕飲の場所は宮中のような公邸かそれとも、私邸であろうか。

（2）外には文武兼ね備えた～　「外則使文武之臣征伐、内則與孝友之臣處内」（外には則ち文武の臣をして征伐せしめ、内には則ち孝友の臣をして内に處するに與《あず》からしむ［内に處《しょ》せ與《し》む］）

〇箋御侍至勸也（校1）

正義曰、鄭以諸友侍之爲尊崇之意、其義勝進、故易傳也。言加珍美之饌者、以燕禮其牲（校2）狗、天子之燕不過有牢牲、魚鼈非常膳、故（校3）云加之。

校勘記

（1）勸也　足利本・單疏本・閩本、「勸之」に作る。毛本、「勸也」に作る。鄭箋の文から、「勸也」に作るのが正しい。

（2）牲足利本、性に作る。單疏本・閩本・監本・毛本・殿本・全書本、「牲」に作る。「牲」に作るのが正しい。

（3）膳故　この二字、足利本、磨耗して読めない。單疏本・閩本・監本・毛本により、補う。

○鄭箋の御侍から勸之まで

正義：鄭玄は、友の徳ある人達を侍らせるとした方が吉甫を尊崇する意があり、そのほうが義は「進む」とするより勝っているとみなして、毛傳の解釈を変えたのである。珍美の饌を加えると云っているのは、燕礼での牲は狗であって、天子の燕礼でも牢牲があるに過ぎない。魚鼈を加えたのは特別の膳であるので、「これを加えた」と云っているのである。

○箋張仲至孝友

正義曰、箋以「侯誰在矣」是問（校1）吉甫諸友之辞、故知張仲吉甫之友也。『爾雅』李巡（校2）注云、「張姓（校3）仲字、其人孝、故稱孝友。」

校勘記

（1）問　足利本、磨耗して読み取れない。單疏本・閩本・監本・毛本によって補い、「問」とする。

（2）李巡　足利本・單疏本・元刊本・閩本・毛本、巡の辶を廴に作る。殿本・全書本、辶に作る。『隋書』「經籍志」に「『爾雅』梁有漢劉歆、犍爲文學・中黄門李巡爾雅各三巻、亡。」とあり、『經典釋文』（宋刻本）「註解傳述人」の『爾雅』に李巡注三巻、汝南人、役［後の誤刻］漢中黄門」とある。

（3）張姓　足利本、磨耗して読み取れない。單疏本・閩本・監本、「張姓」に作るのに依る。

○鄭箋の張仲から孝友まで

正義：鄭箋では「侯誰在矣」を吉甫が友人達に問う言葉としているので、「張仲は吉甫の友」であることがわか

る。『爾雅』李巡注に「張は姓、仲は字。その人孝。だから孝友と称している。」（注1）

注

（1）『爾雅』李巡注　『爾雅』「釋訓」に「張仲、孝友、善父母爲孝、善兄弟爲友」とあり、その李巡注。

六月六章章八句　（六月　六章　章ごとに八句）

采芑

采芑、宣王南征也

采芑は宣王南征するなり。
采芑《さいき》は宣王が南征したことを詠う。

○（『經典釋文』）芑音起、徐又求巳反。
○『經典釋文』芑は音起。徐邈は又音、求巳の反。

疏 采芑四章章十二句至南征

正義曰、謂宣王命方叔南征蠻荊之國。上言「伐」、此云「征」、便辭耳。無義例也。言伐者、以彼有罪、伐而討之。猶執斧以伐木。言征者、已伐而正其罪、故或並言征伐、其義一也。

疏 采芑四章章十二句から南征まで

正義：宣王が方叔に蠻荊の国を征伐するように命じたことを詠う。上［前の《六月》の詩］では「（北）伐」といい、ここでは「（南）征」と云っているのは、適宜用いただけで（注1）、さしたる意味は無い例である。「伐」というのは、相手方に罪があるので、「伐」ってこれを討伐する意味で、斧を持って木を伐るようなものである。

「征」というのは、「伐」った後に、その罪を正すことである。だから、時には「征伐」と（両字）並言する。その意味は同じである。

注

（1）此云征、便辭耳。　便辭は、「随便爲文」の意味。（張三寶『五經正義研究』第九章五經正義之修辭觀「便文」）

［一章］

薄言采芑　薄《ここ》に言《われ》（注1）芑《き》を采らむ　芑［ちさ］を摘みましょう

于彼新田　彼《か》の新田《しんでん》に于《おい》て（注2）　あの田《はたけ》［耕して二年目の畠］で

于此菑畝　此《こ》の菑畝《しほ》に于《おい》て　この菑畝《はたけ》［音、シホ。耕して一年目の畠］で

（毛傳）興也。芑、采也。一歳曰菑、二歳曰新田、三歳曰畬。宣王能新美天下之士（校1）、然後用之。

箋云、興者新美之喩、和治其家、養育其身也。

校勘記

（1）宣王能新美天下之士　足利本・元刊本・毛本・阮本、「宣王能新美天下、之士」に作る。閩本・監本・殿本・全書本、天下を天子に作るは誤。『毛詩』（四部備要本）・『宋本毛詩詁訓傳』（宋刻巾箱本）、天下に作る。

○（『經典釋文』）菑、側其反。郭云、反草曰菑、畬音餘。

○『經典釋文』菑は側其の反。郭璞は云う、「反草を菑と曰う（草を反した［草地を耕して、草を畝に埋め込み、手入れをした］畑を菑と曰う）」。畬は音、餘。

毛傳：興である。芑は野菜。開墾して一年目の田畑を菑《し》といい、二年目のを新田といい、三年目のを畬という。宣王は天下の士人達を新たに優れた者に育て上げることができてから、その者を用いた（ことを言い興す）。

鄭箋：興とは「新美」の譬喩。（士人達は）その家を和やかに整え治め、その身をそうした家で養うこと（を喩えている）。

注

（1）薄言　薄言の薄の解釈について、周南《芣苢》の疏に議論がある。この「薄」について、正義は、「薄言」が詩經に多く現れていることを分析し、《時邁》《有客》の二例を除き、助字であることを指摘している。

毛傳言「薄、辭」。故申之言「我薄」也。我訓經言也。薄還存其字、是爲辭也。言「我薄」者、我薄欲如此、於義無取。故爲語辭。「傳」於「薄汙我私」（周南《葛覃》）不釋者就此衆也。

《時邁》（周頌）云、「薄言震之」。箋云、「薄猶甫也。甫、始也。」《有客》（周頌）曰、「薄言追之」箋云、「王始言餞送之」。以薄爲始者、以《時邁》下句云、「莫不震疊」、明上句「薄言震之」爲始動以威也。「有客」前云「以縶其馬」、欲留微子。下云「薄言追之」、是時將行、王始言餞送之。

詩之「薄言」多矣。唯二者以薄爲始、餘皆爲辭也。（周南《芣苢》：「采采芣苢、薄言采之」：「毛傳：薄、辭也。采、取也。箋云、薄言、我薄也」の疏、標起止「箋薄言我薄」）

毛傳で「薄は辭」と言っているので、それを再解釈して「我薄」と言っているのである。我とは（経文の）「言」を訓んだものである。「薄」という字をなお残しているのは、これが語辞であるからだ。「我薄」というのは、「我薄欲如此（我、薄に此の如からんと欲す）」ということで「薄」は義［意味］は特にない。だから語辞［助字］としたのである。毛傳で周南《葛覃》の句「薄汙我私」のところで、（「薄」）を解釈していないのは、「薄」を語辞とする例が詩［詩經］に多いから（そちらに就いたの）である。（語辞でない例は次のようなものがある。）

周頌の《時邁》に「薄言震之」とあり、その鄭箋に「薄は猶ほ甫のごとし、甫は始めの意」と云っている。また周頌《有客》に「薄言追之」とあり、鄭箋に「王始めて言に之を餞送す（王始めて之を餞送と言う）」と云っている。（＊周頌《有客》の九句・十句「薄言追之、左右綏之」の鄭箋に「追、送也。於微子去、王始言餞送之。」とある。）「薄」を「始」と訓んでいるのは、《時邁》の「薄言震之」句の下には「莫不震疊」とあり、上の句「薄言震之」は明らかに、始めて動いて威力を示すという意味だからである。また《有客》の「薄言追之」句の前には「以縶其馬」とあり、これは微子を留めようとしている意味で、その下の句で「薄言追之」と云っている。これはこの時に微子が行こう［周の成王のもとに宋公に封ずる命を受け来朝したあと、周を立ち去ろう］として、そこで王は始めてこれを餞送しようとしたことをいっているからである。

詩に「薄言」と云う例は多い。上の二例だけが、「薄」を「始」としており、その他は皆辞［語辞、助字］である（以上は周南《芣苢》の疏）。

「薄言」の言を我と読むことについて：

上のように「周南」《芣苢》に「薄言采之」に毛傳では「薄、辭也。」鄭箋に「薄言、我薄也」とある（鄭箋でも毛傳に異を唱えてはいないので、そのまま毛傳を受けて薄は辭［語詞、助字］とみなしていると思われる）。また「周南」《葛覃》の「言告師氏」の毛傳に「言、我也。」鄭箋に「我告師氏者、…」とあり、また「周南」《漢廣》の「言秣其馬」の鄭箋に「我願秣其馬、…」とある。鄭箋では「言」を我としている。毛傳でも言を我と解しているのもあるが、格別触れていない場合もある。「召南」《采蘩》の「薄言還歸」にも鄭箋は「言、我也」とし、毛傳は触れていない。「召南」《草蟲》「言采其蕨」でも言について、毛傳は触れて居らず、鄭箋では「言、我也。」とする。「邶風」《柏舟》の「靜言思之」も同様で、鄭箋のみ「言、我也。」と注している。「邶風」《終風》の「寤言不寐、願言則嚏」でも同様。「衛風」氓の「言既遂矣」も同様。鄭箋ではこのように「言」を我と読んでいることは一貫しているが、毛傳では《葛覃》に於いて「言、我也」としているものの、他では何も触れていない。我として読んでおく。

（2）「于彼新田」　この「于」、動詞として読むか、助辞として読むか。これと似た構造の句として邶風《擊鼓》「于以求之、于林之下」の句が挙げられよう。毛傳は何も語らないが、鄭箋では「于、於也。求不還者、及亡其馬者、當於山林之下、軍行必依山林、求其故處、近得之。」（「近」は『經典釋文』に附近之近、とある。近くの意）。助字（ここでは介詞［前置詞］）として読む。「于」が前置詞として用いられた起源が甲骨文に遡ること、及びそれが「在」等に交替されていく変遷について、郭錫良「介詞體于的起源和発展」（『中国語文』一九九七年第二期）に詳細に論じられている。『詩經』での「于」の多様な用法については向熹『詩經詞典』（四川人民出版社）参照。

方叔涖止　　方叔涖《のぞ》む　　方叔が（率いて行く軍隊を）観閲すれば、

其車三千　　其の車は三千　　兵車は三千台

師干之試　　師［＝衆］（を佐け、敵を）干《ふせ》ぐの試《よう》［＝用］あり　　その兵車に乗る甲士は皆、後に続く兵士達

を守り、敵を防ぐ役割を担っている（注1）

（毛傳）方叔、卿士也。受命而爲將也。涖、臨。師、衆。干、扞。試、用也。

箋云、方叔臨視此戎車三千乘、其士卒皆有佐師扞敵之用爾。『司馬法』、兵車一乘、甲士三人、歩卒七十二人。

宣王承亂、羡卒盡起。

○（『經典釋文』）莅本又作涖、音利。又音類。沈力二反。（臨也）。扞、胡旦反。乘、繩證反。下一乘同。卒、子忽反。下皆同。羡、延面反。餘也。又徐薦反。

○『經典釋文』莅は一本に又「涖」に作る（＊）。音は利。沈旋は力二の反とする。（臨むの意。）扞は胡旦の反。乗は繩證の反。下の「一乗」も同じ。卒は子忽の反。以下皆同じ。羡は延面の反。余《あま》りの意。又、徐薦の反。

＊「莅は一本に又「涖」に作る」。この部分、足利本・元刊本は「莅本又作涖」に作る。しかし、経文は「涖止」のまま。引用の『經典釋文』の基づいた経文テキストは「莅止」となっていたのであろう。閩本・監本・毛本・殿本・全書本は、「莅本又作涖」を「涖本又作莅」に作っている。経文に合わせたものと思われる。

毛傳：方叔は卿士《けいし》、執政の大臣（注2）。（宣王の）命を受けて将軍となった。涖は臨《のぞ》む、師は衆、干は扞《ふせ》ぐ、試は用うの意味。

鄭箋：方叔はこの兵車三千台（にもなる軍隊）を観閲すれば、その士卒はみな師を佐け敵を扞ぐのに役に立つ者ばかり。『司馬法』（注3）には、「兵車一台に甲士［兵車に乗る甲武者］が三人、歩卒［徒歩の卒］が七十二人。」とある。宣王は蠻荊の乱の事態を承けて、羡卒《せんそつ》（注4）［正規に家毎に任じられる兵以外の非常時に任じられる兵］をもみな動員した。

注

（1）師干之試　鄭箋を主とする正義の読みに依ると本文にない文字を補うことになり、稍不自然のように感じられる。毛傳に拠れば、「師干之試（師［＝衆］は干《ふせ》ぐに之れ試《もち》ふ：士卒達は敵を防ぐのに用いる［用いるのに適う］）」といったように読むべきかと思われる。鄭箋の「佐師扞敵」の師を衆の意とすると、衆を佐けるということが、不自然となろう。師を師帥［ここでは方叔］と取れば意味は通ずるのであるが。本文の訳は「佐師扞敵」の師も衆と取り、「士」が「衆」を佐けるの意味とみなした。疏の解する所、そのようであろう。

（2）卿士　卿士に広義のものと狭義のものとがあり、広義では在朝の卿大夫を言い、狭義では執政の大臣を指す。『春秋左氏傳』隠公三年「鄭武功莊公爲平王卿士」の楊伯峻『春秋左傳注』に「經書屢見卿士一詞、意義不一。尚書洪範「謀及卿士、謀及庶人」、顧命「卿士邦君麻冕蟻裳、入即位」、卿士似指在朝之卿大夫、此廣義之卿士。牧誓言「是以爲大夫卿士」、則卿士不包括大夫；此卿士義當同于詩小雅十月之交「皇父卿士、番維司徒」、商頌長發「降予卿士、實維阿衡」之卿士、此狭義之卿士。杜注謂「卿士、王卿之執政者」蓋得之。『左傳』凡八用卿士、皆狭義。」とある。《采芑》のここでも狭義の卿士、執政の大臣をさすであろう。

（3）『司馬法』　戦国時代、齊の威王［?～前三二〇］が大夫に命じて古の司馬兵法を論じて整理させた時、齊の景公［?～前四九〇年］の大司馬田穰苴《でんじようしよ》［田完の苗裔、大司馬となったので司馬穰苴という］の兵法を併せて『司馬穰苴兵法』と名付けた（『史記』司馬穰苴列傳）。『漢書』「藝文志」禮に『軍禮司馬法』百五五篇とある。現在、『司馬法』一巻が伝わる。現代の注釈本に王震『司馬法集釋』（中華書局）がある。

張舜徽『漢書藝文志通釋』に「按：此百五十五篇之書、實古代兵家言之叢鈔也。其後諸家之作、各自單行、故如此繁富之論著、傳至今者、僅五篇耳。本《志》篇末附注云：「入《司馬法》一家百五十五篇」；又《兵書略・權謀類》末注云：「出《司馬法》、入禮也」。可知《七略》入此書於《兵書權謀》、班氏移入禮類也。書名上冠以「軍禮」二字、蓋班氏所加、所以明其禮用。」とある。(『張舜徽集　第一輯』華中師範大學出版社、二〇〇四年三月)。

(4)家毎に割り当てられる徒役の者一人が正卒で、更に非常時にはその一家の中でその余の(壮丁)を徴用した。これを羨卒という。『周禮』地官・小司徒に「凡起徒役、毋過家一人、以其餘爲羨、唯田與追胥竭作(凡そ徒役を起こすに、家ごとに一人を過ぐる毋し、其の餘を以て羨と爲す。唯だ田[田獵]と追[寇賊〈土寇・外敵〉を追捕すること]胥[盜賊を伺捕すること]のときは竭《ことごと》く(田・追・胥に)作《い》[=行]く」その賈公彦疏に「一家兄弟雖多、除一人爲正卒、正卒之外、其餘皆爲羨卒(一家の兄弟多しと雖も、一人の正卒爲るを除き、正卒の外、其の餘は皆羨卒爲り)」とある。

方叔率止　　方叔率《ひき》ゐ　　大将の方叔はこれらを率いて

乘其四騏　　其の四騏《しき》に乗る　　みずからは四頭立ての路車に乗る

四騏翼翼　　四騏は翼翼たり　　その四頭の馬は翼翼然として甚だ壮健だ

箋云、率者率此戎車士卒而行也。

鄭箋：率いるとは、兵車(に乗る)士(及びそれに従う)徒卒を率いて行くこと。

路車有奭　　路車、奭《せき》たる有り　　馬車は赤々と映え

簟茀魚服　　簟《たかむしろ》の茀《おお》い(注1)魚の服《えびら》　　竹の席でその戸は蔽われ、車上には魚皮の矢服《やなぐい》

鉤膺鞗革　　鉤膺《こうよう》　鞗革《じょうかく》　　馬の 鞅《むながい》 には鉤飾り、 轡《たづな》 の先には垂れ飾り

(毛傳)奭赤貌。鉤膺、樊纓也。

箋云、茀之言蔽也。車之蔽飾象席文也。魚服、矢服也。鞗革、轡首垂也。

○（『經典釋文』）奭、許力反。茀、音弗。鞗、音條。樊、歩干反。馬大帶也。

○『經典釋文』奭は許力の反。茀は音弗《ふつ》。鞗は音條《じょう》。樊は歩干の反。馬の大帶。

毛傳：奭《せき》は赤い貌《さま》。鉤膺は樊纓（注２）。

鄭箋：茀《ふつ》の言《いみ》は蔽《おお》う（注３）。路車の（後部の戸を蔽う）飾りは席の文様［四角模様］を象る（注４）。魚服は（魚皮で作った）矢服。鞗革《じょうかく》は轡首《ひしゅ》［手綱の先頭部分］の垂れ（注４）。

注

（１）簟茀　大雅「韓弈」に「簟茀錯衡」とあり、鄭箋に「簟茀、漆簟以爲車蔽、今之藩也。」とある。漆を塗った席で蔽う。孔疏に「茀者車之蔽。簟者席之名。言簟茀正是用席爲蔽。…」又、齊風《載驅》の句「簟茀朱鞹」の毛傳に「簟、方文席也。車之蔽曰茀。諸侯之路車、有朱革之質而羽飾。（簟は方文の席なり。車の蔽いを茀と曰ふ。諸侯の路車は朱革の質にして羽飾り有り）。」その孔疏に「車之蔽曰茀、謂車之後戸也。」諸侯の路車の後部戸の蔽い。方文席について、「用竹爲席、其文必方、故云方文席也。」とある。竹で編んだ席で、そこには方文［四角の幾何学模様であろうか］が象られている、ということであろう。

（２）鉤膺は樊纓　『周禮』春官・巾車の鄭注によれば、樊纓は樊と纓、樊は「今馬大帶也。」また纓は「今馬鞅」で二つは別物のようであるが、大雅「韓弈」の「鉤膺鏤錫」の鄭箋にも「鉤膺、樊纓」とあり、その孔疏には「以膺文連鉤、與〈巾車〉金路、鉤、樊纓同。故知、膺者見膺上有飾、即樊纓、是也。」という。鞅《むながい》のことを指しているようでもある。ここの「采芑」の孔疏では「其馬婁頷有鉤在膺、有樊纓之飾」とパラフレイズされているが、分かりにくい。李庶常『毛詩紬義』はここの毛傳は正義のように金路の事として説くならば、もとは「鉤膺、鉤樊纓也」とあるべきで、今本は一つの鉤の字を脱落している。（鉤の一字を補ったものとすれば）鉤は経文中の鉤の字を解釈し、樊纓は経文中の膺の字を解釈しているという。また、「韓弈」の鄭箋も、誤る事ここと同じとしている。一説を備うというべきであろう。

（3）茀の言は蔽《いみ》う《おお》「之言～」について、段玉裁は「凡云之言者、皆通音義以爲詁訓。非如讀爲之易其字、讀如之定其音（凡そ「之言」と云う者は、皆音義を通じて以って詁訓を爲す。「讀爲」の其の字を易へ、「讀如」の其の音を定むるが如きに非ず）」という（『説文解字』「祼」の段玉裁注：「祼、灌祭也。詩毛傳曰、祼、灌鬯也。周禮〈春官・大宗伯「以肆獻祼享先王」鄭〉注曰、「祼之言灌。灌以鬱鬯。謂始獻尸求神時。周人先求諸陰也」）。確かに一般的に「之言」という場合、発音と意味とが通じる場合に用いられている。茀は敷勿の切・入声（「弗」は分勿の切『廣韻』）、蔽は必袂切（『廣韻』）。鄭玄の時は両字は音通であったか。

（4）鞗革　小雅《蓼蕭》の「鞗革沖沖」の毛傳に「鞗、轡也。革、轡首也。沖沖、垂飾貌。（鞗は轡《たづな》。革は轡の首なり。沖沖は垂れ飾りの貌）」とある。

疏　薄言至鞗革

疏　薄言から鞗革まで

正義曰、言（校1）人須芑爲菜、我薄采此芑於何處乎。當於彼新田、於此菑畝之中、以新田菑畝、謂已和耕其田（校2）、生長其芑、必肥美可食、故於此采之也。以興須人爲軍士（校3）、我薄取人於何處乎。當於彼蒙教於此被育之家。以蒙教被育、已和治其家、養育其身、士必勇武可用、故於彼取之也。既於新美被養處、召得軍士、而大將方叔臨視之、其車衆之多、中有三千乘矣。其士皆有佐師扞敵之用、是取之得人也。大將方叔率之以行、乃自乘其四騏之馬。此四騏之馬翼翼然甚壯健矣。又此所駕路車有奭然而赤、其車以方文竹簟之席、爲之蔽飾、其上所載有魚皮爲矢服之器、其馬婁頷有鉤在膺、有樊纓之飾、又以鞗皮爲轡首之革而垂之。方叔既率士衆、乘是車馬往征之。

校勘記

（1）正義曰言　足利本・元刊本、「正義言」に作る。單疏本・閩本・毛本・殿本、「正義曰言」に作る（但し、閩本「義」の字缺）。正義の通例から「正義曰言」を是とする。

（2）其田　足利本・元刊本・毛本、「其用」に作る。單疏本・閩本・監本・殿本、「其田」に作る。阮元「挍勘記」に「毛本田誤用、閩本・明監本不誤。」とある。意味上、田に作るのが自然。

（3）以興須人爲軍士　足利本・單疏本・元刊本・毛本・阮本、「以興須人爲軍士」に作る。閩本・監本・殿本・全書本、「以興人須爲軍士」に作る。「須人」に作るのが正しい。「挍勘記」に「閩本・明監本須人誤倒。毛本不誤」。「人須～」であると、「人は軍士となるべきである」の意味になり、「芑《ちさ》を須《もと》めて菜とする」の興とならないので誤りは明白。

正義：人は芑《ちさ》を須《もと》めて菜とするが、私はさてこの芑をどこで摘もうか。耕して二年になるあの新田で、或いは耕して一年目のこの菑畝《しほ》の中で、摘もう（注1）。新田・菑畝で（采ろう）というのは、その田《はたけ》をよく耕してあるので、そこで育った芑は間違いなく肥えて美味しいので、そこの芑を采るという意味である。このように言うことによって、軍士となる人が必要でこれを須めているが、私はさてその人をどこから取ろうか。あの教えを蒙ったところ・この育まれた家から（取ろう）。教えを蒙り、育まれているので、その家は和らぎ治められており、そこでその身を養育された者は、士として必ず勇武で役に立つ、だからそのような家から人を取る、ということを言い興したのである（注2）。

充分に養育環境の整ってよく治まっている新美な家庭から軍士を召集することができ、大将の方叔はこれを間近く観閲すれば、その兵車は数多、その中には三千台にも及ぶ兵車が揃っている。その兵士といえば、皆師を佐け敵を扞《ふせ》ぐのに役立つ者ばかり。良い人［兵士］が得られた。大将の方叔はこの軍隊を率いて出軍し、自らは馬四頭立ての兵車に乗る。この四頭の馬は翼翼然として大変壮健だ。又その四頭の馬が引く路車は奭然《せきぜん》として赤く、その車は方丈の竹簟の席で蔽い、その上には魚皮で作った矢服が載せてあり、その馬の婁頷には膺に鉤がつけられており、樊纓の飾りが付けられ、又鞗皮製の轡首［手綱の先］の革が垂れ下がっている。方叔は兵士達を率いこの馬車に乗って（蛮荊）征伐に往く。

注

（1）本文「當於彼新田、於此菑畝之中」の「當於～」は邶風《撃鼓》の句「于林之下」、その鄭箋に「求不還者、及亡其馬者、當於山林之下。軍行必依山林、求其故處近得之」とある。「當求於～」のように「當」の下に動詞「求」が想定されるような語法であろう。この孔疏では、「若我家人於後求我、往於何處求之？當於山林之下。以軍行必依山林、死傷病没、當在其下。故令家人於林下求之也。」訓読では「當於」は、「（まさに）於いてすべし」と、広く様々な動作を表す、サ変動詞「す」を補うことになる。

（2）この毛傳・鄭箋に謂う「興」、その「興義」を目前にはない「芑菜」を采ること、「采る」という具体的動作までもあるものから想起することにはやや不自然さが感じられる。朱子は「芑は苦菜」で「肥可生食……宜馬食。軍行采之、人馬皆可食也。」「軍行采芑而食。故賦其事以起興。」：芑は苦菜で、肥えたものはそのまま食することができ、……馬も食べられる野菜。軍が進んで行く際にこれを采れば、人馬ともに食べられる。云々」そのことを賦（直叙）して、興を起こしたものとする。

○傳芑菜至用之

正義曰、陸璣疏云、「芑菜似若菜也。莖青白色、摘其葉白汁出。肥可生食、亦可烝爲茹。青州人謂之芑、西河鴈門芑、尤美。胡人戀之、不出塞。」是也。「一歲曰菑、二歲曰新田、三歲曰畬。」「釋地」文。菑者災也。畬、和柔之意。故孫炎曰、「菑始災殺其草木也。新田、新成柔田也。畬和也。田舒緩也。」郭璞曰、「江東呼初耕地、反草爲菑。」是也。《臣工》傳及易注皆與此同。唯「坊記」注云、「二歲曰畬、三歲曰新田。」「坊記」引『易』之文、其注理不異、當是轉寫誤也（校1）。田耕二歲、新成柔田、采必於新田者、新美其菜、然後采之、故以喩宣王新美天下之士、然後用之也。

箋解采（校2）之新田、耕其田土、所以得其新美者、正謂和治其家、救其飢乏、養育其身、不妄（校3）征役也。二歲曰新田、可言美。菑始一歲、亦言「於此菑畝」者、菑對未耕亦爲新也。且菑殺草之名、雖二歲之後、耕而殺草亦名爲菑也。鄭謂熾菑南畝爲耕田、是柔田之耕亦爲菑也。「于此菑畝」文、在新田之下、未必一歲之田也。

校勘記

（1）當是轉寫誤也　足利本・單疏本・元刊本・阮本、「當是轉寫誤也」に作る。『要義』（徽州本）、同じ。閩本・監本・毛本・殿本・全書本、「當是傳寫誤也」に作る。「轉寫」に作るのが正しい。

（2）采　足利本・單疏本・元刊本・閩本・監本・毛本、「菜」に作る。殿本・全書本、「采」に作る。阮元「挍勘記」に「閩本・明監本・毛本、同。案浦鏜云、「采誤菜。」是也。」意味の上から「采」（野菜を摘み取る、動詞）が正しい。「采」とした。

（3）足利本・元刊本、「妾」に作る。單疏本・閩本・監本・毛本・殿本・全書本、「妄」に作る。「妄」に作るのが正しい。

○傳の芑菜から用之まで

正義：陸璣『毛詩草木鳥獸蟲魚疏』に「芑は菜にして若菜に似るなり。莖は青白色、その葉を摘めば白汁出づ。肥なるは生食すべし、亦た烝して茹と爲すべし。青州の人之を芑と謂ふ、西河鴈門の芑、尤も美［味］なり。胡人之を恋て、塞を出でず。」とあるのがこれである（注1）。

「（田《はたけ》の）一歳を菑《し》と曰ひ、二歳を新田と曰ひ、三歳を畬《よ》と曰ふ（耕して一年目の畑を菑《し》といい、二年目の畑を新田といい、三年目の畑を畬《よ》という）」とは『爾雅』「釋地」の文。菑とは災である。畬は和柔の意。だから、孫炎は、「菑とは始めその土地に生えている草木を災殺する［焼いて取り除く、取り除く］。新田とは、「新成柔田（ようやく柔らかな地と成った田《はたけ》（注2）。畬は和の意味。田が舒緩［ゆったりと伸びやかになった］もの（注3）。」と言っている。郭璞の注に、「江東には初めて地を耕し、草を反《おこ》す（注4）を呼んで菑と爲す（江東では初めて土地を耕し、草を起こした［掘り返して外に出す］その田地《でんち》を菑と言う）。」とあるのがこれである。《臣工》の傳（注5）及び『周易』注（注6）皆、これと同じ。唯だ『禮記』「坊記」鄭玄注には「二歳を畬と曰ひ、三歳を新田と曰ふ。」とある。「坊記」では『易』の文（「不耕穫、不菑畬」）を引いており、その注もその理は異なっていない。この鄭注は転写の誤りに違いない（注7）。

田《はたけ》の耕して二歳になるものは、次第に地味が柔らかな田となる。芑を采るのにこの新田でなければならないのは、そこから采れる野菜が新鮮で美味なものになる、このようになってからその後で野菜を采る、だからこの芑で以て宣王が天下の士を年月掛けて立派な人物に仕立て上げた後で之を用いるという喩えになる。

鄭箋では、之［＝芑］を新田に采り、その田土を耕し、新鮮で美味な芑を手に入れる、というその興の意味するのは、その家を和らぎ治め、その窮乏を救い、その身を養育し、（その上で征役を行う）、妄りに征役を行わないというように解している。

耕し始めて二年目になる田《はたけ》を新田といい、（この新田で采れる作物は）「美」と言うことが出来る。しかし、菑は耕し始めて一年目の田である。それなのに、ここで「於［＝于］此菑畝」と「菑」とあるのは、この菑は（耕し始めて一年目の田ではあるが、）まだ耕やされていない土地と較べれば「新」なのである。しかも菑というのは、草を取り除くという意味もある。二年の後であっても耕して雑草を取り除くということも菑といえるのだ。鄭玄は熾菑南畝を田を耕す、とも解している。この柔田を耕すことも菑とみなせよう。「于此菑畝」の句は「新田」の下にあるので、必ずしも耕し始めて一年目の田とは限らない。

注

（1）芑　和名「ちさ」（中村惕齋『詩經示蒙句解』［漢籍國字解全書］に「芑は、菜の名、今のちさなり」）とある。

（2）郝懿行『爾雅義疏』（中之五）に「新田者、耕之二歳、疆壚剛土、漸成柔壌（新田とは之を耕して二歳、疆壚《きょうろ》［あぜ土］は剛土、漸く柔壌《じゅうじょう》［柔らかく耕作に適した土］と成るものなり）とある。ようやくよく耕かされて柔らかくなった地。

（3）本田済『易』（『新訂中国古典選』第一巻）「周易上経」、「六二、不耕穫、不菑畬、則利有攸往」に「畬《よ》は開

墾後三年の畠。ここでは地味が熟すること」という。

（4）反草　草を反す。草をおこす。取り除いた草を、新たに耕した土の下に埋め込む（湯可敬『説文解字今釋』菑の注釈）。除草した草をすき込むこと。

（5）周頌《臣工》の「如何新畬」の毛傳に「田二歳曰新、三歳曰畬」とある。

（6）易注　『周易』で該当する所は、无妄六二に「不耕穫、不菑畬、則利有攸往（耕さずして穫《え》、菑《し》せずして畬すれば則ち往く攸《ところ》有るに利あり」とあり、その王弼注には「不耕而穫、不菑而畬」とあるのみ。ここの例には合わないようである。王應麟輯・惠棟増補・孫堂重校併輯補遺『鄭氏周易注三巻補遺一巻』（古經解彙函）では、これを鄭玄注としている。馬融の易注『周易馬氏傳』に「菑田一歳也。畬田三歳也。」とある（『玉函山房輯佚書』。）馬瑞辰『毛詩傳箋通釋』では、この易注を馬融注のこととしている。なお、『禮記』「坊記」では「易曰、不耕穫、不菑畬、凶」とある。

（7）『禮記』孔疏にも「此［『禮記』鄭注］云「三歳曰新田」者誤也。」と断言する。

○箋宣王至盡起

正義曰、天子六軍、千乘。今三千乘則十八軍矣。所以然者、宣王承厲王之亂、荊蠻內侵、衆少則不足以敵之、故羨卒盡起而有此三千也。「地官」小司徒職曰、「上地家七人、可任者家三人（校1）、中地家六人、可任者二家五人。下地家五人、可任者家二人。以其餘爲羨、唯田與追寇（校2）竭作。」

起軍之法、家出一人。故鄉爲一軍、唯田獵與追寇（校2）、皆盡行耳。今以敵強與追寇（校2）無異、故羨卒盡起。羨、餘也。以一人爲正卒、其餘爲羨卒也。若然彼三等之家、通而率之、家有二人半耳。縱令盡起、唯二千五百乘、所以得有三千者、蓋出六遂以足之也。且言「家二人、三人」者、擧其大率言耳。人有死生、數有改易、六鄕之内、不必常有千乘、況羨卒豈能正滿二千五百也。當是於時出軍之數有三千耳。或出於公邑、不必皆鄕遂也。

校勘記

（1）可任者家三人　注疏各本異同なし。『要義』（徽州本）、家の字無し。誤脱。

（2）追寇　注疏各本異同なし。『要義』（徽州本）寇を胥に作る。誤刻。

○鄭箋の宣王から盡起まで

正義：天子の軍は六軍、兵車は千台（注1）。今三千台とあるので、十八軍になる。このようであるのは、宣王は父である厲王の政治の乱れを承け（注2）、荊蛮が国内に侵攻してきているのに、兵の数が少なく、対抗するに足りないので、羨卒もすべて徴兵したため、この三千台という兵車数になったのである。

『周禮』地官・小司徒の職掌に曰く、「上地は家ごとに七人、任《た》ふ可き者家ごとに三人。中地は家ごとに六人、任ふ可き者二家に五人、下地は家ごとに五人、任ふ可き者家ごとに二人。其の餘を以て羨と爲す、唯だ田と追寇とは竭《ことごと》く作《い》く。」上等の土地は一家男女七人以上居る家に授ける。（このような家には）力役に任《た》えることのできる者が一家に三人居る（であろう）。中等の土地は六人の男女が居る家に授ける。（このような家は）力役に任えることのできる者が二家で五人居る（であろう）。下等の土地は五人以下の家に授ける。（このような家には）力役に任えることのできる者が一家に二人居る（であろう）。（凡そ徒役を起こすときは家ごとに一人に過ぐること

なし）その残りの丁壮を羨卒とする。ただ、田猟《かり》の時と寇賊を追討する時は（正卒・羨卒《せんそつ》）すべて出動する」（注3）

軍を動員する時の法《きまり》として、各家毎に一人を出す。それで郷で一軍となる（注4）。ただ田獵と寇賊を追討する場合は一人の正卒のみならず、其の他の者もすべて出動する。この詩では敵は強くて、追寇と異なることがない。だから羨卒もすべて出動するのである。羨とは余りの意。一人を正卒とし、その余は羨卒である。

もしそうだとすると、あの（『周禮』に云う上地・中地・下地の）三等の家、通して率《かぞ》えれば、（上地の家では三人、中地の家では二家で五人、一家としてみれば二人半、下地の家では二人。三＋二・五＋二＝七・五で三で割れば二・五。一家当たり二人半となる。計算上）各家には二人半が居るだけである。たといすべて出動したとしても、全部で戦車、二千五百乗にしかならない（注5）。三千乗となることができるのは、恐らく六遂を出動させてこれに足すのであろう。しかも家ごとに二人三人（を出す）というのは、そのおおよそのことを挙げて言っているに過ぎない。人には生死というものがあり、数も変わる。六郷の中、（一郷で）必ず常に戦車千台（それに相当する兵士の数一万二千五百人）あるわけではない。ましてや羨卒（を含めても）きっちり二千五百台（の戦車にあたる兵士数）を満たすことができようか。時においては出軍の際に三千乗あったのであろう。あるいは公邑からも出したかも知れない。すべて郷遂から出したとは限らない。

注

（1）天子は六軍　大雅《棫樸《よくぼく》》に「周王于邁、六師及之」とあり、その毛傳に「天子六軍」とある。鄭箋に「二千五百人爲師」。大雅《常武》にも「整我六師、以修我戎」とある。『周禮』夏官・司馬に「凡制軍、萬有二千五百人爲軍。王六軍、大國三軍、…」。

（2）宣王、父厲王の政治の乱れを承け云々　厲王は周の武王から数えて第十代目の王。厲王は位に即いて三十年、利を好み、榮の夷公を近づく。大夫芮良夫《ぜいりようふ》は榮公は利を専らにするのを好んで大難を知らぬので、これを用いぬよう諫めたが聴かれず、厲王は榮公を卿士［執政の大臣］に取り立て、事を用いさせる［権勢をふるわせる］。また、「王、暴虐を行ひて侈傲《しごう》なり。國人、王を謗る。」（『史記』）とあり、具体的にどのようなおごり・尊大なことがあったのかは記されていないが、周の相［重臣］、召［召虎］公の諫めにも耳を貸さず、反って謗る者を監視させ取り締まった。周の民は相共に畔《そむ》き厲王を襲撃し、厲王は彘《てい》［現在の山西省霍県《かくけん》］に出奔。召公・周公の二相が政を行う。召公・周公の二相が国政を担ったので、これを共和と号した。共和十四年厲王はその地で死亡。召公の家で成長した厲王の子で太子の静が立てられて王となる。これが宣王。（『史記』周本紀）。但し、共和については、召公・周公の二人が相として国政を担ったからとする解釈には別説があり、『史記』の司馬貞「索隱」には「若『汲冢紀年』《きゆうちようきねん》（＊汲郡の不準が魏の襄王の墓［或いは安釐王の墓］を盗掘して得た古書、汲冢書。その中の一書、所謂「竹書『紀年』」）則云「共伯和干王位（共伯和、王位を干《うば》ふ）」。共音恭。共、國；伯、爵；和、其名；干、簒也。言共伯攝王政、故云「干王位」也。」と、共の国の伯、名は和が、周の王位を簒奪し、政治を攝ったので共和といった、という別説を載せている。

＊『晉書』束晳傳に「初太康二年［二八一年］汲郡人不準、盗發魏襄王墓、或言安釐王冢、得竹書數十車。」とある。また、汲冢書が整理されるに当たっては、束晳傳に「武帝以其書付秘書、校綴次第、尋考指歸、而以今文寫之。晳在著作、得觀竹書、隨疑分釋、皆有義證。」（時の皇帝、武帝［司馬炎］はこのばらばらになっている竹簡を秘書［宮中の書物を掌る官署、秘書省］に付託して順序次第を校綴［較べて綴り合わせ］し、指歸［意味内容］を尋考［尋ね考え］し、今文［当時の漢字］で以て之を寫させた。束晳は当時著作［史書の編纂等に携わる官、著作郎］に在ったため、竹書を観ることができ、疑いに隨って［疑いのあるところごとに］分釈［解釈］。皆義證［根拠］が［有］ったという。束晳はこの竹簡の整理・解釋に中心的に携わったことがわかる。

なお近年発掘整理された戦国時代の竹簡、『清華大學藏戰國竹簡』（二〇一一年一二月、中西書局）「繫年」第一章にも「至于厲王、厲王大虐于周、卿士・諸正・萬民弗忍于厥心、乃歸厲王于彘、共伯和立。十又四年、厲王生宣王、宣王即位、共伯和歸于宗［宗＝共国］。」（釋文は同書による）とあり、汲冢竹書『紀年』に伝えるところに近い。

（3）『周禮』地官・小司徒の職掌についてのこの引用、一部省略がある。原文：「上地家七人、可任也者家三人。中地家六人、可任也者二家五人。下地家五人、可任也者家二人。凡起徒役、毋過家一人、以其餘爲羨、唯田與追寇［寇を胥に作る］竭作。」なお「追胥」とは、「追」、追寇賊也（鄭司農注）。「胥」、謂伺捕盜賊［賈疏］。寇賊を追い、盜賊を捕まえようとすること。正卒・羨卒とは、賈疏に「除一人爲正卒、其餘皆爲羨卒。」とあり、一家に一人が正卒、その他は皆羨卒。

（4）郷は周制で一万二千五百戸　『論語』「雍也」の「子曰、毋以與爾鄰里鄉黨乎」の鄭注に「五家爲鄰、五鄰爲里、萬二千五百家爲鄉、五百家爲黨。」とある。また、『周禮』地官・大司徒の職（掌）に「令五家爲比、使之相保。五比爲閭、使之相受。四閭爲族、使之相葬。五族爲黨、使之相救。五黨爲州、使之相

天子の軍六軍	戦車　1,000乗（台）	一軍	兵士12,500人
6 × 3 ＝18軍	戦車　3,000台	三軍	兵士37,500人

一郷は12,500戸、１戸当たり１人の兵士とすれば、一郷で兵士は12,500人
三等の家から羨卒を含めてすべて徴兵するとする。
三等の家を平均すれば
上地の家から任用することの出来る者　３人
中地の家から任用することの出来る者　2.5人
下地の家から任用することの出来る者　２人
３＋2.5＋２＝7.5　１戸あたりにすれば7.5÷３＝2.5（人）なので
12,500人×2.5＝31,250人　この兵士数に対する戦車は　2,500台
3,000台には500台足りない該当兵士数となる。

賙。五州爲鄉、使之相賓。」とあり、五家で構成される比から計算していくと、鄉で一万二千五百家となる。

（5）一鄉は一万二千五百戸。一戸あたり一人の兵士とすれば、一鄉で一万二千五百人の兵士。三等の家から羨卒も含めて駆り出せば、一戸あたり、本文で計算されているように二人半となる。一万二千五百の二倍半は三万一千二百五十人。戦車千台当たり兵士は一万二千五百人なので、戦車数に換算すれば、二千五百乗（台）となる。一方、六軍で戦車千台、兵士は一万二千五百人なので、三千乗、十八軍には兵士が三万七千五百人いることになる。戦車五百乗、兵士の数として六千二百五十人足りないことになる。

○傳奭赤至樊纓（校1）

正義曰、《瞻彼洛矣》云、「韎韐有奭。」彼茅蒐染爲奭。故知赤貌也。言「鉤、膺樊纓」者、以此言鉤是金路。故引金路之事以説之。在膺之飾、唯有樊纓、故云「鉤、樊纓也。」巾車注云、「鉤、婁頷之鉤也。金路無錫有鉤（校2）。亦以金爲之。」是鉤用金在頷之飾也。彼注又曰、「樊讀如鞶帶之鞶、謂今馬大帶。纓、今馬鞅。」「金路、其樊及纓、以五采罽飾之、而九成。」是帶鞅在膺。故言膺以表之也。巾車、「金路、同姓以封」也。今方叔所乘者、或方叔爲同姓也。又下云、「方叔元老」則方叔五官之長、是上公也（校3）。上公雖非同姓、或亦得乘金路矣。不乘革路者、以革路臨戰所乘、此時受命率車、未至戰時、故不言戎車也。

校勘記

（1）傳奭赤至樊纓　足利本・單疏本・元刊本・阮本、「傳奭赤至樊纓」に作る。閩本・監本・毛本、「赤」の字

を脱している。標起止は頭二字から末尾二字を挙げる形なので、赤の字があるのが妥当。

（2）金路無錫有鉤　錫と鍚は紛らわしいが、鍚は音（yáng）、ヨウ。馬の頭の飾り物。錫は音（xī）シャク。單疏本・閩本・阮本、「錫」に作る。足利本・監本・毛本・殿本・全書本、「鍚」に作る。鍚に作るのが正しい。元刊本はどちらなのか不明瞭。鍚に近い。

（3）又下云方叔元老則方叔五官之長是上公也　注疏各本異同なし。『要義』（徽州本）、「又下云方叔五官之長是上公也」に作る。「方叔元老則」の五文字脱。

○毛傳の奭赤から樊纓まで

正義：小雅《瞻彼洛矣《せんひらくい》》の詩に「韎韐有奭（韎韐奭たる有り《ばっこうせき》）」とある（注1）。あちらでは茅蒐の草で染めたのを奭としている（その草の色は赤）だから、奭は赤い色をしていることになる。「鉤は膺の樊纓（鉤とは膺につけられた樊・纓）」と言っているが、「鉤」と言っている鉤は金路のであるので（注2）、金路の事を引いてこれを説いているのである。膺に在る飾りにはただ樊・纓が有るだけなので、「鉤は樊・纓なり」と云っているのだ。『周禮』春官・巾車の「金路、鉤、樊纓九就（金路の車、それを引く馬には鉤を着け、樊と纓にはそれぞれ五色の九回巻き付ける）」の鄭注に「鉤は婁頷の鉤なり。金路に錫なし、鉤有り。亦た金を以て之を爲る（鉤とは婁頷の鉤、金路には鍚［當盧、馬の眉より上、額上につける面飾り。金を彫刻して作る］はなく、鉤は着ける。これも金製）」とある。このように、鉤は金製の頷につける飾りである。又、彼処［巾車］の注に「樊の讀は鞶帯の鞶の如し、今の馬の大帯を謂ふ。纓は今の馬鞅《うまのむながい》。」「金路、その樊及び纓は五采の罽《けい》［毛織物］を以て之を飾りて九成す［九回巻き付ける］。」とある。帯・鞅は膺《よう》［馬の胸当て］に在ることになる。だから、（経文では）「膺」と言って、これ［樊・纓］を言い表しているのだ（注3）。

「巾車」では「金路の車は王と同姓の者に封賜される。」とある。今、方叔が乗っている車は（金路なので）、或いは方叔は同姓なのかも知れない。又、後に「方叔は元老」とあるので、方叔は五官の長で、これは上公にあたる。上公であればたとい王と同姓ではないとしても、金路に乗ることが許されたのかも知れない。

革路に乗らないのは、革路は戦に臨んで乗る車であって、この時は王命を受けて、車を率いている時であって、臨戦前の時であるので、戎車と言わないのである。（＊巾車の官が掌る五路の車、玉路・金路・象路・革路・木路の中で、軍事に用いるのは革路だけであり、玉路は祭祀に用い、金路は賓客に会う時に用い、象路は朝廷に上る時に用い、木路は狩猟の時に用いる、ということになっている。それで上のようなことが記されているのであろう。）

注

（1）「韎韐有奭（韎韐奭《ばつこうせき》たる有り）」　韐とは韠《ひつ》［ひざ掛け］、韎は茅蒐の草で染められた赤い韋《なめしがわ》。

（2）『周禮』春官・巾車に王の乗る五種類の車について①「玉路、錫、樊纓十有再就、…」・②「金路、鉤、樊纓九就、…」・③「象路、朱、樊纓七就、…」・④「革路、龍勒、條纓五就、…」⑤「木路、前樊鵠纓、…」と記されており、「鉤」が着けられるのは金路のみである。

（3）この正義の文意に従うと、毛傳の「鉤膺樊纓也」の読み方がやや難しくなる。『周禮』春官・巾車の金路と合わせようとするためであるが、詩本文「鉤膺」を金路の「鉤、樊纓」として読み、また巾車の鄭注によれば、樊と纓は膺に着けられる飾りとなり、それで「樊纓」を「膺」と表現しているとみなしている。毛傳の「鉤膺樊纓也」は「鉤膺は樊纓なり」と読むことは出来ず、「鉤膺とは鉤及び樊・纓なり」と付け加えなければならないであろう。また、「巾車」によれば、金路は王と同姓の者に封賜されることになり、方叔を王と同姓、つまり姫姓とするのには無理が出てしまい、苦しい論旨展開となっている。

［二章］

于此中郷　此《こ》の中郷に于いて　この麗しき土地、中郷《なかざと》（注1）で摘みましょう（鄭箋）

于彼新田　彼《か》の新田に于《お》いて　この菑畝《しほ》［新墾一年目の畠］の中で摘みましょう（毛傳）

薄言采芑　薄《ここ》に言《わ》れ芑《き》を采《と》らん　あの田《はたけ》［新墾二年目の畠］で摘みましょう

この美味しい野菜の芑をどこで摘みましょう

（毛傳）郷、所也。

箋云、中郷、美地名。

毛傳：郷は所、場所。

鄭箋：中郷は麗しき土地の名。

注

（1）中郷　毛傳では郷は所とだけ注している。商頌「殷武」に「居國南郷」の郷にも「所也」とだけ注している。「中郷」は中所ということになり、前の「新田」と較べてやや不自然な言葉遣いである。陳奐は「此菑畝中處也（この菑畝の中）」と解している（『詩毛氏傳疏』）。

方叔涖止　方叔涖《のぞ》めば　方叔が観閲すれば

其車三千　其の車は三千　戦車は三千台

旂旐央央　旂旐《きちよう》　央央たり　それらには旂・旐がはためいている

箋云、交龍爲旂、龜蛇爲旐。此言軍衆將帥之車皆備。

鄭箋：龍の交叉した絵柄の旗が旂、亀と蛇が画かれた旗が旐。ここでは軍衆・將帥の兵車にこれらが立てられていることを言う。

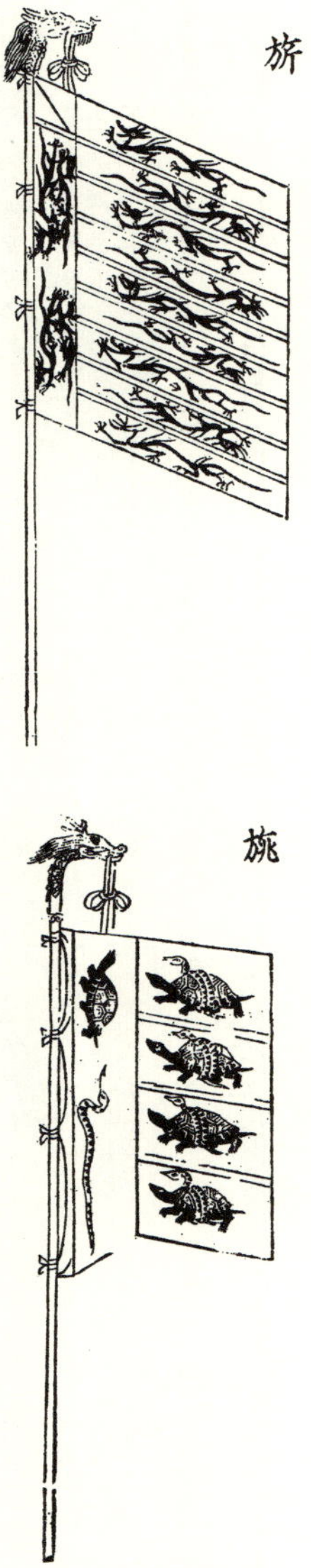

図5　旂・旐
(p.229 図4参照)

方叔率止　方叔率《ひき》ゐ　方叔は戦車・将帥を率い

約軝錯衡（校1）　約軝《やくき》（注1）錯衡《さくこう》　朱き轂《こしき》、金の衡［轅の先の横木］

八鸞瑲瑲　八鸞《はちらん》（注2）瑲瑲《そうそう》たり　四頭の馬の銜《くつわ》に付けられた鈴は瑲瑲と音をたてている

（毛傳）軝、長轂之軝也。朱而約之。錯衡、文衡也。瑲瑲、聲也。

校勘記

（1）約軝錯衡　景刊唐開成石經（中華書局影印本）『毛詩』・四部叢刊本・四部備要本『毛詩鄭箋』・日本古写本

『毛詩鄭箋』、軝に作る
　足利本・元刊本・監本・閩本・毛本・全書本・殿本、軝を軧に作る。單疏本は経文本文はないが、この毛傳の部分で標起止に「軝」に作っている。阮元「挍勘記」に「閩本・明監本・毛本同。唐石經・小字本・相臺本軝作軧。案軝字是也。『釋文』『五經文字』可證。餘同此。○按軝『説文』从車、氏聲。凡氏聲與氐聲、古別最嚴。」とある。「軝」の字に作るのが正しい。毛傳・引用の釋文も軝に改めた。

注

（1）約軝　轂（中空になっており、そこに車軸を通し、中間のところには車の輻を受け納れる穴がある、車輪の中心部分、内側から外に突き出る形となる）の上を皮でぐるぐる巻にして、その上に朱い漆を塗り、強度を高める（『江陵九店東周墓』第二節、車馬坑、「車的結構」及び『文物』一九八三年第七期、「始皇陵二号銅車馬對車制研究的新啓示」二十五頁等。本書二八三～二八五頁参照）。

（2）鸞　『禮記』經解に「（天子）升車、則有鸞和之音。」とあり、その鄭注に「鸞和皆鈴也。所以爲車行節也。『韓詩内傳』曰、「鸞在衡、和在軾。前升車則馬動、馬動則鸞鳴。鸞鳴則和應。」とある。衡［轅の先に渡した横木］につけた鈴が鸞で軾［車の立ち席に付けた手すり］についている鈴が和。

毛傳：軝は車輪の外に長く出ている轂の軝。朱色の皮を巻き付ける。錯衡は文飾りのある衡。瑲瑲は擬声音。

○（『經典釋文』）軝、祁支反。『廣雅』云、「轂篆。」錯、如字。沈、七故反。瑲、本亦作鎗、七羊反。徐、七羹反。（＊聲也。）

○『經典釋文』軝は祁支の反。『廣雅』に「轂の篆」とある。錯は如字。沈重は七故の反、とする。瑲は一本に鎗［音、そう］に作る。七羊の反。徐邈《じょばく》は七羹の反とする。（＊擬声音。現行『釋文』によって補った。）

服其命服　其の命服を服し　天子より賜った服を着て
朱芾斯皇　朱芾《しゅふつ》斯《そ》れ皇《こう》たり　黄朱色の芾《ひざかけ》はきらめき輝き
有瑲葱珩　瑲《そう》たる葱珩《そうこう》有り　葱［蒼］色の珩《おびだま》［組玉である佩玉の、その最上に置かれた玉］は瑲々と鳴り

（毛傳）朱芾、黄朱芾也。皇猶煌煌也。瑲、珩聲也。葱、蒼也。「三命葱珩」、言周室之強、車服之美也。言其強美、斯劣矣。

箋云、命服者、命爲將、受王命之服也。天子之服、韋弁服、朱衣裳也。

毛傳：朱芾は黄朱色の芾《ひざかけ》（注1）。皇は煌煌、煌めくこと。瑲は珩がゆれて出る音。葱は蒼色。「三命は葱珩」（注2）と『禮記』「玉藻」にあるように（詩本文の）葱珩とは公・侯・伯の卿の貴人が身に着けるもので、周王室の強さ・車服の麗しさを表現している。その強さ・美しさを表現しているのは、実はそれ（周王室）が劣弱であるからだ（注3）。

注

（1）朱芾　朱色のひざ掛け。官服を着たときその膝の部分を蔽う前掛け。毛公鼎に周王が父𢉣に与えた物に「朱市」とある。

（2）三命葱珩　『禮記』「玉藻」に「一命緼韍幽衡、再命赤韍幽衡、三命赤韍葱衡」とあり、その鄭玄注によれ

ば、三命とは公侯伯の卿、その大夫が再命、その士が一命。韍《ふつ》は蔽［膝を蔽うもの］。葱は青色。三命の者は赤色の韍を着け、青［現在の淡緑色］の衡《こう》［＝珩、佩玉の上部の玉］、身におびる佩玉の衡は葱色［淡緑色］。これらを身に着けるのは三命、つまり公侯伯の卿。非常に身分位の高い貴人であることを象徴する。

『説文』に、（珩）「所以節行止也行止［＝行歩］を節する所以なり：歩みのリズムを整えるもの）とある。その色が身分の象徴となる。

なお、この「葱珩」、経文「有瑲葱珩」について、毛傳によれば、蒼色の玉で作った佩玉の意味に取れるが、唐蘭氏は多くの金石文の例から「蔥衡」（の衡と珩とは、どちらも行の聲に従い、通用し）、蔥衡は佩玉ではなく「佩玉をつなぐ帯」とする。そして「有瑲」は周頌の《載見》詩の「鞗革有鶬」の有鶬の句法と同じ（鶬は『説文』の瑲の字の下に引かれる詩では「鞗革有瑲」となっていることから）。有瑲は法度あるさま、と解している。（唐蘭「毛公鼎朱韍、蔥衡、玉環、玉瑹新解」『唐蘭先生金文論集』紫禁城出版社、一九九五年十月）。浩家義『金文選注繹』（江蘇教育出版社）には、毛公鼎の「朱市（韍）葱黄」について、「朱市：紅色的韍、古代祭服、形似今之圓裙。葱黄：黄、借爲横或衡、此爲韍上之横帶。葱横、葱色的横帶。《禮記・玉藻》：「赤韍葱衡」與此銘正同。」とある（同書四五六頁）。

命とは貴族の等級をいう。九儀の命［九等の儀命］がある。等級であると同時に、受ける順序、各段階に応じて受ける待遇の違いを表す。『周禮』春官・大宗伯に「以九儀之命、正邦國之位。壹命受職、再命受服、三命受位、四命受器、五命賜則、六命賜官、七命賜國、八命作牧、九命作伯。」とある。ここの『禮記』「玉藻」鄭注に云うところとはやや異なるが、身分の等級を表すことに於いては共通する。

（3）言其強美、斯劣矣（其の強美を言ふは、斯れ劣なればなり）。強・美を強調しなければならなかったのは、逆に、宣王の時が劣弱であったからだと、『老子』の逆説的論理表現を用いたもの。宣王時代の危機感を読み取るべき、といった毛氏の注釈であろう。

鄭箋：命服とは、命ぜられて将軍となり、今これから王［＝天子］命を受けようとする時に着る服。天子の服は韋弁服、朱の衣・裳（注1）。

注

（1）天子の服は韋弁服　『周禮』春官・司服に「凡兵事韋弁服」とあるのによるが、王の衣服のことであり、ここでは、方叔がそれを賜ったということであろうか。あるいは、それを着ることを許されたという意味であろうか。これについて、仁井田好古は「好古按、鄭云、天子之服韋弁服者、以卿大夫兵事之服經無文。故據司服、擧天子之服以言之、明卿大夫兵事之服亦韋弁服也。」鄭玄が天子の服は韋弁服と云っているのは、卿大夫の兵事の時の服について經典に記した文がないので、「司服」によって天子の服を挙げて言ったもので、卿大夫が兵事の時身に着けるのが韋弁服であることを明らかにしたのだ、という（『毛詩補傳』巻十七）。

○（『經典釋文』）芾、本亦作茀、或作紱。皆音弗。下篇赤芾同。創、本又作瑲。亦作鎗同。皆七羊反（校1）。珩、音衡。煌、音皇、又音晃。朱衣裳、本或作「朱衣纁裳」、纁、衍也。

校勘記

（1）『經典釋文』「有創　本又作瑲、亦作鎗同。皆七羊反。」とある。『釋文』の依った詩經本文は「有創葱珩」であったことが分かる。足利本・元刊本『注疏』は本文「有瑲葱珩」に作り、引用『釋文』は「創、本又作瑲、亦作鎗同。皆七羊反。」とする。四部叢刊本『毛詩』及び閩本・監本・毛本・殿本は引用『釋文』を「瑲、本又作創、亦作鎗同。皆七羊反。」に改め、整えている。全書本は「瑲、本亦作鎗。七羊反。」とのみ言う。

○『經典釋文』　芾は一本に茀に、或いは紱に作る。皆、弗の音。下篇の「赤茀」の茀も同じ。創は一本に瑲に作る。亦た鎗に作る。同じ。どれも皆七羊の反。珩は音、衡。煌は音、皇。又の音は晃。「朱衣裳」、一本に或いは「朱衣纁裳」に作る。纁は衍字。

疏　方叔至葱珩

○正義曰、言方叔爲將、既率戎車、將率而行、乃乘金車、以朱纏約其轂之軝、錯置文彩於車之上衡（校1）。車行動、其四馬八鸞之聲、瑲瑲然、其身則服其受王命之服、黃朱之芾、於此煌煌然鮮美。又有瑲瑲然之聲、所佩蒼玉之珩、以此車服之美而往征伐也。

校勘記

（1）錯置其文彩於車之上衡　足利本・單疏本、「文彩」に作る。閩本・監本・毛本・殿本・全書本、「文彩」を「文」に作る。元刊本・阮本、「文王」に作る。阮元「挍勘記」に「閩本・明監本・毛本、文王誤其文。案山井鼎云、宋版王作彩、當是剜也、彩字是。韓奕正義（標起止「四牡至金厄」）作采。」

疏　方叔から葱珩まで

○正義：方叔は将軍となり、兵車・將師を率いて出軍し、金車に乗り、朱の漆で塗られた皮でその轂の軧を巻き付け、彩りのある飾りものが車の衡［轅の先の横木］に入り交じるように置かれている。その車が動き出せば、四頭の馬についている八つの鸞は瑲瑲然とその音を響かせる。方叔のその身には王命の服・黄朱の芾をまとい、煌煌然として鮮《あざやか》に美しい。又、瑲瑲然とした音がその身に帯びた蒼玉の珩から発せられている。このような兵車・身なりの美しさを現しながら、蠻荊征伐に赴く。

○傳軧長至文衡

○正義曰、『説文』云、「軧、長轂也。」則轂謂之軧。「考工記」説「兵車乘車、其轂長於田車。」是爲長轂也。言「朱而約之」、謂以朱色纏束車轂以爲飾。「輪人」云、「容轂必直、陳篆必正。」注云、「容者、治轂爲之形容也。篆、轂約也。」蓋以皮纏之而上加以朱漆也。知「約以朱」者、以上言鉤膺是陳金路之事也。金路以金爲飾、轂色宜與金同。且言「路車有奭」、奭是赤貌。故知約必用朱也。知「錯衡」必爲「文衡」者、錯者雜也。雜物在衡、是有文飾。其飾之物、注無云焉。不知何所用也。

○毛傳の「軧長」から「文衡」まで

○正義：『説文』に「軧は長轂なり。」とある（注1）。則ち轂を軧と謂う。『周禮』冬官・「考工記」には「兵車・乗車、其の轂《こしき》は田車より長し（兵車・乗車の轂の長さは田車のより長い）。」（注2）と説く。これが長轂ということである。「朱而約之（朱もて之を約す）」というのは、朱色で車の轂にまき付けて飾りとすることをいう。（同『周禮』）「考工記」の「輪人《りんじん》」に「轂を容《おさ》むるに必ず直、篆を陳ぬるに必ず正。」とあり、その鄭玄注には「容者、治轂爲之形容也。篆、轂約也。容とは、轂を治むるに之が形容を爲るなり。篆とは、轂の約《まきつけ》なり)。」とある(注3)。おそらく皮でもってこれに巻き付けその上を朱の漆で塗るのであろう。「約する［巻き付ける］に朱を以てす」ということが分かるのは、上に鉤膺と言っているのは金路のことを陳べているからであって、金路は金で飾るので、轂の色も金と同じであるべきであるからだ。加えて経文に「路車有奭」とある「奭」は赤いことであるからだ。だから約する［皮を巻き付け、そこに色を塗る際］には必ず朱の漆を用いたことが分かるのだ。「錯衡が」必ず「文衡［飾りのある衡］である」ことが分かるのは、錯とは雑であり、(錯衡とは)雑物が衡のところに在ることである。これは文飾があることになる。その飾りの物については注に何も言っていない。何を用いたのかは分からない。

注

(1) 説文　『説文』には「軝長轂之軝也。以朱約之。」とある。疏の本文のままであると、長轂が軝の意味になってしまい誤りである。黄焯『詩疏平議』に「焯謹案説文：軝、長轂之軝也。正義引説文、節去「之軝」二字、故誤以軝爲長轂名。」

車輪の構造について、正義は文献のみで考えているようで、分かりにくいところがあるのが否めない。近年の発掘資料によって、より正確な知識が得られるようになった。『秦始皇帝陵出土二號青銅馬車』(秦始皇帝陵博物院編　文物出版社　二〇一五年三月刊)によれば、

《詩經・秦風・小戎》に「文茵暢轂」とあり、その毛傳に「暢轂、轂長也。」とある。
春秋戦国時代、車轂の長さはおおよそ二種類に分けられる。一種はその長さは三十五から五十センチ、もう

一種は長さ五十センチから六十二センチ（呉曉筠《商周時期車馬埋葬研究》）。二号銅車の輪轂を二倍に拡大すると（＊）、五十八・八センチになる。ちょうど古代の暢（長）轂にあたる。暢轂が車輪の車軸を支えている面まで延びていると、車が動いたとき更に安定する。《考工記・車人》に「澤を行く者は短轂を欲《もと》め、山を行く者は長轂を欲む。短轂は則ち利にして、長轂は則ち安なればなり。」とある。その戴震註に「大車は短轂、其の利を取るなり。兵車・乗車・田車は暢轂、その安を取るなり。」とある。秦陵二号銅車は高級な乗用車であり、車を走らせる際には、ぐらつかず静かに且つ安全に走らせることが最も重要である。それでこの車に暢轂が選ばれ用いられたのは必然といえる。

とある。

（《詩經・秦風・小戎》中提到「文茵暢轂」、毛傳：「暢轂、轂長也。」春秋戰國時期車轂的長度大致可分兩種、一種長度爲35～50釐米、另一種長度爲50～62釐米（呉曉筠《商周時期車馬埋葬研究》）。二號銅車的輪轂放大一倍後長度爲58・8釐米、應是古代的暢（長）轂。暢轂延長了輪對軸的支撐面、車行起來會更爲平穩。《考工記・車人》説：「行澤者欲短轂、行山者欲長轂、短轂則利、長轂則安。」《考工記・輪人》戴震註：「大車短轂、取其利也。兵車・乗車・田車暢轂、取其安也。」秦陵二號銅車作爲高等級的乗用車、行車的平穩安全尤重要、故選用暢轂就成必然（『秦始皇帝陵出土二號青銅馬車』「二號車的軸・輪及附件」［五十六頁］）。

＊『秦始皇帝陵二号銅車馬初探』（『文物』一九八三年　第7期）「四銅車規格」に「二号銅車尺寸約爲真車馬的二分之一、如按比例放大一倍、應當能反映出秦代真車馬的大小。」とある。発掘された銅車馬は実際の大きさの約二分の一の大きさで作られている。

（2）乗車　「考工記」の「乗車之輪六尺有六寸」、その鄭注に「田車、木路也。乗車、玉路・金路・象路也。」とある。木路、王の五種類の車［玉路・金路・象路・革路・木路］の一つ。「前樊鵠纓、建大麾、以田、以封蕃國（前は翦、浅黒色。鵠は白色：これを引く馬には浅黒い鬣飾りと白色の纓［馬の胸に掛ける革の帯］をつけ、車には大麾旗［亀と蛇を画いた旗］を建て、田猟に用い、九州の外の蕃国に封賜する際に用いる）。」（『周禮』春官・巾車《きんしゃ》）

なお、「兵車乗車、其轂長於田車。」の文、現行本「考工記」には見当たらない。

（3）篆・轂約

『秦始皇帝陵出土二號青銅馬車』秦始皇帝陵博物院編に

「轂の本体に浮き出た形に鋳造してある五組、十三本の巻き付けとその間に施してある朱色の紋様は、当時流行していた車轂の固め方式「約軝」の形を忠実に模作したのに違いない。《詩經・小雅・采芑》に「約軝錯衡」とあり、その毛傳に「長轂之軝、朱而約之。」とある。約軝は又た篆・轂約ともいう。……《周禮・巾車》に「孤乗夏篆」とあり、その鄭註に「夏篆、五彩畫轂約也。」とある。轂は木製であるので、車が動いて行くとき、上下に揺れたり、傾いた時の強いねじれの圧力が車輪や軸を通して轂に伝わってくれば、轂が簡単に割れ裂けてしまう可能性がある。轂を強固なものにするため、周代では銅の輨や銅の軝を用いて、轂の口や轂本体を丈夫にしていた。春秋時期からは、漆と膠を塗り牛筋を巻き付ける方法を用いて轂の木を強くするようにし始めた。轂の表に膠を施し、更に牛筋［牛の腱・靭帯］で等間隔に巻き付けたあと、磨き上げると轂には一筋一筋の弦状の突起が出来上がる。このようなやり方を篆という。」とある。

（轂身上刻意鑄出的五組共13道凸弦紋和間施繪的朱色紋樣、應是對當時流行的車轂加固方式「約軝」的形象摩寫。《詩經・小雅・采芑》：「約軝錯衡」、毛傳：「長轂之軝、朱而約之。」約軝又稱篆・轂約。……《周禮・巾車》：「孤乘夏篆」、鄭註：「夏篆、五彩畫轂約也。」轂爲木製、行車時的顛簸和傾斜所形成的強大扭壓力、會通過輪・軸傳導給車轂、從而導致車轂容易開裂。爲了強固車轂、周代曾用銅輨和銅軝軝加固轂口和轂身。從春秋時期起、人們開始用施塗漆膠和纏扎牛筋的方法來強固轂木。轂面施膠並用牛筋做間隔纏扎後、經過打磨、轂身上會呈現出一道道凸起的弦棱、這種做法謂之篆。）（五十七頁）

轂を塗り固める方法については、『江陵九店東周墓』（科學出版社、一九九五年）に

　轂長45釐米、中空、以貫軸、孔径8釐米；中間容輻処最粗、径19釐米、両端較細、径12釐米。從賢端向内28釐米処有榫眼、以納輻（輻）。轂上用皮条或麻綫纏繞加固、清理時可見纏繞後所形成的凹槽。加固方法是先在轂上塗一層漆液、未干時用皮条或麻綫作螺旋式纏繞、繞一層後塗一層漆、如此循環纏繞二三層後再在表面髹漆而成（一四〇頁）。

（［発掘された車輪の］轂の長さは四十五センチ、中空、軸で貫かれており、孔径八センチ、中間の幅《スポーク》（輻）を容れるところが最も太く直径十九センチ、両端はやや細く、直径十二センチ。賢端［轂の先端］より内側に二十八センチの処には輻を容れるほぞ穴がある。轂の上は皮ひもか麻糸でぐるぐるとしっかり巻きつけて固めたと思われ、（車輪を）整理した時には、巻き付けた後に出来た凹構《くぼみ》が認められた。固める方法は、まず轂の表面に漆を一層塗り、漆が乾かぬうちに皮紐か麻糸で螺旋状に巻き付け、一巡り巻き付けた後に、更に漆を塗る。このように繰り返し二三層に巻き付けた後、更に漆を塗って仕上げる）と報告されている。

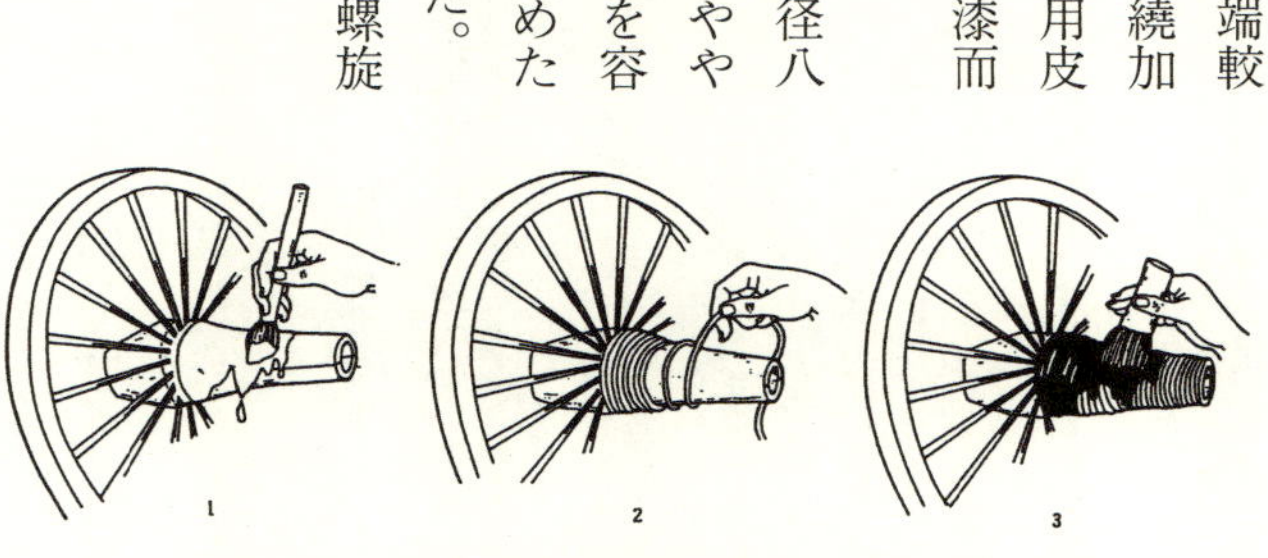

図６　（轂を塗り固める）方法示意図

容轂・陳篆　段玉裁『説文解字注』、軝の注に「按容如製甲〈必先爲容〉之容。先爲容轂之笵、盛轂於中、以治之飾之。陳篆者、刻畫其文、而以革縷若絲嵌約之。而後施膠施筋、而後幬之以渾革、而丸桼之、而摩之。革色青白、而後朱畫之。（按ずるに容とは甲を製るに『必ず先づ容を爲《はか》る［甲《よろい》を造る際には必ずその甲を服するひとの背丈体格を量る。一説に「容《かた》［象式］を爲《つく》る」］』《考工記・函人》の「容」である。〔補：その鄭注に「服者之形容也［服する者の形容なり］。」賈疏に「凡造衣甲、須稱形大小長短而爲之、故爲人之形容、乃制革也。［凡そ衣甲を造るには、須《すべか》らく形の大小長短を稱《はか》りて之を爲《つく》る、故に人の形容を爲りて乃ち革を制す］」とある。〕先ず轂を容《い》れる笵《はん》［外枠］を爲《はか》り、轂をその中に盛り、これを治め［整え］これを飾る。陳篆とは、文［文様］を刻画し、絲のように細い革の縷をその絵のところに嵌める。その後で膠《にかわ》を施し、筋を施す。その後で渾革［不詳］で幬《おお》う。転がしながら漆をつけ、よく押しつける。革の色は青白であるが、後に朱でこれに画く。）」とある。

○傳朱芾至斯劣矣

毛傳の朱芾から斯劣矣まで

正義曰、以言「斯皇」（校1）、故知黄朱也。「斯干」傳（校2）曰、「天子純朱、諸侯黄朱。」皆朱芾。據天子之服言之也。於諸侯之服則謂之赤芾耳。「玉藻」云、「一命緼韍黝珩、再命赤韍黝珩、三命赤韍葱珩。」是據諸侯而言也。彼云又累一命（校3）至三命而止。而云「葱珩」、則三命以上皆葱珩也。故云「三命葱珩」。明至九命、皆葱珩、非謂方叔唯三命也。

此上三章皆云（校4）、「其車三千」、言周室之強。路車朱芾言車服之美也。必言其強美者、斯劣弱矣。『老子』曰、「國家昏亂有忠臣、六親不和有孝慈。」明名生於不足。詩人所以盛矜於強美者、斯爲宣王承亂劣弱矣而言之也。

校勘記

（1）正義曰以言斯皇　足利本・單疏本・元刊本・閩本・監本・毛本、同じ。殿本・全書本は、「正義曰」の三字がなく、「以言斯皇」の上に「黄朱芾者」の四字を補った上で、前の「正義曰」の終段「注無云焉不知何所用也」に続けている。

（2）傳　足利本・單疏本・元刊本・閩本・監本・毛本・殿本・全書本、すべて「傳」に作る。小雅「斯干」において、「芾者、天子純朱、諸侯黄朱。」とあるのは鄭箋。ここの「傳」は毛傳の傳のことではなく、一般的な注釋の意味の傳。但し、こうした意味での「傳」の使い方は正義においてまれであり、「箋」の誤り、とすべきかも知れない。

（3）彼云又累一命　足利本・單疏本・元刊本・閩本・監本・毛本・殿本・全書本・阮本、『要義』（徽州本）、同じ。　阮元「挍勘記」に「閩本・明監本・毛本、同。案彼又云當作又彼文。」原文のままだと、「彼」の該当箇所が見当たらず、「挍勘記」の如くみるのが妥当であろう。「云」の後には引用文が直接引かれるのが普通であり、原文のままだと意味が通りにくい。

（4）此上三章　足利本・元刊本・閩本・監本・毛本・殿本・全書本・阮本、同じ。單疏本、「三」を「二」に作る。三章は二章でないと数が合わない。三を二に作るのが正しい。或いは「此詩三章」となるべき所。

正義：毛傳に「（経文の）朱芾は黄朱芾なり」というのは、経文に「（朱芾）斯皇」とあるので、この朱芾は、朱芾は朱芾であっても、その中の黄朱色の朱芾、則ち黄朱芾であることがわかる。というのは、「斯干」篇（にもここと同じ句「朱芾斯皇」があり）（注1）、その鄭箋に「天子純朱、諸侯黄朱。」とあるからである（＊方叔はもとより天子ではなく、臣下であるから）。どちらでも朱芾とは天子が身に着ける服飾について言ったものである。諸侯の服飾について言えば、（朱芾ではなく）赤芾を身に着ける（注2）。『禮記』「玉藻」に「一命は緼韍・黝珩、再命は赤韍・黝珩、三命は赤韍・葱珩。」（注3）とある。これは諸侯について言ったものである。又あの文では一命から累ねて三命までで止まっている。すなわち「葱珩」と云うのは三命以上は皆「葱珩」を身に帯びる。だから、「三命は葱珩」と云っているのだ。明らかに九命に至るまでみな「葱珩」を身に帯びるのであって、方叔だけが三命と謂うのではない（＊ここの一文、「九命に至るまで皆葱珩」というのは飛躍があり、意味が通りにくい。誤脱があるか）。

この上の三章ではすべて「その車三千」と云っている。周王室の強さを意味している。路車朱芾とは車服の美しさを言っている。その強さ・美しさを言わねばならなかったのは、（実は周王室が）劣弱であったからだ。『老子』には「国家昏亂して忠臣有り、六親和せずして孝慈有り。」といっているように、明らかに名はその（名に表される事柄・状態の）不足から生ずるのである。詩人が強く、美しいことを盛んに誇っているのは、先の厲王の世の乱れを承けて劣弱であったためにこのように表現しているのだ。

注

（1）原文「斯干」傳「其泣喤喤、朱芾斯皇」の鄭箋に「芾者、天子純朱、諸侯黄朱。」とある。

（2）赤芾　注（3）に引く「玉藻」の鄭箋の疏に「按詩毛傳、『天子純朱、諸侯黄朱。』黄朱、色淺則名赤韍也。則大夫赤韍、色又淺耳。」赤とは浅い朱色。

（3）『禮記』「玉藻」に「一命緼韍・幽衡、再命赤韍・幽衡、三命赤韍・葱衡。（一命は緼韍・幽衡、再命は赤

韍・幽衡、三命は赤韍・葱衡。」：一命の者は赤黄色の韍《ふつ》［ひざおおい］を着け、佩玉の上の衡は黑色のを用いる。再命の者は赤色の韍を着け、佩玉の上の衡は青の衡を用いる。三命の者は赤色の韍を着け、佩玉の上の衡は葱色［薄緑］のを用いる）」に作る（嘉慶二十年、南昌府學開雕十三經本）。鄭注に「韍之言亦蔽也。縕、赤黄之間色、所謂韎也。衡、佩玉之衡也。幽讀爲黝、黑謂之黝、青謂之葱。周禮、公侯伯之卿三命、其大夫再命、其士一命。子男之卿再命、其大夫一命、其士不命。」とある。

○箋命服至衣裳

正義曰、鄭解「服其命服」之節、言此命服者、今方叔爲受王命之服也。言受王命之時、王以此服命之。故方叔服之而受命也。知者、「春官」司服云、「凡兵事韋弁」注云「韋弁以韎韋爲弁、又以爲衣裳（校1）。」是朱之淺者、故得以朱表之。『周禮志』云、「韋弁素裳。」（校2）此連言朱裳者、以經云、「朱芾」、芾從裳色、故知裳亦朱也。不用戎服、素裳者、以其命將非在軍、不可純如之也。亦變爲美、故雜以祭服之飾焉。此本或云、「天子之服、韋弁服、朱衣纁裳」者、誤。定本亦無纁字。

校勘記

（1）以爲衣裳　足利本・單疏本・元刊本・毛本・阮本・殿本・全書本、「以爲衣裳」に作る。「挍勘記」に「案裳字衍也。「六月」正義引無。」」閩本・監本、「以」を「似」に作る。誤り（同「挍勘記」）。

（2）韋弁素裳　閩本・監本・毛本・殿本・全書本、「韋弁素裳」に作る。足利本・單疏本・元刊本・阮本、「韋韋弁素裳」に作る。阮元「挍勘記」に「閩本・明監本・毛本、脱一韋字」とのみしるす。「韋弁素裳」に作るのを是としておく。

○鄭箋の命服から衣裳まで

正義：鄭玄は「服其命服」の節を解して、此の命服とは、今、方叔が王命を受けるために着る服である。（方叔が）王命を受ける時、王はこの服で方叔に命ずるのである。だから、方叔はこれを服して命を受けるのである。

それが分かるのは『周禮』春官・司服「凡て兵事には韋弁（侵・戦・伐・圍・入・滅のすべての兵事において韋弁を服する）」の鄭玄注に「韋弁は韎韋《ばつい》を以て弁《かんむり》を為《つく》る、又た以って衣裳を為る。」とあるからである。（韎韋《ばつい》とは）浅い朱色［あかね色］の韋《なめしがわ》であるので、「朱」と表現することができるのである。『周禮志』（注1）に「韋弁素裳。」とある。（とすれば、裳の色は白のはずであるが）、ここで（「素裳［白の裳］ではなく、「韋弁」に）「朱裳」と連ねて言っているのは、経文に「朱芾」とあり、芾（の色）は裳の色に従うので、裳もまた朱色であるためであることが分かる。戎服素裳を用いなかったのは、その将軍に命ずるのに軍に在る時ではないので、純粋に在軍時の服であってはならないからである。また変えて見栄え良くするためもあり、だから祭服の飾りを雑えているのだ。ここの鄭箋を或る本に「天子之服、韋弁服、朱衣纁裳」に作るものがあるが、誤りである。定本にも「纁」の字はない。

注

（1）『周禮志』『鄭志』の中の『周禮志』か。

［三章］

鴥彼飛隼　鴥《いっ》たる彼《か》の飛隼《ひじゅん》　素速く飛ぶあの隼は
其飛戾天　其れ飛びて天に戻《いた》り　大空高く天まで飛び上がれば
亦集爰止　亦た止まるところに集《つど》ふ　また止まる所に集まる

（毛傳）戾、至也。
箋云、隼急疾之鳥也。飛乃至天、喩士卒勁勇、能深攻入敵也。爰、於也。「亦集於其所止」、喩士卒須命乃行也。

○（『釋文』）鴥、唯必反。
○『經典釋文』鴥は唯必の反。（＊鴪は異体字、音イツ）

毛傳：戾は至る、到達するの意。
鄭箋：隼は飛ぶのが速い鳥。「飛んで天まで至る」とは、士卒が勇猛果敢で勁《つよ》いので敵陣深く攻め入ることが出来ることを喩えている。「爰」は「於」（助字・前置詞）である。「亦た其の止まる所に集う」というのは、士卒が命令を須《ま》ってすぐに行動する態勢にあることを喩えている。

方叔涖止　方叔涖《のぞ》み　方叔がこの軍を閲兵すれば
其車三千　其の車三千　その戦車は三千台
師干之試　師［＝衆］（を佐け、敵を）干《ふせ》ぐの試《よう》［＝用］あり　その兵車に乗る甲士は皆、後に続く兵士達

を守り、敵を防ぐ役割を担っている

箋云、三稱此者重師也。

鄭箋：三度此（「方叔涖止、其車三千」）を言っているのは、師［軍］を重んじているためである。

方叔率止　　方叔率《ひき》ゆ　　方叔は軍を率い

鉦人伐鼓　　鉦人は（鉦を伐ち、鼓人は）鼓を伐ち　　鉦人は鉦を伐ち、鼓人は鼓を伐ち

陳師鞠旅　　師（・旅）を陳《つら》ね、（師・）旅に鞠《つ》ぐ　　師（・旅）を陳《つら》ね、（師・）旅に鞠《つ》［告］ぐ

（毛傳）伐、擊也。鉦以靜之、鼓以動之。鞠、告也。

箋云、鉦也鼓也（校1）、各有人焉。言「鉦人伐鼓」互言爾。二千五百人爲師、五百人爲旅。此言將戰之日、陳列其師旅、誓告也。「陳師告旅」亦互言之。

校勘記

（1）鉦也鼓也　足利本・元刊本、鉦を征に作る。誤刻。閩本・監本・毛本、鉦に作る。『毛詩鄭箋』（四部叢刊本・四部備要本・日本古写本）鉦に作る。

毛傳：伐は擊つこと・打ち鳴らすこと。鉦を伐《う》って軍を静止させ、太鼓を伐ってこれを動かす。鞠《きく》は告げること［訓戒すること］。

鄭箋：鉦や太鼓を伐つのにはそれぞれその役割の者がいる。「鉦人伐鼓」とあるのは互言［片方で述べたことは

もう片方で省き、補い合って表現する方法」で、「鉦人は（鉦を伐ち）、（鼓人は）鼓を伐つ、の意味である。二千五百人を師とし、五百人を旅とする。ここは戦おうとする日、その師旅を整列させ、訓戒を垂れるのである。「陳師告（＝鞠）旅」も（陳・告［動詞］が師・旅［目的語］のどちらにもかかる、所謂）互言の用法であり、「師・（旅）を陳ね、（師）・旅に告ぐ」の意。

○（『經典釋文』）鉦、音征。『説文』云、「鐃也。又云鐲也。」鞠、居六反。將戰此如字、餘並子匠反。

○『經典釋文』鉦は音征。『説文』に云う、「鐃なり。又云鐲なり。」鞠、居六反。ここの「將戰」の將は如字、餘は並《み》な子匠の反。

顯允方叔
　顕《あきら》かにして允《まこと》ある方叔《ほうしゅく》
伐鼓淵淵
　鼓《たいこ》を伐《う》つこと淵淵《えんえん》たり

その徳明らかで、真心のある方叔は、
戦に当たっては、自ら太鼓を淵淵と打ち鳴らし（毛傳）
いざ戦に当たっては自ら太鼓を伐ち、兵士達を率い、淵淵然と勇気を鼓舞する（疏）。
帰還するときは、闐闐然と太鼓を打ち鳴らし、軍列を整える

振旅闐闐
　旅《しゅう》［＝衆］を振《ととの》ふるに闐闐《てんてん》たり

（毛傳）淵淵、鼓聲也。入曰振旅、復長幼也。
箋云、「伐鼓淵淵」謂戰時進士衆也。至戰止將歸、又振旅、伐鼓闐闐然。振猶止也。旅、衆也。『春秋傳』曰、「出曰治兵、入曰振旅。」其禮一也。

毛傳：淵淵は太鼓の音。（国都に）入る際に部隊を整えることを振旅という。（出る際には若者・位の低い者を

部隊の前に置くが、入るに当たっては、年輩の者・位の高い者を部隊の前に置き、長幼の序を平常に戻す。

鄭箋：「伐鼓淵淵」とは戦の時、兵士を進軍させる時のこと。戦闘が終わって帰還しようとするとき、また部隊を整え［年齢の高い者・位の高い者を部隊の前に整列させる］、その時は太鼓を闐闐《てんてん》と伐つ。「振」は「止」とほぼ同じ。旅は衆の意（注1）。『春秋傳』（『春秋穀梁傳』荘公八年）に「出曰治兵、入曰振旅。」とある。治兵（の際は若者・位の低い者が前に配され、年齢の高い者・位の高い者は後ろに置かれ、）振旅とでは部隊配列が逆になるが、その礼は、（太鼓によってその坐作《ざさ》進退［座る・立つ・進む・退く］が指示される意味で）同じなのである。

注

（1）訳者案：鄭箋の振旅についてのこの注、「振猶止也。旅、衆也。」は、同じくここに引かれる『春秋傳』の治兵・振旅の振旅とは異なった解釈を提示しているのかも知れない。この振を止に、旅を衆の意に解するのは、経文の「伐鼓淵淵、振旅闐闐」を「淵淵と太鼓を伐って軍を進め、闐闐と太鼓を伐って戦闘停止させる」つまり、淵淵は「進め！」、闐闐は「止め！」の太鼓の音と、取っている可能性がある。但し、『春秋傳』の例の意味するところでは、そうはならない。

疏　鴥彼至闐闐

正義曰、鴥然而疾者、彼飛隼之鳥也。其飛乃高至天、雖能高飛、亦集其所止之處、不妄飛。以興彼勇武之衆、其勇能深入於敵、雖則勇勁亦稟於將帥之命、不妄動也。以此勁勇之征伐、故方叔臨視之行、其車之衆有三千乘、皆有佐師扞敵之用。方叔既臨視、乃率之以行也。未戰之前、則（校1）陳閲軍士、則有鉦人擊鉦、以静之、鼓人伐鼓、以動之。至於臨陳欲戰、乃陳師陳旅、誓而告之以賞罰、使之用命。明信之方叔、既誓師衆、當戰之時、身自伐鼓、率衆以作其氣淵淵然。爲衆用力、遂敗荊蠻、及至戰止、將歸、又斂陳振旅伐鼓闐闐然、由將能如此、所以克勝也。

校勘記

（１）則　足利本・單疏本・元刊本、「則」に作り、閩本・監本・毛本・殿本・全書本、「而」に作る。阮元「校勘記」に「閩本・明監本・毛本、則作而。案所改是也。」とある。順接ではなく逆接が是、ということであろう。戦う前に軍士を陳閲するのはさほど不自然とは思われない。この後の句の前にも「則」とあることに拘ったか。

疏　鴥彼から闐闐まで（三章の通釈）

正義：鴥然《いつぜん》として疾く飛んでいくのは、あの隼の鳥。飛び上がって空高く天まで飛んでいく。空高く飛べるといっても、また止まるところに集まってはじっとして妄りには飛び上がらない。この隼の動きを謳うことによって、あの勇猛な兵士達は、その勇ましさたるや、深く敵に入っていくことが出来る。そうした勇敢で強い兵士達であるが、将帥の命を稟《う》けて妄りには動かない、ということを言い興している。この勁く勇ましい兵士達と征伐に之くので、方叔がこの部隊を閲兵すれば、兵車は三千輛。皆将帥を佐け敵を扞ぐ役割を持っている。方叔はこれを臨視して確かめて、これを率いて出征する。戦になる前に閲兵すれば、鉦人が鉦を撃ってこれを静かにさせ、鼓人が太鼓を伐《う》ってこれを動かす。戦陣に臨んでいざ戦おうとすれば、師・旅を整列させ、戒めて賞罰のあることを告げ、命令に従うようにさせる。真心のある方叔は、将帥・兵士達に誓ったあと［訓戒を垂れた後］、戦の時には自ら太鼓を伐ち、兵士達を率い、淵淵然と勇気を鼓舞する。兵士達のために力を用い、遂に蛮荊を打ち負かした。戦が済んでいざ帰還しようとするときには、また軍を収斂《おさ》め、軍列を整え（年輩で位の高い者を前方に配し）、太鼓を闐闐と打ち鳴らした。将軍がこのように出来たので敵に打ち勝つことができたのだ。

○箋隼急疾之鳥

○正義曰、「釋鳥」云、「鷹隼醜、其飛也翬。」舍人曰、「謂隼鷂之屬。翬翬其飛疾、羽聲也。」郭璞云、「鼓翅翬翬然疾。」是急疾之鳥也。『說文』曰、「隼、鷙鳥也。」陸機（璣）『疏』云、「隼、鷂屬也。齊人謂之擊征、或謂之題肩、或謂之雀鷹、春化爲布穀者、是也。」定本、「士卒勁勇」作「至勇」。

○鄭箋の「隼急疾之鳥」について

正義：『爾雅』「釋鳥」に「鷹隼の醜《たぐい》、其の飛ぶや翬《き》」とあり、その舍人注に「隼・鷂《よう》［タカの類、はいたか］の屬を謂ふ。翬翬《きき》は其の飛びて疾きときの羽の聲なり」と言う。郭璞は「翅を鼓すこと翬翬然として疾し。」と云う。（飛ぶことが）非常に疾い鳥である。『說文』には「隼は鷙鳥《しちょう》［猛禽］なり」とある。陸璣の『（毛詩草木鳥獸蟲魚）疏』には「隼は鷂の屬なり。齊人、之を擊征と謂ふ。或いは之を題肩と謂ふ、或いは之を雀鷹と謂ふ。春、化して布穀と爲る者、是なり。」とある。定本では「士卒勁勇」を「至勇」に作っている。

○傳鉦以至動之

○正義曰、『周禮』有錞鐲鐃鐸、無鉦也。『說文』云、「鉦、鐃也。似鈴（校1）、柄中、上下通。」然則鉦即鐃也。「鼓人」云、以金鐃止鼓。」大司馬云、「鳴鐃且郤。」聞鉦而止。是「鉦以靜之。」大司馬又曰、「鼓人三鼓、車徒皆作、聞鼓而起」、是「鼓以動之」也。『說文』又曰、「鐲、鉦也。鐃也。」則鐲鐃相類、俱得以鉦名之。故鼓人注云、「鐲、鉦也。形如小鐘。」是鐲亦名鉦也。鐲似小鐘、鐃似鈴。是有大小之異耳。俱得名鉦。但鐲以節鼓、非靜之義。故知「鉦以靜之」指謂鐃也。凡軍進退（校2）、皆鼓動鉦止、非臨陳獨然、依文在陳師鞠旅之上、是未戰時事也。

校勘記

（1）鉦鐃也似鈴　足利本・單疏本・元刊本・閩本・監本・殿本・全書本、「鉦鐃也似鈴」に作る。毛本のみ「似」を「以」に作る。誤刻。

（2）凡軍進退　注疏各本異同なし。『要義』（徽州本）、軍を君に作る。形近の譌《あやまり》。

○毛傳の鉦以から動之まで

正義：『周禮』には錞・鐲・鐃・鐸はあるけれども、鉦はない。『說文』金部に「鉦、鐃也。似鈴、柄中、上下通（鉦は鐃。形は鈴に似ている。その柄は半ばは鈴の上に在り、半ばは鈴の中に在り、上下通じている）。」とある（注1）。これからすれば、鉦は鐃である。『周禮』地官・鼓人［鼓をうつ楽人］に「以金鐃止鼓（金鐃を用いて行軍時の太鼓の音を止める）」と云う。『周禮』夏官・大司馬に「鳴鐃且郤。（［卒長が］鐃を鳴らせば［兵卒は］退く）」とある。鉦［鐃］を聞けば止まる。これが毛傳の「鉦以靜之。」ということに当たる（注2）。大司馬には又「（鼓人）三鼓、車徒皆作（鼓人が三度太鼓を叩けば、車輌・歩兵皆動き出す）」とある。鼓を聞けば起つ［動き出す」」とある。これが箋の「鼓以動之」である。

『説文』には又た「鐲は鉦である。鐃である。」とある。だとすれば、鐲と鐃は類似の物で、どちらも鉦と言うことが出来る。だから『周禮』地官・鼓人の（「以金鐲節鼓」の）鄭玄注に、「鐲、鉦也。形如小鐘。」とある。鐲も鉦と言えるのである。鐲は小鐘に似ていて、鐃は鈴に似ている。ただ大きい小さいの違いがあるだけで、どちらも鉦と言えるのである。但だ鐲では行軍の太鼓の音を節制するだけで、（軍隊を）静止するまでの本義［役割］はない）。だから、「鉦以静之（鉦は以て之を静める）」、（の鉦は、同じく鉦ではあるが鐲ではなく）鐃を指していることが分かる。凡そ軍の進退の際は、皆太鼓で動き、鉦で止まる。戦陣に臨んだときだけそうなのではない。経文（「鉦人伐鼓」）が「陳師鞠旅」の上にあることからすれば、これはまだ戦わない時の事である。

注

（1）段玉裁注には「鉦則無舌、柄中者、柄半在上半在下、稍稍寛其孔爲之抵拒。執柄搖之、使與體相擊爲聲。鼓人以金鐃止鼓。（鉦には舌がなく、柄の中の、その半ばは鉦の上に、半ばは鉦の下に貫いており、その孔《あな》をすこし寛《ゆる》やかにして、柄の中に在る部分と鉦の本体とが当たるようになっていて、鉦人は柄を執ってこれを揺すり中の柄と本体とを打ち当てて音を出す）。」とある。

（2）『周禮』には「鳴鐃且郤」の後に「聞鉦而止」の文はなく、「鉦以静之」の論拠にはなりにくい。ここの疏の文章からすれば、「聞鉦而止」までが「大司馬」の引用文のようではある。

○箋春秋至禮一

正義曰、古者春教振旅、秋教治兵、以戎是大事。又三年一教。隠公五年『左傳』曰、「三年而治兵、入而振旅」是也。征伐之時、出軍至對陳、用治兵禮、戰止至還歸、用振旅法、名異而禮同也。以此出當用之、故以修治兵事爲名、入則休息、故以整衆爲名。其治兵振旅之名、『周禮』『左傳』『穀梁』『爾雅』皆同。唯『公羊』以治兵爲祠兵、其禮、治兵則幼賤在前、振旅則尊老在前。「釋天」（校1）云、「出爲治兵、尚威武也。入爲振旅、反尊卑也。」孫炎曰、「出則幼賤在前、貴勇力也。入則尊老在前、復常法也。」故此傳云、「入曰振旅、復長幼」、是反爲尊卑也。此引春秋傳者、莊八年公羊文也。公羊爲祠兵、此言「出曰治兵」者、諸文皆作治兵、明彼爲誤。故經改其文而引之（校2）。必引此文者、取其禮一也。以淵淵闐闐俱是鼓聲。淵淵謂戰時衆進、闐闐謂戰止將歸。而伐鼓之上、不言治兵、振旅之下、不言伐鼓、是二句自相互也。所以得互相發見、正由其禮一也。故引此傳以證之。長幼出入、先後不同、而云禮一者、謂擊鼓動衆坐作進退如一也。

校勘記

（1）釋天　足利本・單疏本・元刊本・閩本・阮本、「釋天」に作る。監本・毛本・殿本・全書本、「釋文」に作る。「釋天」に作るのが正しい。

（2）故經改其文而引之　足利本・單疏本・元刊本・閩本・監本・毛本・阮本・殿本・全書本、「故經改其文而引之」に作る。阮元「挍勘記」に「案經當作徑。形近譌。」という。「經」で意味が通ると思われるので、改めないでおく。

○鄭箋の春秋から礼一まで

正義：古は春に振旅［実戦で戦勝の後、国都に入るに際し部隊を整えること、あるいは教練の後、郊外から国都に入る時に部隊を整えること。ここでは後の練兵時の例」を教え、秋には治兵［出兵の時部隊を整えること。実戦の場合或いは平時の訓練。ここでは後者］を教えた。戎《いくさ》［＝戦］は国の大事であるからである（注1）。又これらは三年に一度行う。隠公五年『左傳』に「三年而治兵、入而振旅（三年にして兵を治め、入りて旅［＝衆］を振《ととの》［＝整］ふ）―三年に一度（郊外で）大演習を行い、（国都に）入って旅［＝衆］を振《ととの》［＝整］える、軍を整える）」とあるのがそれである（補註）。征伐の時、出軍より対陣に到るまでは治兵の礼法に則り、戦が済んで帰還するまでには振旅の礼法に則る。その名は異なっているが、礼法は同じである。

ここでの出兵にはこれを用いるべきであるので、兵事を修治する［治兵］という表現をしており、（国都に）入れば軍は休息するので、衆［＝旅］を整［＝振］えるという表現をしているのである。その治兵・振旅の名称［形式］は『周禮』『左傳』『穀梁』『爾雅』では皆同じ。『公羊伝』だけは治兵を祠兵といい、その礼は治兵の際は幼賤は前に在り、振旅の際は尊老が前に在る。『爾雅』「釋天」には「出づるを治兵と爲すは、威武を尚ぶなり。入るを振旅と爲すは、尊卑を反《かへ》すなり（征戦に出兵するとき、軍列を整えるのが治兵であるのは、威武を貴ぶためである。（国都に）入るとき、軍衆を整えるのが振旅であるのは、尊卑の秩序を平常の状態に戻すためである）」とある。（＊訳者注：ここの「爲」は大序の「在心爲志、發言爲詩」の爲、つまり「～である、～という」の意味・用法と同じであろう。またこの「釋天」の文だけでは意味が充分には分からないので、次の孫炎注が続けて挙げられる。）

その孫炎注には「出づるときは則ち幼賤、前に在り、勇力を貴べばなり。入るときは則ち尊老、前に在り、常法に復せばなり（征戦に出兵するときは若者・卑賤な者が前方に配列される。勇気と強さが重んじられるからである。戦が終わって帰還するときは、高齢者・尊貴者が軍列の前に配される。平常の法［儀礼］に戻るからである）。」とある。（これを合わせれば、「釋天」の文は、「（征戦に出兵するとき或いは練兵・演習の爲郊外に出兵するとき）兵を整えることを治兵といい、軍列の前方には若者と位の低い者が配される。勇気と強さが重んじられるからである。（戦いが済んで凱旋するときや、或いはその爲の演習が済んで、国都に）入るときに兵を整えることを振旅といい、軍列の前方には年配の者・位の高い者が配される。正常な法［儀礼］—身分関係に戻るのである。」といった意味になろう。）

こうしたことから、この毛傳で「入るを振旅と曰ひ、長幼を復す」と云っているのであり、尊卑を正常な状態に反《もど》すのである。ここに引かれている『春秋傳』は荘公八年の公羊傳の文である（注2）。『公羊傳』では祠兵として いるのに、ここで「出づるを治兵と曰ふ」と「治兵」と云っているのは、他の文［公羊傳以外］では皆「治兵」に作っており、明らかに彼［公羊傳］のは誤りであるから、『春秋傳』の経について、その文を改めて引用しているのだ。この（『春秋傳』の）文をわざわざ引いたのは、その（治兵と振旅の）礼法は同一であることを示そうとしたためである。

淵淵と闐闐とはどちらも太鼓の鳴る音で、淵淵は戦の時、進めを意味しており、闐闐は戦が止んでいざ帰らんという意味である。それなのに太鼓を伐《う》つ描写の前に治兵のことが言われておらず、振旅の後に太鼓を伐つことが描写されていない。これはこの二句がどちらも互いにかかる互文であるからだ。そのどちらにも掛けることが出来るのは、正しくそれら治兵・振旅の礼法が同一であるからだ。だから、この傳でこれを引用して證明しているのだ。それらでは長幼の出入が先後異なっているのに「礼は一（礼は同一）」だと云っているのは、太鼓を打ち鳴らして兵士達を動かすのは、坐作進退《ざさしんたい》［坐ったり立ったり進んだり退いたりすること］すべて同じようであるからだ。

注

（1）『周禮』夏官・大司馬に「中春教振旅、司馬以旗致民、平列陳、如戰之陳。」「中秋教治兵、如振旅之陳。」とあり、中春の部分の鄭注には「兵者凶事、不可空設。因蒐狩而習之。凡師出曰治兵、入曰振旅、皆習戰也。四時各教民以其一焉。」とある。

（2）公羊傳の文　莊公八年［六八六年］『公羊傳』に「甲午祀兵。祀兵者何?出曰祀兵、入曰振旅、其禮一也、皆習戰也。」とある。

補註

楊伯峻『春秋左傳注』によれば、この隠公五年の振旅は「習武の振旅」であり、別に「作戦凱旋の振旅」があると分析している。作戦［戦争して］凱旋した場合の例として『左傳』僖公二十八年「秋七月丙申、振旅、愷以入于晉」の注に於いて「…此則以作戰而歸曰振旅、蓋凡軍旅勝利歸來曰振旅。」と指摘されている。ここの疏ではそれらを分けて考えてはいないようで、混乱しているようである。

［四章］

蠢爾蠻荊　　蠢爾《しゆんじ》たる蛮荊《ばんけい》　　荊州の蛮族はもぞもぞと動き出し（注1）、

大邦爲讎　　大邦を讎《あだ》と爲《な》す　　大国たる我が国と敵対した。

（毛傳）蠢、動也。蠻荊、荊州之蠻也。

箋云、大邦、列國之大也。

毛傳：蠢は動めくこと。蠻荊とは荊州の蛮族。

鄭箋：大邦とは列国の中で大なる国。

○（『經典釋文』）蠢、尺允反。『爾雅』、不遜也。

○『經典釋文』「蠢は尺允の反。『爾雅』では不遜（へりくだらない）の意（後の傳蠢動の疏、参照）。

注

（1）蠻荊　段玉裁『詩經小學』に「按毛云荊州之蠻也。然則毛詩固作荊蠻、傳寫誤倒之也。『晉語』叔向曰、楚爲荊蠻。韋注荊州之蠻、正用毛傳爲説。又『齊語』萊莒徐夷呉越、韋注徐夷徐州之夷也。可證荊蠻文法。云々」とある。毛詩、元は「荊蠻」に作っていたかもしれない。

方叔元老　　方叔は元老　　我が方叔は天子の大老として

克壯其猶　　克《よ》く其の猶《はかりごと》を壯《だい》［＝大］にす　　その軍謀［作戦］の道を光り輝かせることが出来た

（毛傳）元、大也。五官之長出於諸侯、曰天子之老。壯、大。猶、道也。

箋云、猶、謀也。謀兵謀也。

毛傳：元は大。五官の長は諸侯の前に出れば、自らを「天子の老」と言う（注1）。壮とは大。猶は道。

鄭箋：猶は謀。兵謀を謀ること。

注

（1）五官之長出於諸侯、曰天子之老　五官の長は諸侯から選出されて、「天子の老」と言われる、というようにも取れそうであるが、この五官の長、則ち伯は、鄭玄注及び孔疏から所謂三公のことで東西を分け主った周公・召公が想定されており、又『禮記』「曲禮下」の文から、上記のように訳した。

方叔率止　方叔、（士衆を）率いて　方叔は士衆を率いて

執訊獲醜　訊《と》ふべきもの［將軍］、獲るところの醜《しゅう》［衆、兵士］を執《とら》へ　有力な情報を得る事の出来る将軍達や一般の兵士達を捕虜として引き連れてきた。

箋云、方叔率其士衆、執將可言問（校1）、所獲敵人之衆、以還帰也。

校勘記

（1）執將可言問　足利本・元刊本、「執將何言問」に作る。閩本・監本・毛本・全書本・殿本、「執其可言問」に作る。『毛詩』（四部叢刊本）・『毛詩鄭箋』日本写本（静嘉堂本、南宋の高・孝時代の刊本を日本永正《えいしょう》［一五〇四〜一五二一年］末年、書写したもの。汲古書院影印）「執將可言問」に作り、『毛詩』（四部備要本）、「執其可言問」に作る。阮元「挍勘記」に「小字本・相臺本同。考文本同。閩本・明監本・毛本「將」作「其」。案「將」字是也。《出車》箋作「其」。此不必與彼同。正義亦作「其」、乃自爲文、不盡與彼注相應也。」足利本及び元刊本が「何」に作るのは、「可」の誤りであろう。するとここは「執將可言問」か「執其可言問」となるところ。「將の言問《げんもん》す可きもの、〜を執《とら》へて」（訊問することの出来る、訊問するに値する將［將軍・将校等、軍の高官］、〜を執えて）か「其の言問す可きもの、〜を執へて」（訊問することの出来る者、〜を執えて）となるであろう。な

お、小雅《出車》にも「執訊獲醜」の句があり、鄭箋では「執其可言問、所獲之衆」とここととほぼ同じ解釈。朱子は「訊」について、「訊、其魁首當訊問」としている。

鄭箋：方叔はその兵士達を率いて、訊問するに値する者や捕獲した兵士達を引き連れて帰還した。

○（『經典釋文』）訊、音信。

○『經典釋文』「訊、音は信。」（『廣韻』では訊・信、共に息晉切。去声）。

戎車嘽嘽　　戎車は嘽嘽《たんたん》　　戦車は多数勢揃いし
嘽嘽焞焞　　嘽嘽焞焞《たいたい》　　戦車は多く、その勢いは盛ん
如霆如雷　　霆《いかづち》の如く、雷《かみなり》の如し　　その轟々《ごうごう》たる音は雷霆《いかづち》の如くとどろきわたる

（毛傳）嘽嘽、衆也。焞焞、盛也。

箋云、言戎車既衆盛、其威又如雷霆、言雖久在外、無罷勞也。

毛傳、嘽嘽は多いこと。焞焞は盛んなこと。

鄭箋、戎車は多く勢揃いして意気盛んで、その威勢は雷霆のようである。久しく域外に在ったけれども疲れ労する気配は全く見られない。

○（『經典釋文』）嘽、吐丹反。徐音他。焞、吐雷反、又他屯反。本又作啍、同。霆、音廷。徐音挺、又音定。罷、音皮。

○『經典釋文』：嘽は吐丹の反。徐邈は音、他。焞は吐雷の反。又他屯の反。一本に啍に作る。同じ。雷、音は廷。徐邈は音、挺。又の音は定。罷の音は皮。

顯允方叔　顕《あきら》かにして允《まこと》なる方叔　心明るく真心のある方叔は
征伐玁狁　（先に）玁狁を征伐し　先には玁狁を征伐し
蠻荊來威　（今又）蛮荊、威に来《きた》る［来服す］　今又蛮荊を征伐し、蛮荊は宣王の威徳に帰服した

箋云、方叔先與吉甫征伐玁狁、今特往伐蠻荊、皆使來服於宣王之威、美其功之多也。

鄭箋：方叔は（この征伐に）先立って尹吉甫と玁狁を征伐し、今又（吉甫と共にではなく）単独で蛮荊を征伐に往き、蛮荊の部族を皆周王朝、宣王の威徳に帰服させた。その（南征の）功績が甚だ大きいことを誉めたものである。

疏　蠢爾至來威

正義曰、上章未言所伐之國、故於此本之。言我所伐者、乃蠢蠢爾不遜之蠻荊、不遜王命、侵伐鄰國、動爲寇害、與大邦爲讎怨。列國之大、尚到讎怨（校1）、其傍小國、侵害多矣。故我方叔天子之大老、能光大其軍謀之道、以討之、既得克勝、方叔乃率其士衆、執其可言問所獲敵人之衆以還歸也。方叔士衆所乘戎車、嘽嘽然多、焞焞然盛如霆之發、如雷之聲可畏、言方叔善於用衆、雖久不勞也。如此明信之方叔、其功大矣。昔日共吉甫已征玁狁之國、今又特往征伐蠻荊、皆使之來服於宣王之威、言其每有大功也。毛爲「猶道」、鄭以爲「猶謀也」。軍之道亦謀也。

校勘記

（1）尚到讎怨　足利本・元刊本・阮本、「尚到讎怨」に作り、單疏本・閩本・監本・毛本・殿本・全書本、「尚致讎怨」に作る。「挍勘記」に「閩本・明監本・毛本到誤致。」とある。「到」が自然。

疏　蠢爾から來威まで

○正義：上の章では（どの国を征伐するのかその）征伐する国のことに触れていないので、この章で征伐する国のことを謳っている。私が征伐する所の者は、虫が蠢《うごめ》くように、周にへりくだらない蛮荊で、王命に順わず、隣国に侵攻し、ともすれば寇害を起こし、大邦と仇敵となる。列国の中の大国とですら仇敵となり、ましてやその傍らの小国では侵害されることが多い。こうした状況なので、我が方叔は天子の大老として軍謀の道を光大にして、蛮荊を討伐した。これに打ち勝つことが出来たので、方叔はその部下の兵士を率いて、訊問することのできる［将官級、高位の］敵の捕虜を多く引き連れて帰還した。方叔の部下の兵士達が乗っている戎車《いくさぐるま》は嘽嘽然《たんたんぜん》として数多く、焞焞然《たいたいぜん》［一に音「とんとんぜん」］として盛んなこと霆《いなずま》が光るようであり、雷が恐ろしくとどろき亘るようである。これは方叔が善く兵士達を用いたため、戦《いくさ》が長かったにもかかわらず、苦しいとは思わなかったためであることを意味している。このように誠実な心の方叔は、その功績極めて大なるものがある。昔日、尹吉甫と共に玁狁の国を征伐し、この度は又単独で蛮荊征伐に赴き、彼等を皆宣王の威徳に帰服させた。先には玁狁を伐ち、この度は蛮荊を伐ち、その度毎に大きな功績を挙げたことを言っている。毛氏は「猶は道」とし、鄭玄は「猶は謀《はかりごと》なり」としているが、軍の道はまた謀でもある（毛鄭が異なっているわけではない）。

○傳蠢動

正義曰、「釋詁」文也。「釋訓」云、「蠢、不遜也。」郭璞曰、「蠢動爲惡、不謙遜也。」

○毛傳の「蠢、動」について

正義：「蠢は（虫などが）動めくこと」。これは『爾雅』「釋詁」の文。「釋訓」では、「蠢は不遜（蠢は謙遜しない・へりくだらないの意味）。」とあり、郭璞の注には「蠢動爲惡、不謙遜也（蠢動して悪を爲し、謙遜ならざるなり）。」（注1）

注

（1）『爾雅』邢疏には「蠢、動也。遜、順也。言蠢動爲惡、不謙遜也。」とあり、また「采芑」の句「蠢爾蠻荊、大邦爲讎」を引く。蠢の語それ自体に不遜の意味があるとするのではなく、蠢は騒ぎ動いて悪［乱］をなすことと取っている。

○傳五官至之老

正義曰、「曲禮」下文也。引之者、以證其稱老之意。然則是時方叔爲五官之伯。故稱老。上傳云（校1）、「方叔卿士」、元老皆兼官也（校2）。以軍將皆命卿、故言卿士爲元帥、故以上公兼之。

校勘記

（1）故稱老上傳云　單疏本・『要義』（徽州本）、「故稱老、上傳云」に作る。足利本・元刊本・閩本・監本・毛本・殿本・全書本、「故稱上傳云」に作る。「老」の一字があると、「故稱老、上傳云」と区切れ、前の「以證其稱老之意」とつながりやすい。

（2）元老皆兼官也　足利本・單疏本・元刊本・閩本・監本・毛本・阮本・全書本、「元老皆兼官也」に作る。異本なし（殿本、「皆」の上部分摩耗していて明確ではない）。阮元「挍勘記」に「案皆當作者。形近之譌」とある。

○毛傳の五官から之老まで

正義：これは『禮記』「曲禮」下の文（注1）。これを引いたのは「称老（老と称する）」意、つまり「天子の老」であることを明かにしようとしたためである。だとすれば、この時方叔は五官の伯であったはずである。だから老と称することができ、上［一章］の毛傳で「方叔卿士」と云っているのである。元老はすべて官を兼ねる。軍の将軍は皆卿に命じられるので、「卿士」と言っているのである。元帥となっているので、上公［元老］も兼ねるのである。

注

（1）『禮記』「曲禮」下に「五官之長曰伯。是職方。其擯於天子也、曰天子之吏。天子同姓謂之伯父、異姓謂之伯舅。自稱於諸侯曰天子之老、於外曰公、於其國曰君。（［司徒・司馬・司空・司士・司寇等の］五官の長を伯という。伯は（東西の）一方の諸侯を職《つかさ》どる。擯［辞を受け、これを天子に伝える、接賓役の者］は、伯が来朝したとき、天子に向かって、その伯を「天子の吏、誰々」と言う。伯が天子の同姓であれば、天子はこれを伯父と呼び、異姓であれば伯舅と呼ぶ。伯は諸侯に対しては自らを「天子の老」という。伯は自らの封国の外では公といい、封国の内では君という。）」とある。

采芑四章章十二句（采芑　四章　章ごとに十二句）

あとがき

この『毛詩注疏訳注　小雅（三）』は前書『毛詩注疏訳注　小雅（一）』及び『同書（二）』に続くものであり、巻第十（十之一）《南有嘉魚》から《菁菁者莪》までの六篇、所謂成王・周公の正小雅、更に巻十（十之二）《六月》《采芑》の二篇、宣王の変小雅とされている詩篇及びその注疏の訳注である。

《六月》から始まって《無羊》までの十四篇は、「宣王の変小雅」（『經典釋文』）とされる宣王に関する詩群。《祈父》《白駒》《黄鳥》《我行其野》の四篇は毛序に「刺宣王」とあり、明らかに宣王を戒める詩であるが、その他は、教え諭す、或いは誉め称える詩となっている。

宣王は毛傳において「任賢使能、周室中興焉」（大雅《烝民》序）、或いは「天下喜於王化復行」（大雅《雲漢》序）、また「宣王能内修政事、外攘夷狄、復文武之竟土」（小雅《車攻》序）と讃えられることの多い周王である。大雅の《雲漢》から《常武》までの六篇はすべて宣王を讃えた詩篇となっており、宣王は大変評価の高い周王と位置づけられている。

一方、司馬遷『史記』によれば、即位の後、二相［召公・周公］がこれを輔佐し、文王・武王・成王・康王の遺風に法って政事を修めたため、諸侯は復た周を宗とした、とあるものの、「宣王不修籍於千畝」（千畝での親耕の礼を修めなかった）とか、「宣王既亡南国之師、乃料民於太原。」とあり、「民不可料也」と諫められても聴かなかったことが記されている。特に高い評価を得ているわけではない。

『毛詩正義』の作者達は『史記』の記述にしばしば疑問を呈している。毛傳と『史記』に異なることがあると、時には「『史記』之文事多疏略」と言い、「毛公在馬遷之前、其言當有準據」などと毛公の記述の方を信頼している（「齊譜」注疏）。毛傳に展開されている宣王の高い評価はどこから来るのであろうか。『今本竹書紀年』の宣王についての事績をみると、即位後約十年のことが毛序に述べられているところに該当するようであるが、即位後三十三年後ころから、戎との戦に敗けることが多くなっている。前半部を重んじるか、後半部を重んじるかでその評価が異なってきたものであろうか。興味ある問題である。（竹書紀年はその来歴から、信頼されないこともあったが、近年の出土資料に、その記述を補強する部分もあり、一概に偽書として退けるべきではない状況になってきている。二六九頁参照）。

この訳注は「毛詩注疏　巻第十　小雅　南有嘉魚篇　譯注稿」（「宮城学院女子大学人文社会科学論叢」第二十二号）及び「毛詩注疏　小雅　南山有臺　譯注稿」（『詩經研究』第三十五号）として発表したもの以外は、今回新たにまとめたものである。『毛詩注疏訳注　小雅（二）』を出してから、五年を費やしてしまった。訳注に当たっては、注・疏に引用されている文献についても必要な限り、現代語訳を施した。引用されている文献には、それ自体が背景として持っている世界があるので、できるだけそれを重んじようとしたためである。注疏の時代の人々の関心事、或いはその精神世界が現代の人々のそれとはかけ離れている場合が多い。注疏に陳べられている事柄を理解するためには先ずその事柄がどのようなことなのかを理解する必要がある。現代語訳及び解説があるのがその助けになるかも知れない。詩・注及び疏の通釈については、精々力を尽くしたつもりであるが、思わぬ誤りがあるかも知れない。博雅の御示教を切にお願い申し上げる次第である。また、意味を取る上で、『經典釋文』の注（音注）は特に意味の辨別に於いて有効である。ただ、注疏にもともとあったものではないので、前著『毛詩注疏訳注　小雅（一）』『同（二）』では必要に応じて指摘するに止めた。今回、足利本『毛詩注疏』の体裁のままに訳注に含めた。音節における声調を伴った音とその意味とが密接な関係があることから、『經典釋文』の音注は重要な意味を持つことに鑑みたためである。しかし、その音そのものを示す反切は『廣韻』『集韻』等の中古音とは異なるところがあり、現代の中国語音との対照は避けざるを得なかった。まえがきを中国語に翻訳してくださったのは屈明昌先生である。

白帝社編集部の岸本詩子さんには前回同様、編集作業、索引の作成等に多大のご尽力をいただいている。また病床に有りながら、出版について気に掛けてくれていた妻道子には、精々力を尽くしたその思いを届けたい。

二〇一八年九月　尚絅学院大学の研究室において

田中和夫

図版出典一覧

p.87　**図 1**　馬首の配具・車輪・車の軸頭
《文物収蔵図解辞典》332、328頁（浙江人民出版社）

p.93　**図 2**　九服図——王雲五主編《四部叢刊　三篇　經部　三禮圖》
（臺北：臺灣商務印書館　1975年 2 月）

p.194　**図 3**　韋弁服（同上）

p.229　**図 4**　旜・物・熊旗・旗（同上）

p.275　**図 5**　旂・旐（同上）

p.285　**図 6**　方法示意図——湖北省文物考古研究所編著、馬芳責任編輯
《江陵九店東周墓》（科学出版社　1995年 7 月）

引用書目索引 …………………………… ii（321）

語彙索引 ………………………………… vii（316）

引用書目索引

○この「引用書目索引」は『毛詩注疏』本文に引用されている書名、並びに注釈に於いて引用された書名・論文名からなっている。但し、注疏の本文は篇名のみのものもあるため、すべてその「通釈」から書名を拾っている。『注疏』本文の書名で簡略化しているものは、正式なものに統一した（「春秋左氏傳」「毛詩草木鳥獣蟲魚疏」「尚書大傳」等)。

○『毛詩注疏』の校勘版本は索引に含めていない。

[え]

易（本田済） 265
淮南子
　「人間訓」 239
援神契 195, 198

[か]

「介詞體于的起源和発展」『中国語文』
　（郭錫良） 255
樂府詩集 58
漢書
　「郊祀志」 210
　「食貨志」 165
　「張良傳」 224
　「平帝紀」 58
　「律歴志」 206
　「陳湯傳」 220
漢書藝文志通釋（張舜徽） 257

[き]

汲冢紀年 269
玉篇（顧野王） 162, 239
儀禮
　「燕禮」 25, 26, 48, 50, 52, 93, 148, 151
　「燕禮」下 108
　「覲禮」 223
　「鄉飲酒禮」23, 25, 50, 52, 146, 152
　「士冠礼」 197
　「士喪禮」 224
　「喪服」 197
　「聘禮」 194
儀禮譯注（楊天宇） 197
金文選注繹（浩家義） 278

[く]

虞書
　「益稷」 55, 69

[け]

經傳釋詞（王引之） 40
經典釋文 3, 5, 7, 8, 9, 20, 21, 22, 23, 27, 31, 32, 33, 38, 39, 41, 44, 47, 55, 72, 78, 79, 80, 81, 83, 84, 94, 99, 100, 101, 109, 115, 120, 130, 131, 144, 145, 149, 150, 154, 163, 168, 172, 173, 185, 187, 201, 207, 208,

211, 212, 214, 239, 240, 245, 251, 253, 256, 277, 280, 291, 293, 303, 305, 306
經典釋文　序録（陸德明）　36, 53
經典釋文（北京圖書館藏宋刻本）　31, 5, 41, 60
「經典釋文引音注如字攷」『栗原圭介頌壽記念 東洋学論集』(坂井健一)　73
經典釋文音切類目研究（万献初）　73, 185
經典釋文序録疏證（呉承仕）　62

[こ]

廣韻　7, 162, 260
廣雅　277
廣雅
「釋言」　162
廣雅疏證（王念孫）　162
康熙字典　7
孝經　18, 19
孝經（鄭玄注）　198
江陵九店東周墓（科學出版社）　276, 285
後漢書
「宦者列傳」　62
「南蠻西南夷列傳」　57, 58
後漢書「章帝紀」　11
五經正義研究（張三寶）　252
國語
「周語」　142
「魯語」　70

[さ]

雜問志　194, 197
左傳→春秋左氏傳　67, 70, 111, 143, 146, 147

[し]

爾雅　8, 60, 61, 64, 89
「釋器」　12, 21, 22, 85
「釋言」　15, 211
「釋詁」　8, 15, 44, 45, 214, 246, 308
「釋草」　35, 77, 161
「釋地」　60, 216, 217, 264
「釋鳥」　296
「釋天」　211, 220, 300
「釋木」　42
爾雅（舍人注）　45
爾雅（李巡注）　250
辭海　197
爾雅義疏（郝懿行）　265
爾雅導讀（顧廷龍・王世偉）　37
史記
「孔子世家」　53
「高祖本紀」　224
「周本紀」　269
詩義鉤沉（王安石）　13
詩經（中村惕齋）→詩經示蒙句解　7
詩經詞典（向熹）　39, 41, 255
詩經示蒙句解（中村惕齋）　7, 265
詩經小學（段玉裁）　303
詩經詮釋（屈萬里）　212
詩經注析（程俊英・蔣見元）40, 245
詩經讀本（騰志賢）　7, 26

始皇陵二号銅車馬對車制研究的新啓示（『文物』一九八三年第七期）　276
詩集傳（朱子）　73, 88, 217
詩集傳（蘇轍）　74, 146
詩集傳名物鈔（許謙）　45
詞詮（楊樹達）　8
詩疏平議（黄焯）　282
司馬法　234, 256, 257
司馬法集釋（王震）　257
詩毛氏傳疏（陳奐）39, 88, 169, 216, 239, 240, 274
釋名（劉熙）　45, 163
釋文→経典釋文　172, 173
周易
「繫辭傳」下　82
周易馬氏傳（馬融）　266
十三經索引（葉紹鈞）　219
十三經注疏校記（孫詒讓）　64
十三經注疏正字（沈廷芳）　75
周禮　91
「地官・鄕大夫」　232
「地官・鼓人」　297, 298
「地官・小司徒」　258, 267, 270
「地官・遂人」　37, 233
「地官・大司徒」　232, 270
「春官・巾車」　88, 193, 196, 236, 237, 259, 272, 273, 284
「春官・司常」　180, 186, 189, 221, 223, 225, 228
「春官・司服」　196, 279, 290
「春官・宗伯」　194
「春官・大宗伯」　278
「夏官」　62
「夏官・校人」　205
「夏官・司弓矢」　133, 137, 139
「夏官・司馬」　268
「夏官・職方氏」61, 64, 65, 92, 200
「夏官・大馭」　88
「夏官・大司馬」88, 225, 228, 230, 233, 297, 302
「秋官・條狼氏」　198
「秋官・大行人」　65, 142, 200
「秋官・遂士」　233
「冬官・考工記」　88, 239, 281
「冬官・考工記・弓人」　132, 134
周禮今註今譯（林尹註譯）　135
周禮志　290
周禮正義（孫詒讓）　134, 190
周禮通釋（本田二郎）　135
周禮譯注（楊天宇）　93, 135, 139
荀子
「榮辱」　116
春秋外傳國語（孔晁）　184
春秋公羊傳
僖公二十二年　219
襄公二十一年　53
莊公八年　301, 302
莊公三十年　243
春秋穀梁傳
襄公二十一年　53
莊公八年　294
春秋左氏傳
哀公七年　52, 70, 71, 72
哀公十一年　53
隱公三年　114, 257

隠公五年　300
僖公二十五年　128
僖公二十八年　125, 126, 128, 140, 219
昭公元年　143
昭公二十五年　52, 118
莊公十八年　128
莊公二十二年　111, 112
莊公二十八年　67, 71
莊公三十一年　124
襄公二十五年　98
襄公二十六年　125, 127
成公二年　146, 147
成公十六年　196
定公四年　221
文公四年　124, 126, 127, 147
春秋左傳注（楊伯峻）113, 140, 143, 196, 257, 302
鄭玄註釋語言詞彙研究（張能甫）33
尚書　71
「禹貢」　92, 200
「洪範」　71
「皐陶謨」　69, 72
「周官」　92
「舜典」　65
「文侯之命」　124, 136
（尚書）虞書
「益稷」　71
尚書序　67
尚書大傳　57, 58, 105
尚書大傳（鄭玄注）　59
尚書中侯
「我應」　60
「雒師謀」　60
書傳→尚書大傳　57
字林　7, 8
秦始皇帝陵出土二號青銅馬車（秦始皇帝陵博物院編）　282
秦始皇帝陵二号銅車馬初探（『文物』一九八三年　第 7 期）　283
晉書
「束晢傳」　269

[す]

隋書
「經籍志」　36, 45, 58, 62, 184

[せ]

清華大學藏戰國竹簡　270
説文（説文解字）　22, 45, 120, 260, 281, 282, 293, 296, 297, 298
説文解字注（段玉裁）　260, 286

[そ]

増訂四庫簡明目録標注（邵懿辰撰・邵章續録）　59

[た]

太平御覧　234

[ち]

中侯　61
中國殷周時代の武器（林巳奈夫）135
中国文化叢書　言語　9
中日大辞典（愛知大学中日大辞典編纂所編）　40, 41

［つ］

通俗文（服虔）　245
通德遺書所見録（孔廣林）　197, 198

［て］

鄭志　64, 111, 220
鄭氏周易注（三巻）補遺（一巻）（王應麟輯・惠棟增補）　266

［は］

駁五經異義　97

［ほ］

鮑氏集　102
鮑照集校注　102

［も］

「毛公鼎朱韍蔥衡玉環玉瑹新解」『唐蘭先生金文論集』（唐蘭）　278
毛詩異同評（孫毓）　184
毛詩國字辨（宇野東山）　216
毛詩正義（國立編譯館）　11
毛詩草木鳥獸蟲魚疏（陸璣）35, 36, 42, 161, 264
毛詩紬義（李庶常）　13, 259
毛詩注疏『儒藏』經部詩類　11
毛詩注疏　小雅　訳注（二）（田中和夫）　21
毛詩鄭箋平議（黄焯）　16
毛詩傳箋通釋（馬瑞辰）73, 89, 212, 245, 266
毛詩駁（王基）　184
毛詩補傳（仁井田好古）　279
文選　8, 13, 43

［ら］

禮記
「王制」　71, 72, 127, 157, 158, 129
「樂記」　97, 53
「玉藻」　86, 277, 288
「曲禮」　67, 69, 71, 91, 93, 138, 309
「經解」　276
「郊特牲」　78
「雑記」　149
「射義」　51
「儒行」　112
「少儀」　82
「大傳」　223, 224
「表記」　41
「坊記」　195, 266
「明堂位」　52, 61, 63, 214
禮記「坊記」（鄭玄注）　264

［ろ］

呂氏家塾讀詩記（呂東萊）　13, 14
老子　288
論語
「衛靈公」　19
「憲問」　19
「子罕」　53
「雍也」　270

語彙索引

○この語彙索引は、正義の論証的文章構造を示すもの、『注疏』に於いてやや特徴的と思われる語彙（虚詞を含む）を主としている。正義に於いて文章の構造について自覚的になり始めているように思われるからである。

［い］

為…為…　79
以…故　16, 24, 25, 33, 48, 49, 59, 63, 85, 95, 102, 103, 116, 122, 139, 141, 147, 164, 175, 189, 191, 203, 204, 217, 220, 225, 227, 246, 260, 266, 271, 289, 299, 308
以否　190

［お］

應是　63

［か］

何以　70
假使　178
何者　66
何當　182
何由　182

［き］

既…且　241
其實　63
既然　89
既…又…　81, 160
久如　9, 14, 16, 26
協句　9

［け］

兼言　235
言…者　33, 48, 49, 75, 104, 110, 122, 141, 155, 160, 174, 177, 190, 215, 221, 227, 229, 248, 251, 271, 289, 306

［さ］

作…之詩者　5
作…詩者　56, 94, 121, 154

［し］

辭　28
之言　260
若是　84
若然　63, 266
重言　14, 76
縦令　266

［す］

雖則　109, 294

［せ］

是　156, 227
是（繫辞）　281
先…後…　122, 123

［そ］

摠名　34
即是　123
俗本　29, 123

［ち］

知…者　89, 191, 281

［て］

定本　29, 178, 289

［と］

當於　260

［は］

薄　253

［ひ］

非直　209

必　12, 49, 103, 106, 116, 139, 281, 286, 299
必至　106
便辭　251

［ふ］

不言…者　95

［む］

無文　85

［め］

明是　110

［ゆ］

唯…是　168
由…故　56, 75, 123, 141, 160, 299

［れ］

連言　25, 203, 289

田中和夫（たなか　かずお）

現在、尚絅学院大学特任教授、宮城学院女子大学名誉教授。博士（文学、早稲田大学）。
著書　『毛詩正義研究』（白帝社）、『校注唐詩解釈辞典』（共著　大修館書店）、『続校注　唐詩解釈辞典［付］歴代詩』（共著　大修館書店）、『漢唐詩経学研究』（鳳凰出版社）、『毛詩注疏訳注　小雅（一）』（白帝社）、『毛詩注疏訳注　小雅（二）』（白帝社）等

毛詩注疏訳注　小雅（三）

2019年3月11日　初版発行

著　者　田中和夫
発行者　佐藤康夫
発行所　白 帝 社
〒171-0014　東京都豊島区池袋 2-65-1
電話 03-3986-3271　FAX 03-3986-3272
http://www.hakuteisha.co.jp/

モリモト印刷(株)　組版・印刷・製本

Printed in Japan　ISBN 978-4-86398-336-6